JN319580

二見文庫

サファイアの瞳に恋して

ジュリア・ロンドン／高橋佳奈子＝訳

The Trouble with Honor
by
Julia London

はじめに

『サファイアの瞳に恋して』を皆様にお届けでき、これほどうれしいことはありません！ハーレクインHQNシリーズにおいてははじめての作品ですが、ヒストリカル・ロマンスは数多く上梓《じょうし》しており、そのほぼすべてが摂政時代《リージェンシー》を舞台にしています。上流社会の人間が社交界や世間の評判に左右されて生きていたその時代の華々しい雰囲気が大好きだからです。それでも、いつの時代も人間というものに変わりはなく、その時代にも決まりに従って生きたくないと感じ、決まりにしばられることを嫌い、決まりを破ろうとした人間がいたのではないかと想像します。

この〈カボット姉妹シリーズ〉では、特権に恵まれた四人の若い女性たちをご紹介します。いい縁組を期待され、それ以外の選択肢を許されない女性たちです。それでも、運命が変わりはじめたとき、この四人はみずからをしばる決まりを破り、自分らしい幸せを見つけようとします。ただ、贅沢に慣れて育ち、複雑な刺繍にとり組む以上の苦労をしたことのない人間には、うまい具合に決まりをすり抜けるすべがなく、決まりを破ろうとすることが最悪の結果をもたらすことも多いものです。カボット家の姉妹と彼女たちの茶目っ気あふれる行動は書いていてたのしいものでしたが、同じように読者の皆様にもたのしんでいただけたら幸いです。

どうぞおたのしみください。

ジュリア・ロンドン

母に
本と読書への愛を早い時期にわたしに教えてくれたことに

サファイアの瞳に恋して

登　場　人　物　紹　介

オナー・カボット	ベッキントン伯爵の継娘
ジョージ・イーストン	故グロスター公爵の婚外子
グレース・カボット	オナーの妹。次女
プルーデンス・カボット	オナーの妹。三女
マーシー・カボット	オナーの妹。四女
ベッキントン伯爵	オナーの継父
レディ・ベッキントン（ジョーン・デヴロー）	伯爵の後妻でカボット姉妹の母親
オーガスティン・デヴロー	ソマーフィールド子爵。伯爵の嫡男でオナーの義兄
モニカ・ハーグローヴ	オーガスティンの婚約者。オナーの幼馴染《おさななじみ》
リチャード・クレバーン	ロングメドウの司祭
ジョナス	ベッキントン家の御者
ハーディー	ベッキントン家の執事
フォスター	ベッキントン家の使用人
フィネガン	ジョージの執事兼従者
サム・スウィーニー	ジョージの事務弁護士兼代理人

1

ことの発端は一八一二年の春、テムズ川の南にある賭博場での出来事だった。強盗が頻発することで有名なサザックにある、いかがわしい賭博場である。

バイキングの時代に建てられた古い建物が、どうして上流社会の紳士たちにとって流行の場所となったのかは理解に苦しむが、じっさい、そこはそうした場所のひとつだった。厚手の赤いヴェルヴェットのカーテン、上質の木の壁、低い天井といった賭博場の内装は贅《ぜい》をつくしたものだった。夜ごと紳士たちはメイフェアにある上品な自宅から、武装した馬車をしたてて出かけ、互いに莫大な額の金を失い合って晩を過ごすのだった。その晩の持ち合わせを使いきると、娼婦との時間をたのしむ紳士もいた。賭博場にはたくさんの個室があり、フランス女も選び放題だったからだ。

紳士たちがこの賭博場へ来るのをあきらめて、メイフェアの邸宅の応接間や舞踏場に姿を見せる――金持ちや特権階級の人間にとってある種の儀式といっていい――社交シーズンがはじまるひと月前の、ある身を切るように寒い晩のことだった。若く裕福な若者たちが、社交界の花形である五人の乙女たちのほほ笑みやかわいらしい懇願に屈し、この賭博場をひと目見たいという彼女たちの願いをかなえることになった。

貴重な社交界の花の評判を永遠におとしめかねないそんな危険を冒すなど、若者たちにとっても危険で愚かしいことだった。しかし、若く、軽率で、元気いっぱいの若者たちは、若い女性たちを喜ばせたい一心でいた。女人禁制という賭博場の決まりや、悪ふざけをしているあいだに若い女性たちの身に不運や犯罪が降りかかるかもしれないという事実ですらも、若者たちを止めることはできなかった。それは陰鬱な冬のさなかのちょっとした冒険だったのだ。

そんなわけで、ジョージ・イーストンが社交界の花のひとり、ミス・オナー・カボットとはじめて知り合うことになったのは、サザックの賭博場においてだった。

若者たちが自分たちの思いきった行動に興奮し、門番に女性たちをなかに入れることを承諾させたことを過剰に得意がって顔を輝かせ、女性たちを連れて賭博場に現れると、入口のあたりが騒がしくなったが、ジョージはそれに気づかなかった。コマース（十九世紀にはやった賭けトランプのゲーム）で、賭博好きで悪名高きチャールズ・ラザフォード氏から三十ポンド巻き上げることに夢中になっていたからだ。ラザフォードが「いったいなんなんだ？」と言うまで、いつもと変わったことがおきているとは気づきもしなかった。

そこではじめて、マントのフードから愛らしい顔をのぞかせた若い女たちが、小鳥の大群のように部屋の真ん中に集まって揺れさざめいているのに気がついた。牧草地の馬でも見るような目を大勢の男たちから向けられて、若い女たちは男から男へとすばやく視線を移している。伝染するように忍び笑いが広がった。

「ちくしょう」ジョージはつぶやいた。ラザフォードがカードを投げて立ち上がると、彼の膝に乗っていたかわいそうな女は床に倒れこむまいとしてよろめいた。

「彼女たちはいったいここで何をしているんだ？」と疑問を口に出しながら、ラザフォードは女たちをじっと見つめた。「まったく、とんでもないことだ。さあさあ！」彼は声を張りあげた。「こんなのは耐えられない！　あの女性たちをすぐに退出させるべきだ！」

この冒険を仕組んだ三人の若い紳士は互いに顔を見合わせた。一番小柄な紳士が顎を上げた。「彼女たちにだって、あなたと変わらずここにいる権利があるはずだ」

顔色から、ラザフォードが卒中を起こしそうになっているのが見てとれたため、ジョージは何気ない口調で言った。「だったら、頼むからすわらせて賭けに加わらせてやってくれ。さもないと、ここにいる紳士たちの気がそがれるからね」

「賭けに加わる？」ラザフォードは眼窩《がんか》から飛び出そうな目をして言った。「彼女たちに賭けなどできるはずもない！」

「できるわ」ひとりの女性の声が答えた。

へえ、声をあげたのは誰だ？　ジョージはラザフォードの陰から身を乗り出して声の主を見極めようとしたが、女たちは小鳥のようにさざめき揺れていて、そのうちの誰が声を発したのかたしかめることはできなかった。

「今言ったのは誰だ？」ラザフォードが大声で訊き、テーブルについていた紳士たちはカードを持つ手を止めてなんの騒ぎかたしかめようと首をめぐらした。

若い女たちは誰も動かなかった。みな目を丸くして銀行家を見つめている。ラザフォードがさらに大声でわめこうとしたところで、ひとりがおずおずと前に進み出た。その女性がラザフォードへ、そしてジョージへと目を向けると、女性たちのあいだにざわめきが広がった。その女性のダークブルーの目と濃いまつげ、ミルクのように白い顔をとりまく真っ黒な髪にジョージは虚をつかれた。こんな場所にはそぐわない、若々しく美しい女性だった。

「ミス・カボット？」ラザフォードは信じられないという口調で言った。「いったいここで何をしているんです？」

彼女は舞踏場の真ん中にいるかのようにお辞儀をし、手袋をはめた両手を胸の前で組み合わせた。「お友達といっしょに、殿方がみんな吸いこまれていく場所を、この目で見てやろうと思ってきましたの」

女たちのあいだに忍び笑いが広がった。ラザフォードは、女たちの礼儀違反の責任が自分にあるとでもいうように、警戒する顔になった。「ミス・カボット……ここはちゃんとした若いご婦人が足を踏み入れるような場所ではありません」

彼女の後ろにいる小鳥たちはさざめき、彼女に小声で耳打ちしたが、ミス・カボットはそれに気づいた様子もなかった。「すみませんけど、ちゃんとした殿方が出入りするには問題ないのに、ちゃんとしたご婦人は出入りすべきじゃない場所なんて理解できませんわ」

ジョージは笑わずにいられなかった。「たぶん、ちゃんとした紳士なんてものはいないからですよ」

驚くほど青い目がまたジョージに向けられた。彼は胸の奥に妙に揺らめくものを感じた。彼女の目がカードに落ちた。「コマースですか？」と訊く。

「ええ」ジョージは彼女がコマースを知っていることに感心して言った。「参加したいのなら、さっさと参加したほうがいい」

今やラザフォードの顔からはすっかり血の気が引いていた。彼が気を失いかけているのがジョージにはなぜか愉快に思えた。「だめだ」ラザフォードが首を振り、彼女に向かって手を上げて言った。「申し訳ないが、ミス・カボット、こんなばかげた行為を容認するわけにはいきません。あなたはただちに家に帰らなければならない」

ミス・カボットはがっかりした顔になった。

「だったら、ぼくが容認しますすよ」ジョージはそう言ってブーツを履いた足でテーブルの椅子を蹴り出した。女たちはまたさざめき、小鳥の群れのようにもぞもぞと身動きした。彼女たちが身をひねって互いに耳打ちし合うたびに、着ているマントの裾が床の上ではためいた。

「それで、ぼくは誰を容認する光栄にあずかったんです？」と彼は訊いた。

「ミス・カボットよ」彼女は答えた。「ベッキントン・ハウスの」

ベッキントン伯爵の娘だというのか？　そう言えば、ぼくが気圧《けお》されるとでも？　気圧されたりはしない。ジョージは肩をすくめた。「ぼくはジョージ・イーストン。イーストン・ハウスの――」

彼女の後ろにいる女たちが忍び笑いをもらしたが、ミス・カボットは笑わなかった。彼ににっこりとかわいらしくほほ笑んでみせただけだった。「お会いできて光栄ですわ、ミスター・イーストン」

この女性は望みをかなえるためにこうしてにっこりすることを、幼いころに学んだにちがいないとジョージは胸の内でつぶやいた。たしかに驚くほど魅力的な女性だ。「これは応接間で行なわれるゲームとはちがうんですよ、ミス・カボット。硬貨はお持ちですか？」

「ええ」彼女はそう言って彼に財布を掲げてみせた。

ああ、なんて世間知らずな娘だ。「それはしまっておいたほうがいい」彼は言った。「シルクのクラヴァットや磨きこまれたブーツを身につけていても、この館には泥棒がうようよしているんだから」

「イーストン、少なくともわれわれは自分の財布を持っているし、それを船に載せて沈めてしまったわけじゃないからな」と誰かが言った。

何人かの紳士がそれを聞いて笑ったが、ジョージは無視した。彼は要領のよさと努力によって財産を築き上げたのだったが、それをやっかむ男たちもいたのだ。

彼は愛らしいミス・カボットにすわるように身振りで示した。「きみはコマースのようなゲームのやり方を理解できる年には見えないな」

「そうですか？」彼女は片方の眉を上げてそう訊くと、男のひとりが引いてやった椅子に優雅に腰を下ろした。「いくつになれば、賭け事のカードに加わるに足る年齢とみなされるんですの？」

彼女の後ろで女たちがさわがしくさざめきだしたが、ミス・カボットは穏やかにジョージに目を向け、答えを待っていた。この人はぼくにも、賭博場にも、ほかの何にしても、まるで気圧されていないのだと彼は気づいた。

「いくつとはっきり言うつもりはありませんよ」彼はぞんざいな口調で言った。「子供はごめんだというだけだ」

「イーストン」ラザフォードが警告をこめた声を出したが、ジョージ・イーストンがここにいる爵位を持った男たちと同じルールにのっとって行動する男でないことはラザフォードにもわかっていた。ジョージが思うに、女性であれ、ロンドンの誰であれ、ゲームができることを実証できる人間ならば、気晴らしに一時間かそこらいっしょに過ごすのは別にかまわなかった。相手がこれはどに美しい女性ならなおさらだ。「持ってきた硬貨をすべて失う心の準備はできてますか?」

彼女ははじけるような声で笑った。「失うつもりはまったくありませんわ」

部屋にいた紳士たちもまた笑った。そのうちひとりかふたり、立ち上がって見物に近寄ってくる者もいた。

「失う心の準備はつねにしておかなければなりませんよ、ミス・カボット」ジョージは警告した。

彼女はそっと財布を開き、硬貨をいくつかとり出すと、誇らしげに彼にほほ笑んでみせた。この笑みに足をすくわれてはだめだとジョージは自分に言い聞かせた。少なくとも、賭け事のテーブルについているあいだは。

そのあいだ、ラザフォードは驚愕《きょうがく》した様子でミス・カボットとジョージを見比べていたが、やがて渋々ゆっくりと席に戻った。

「配っても?」ジョージがカードを掲げて訊いた。

「お願いします」ミス・カボットが答え、手袋を硬貨の脇にきちんと重ねて置いた。それから、ジョージがカードを切るあいだ、部屋を見まわしていた。「わたし、テムズの南側には来たことがなかったんです。ロンドンで生まれ育ったというのに、テムズの南側に来たことがないなんて想像できます?」

「できますよ」彼は引き延ばすように言ってカードを配った。「まずはきみからだ、ミス・

カボット」

彼女は数字を表にして並べられたカードをちらりと見て、テーブルの中央に一シリングを置いた。

「シリングで賭けていたら、あまりもうけは期待できませんよ」とジョージは言った。「シリングでもいいんでしょう？」

彼は肩をすくめた。「ええ」

彼女は何も言わずにほほ笑んだ。

ラザフォードが次に賭けた。夜のあいだほとんどずっと彼の膝の上に乗っていた女がまたそこに戻り、挑むような目をミス・カボットに向けた。

「あら」とミス・カボットは小さな声を発したが、ラザフォードの膝の上に乗っているのがどういう類《たぐ》いの女か気づいたようで、目をそらした。

「びっくりしましたか？」ジョージがおもしろがって訊いた。

「少しだけ」ミス・カボットはまた若い娼婦をちらりと盗み見て答えた。「もっとありふれた感じなのかと思っていましたけど、きれいな人じゃありません？」

ジョージはラザフォードの膝に乗っている女をちらりと見た。そそられる女ではあるが、きれいとは言えない。きれいと言うならミス・カボットがそうだ。

彼は持っているカードに目を向けた――キングが二枚。これは簡単に勝てそうだと胸の内でつぶやくと、彼は賭けた。

ゲームを再開したテーブルに食べ物を運ぶために賭博場の給仕が通りかかった。ミス・カボットはそれを目で追った。

「ミス・カボット」とジョージが声をかけた。

彼女は彼に目を戻した。

「あなたの番ですよ」

「あら！」彼女はカードをじっくり見てまた一シリングをテーブルの真ん中に置いた。

「紳士諸君、今夜は二度もシリングが賭けられた。このままで行ったら、明け方までかかるだろうな」

ミス・カボットは彼に向かってにっこりした。青い目はおもしろそうにきらめいている。ジョージはこのきれいな目にも惹《ひ》かれるなと自分をいましめた。

賭けがもう一巡した。ラザフォードは若い女と賭けをするのをいやがったことなど忘れたようだった。次に自分の順番が来ると、ミス・カボットは二シリングをテーブルに置いた。

「ミス・カボット、気をつけたほうがいい。最初のゲームで持っている硬貨を全部失いたくはないでしょうから」若い男のひとりが神経質な笑い声をあげて言った。

「すべてを最初のゲームでなくそうが、六つのゲームでなくそうが、さして変わりない気がしますわ、ミスター・エッカズリー」彼女はたのしそうに答えた。

ジョージはわけもなくそのゲームに勝ったが、ミス・カボットはそれによって気をそがれた様子はみじんもなかった。「集会所でも、もっと賭けのゲームがされるべきだとは思いません？」彼女はまわりに集まりだした人々に訊いた。「ホイストよりもいい気晴らしになるはずですもの」

「勝てばの話だね」人垣の後ろのほうにいる男が言った。

「それに、お父様がお金持ちならばの話ね」ミス・カボットは皮肉っぽく応じ、まわりに集まりだした男たちやいっしょに賭博場にやってきた若い女たちを喜ばせた。女たちはまわりの何人かの紳士たちの気を惹いていた。

テーブルではミス・カボットが見物人たちと軽口をたたきながら、何度か一シリングを賭け、ゲームがつづいていた。ジョージが好む賭け金の高いゲームではなかったが、ミス・カボットとの賭けは非常にたのしかった。彼女は社交界にデビューしたばかりの若い女性として彼が思い描くような女性とはまるでちがった。機転がきいていたずらっぽく、小さな勝ちを喜び、後ろに立った人間に誰彼かまわず次の手を相談している。

一時間が過ぎると、ミス・カボットの財布には二十ポンドが残るだけとなった。彼女はカードをそろえながら、「賭け金を上げません？」と明るく訊いた。

「ぼくと同等の賭け金を賭けられるなら、きみだけに注目して賭けるよ」とジョージは言った。

彼女は生意気そうな目を彼に向けた。「二十ポンド賭けるわ」そう言ってカードを切りはじめた。ジョージは彼女の無知に笑わずにいられなかった。「でも、それはきみの持ち金全部じゃないか」と指摘する。

「でしたら、それ以降は借金にしてもらえます？」彼女はそう言って彼と目を合わせた。その目がまだ輝いていることに彼は気づかずにいられなかった。しかし、その輝きも前とは少しちがっている。挑戦的な輝き。ああ、たいした娘だ。ジョージはこれ以上はないほどにうれしくなり、にやりとした。

「ミス・カボット、それはやめておいたほうがいい」若い男のひとりが言った。ゲームが進むにつれ、ひどく不安そうな様子になっていた男だ。「そろそろメイフェアに戻る時間だ」

「ご忠告と時間を知らせてくださったことにはお礼を言うわ」彼女はまだジョージに目を向けたまま、甘えるような口調で言った。「受け入れてくださる、ミスター・イーストン？」

彼女は訊いた。「貸しにしていただけるかしら？」

ジョージは女性の頼みを断ったことのない男だった。とくにこれほどに魅力的な女性の頼みは。「いいですよ」彼はうやうやしく頭を下げて言った。「貸しとしましょう」

彼が貸しでの賭けを受け入れたという話はあっというまに賭博場全体に広がった。社交界にデビューしてまもない若い女が、故グロスター公爵の婚外子を名乗る悪名高きジョージ・イーストン相手に大金を失う様子を見物しようと、さらに人が集まった。

三人のあいだで賭け金はどんどんつり上がり、ついには若い女相手に金を貸すのを嫌ったラザフォードがゲームからはずれた。そうして残ったのはジョージとミス・カボットだけとなった。彼女は驚くほどおちついた様子だった。さすが上流社会の令嬢だなとジョージは胸の内でつぶやいた。父親の金をどれほど失うことになろうと気にもしない。彼女にとっては借金も硬貨もどこからともなく現れる魔法の産物にすぎないのだ。

賭け金が百ポンドに達し、ジョージは手を止めた。彼女の気骨は称賛しても、それほどの額を若い女から巻き上げるのには慣れていなかったからだ。「賭け金は百ポンドになったよ、ミス・カボット。きみの父上はそれだけの金をきみの財布に入れてくれるかい？」彼がそう訊くと、まわりの男たちは同調するように笑った。

「あら、ミスター・イーストン、それって立ち入った質問じゃありません？　わたしのほうこそ、わたしが勝ったら、あなたが百ポンドというお金をポケットにお持ちかどうか訊かなきゃならないのでは？」

生意気な娘だ。まわりでささやき合う声が大きくなった。彼女のことばがこの部屋にいる紳士たちをどれほど喜ばせたかはジョージには想像するしかなかった。彼は小切手を何枚か放って彼女にウィンクしてみせた。「もちろん、持っているさ」

彼女は誰かに手渡された紙に〝百ポンド借用〟と書いてサインし、彼の小切手のそばに置いた。

ジョージはカードを並べた。十を頭に三枚つづきのカードだった。彼のカードに勝つには、十以上の同じ札を三枚並べるしかなく、ミス・カボットは驚いて息を呑んだ。

「まあ、すごい！」

「こういうゲームは長年やってきたからね」

「ええ、もちろんそうでしょうね」彼女は目を上げて彼にほほ笑みかけた。その瞬間、ジョージは自分の負けを知った。勝ち誇った生意気な笑みだったからだ。

彼女が持っているカードを並べると、まわりの全員が息を呑み、それから拍手喝采した。ミス・カボットは十を三枚並べてみせたのだ。ジョージは彼女のカードをじっと見つめ、その目を彼女の目と合わせた。

「いいかしら？」彼女はそう訊くと、両手を使ってテーブルの中央に置かれた硬貨と小切手をかき集めた。最後の硬貨にいたるまで手にとると、それを小さく優美な財布のなかにおさめた。それから、賭け事を経験させてくれたことに対してジョージとラザフォードに礼を言うと、礼儀正しくテーブルを離れ、マントと手袋を身につけて若い女たちの集団のなかに戻った。

ジョージは指でテーブルをたたきながらその様子を見守っていた。賭け事では経験豊富な自分が、上流社会の若い女性に打ち負かされたのだ。

それがオナー・カボットとの厄介事のはじまりだった。

2

レディ・ハンフリーが催す毎春恒例の音楽会は、上流社会の女性たちが新たな社交シーズンに向けて流行の装いに心を砕く催しと広くみなされていた。そして例年、誰かひとりが目立つのがつねだった。一七九八年には、レディ・イーストボーンが肩を覆うだけの短い袖のドレスを身につけた。それを下品だが気がきいているとみなす人が多く、彼女のドレスはメイフェアじゅうで何週間も噂の的となったものだ。一八〇四年には、ミス・キャサリン・ワーリムがモスリンのドレスの下にまったく裏地をつけず、脚が透けて見えるのをそのままにして、みんなを驚愕させた。

一八一二年の明るい春のはじめには、ミス・オナー・カボットが、大胆にくった襟と、体にぴったりしたドレスで人々にかなりの印象を与えた。パリからとり寄せた高級シルクでつくられたそのドレスは、縁に大量の刺繍やビーズの飾りがほどこされており、イングランドがフランスと戦争中だということをかんがみても、おそらくは法外な額の金がかかっているはずだった。そのシルクはクジャクの胸の色で、彼女の彫りの深い青い目とよく合っていた。

真冬の夜のように真っ黒な髪に飾られた小さなクリスタルガラスが、ドレスの色をよく映していた。

オナー・カボットが見目麗《みめうるわ》しいことに異を唱えるものはいなかった。身につけるものはつねに最高の仕立てで、クリームのような肌に黒いまつげとふっくらとしたルビー色の唇と頬の健康的な赤みがよく映えていた。物腰はつねに明るく、数多くの友人たちや彼女を崇拝する紳士たちと笑い合うときには、その目は喜びに輝くのだった。

彼女は社交界の若い女性に求められる礼儀正しく慎ましい振る舞いから逸脱しがちという評判の持ち主だった。彼女が最近、サザックに出没したという噂はみんなが耳にしていた。なんともけしからんことだ！　社交界の紳士たちはおもしろがって彼女を〝強者《つわもの》〟と呼んだ。

その晩、音楽会が終わると、客たちはハノーヴァー・スクエアの反対側にあるハンフリー家のタウンハウスへ夕食に招かれた。そこで噂になったのは、〝強者〟の美しく大胆なドレスではなく、そのボンネットだった。

そのボンネットはなんとも凝《こ》ったつくりだった。帽子についてはすべてに通じていると自負するレディ・チャタムによると、セント・ジェームズ街にある最高級の帽子屋、〈ロック・アンド・カンパニー〉が作成したボンネットということだった。黒いちりめんと高級な青いサテンでつくられたそのボンネットは、片側の生地が小さな扇の形に寄せられ、きらきらと輝くアクアマリンで留められていた。そしてその扇から、ふたつの非常に長いクジャク

の羽が伸びていた。レディ・チャタムによると、そのクジャクの羽はインドからはるばると
り寄せたものだということだった。まるでインドのクジャクの羽のほうがイングランドのク
ジャクの羽よりもずっと高級だとでもいうように。
　そのボンネットがオナーの黒髪に堂々と載っているのを目にしたミス・モニカ・ハーグ
ローヴは、あやうく卒倒しかけた。
　女性用の化粧室でミス・カボットとミス・ハーグローヴのあいだに言い争いが起こったと
いう噂がメイフェアじゅうにただちに広がり、その噂はグローヴナー・スクエアのベッキン
トン伯爵のタウンハウスに、ミス・カボット自身が帰還するよりも早く伝わった。
　オナーはそのことを知らずに、雄鶏が鳴きはじめるころに家にこっそり帰った。階段を急
いでのぼり、安全な自分の寝室に戻ると、ボンネットを長椅子に放り、ドラコット夫人が特
別に仕立ててくれた美しいドレスを脱いで、すぐに夢も見ない深い眠りに落ちた。しばらく
して、彼女は浅くなっていた眠りから荒っぽく起こされた。十三歳の妹のマーシーが身を乗
り出し、顔を近づけてじっと寝顔をのぞきこんでいたのだ。
　オナーははっとして悲鳴をあげ、身を起こすと、シーツをきつくつかんだ。「マーシー、
いったいなんなの？」と訊く。
「お姉様が帰ってきてるはずだってオーガスティンが言っていたから」マーシーはそう答え、
銀縁眼鏡の奥の目でじろじろとオナーを見つめた。二十二歳のオナーとたったひとつしかち

がわない妹のグレースと十六歳のプルーデンスが薄い色の髪とハシバミ色の目をしているのに対し、マーシーはオナーと同じ黒髪で青い目をしていた。

「オーガスティン？」オナーはあくびをしながらおうむ返しに訊いた。今朝は義理の兄に会いたい気分ではなかった。それにまだ朝なの？　マントルピースの上の時計に目をやると、時計の針は十一時半を差していた。「なんの用ですって？」

「さあ」マーシーはそう言うと、オナーのベッドの足もとにはずむように腰を下ろした。

「どうして目の下にくまがあるの？」

オナーはうなるように言った。「今日は誰か訪ねてきた？」

「ミスター・ジェットだけよ」とマーシーは答えた。「お姉様に名刺を置いていったわ」

困ったミスター・ジェット。あなたの求愛は受けないとどれほど言っても聞き入れない。ロンドンの社交界で、どれほど想像力をたくましくしても魅力を感じない紳士を惹きつけてしまうのは彼女の運命だった。ミスター・ジェットは少なくとも二倍は年上で、なお悪いことに、分厚い唇をしていた。オナーにとって、女性は財産と社会的地位が見合う男性なら、どんな相手でも受け入れるものとされるのは腹立たしいことだった。気が合うかどうかはどうなの？　尊敬し合えるかどうかは？

オナーがそういう強い感情を抱いたのは、社交界にデビューした年だった。最大級の敬意を抱ける、ハンサムで魅力的な若い紳士、ローリー卿と恋に落ちた年。オナーは彼に夢中になるあまり、結婚を申しこまれるにちがいないと思いこんでいた——まわりからもそう言われていた——のだった。

結婚の申しこみは為された……が、受けたのはデリラ・スノッドグラスだった。

オナーはお茶の席で婚約について耳にしたが、茫然自失となるあまり、グレースが言い訳をしてオナーを急いで家に連れ帰らなければならないほどだった。その現実に心破れたオナーは、何週間もみじめにがっくりと気落ちしていた。ローリーがミス・スノッドグラスに付き添ってまわるのを見ては打ちひしがれ、悲しみのあまり、自分がどんどんちっぽけになっていくように思えたものだ。

どうしてこんなひどい勘ちがいができたの？　ローリーはわたしの外見やたしなみを褒《ほ》めなかった？　頬だけではなく、ちゃんとしたキスをしたいと耳もとでささやかなかった？　公園で長い散歩をいっしょにしながら、将来の望みについて語り合わなかった？

驚愕の事実を知らされたあとのある日、オナーはローリー卿にばったり出くわした。彼にほほ笑みかけられて、心臓は狂ったように打った。彼女はできるだけ礼儀を失わないようにしながらも、結婚の申しこみを期待していたのに、どうしてしてくれなかったのかと彼に訊かずにいられなかった。

生涯、そのときの彼の顔に浮かんだ驚愕の表情を忘れることはないだろう。「すまない、ミス・カボット。きみの気持ちがそれほど強いものだとはまったく知らなかったよ」彼は謝るように言ったのだった。

オナーはその答えにすっかり虚をつかれた。「知らなかった?」とおうむ返しに言った。

「でも、何度も訪ねてきてくださったじゃない! 公園に散歩にも出かけたし、将来の話もした。日曜日の礼拝では隣にもすわったわ!」

「ああ、たしかに」彼は気まずそうな顔になって言った。「ぼくには女性の友人も多いんだ。彼女たちと何度も散歩に出かけたし、おもしろい会話も数多く交わした。でも、きみの感情が友情以上になっているとは気づかなかったんだ。そんな様子はつゆも見せなかったから」

オナーはあっけにとられた。もちろん、そんなはっきりした態度をとることはなかった! だって、わたしはちゃんとした女性だもの。これまで教えられてきたとおりに、礼儀正しく、お行儀よくしてきたのよ! きっと申しこまれると思ったから、殿方から申しこまれるのを慎み深く待っていたんだわ!

「それに、これだけは言っておかなければ、ミス・カボット」彼は苦痛の表情でつづけた。「もしきみの気持ちに気づいていたとしても、何も……変わらなかったはずだ」彼は無意識に肩をすくめながら、わずかに顔を赤くして言った。「ぼくたちは似合いの縁組とは言えなかっただろうから」

彼に裏切られた事実よりも、そのことばのほうが衝撃が大きかった。「なんですって?」

彼は咳《せき》払いをして、手に目を落とした。「つまり、伯爵の長男として、ぼくはベッキントンの継娘《むすめ》……というか、主教の娘よりも地位の高い女性に目を向けるものと期待されている」彼は彼女とほとんど目を合わそうとしなかった。「それはきみにもわかるだろう」

たしかにオナーにもわかった。ローリーにとって――メイフェアのほかの紳士たちにとっても――結婚は社会的立場や地位の問題でしかないのだ。恋や愛などというものはどうでもいいことなのだ。彼がわたしを愛していないのも明らかだ。

その夏の失恋がオナーの心に傷を残し、その傷がすっかり癒えることはなかった。彼女は自分自身と姉妹に誓った。もう二度とこんなはめにはおちいらないと。

彼女はマーシーに向かってあくびをした。「オーガスティンにすぐ階下《した》に行くって伝えて」

「いいけど、遅くならないほうがいいわよ。すごく怒ってるから」

「どうして？　わたしが何をしたというの？」

「さあね。お母様にも腹を立てているわ」マーシーは付け加えた。「昨日の晩、ハーグローヴ家の方々がここで食事をする予定だとお母様に伝えたらしいんだけど、お母様は聞いてなかったって言って、夕食の準備をさせてなかったの。そのせいで、ひどい言い争いになったのよ」

「ああ、やだ」オナーは言った。「それでどうなったの？」

「夕食はゆでた鶏だったわ」マーシーは言った。「もう行かなくちゃ」そう陽気に付け加えると、スキップして部屋から出ていった。

オナーはまたうなるような声をもらし、シーツを押しやった。すべてをかんがみれば、オーガスティンは悪くない義理の兄だった。彼が義兄になってもう十年になる。年は二十四歳で、背はオナーと変わらないが、少々肥満気味だった。散歩や狩りを好む人間ではなく、読書をしたり、クラブで友人たちと英国海軍の軍事作戦について議論を交わしたりして午後を過ごすほうを好んだ。そして、そのうんざりするような詳細を夕食の席で語って聞かせるのだった。

しかし、そんな恐ろしいほど退屈な人生を送っているにもかかわらず、ソマーフィールド卿のオーガスティン・デヴローは他人に親切で思いやり深い、善良な人間だった。ただ、女性を前にすると、意志が弱く、ひどく内気だったため、長年、オナーとグレースは容易に彼を意のままにしてきた。もちろん、彼がモニカ・ハーグローヴと恋に落ち、婚約したときにその関係は変わることになったが。伯爵の健康状態が悪化しなければ、ふたりはすでに結婚していたはずだった。老いた伯爵がかろうじて生にしがみついている状況で、ベッキントン家の跡継ぎの婚姻を祝うわけにはいかなかったのだ。オナーの継父は肺結核をわずらっていた。この家にやってきた大勢の医者たちが、余命は数週間とまでは言えなくとも、数カ月だとみなしていた。

オナーは簡素な昼用のドレスに身を包み、髪にブラシを入れて垂らした。疲れはてていて、結い上げる気力がなかったのだ。階下《した》へ降りると、妹たちとオーガスティンは朝の間にいた。

兄妹がそろっているのを見るのはうれしいことではなかった。とくにグレースの顔に暗い表情が浮かんでいるのを見れば、いい兆候ではなかったからだ。しかし、サイドボードの上の食べ物を見て、オナーはそれなりに元気をとり戻した。最後に実のあるものを食べたのがいつかもはっきりとは思い出せないほどだった。「おはよう、みんな」彼女はオービュッソンの絨毯《じゆうたん》の上を横切ってサイドボードへ向かいながら明るく挨拶し、皿を手にとった。

「オナー、いったい何時に家に戻ってきたのか訊いてもいいかな？」オーガスティンが鋭い口調で言った。

「それほど遅くなかったわ」オナーは義理の兄とどうにか目を合わせまいとしながら言った。「それほど長居するつもりはなかったんだけど、レディ・ハンフリーがファロの準備をしていて、わくわくするゲームだったから、すっかり夢中になってしまって――」

「ファロだって！　居酒屋で荒くれ男たちがする下品なゲームじゃないか！　なあ、おまえは自分の行動が噂を招くと考えたことはないのか？」

「いつも考えてるわ」オナーは嘘偽りなく答えた。

オーガスティンは目をぱちくりさせ、顔をしかめた。「だったら、明け方まで継父の財産を賭けに費やして過ごす若い娘をどんな紳士が望むというんだ？」彼は作戦を変えて訊いた。

オナーはそれを聞いて息を呑み、義理の兄の目をしっかりと受け止めた。「伯爵家の財産を賭けてなんかいないわ、オーガスティン！　正当なやり方で勝ったお金を賭けただけよ！」それについて謝るつもりはなかった。じっさい、賭けには勝っていた。サザックの賭博場に行き、衆目の前でミスター・ジョージ・イーストンから百ポンド巻き上げてから一カ月もたっていない。彼が敗北に目をぎらつかせていたのは今でも思い出せるほどだ。

しかし、オーガスティンはそんな答えでは満足せず、「賭けに勝ったからって、どうしておまえの評判がよくなる？」と訊いた。

「音楽会のことを話してよ」プルーデンスがオーガスティンの不満そうな様子には頓着《とんちゃく》せずに言った。「音楽はすてきだった？　誰がいたの？　みんなどんな格好だった？」

「格好？」オナーは考えこむようにしてくり返し、チーズとビスケットを山と載せた皿を手にオーガスティンの隣に席をとった。「あまり目立ったものはなかったわ。いつもとそんなに変わらない感じよ。モスリンとか、レースとか」そう言って軽く肩をすくめた。

「ボンネットはどうだ？」オーガスティンが不機嫌そうに訊き、オナーの皿からビスケットをかすめとった。

モニカとの言い争いが義理の兄に伝わっているのは明らかだった。オナーはつかのまためらってから、背筋を伸ばし、義兄にほほ笑みかけて言った。「覚えているのはわたしのボンネットだけよ」

「ほうらね、オーガスティン！」グレースが勝ち誇ったように言った。「おわかり？　彼女がモニカのボンネットを奪ったなんてあり得ないのよ」

「奪った？」オナーは信じられないという口調でくり返した。

「オナーは腹立たしい人間かもしれないけど、不正直なところはかけらもないのよ」グレースはオナーが真正面にすわっていないかのようにつづけた。「まったく逆よ！　批判を招くとしたら、正直すぎるせいだわ」

「正直すぎるなんてことあるの」プルーデンスが訊いた。「正直か、そうでないかじゃないかしら」

「分別をなくすことがよくあるってことよ」グレースが説明した。

「お褒めのことばをどうも」オナーが皮肉っぽく応じた。「とてもおやさしいことばだわ」

グレースはそれは否定できないとでもいうように、無邪気に目をしばたたいてみせた。

「ミス・ハーグローヴだって正直でないはずはない」オーガスティンがきっぱりと言った。

「ほんとうじゃなかったら、そんな話をぼくの耳に入れたりはしないはずだ」彼はそこでことばを止め、ビスケットの残りを口に押しこむと、オナーをにらみつけながら口を動かした。

モニカ・ハーグローヴには欠点が多々あったが——彼女とは六歳のとき、ふたりの母親たちが節約のためにひとりのダンス教師を共同で雇ったときからの知り合いだったので、オナーにはよくわかっていた——それを口に出すことは避けた。覚えているそのダンス教師は、とがった鼻とひょろ長い腕をした、へらへらとした愚かな人間だったが、モニカをとても気に入り、ダンスの発表会では必ず彼女にもっともいい役を割り振った。さらには、モニカの衣装にはいつも羽があり、オナーのにはなかった。モニカがひどく自慢しなければ、それにも耐えられたかもしれなかったが。「あなたもダンスがもっとうまくなれば、来年はこの衣装を着られるかもしれないわね」彼女は体をくねくねとひねりながら言ったものだ。オナーにそのすばらしい羽が見えるように。

ふたりのあいだの競争はそれから十六年にわたって激しさを増すばかりだった。

「あなたの目にモニカがよりよく見えて、わたしがより悪く見えるようなことだったら、モニカはどんなささいな誤解でもあなたの耳に入れることでしょうよ」とオナーは言った。

「ミス・ハーグローヴがロック・アンド・カンパニーにボンネットを注文し——」オーガスティンはビスケットを呑みこんでつづけた。「それが音楽会でおまえの頭に載っているのを見て動揺したのはたしかだろう？　きっととんでもなくびっくりしたはずだ。かわいそうに」

文字に目を向けずに本のページを繰っていたマーシーがそれを聞いて笑ったが、グレースににらまれ、すぐさま黙った。グレースはオーガスティンをなだめるように言った。「ささいな誤解だったにちがいないわ」

「ちがうね」オーガスティンは首を振って言った。「ミス・ハーグローヴはオナーを問いただしたと夕食のときに自分で言っていた。当然、オナーはそれを否定し、ミス・ハーグローヴがかなりの金額でそれを注文したと言ったら、『これはそれじゃないわ』と返したそうだ。

ほら、わかるかい？　ミス・ハーグローヴに自分がそのボンネットを横取りしたと告白したも同然というわけさ」

「わたしが言ったのは、ボンネットを買ったときには、そんなに高いものだとは思わなかったということよ」オナーが穏やかに言った。

オーガスティンの頬はまだらになりつつあった。彼が苛立ち、当惑したときにいつもそうであるように。「オナー、それは……」彼は威厳あるところを見せようと、少しばかり胸をふくらませて間を置いた。「それは通らないぞ」

「何が通らないの？」オナーはもうひとつビスケットをどうぞというように皿を差し出して訊いた。「彼女はわたしのボンネットを褒めてから、それが自分のだと言い出したのよ。帽子屋がわたしに売って、わたしの頭に載っているのに、どうして彼女のものだということがあり得るの？　よかったら、ロック・アンド・カンパニーに問い合わせてくれてもいいのよ」

オーガスティンはボンネットの謎を頭のなかで整理しようとしているらしく、当惑の表情を深めた。「あなたの婚約者をけなしたくはないのよ、オーガスティン」オナーはつづけた。「友達になりたいと思っているわ、ほんとうよ！　でも、ここだけの話、ときおり、彼女が内心何を考えているのか、とても怖いときがあるわ」

「彼女は純粋な人だ！」オーガスティンは言った。「ロンドンで彼女ほどやさしくて愛らしい女性はいない」彼は突然オナーの手へと手を伸ばし、その手が皿を差し出しているのに気づいたが、ビスケットはとらずに訴えるように彼女の手首をつかんだ。「彼女のボンネットをとったりするんじゃないと言わなくてはならないよ、オナー。それと……彼女がいいと思ったものをおまえが買うのもそうだ」彼はためらいながら言った。

オーガスティンの後ろでグレースが目を天に向けた。

「約束するわ」オナーがおごそかに言った。「モニカのボンネットをとったりはしない」聞こえてきた忍び笑いはプルーデンスのものだった。大笑いしそうになるのを必死にこらえている。

「おまえたちふたりがうまくいかないのは困る」オーガスティンはつづけた。「おまえはぼくの義理の妹で、彼女はぼくの妻になる人だ。おまえたちふたりについて街でどんな噂が流れようとぼくは気にしないが、父さんのためにはよくないはずだ」

「ええ、もちろん、おっしゃるとおりよ」オナーはほんのわずかに反省しながら言った。

「今朝、伯爵はどんなご様子なの?」

「疲れきっている」オーガスティンは言った。「朝食のあとに様子を見に行ったんだが、カーテンを閉めるように言われた。また長く眠れない夜を過ごしたようで、眠りたいと言うんだ」

オーガスティンは突き出た腹をテーブルにかすめるようにして席を立った。すわったときに持ち上がっていたウエストコートを引っ張り下ろし、リネンのナプキンを襟からはずす。

「失礼するよ」

「ご機嫌よう、オーガスティン！」グレースが愛想よく言った。

「ご機嫌よう！」オナーも呼びかけた。

それに対してグレースはしかめ面をくれた。「いいわ、プルー、マーシー、髪を整えてきてくれる？　昼食のあと、お母様を公園へ馬に乗りに連れていくから」

マーシーはテーブルからさっと立った。「あの栗毛に乗っていい？」

「ミスター・バックリーに訊いてみて」グレースはさっさと行ってというように、扉のほうへ指を振って言った。ふたりが部屋を出ていくと、今朝、朝食の給仕をしてくれていた従者ににっこりとほほ笑みかけた。「ありがとう、フィッチュ。これからは自分たちでどうにかするわ」

フィッチュは下の妹たちのあとから部屋を出ると扉を閉めた。

ふたりだけになると、グレースはゆっくりと首をめぐらし、濃いハシバミ色の目をオナーに据えた。オナーは飢えたように皿の食べ物を食べ、それに気づかないふりをした。

「あなた、何をしたの？」とグレースが低い声で訊いた。

「別に」しかし、オナーはこらえきれず、唇の端をゆがめてほほ笑んだ。「いいわ。ボンネットを買ったのよ」彼女はチーズをひと口食べた。

「それで、どうしてモニカが怒ったの？」

「たぶん……自分が注文したボンネットだったから」オナーはさらに笑みを深めた。

グレースはしばし姉をじっと見つめていたが、やがて噴き出した。「まったく、あなたってどうしようもないわね！　わたしたちみんなの評判を台無しにしてくれるわ！」

「それはちがうわ。わたしはとても素直に悔い改める人間よ」

「オナー！」グレースはまだ笑いながら言った。「二度とモニカを怒らせないって言ってたじゃない」

「あら、たかがボンネットひとつよ」オナーは皿を押しやって言った。「ロック・アンド・カンパニーの窓に飾ってあって、とても気に入ったの。店の店員がいそいそと教えてくれたんだけど、ミス・モニカ・ハーグローヴは一カ月前にそれを注文したのに、お金を払いには来なかったそうよ。それで、窓に飾られっぱなしだったの。きれいなボンネットなのに。正直に言えば、モニカの青白い顔色には合わない色だわ。おまけに気の毒な店がそれをつくるのにかけたお金は払われないままだったのよ！　もちろん、店員は喜んでそれをわたしに売ってくれた。じっさい、それを注文したのがモニカでも、わたしはまったく気にしないわ。あの人ってほんとうに虫が好かない！　昨日の晩、わたしになんて言ったと思う？」オナーはわずかに身を乗り出して言った。「『あなたがどういうつもりかはわかっているのよ、オナー・カボット』ですって」オナーはわざと低く意地悪な声を出して言った。「『でも、そんなことをしても、少しもあなたのためにはならないわよ。オーガスティンとわたしが結婚するのは決まりで、やめさせようとしても、あなたにはどうすることもできないわ。覚えておいて、わたしたちが結婚したら、あなたは上等のボンネットなんて必要ない、コッツウォルズの家で暮らすことになるんだから！』」オナーはそう言って椅子に背を戻した。

グレースは息を呑んだ。「コッツウォルズ！　どうせなら、アフリカの砂漠に追いやればいいじゃない。同じぐらい最悪なんだから！　ああ、オナー、不安的中じゃない。それなのに、なんてことをしてくれたの！」

オナーはふんと笑ってまたチーズをひとかけら手にとった。「モニカがそこまでオーガスティンを意のままにできると本気で思っているの？　彼が自分の妹たちのことを思いやることもないと？」

「そうよ！」グレースは強調するように言った。「そう、オーガスティンは彼女の言いなりになるでしょうよ。それに、わたしたちのことをとても思ってくれているかもしれないけど、伯爵が亡くなったら、モニカがベッキントン・ハウスやロングメドウにある田舎の家で——そういう意味ではどこにしろ——わたしたちみんなといっしょに暮らしてくれると本気で思っているの？」

オナーはため息をついた。伯爵になったばかりの人間と、その彼がめとったばかりの妻が、死んだ父の三番目の妻と四人の継娘を、快く自宅に住まわせようと思わないであろうことは上流社会では当然のことだったからだ。グレースの言うとおりだったが、モニカはあまりに……傲慢だった！　あまりに完璧で、控えめで、慎ましく、きれいだった！

「まったく、あなたってひどく考えなしだわ。そんなことをしていて、プルーデンスとマーシーはどうなるの？　お母様は？」

四人の未婚の娘を養わなければならないとなると、母が新たな夫を見つけるのはむずかしいだろう。とくに、娘たちがかなり高い水準の生活とそれなりの持参金を期待しているとなれば。カボット家のほうは母の結婚にあたってほんの少しの金額しか用意できなかった。もちろん、四人の娘の持参金には足りない額だ。みなそれについては伯爵に頼りきっていた。なお悪いことに、グレースとオナーが母について知っていることを誰かに疑われたならば、カボット家の人間が社交界から閉め出される危機に瀕することはまちがいなかった。母はゆっくりと、しかし明らかに、正気を失いつつあったのだ。それは二年前、ロングメドウへ行って帰ってきてからはじまった。母は二頭立ての二輪馬車がひっくり返る事故に巻きこまれ、道に投げ出された。けがからは回復したものの、そのときから、オナーとグレースは母の様子が変であることに気づいていた。顕著だったのは物忘れだったが、ほかにもよりかすかながら兆候はあった。一度、ヴォクスホール公園で姉に会ったと陽気に語ったことがあった。まるで自分の姉がまだ生きているかのように。別のときには、伯爵の爵位を思い出せなかった。

しかし、最近の母はさらに状態が悪化しているようだった。たいていは頭もはっきりしていて、つねに夫のそばを離れようとしなかったが、同じ質問を一度ならず発し、数分のあいだに天気について三度も四度も口に出すこともあった。オナーが母に忘れっぽくなったわねと言うと、母は娘のことばに驚き、苛立った様子で、忘れっぽいのはあなたのほうじゃないと言い返したこともあった。

「それに、伯爵がこの二日ほど、ベッドから出られないでいるのは言わなくてもわかっているでしょう」とグレースは付け加えた。

「わかってるわよ」オナーは悲しそうに言った。椅子の上で足を体の下にたくしこむ。「グレース……考えていたんだけど」彼女は慎重に口を開いた。「もし、モニカがオーガスティンと結婚しなかったら――」

「もちろん、するわよ」グレースはオナーのことばをさえぎるように言った。「オーガスティンは彼女に心底夢中ですもの。子犬のようにあとをついてまわってるじゃない」

「でも、もし……もし、モニカがもっと莫大な財産に幻惑されたとしたら？」

「え？」グレースはオナーに訝《いぶか》るような目を向けた。「どうやって？　なぜ？」

「幻惑されたらと考えてみてよ。そうすれば、わたしたちにも少し問題を解決する猶予ができるわ。ねえ、グレース、伯爵が亡くなったら、オーガスティンはただちに彼女を祭壇に連れていくわ。そうしたらどうなる？　でも、ふたりがすぐに結婚しなければ――」

「オーガスティンが彼女を愛しているのを忘れたの？」グレースが見るからに冷静さを保とうと努めながら訊いた。

「忘れてないわ。でも、彼だって男でしょう？　すぐに彼女のことなんか忘れて別の人を見つけるわよ」

「うちのオーガスティンが！」グレースが信じられないという声をあげた。「モニカ・ハーグローヴは彼が目を向けたはじめての女性よ。目を向けるのにだって何年もかかったんだから！」

「わかってるわよ」オナーはわずかに顔をしかめて言った。「わたしはただ、ふたりの結婚をしばらく延期させる方法はないかと考えているだけ」

「しばらくっていつまで？」

「はっきり決めてないわ」オナーは正直に言った。

グレースはしばらく姉をまじまじと見つめ、それから首を振った。「ばかなことを。愚の骨頂よ！　モニカはつかまえた小鳥を手放そうとはしないわ。オーガスティンがしゃべれなくて、目が見えなくても、モニカは気にもしないわよ。それに、わたしにもっといい策があるの」

「どんな？」オナーは疑うように訊いた。

グレースは背筋を伸ばした。「わたしたちのほうが先に結婚するのよ。急いで。結婚すれば、その夫は、伯爵が亡くなったときに妹たちやお母様を引きとるしかないもの」

「ばかなことを言ってるのはどっちよ?」オナーが言った。「ぱちんと指を鳴らせば夫が現れるとでもいうの? 誰がわたしたちと結婚するのよ?」

「ミスター・ジェットとか――」

「いやよ!」オナーは叫ばんばかりに言った。「そんなの愚かしい策よ、グレース。まず、わたしたちのどちらも結婚の申しこみを受けてないじゃない。それに、まだわたしは結婚したくない。夫の世話をして、夫の命令に従うなんてごめんだわ。夫の望みに従って、社交界も何もない田舎に引きこもるなんてことも」

「いったいなんの話をしているの? 誰が田舎に引きこもったっていうの?」グレースは幾分驚いた声で言った。「オナー、あなたには結婚するつもりがあるの? 誰かに愛情を注いでいっしょに暮らし、子供を持つ気は?」

「もちろん、あるわ」オナーは自信なさそうに言った。自由をたのしむほうがよかったからだ。同じ年頃のほかの女性たちのように、結婚して子供を持ちたいと願ってやまないということはなかった。「でも、今は誰のことも愛してないし、結婚したほうがいいからというだけで結婚したいとも思わないわ。言われたとおりに、この人と結婚するとか、あの人からの結婚の申しこみを待つとかするものと期待されると、ひどく腹が立つのよ」彼女は苛々《いらいら》と手を振りながら言った。「どうしてそうしなきゃならないの? わたしたちは自由な女性なのに。男性と同じように、好きに選んだり、行動したりしていいはずだわ」

「でも、わたしたちには、わたしたちに頼らざるを得ない人間がいるでしょう」グレースはプルーデンスとマーシーのことを言った。

それを聞いて、女性も男性と同等だというオナーの主張はつかのましぼんだ。

「それに、ローリーに拒絶されたことであなたの判断力も鈍っているでしょうし――」

「あれは正確には拒絶じゃなかった――」オナーは言い返そうとしたが、グレースが片手を上げてそれを止めた。

「意地悪で言ったんじゃないのよ。ただ、あなたの判断力が鈍っているのはたしかだわ、オナー。誰もそばに寄らせようともしないじゃない」

そんなばかげたことばにオナーが言い返そうとする前に、グレースがつづけた。「それで、何か手を打たなくちゃならないってことにお互い異はないわけね」

「ええ、もちろん、そうよ。だからこそ、モニカを誘惑してオーガスティンから遠ざけようって言ってるの。それを実行してくれそうな男性も知ってるしね」

「誰？」グレースは疑うように訊いた。

オナーは自分の思いつきのすばらしさに思わず笑みを浮かべた。「ジョージ・イーストンよ！」

グレースの目が見開かれた。口がぽかんと開く。ことばを発するまでしばし時間がかかるほどだった。「あなた、すっかり気が変になっちゃったの？」

「なってないわ」オナーはきっぱりと言った。「彼こそぴったりの人だもの」

「サザックでのあのとんでもない賭けで、あなたが百ポンド巻き上げたあのジョージ・イーストンのことを言っているの？」

「ええ」オナーは少々ぎごちなく椅子の上で身動きした。

グレースは悲嘆か驚きか、オナーにははっきりわからない声をもらすと、突然立ち上がって片手を背中にまわし、椅子の後ろを円を描くように歩き出した。モスリンのドレスの裾を後ろに引きずりながら。オナーにまた顔を向けたときには胸の前で腕を組み、じっと姉を見下ろした。「はっきりさせたいんだけど、亡くなったグロスター公爵の婚外子を自認するあの人のことを言っているの？　楽々と手にした大金をすぐに失ってばかりのあの人のことを？」

「ええ」オナーは自分の思いつきに自信を持って言った。「ハンサムで、王の甥で、今はかなり羽振りがいいのはみんな知ってることだわ」

「でも、あの人はじっさいには名のある男性じゃないわ。縁戚だってそうよ！　彼が亡くなった公爵の息子だとみんな信じているかもしれないけれど、公爵自身はそれを認めなかったじゃない。それに、今の公爵――イーストンがほんとうに公爵の息子だとしたら、彼の腹ちがいの兄――は彼を軽蔑しきっていて、誰かが彼の名前を口に出すことさえ許さないわ！

まったく、オナー、彼は公爵の息子かもしれないけど、その特権を享受しているわけじゃないのよ。モニカ・ハーグローヴが彼のためにベッキントン伯爵の称号をあきらめるはずはないわ。たとえ地獄が凍りついたとしても」

「あきらめるかもしれないわよ」オナーは頑固に言い張った。「うまく誘惑されれば」

グレースは目をぱちくりさせ、椅子にどさりと腰を下ろすと、両手を膝に載せてあきれた目で姉を見つめた。「危険でばかばかしい思いつきだわ。そんないかがわしいこと、行動に起こさないと約束してもらわなくちゃ」

「いかがわしいですって!」グレースが自分のすばらしい考えに賛同してくれないことにオナーはむっとした。「彼には彼女を誘惑してもらおうと思ってるだけよ。純潔を穢《けが》してほしいとは言ってないわ! 彼女に関心を抱く男性がほかにもいるってことをわからせてやってほしいだけよ。それで、オーガスティンと結婚する前に、ひとつかふたつ、ほかの選択肢を試してみてもいいんじゃないかって思わせるの。わたしには単純ですばらしい策に思えるわ。あなたの策のほうがましだと思う?」

「ずっとましよ」グレースは強調するように言った。「あなたが結婚しないなら、わたしがするわ」

「あら、あなたにわたしの知らない申しこみがあったってわけ?」

「いいえ」グレースは鼻を鳴らして言った。「でも、ちょっと考えてることがあって、申しこみを受けるかもしれないと思うの」

「考えってどんな？」

「気にしないで」グレースは言った。「ただ、そんなばかげた行動には走らないと約束して」

「わかったわよ」オナーは苛々と手を振って言った。「約束するわ」とわざと大げさに言うと、また皿を手にとった。「おなかが減った」

公平に言えば、オナーが約束を守るつもりでいるのはたしかだった。破ろうと思って約束を破ったことは一度もなかったのだから。

しかし、まさにその日の午後、彼女は思いがけずジョージ・イーストンに出くわすことになったのだった。

3

ジョージ・イーストンの執事兼従者であるフィネガンがジョージの最高級の褐色の上着と、金色と茶色のウエストコートと、褐色のクラヴァットにアイロンをかけてくれていた。そして、それらをジョージが見逃しようのないところに吊るしておいてくれた。カミソリとブラシとカフスを置いてある洗面台の真ん前、鏡が見えなくなる場所に。

フィネガンを雇う前は、ふたりの使用人と料理人と家政婦との暮らしで充分満足していたのだったが、当時恋人だったレディ・ディアリングが、彼女の夫が首にしたフィネガンを従者として雇ってくれるよう頼んできたのだった。レディ・ディアリングによれば、フィネガンが首になったのは、経費節減のためということだった。ジョージのほうは節約する暮らしには慣れていた。三十一年の人生で、一度ならずそれを強《し》いられたからだ。

彼を雇って数週間がたってから、フィネガンが突然解雇された真の理由を知ることになった。彼もレディ・ディアリングとベッドをともにしていたのだ。薄い色の髪をしたその女がみだらな女であることはジョージも知っていたが、使用人ともベッドをともに？　それは度を超していた。とはいえ、そのころにはフィネガンのやり方に慣れていたため、すぐさま恋人と別れ、執事のほうはそのまま雇うことにしたのだった。

フィネガンが帽子を手に主寝室の入口に現れたときには、ジョージは着替えを終えていた。

「それはなんだ？」

「旦那様の帽子です」

「帽子であるのは見ればわかる。どうしてそれを持ってきた？」

「ミスター・スウィーニーとの約束がおありですから。そのあと、コクランの厩舎へミス・リヴァーズとミス・リヴァーズをお迎えにあがることになっています。若いご婦人方を乗馬にお誘いになったので」

ジョージは訝るように目を細めた。「ぼくが？　いつお誘いしたんだ？」

「昨晩のようです。リヴァーズ家の従者が喜んで招待をお受けするというご婦人方からの書きつけを届けに来ました」フィネガンはほほ笑んだ。それはにやにや笑いだったかもしれない。ジョージにははっきりわからなかったが。

招待したことは覚えていなかったが、昨晩、〈コヴェントリー・ハウス・クラブ〉で少々度を超してたのしんだのもたしかだった。それは彼のような男のためのクラブだった。ジョージのように、カードのテーブルについて大金を賭け、ウイスキーやアメリカの煙草でつくった両切り葉巻を好む、商人や上流階級の紳士が集うクラブ。セント・ジェームズ街にあるホワイツのような堅苦しいクラブとは対極にあるクラブだ。

ご婦人たちの兄のトム・リヴァーズも昨晩コヴェントリー・ハウスに来ていたが、ジョージがぼんやりと覚えているのは、大酒を飲み、よく笑ったことだけだった。「困ったことだな」彼はそうつぶやくと、立ち上がって帽子に手を差し出した。

それから、ウェリントン公爵からひそかに購入した堂々たるメイフェアの邸宅の厚手の絨毯を敷きつめた階段を降りた。公爵はジョージのような男——つまり、前グロスター公爵の婚外子で、彼の存在に嫌悪感を示している現公爵の腹ちがいの弟——に家を売りたいとは思っていなかったが、ジョージが買い値として提示した現金を必要としていたのだった。

メイフェアのしゃれたオードリー街のなかでも、その邸宅はかなり壮麗なものだった。馬ほどの大きさのシャンデリアが玄関の間の高い天井から優雅に吊り下げられており、それをまわりこむように階段がらせんを描いていた。玄関の間のシルクで覆われた壁には、ウェリントン公爵が購入した絵画や肖像画が飾られている。

今日はそれにはほとんど注意を払わなかったが、自分に似たところはないかと肖像画のすべてをじっくり眺めることも多かった。結局、そのどれが自分の祖先であってもおかしくなく、誰が祖先であろうとあまり関係ないと思うのだったが。公爵と身分の低いメイドのあいだに生まれた息子である以上——そのメイドが子を身ごもったとわかると、公爵は彼女を家から追い出したのだった——自分の生まれを尋ねたところで、鼻先で扉を閉められるか、苦痛なほどの沈黙にさらされるのがおちなのだから。

使用人のバーンズが扉のところに立っていて、ジョージが玄関に到達する前に扉を開いていてくれた。それもフィネガンの教育だった。ジョージのことを王のひ孫か甥であるかのようにあつかってくれるのは、あとにも先にもフィネガンだけだった。しかし、それも好ましいとはあまり思えなかった。扉は自分で開けるほうがよかったからだ。馬にも自分で鞍をつけるほうがよかった。少年のころ、メイドの母が部屋の用足し用の壺をきれいにしているあいだ、王室厩舎で働いていたときに学んだおかげで、鞍をつけるのも手早かった。

「ありがとう、バーンズ」とジョージは言った。使用人よりも頭ひとつ背の高い彼は王族譲りの長身だったが、手と腰を駆使して生活費を稼いでいた母の家系から、強靭な体を受け継いでいた。モンタギュー・ハウス（大英博物館の前身が開設されていた建物）には父の肖像画が飾られていて、それをたまにじっくり眺めることもあった。自分は父のほっそりとした貴族的な鼻とたくましい顎を受け継いでおり、黒っぽい栗色の髪と薄いブルーの目は母譲りのものだった。王室厩舎で働いていたほかの子供たちはよく彼を混血児とからかったものだ。王の甥としてあつかわれることはなかった。

家の前の敷石の上でジョージの馬が待っていた。手綱をとっていた少年に硬貨を投げてやると、少年は馬の首越しにたくみに硬貨を受けとり、それをポケットにおさめてジョージに手綱を手渡した。「いい一日を」少年はそう言って厩舎のほうへ走っていった。

ジョージはかぶっている帽子を直し、馬にまたがると、オードリー街を速足で進ませた。

十五分後、〈スウィーニー・アンド・サンズ〉の事務所に着くと、ジョージの事務弁護士兼代理人のサム・スウィーニーがにこやかに出迎えてくれた。「その顔はなんだい？」

ジョージは玄関の間でレースの室内帽をかぶった年輩の女性に帽子を手渡しながら訊いた。

「喜ばしいことがあってね」スウィーニーはジョージの手をとり、力をこめて握手しながら答えた。「さあ、はいってくれ、ミスター・イーストン。すばらしい知らせがある」

「船が見つかったのか？　入港したとか？」

「そういうことではない」スウィーニーはジョージを事務所へと招き入れながら言った。なかにはいると、ハンカチで大仰に革の椅子のほこりを払い、優雅な身振りですわるように示した。

ジョージが椅子にすわると、スウィーニーが口を開いた。「セント・ルシア・ローザ号が入港した。船長と直接話をしたんだが、彼が言うには、ゴッドシーと乗組員はじっさいインドに到達し、一週間後にイングランドに向けて出航することになっていたそうだ。つまり、一週間以内には入港するはずだ」

よかった。ジョージの心に洪水のように安堵が広がった。その船には財産のかなりの部分をつぎこんでおり、それをすべて失って、一からやり直さなければならないなど、考えるのも耐えられなかったからだ。

「ゴッドシーが経験豊富な船長だということを忘れちゃいけない」スウィーニーは言った。

ゴッドシーを見つけてきたのはスウィーニーだった。ジョージは彼の判断を信用した――スウィーニーとは長年仕事をともにしてきたからだ、数年前に亡くなったグロスター公爵がジョージに遺した金を投資したのがはじまりだった。それはジョージが息子として父から受けとった唯一のものだった。遺産はさほど多額ではなく、公爵が死に瀕して自分の罪悪感をなだめるためのものにすぎなかった。ほかはすべて公爵の長男のウィリアム――ジョージの腹ちがいの兄――に受け継がれた。ジョージが一度しか会ったことのない兄は、爵位を受け継ぐやいなや、公爵家のロンドンの邸宅にジョージ・イーストンが足を踏み入れることは認めないと宣言した。

ジョージは生まれによって判断され、嘘つきや悪党呼ばわりされ、グロスター家の財産をねらって公爵の息子を騙《かた》っていると決めつけられる落胆や心の痛みを払いのけるのがうまくなっていた。自分で自分の名を成すことに注意を向けることにしたのだ。もっとも新しい事業――インドから綿を輸入する事業――には多額の投資を行なっていた。

大きな危険をともなう投資だったが、ジョージはこれまでも危険を冒して得た金を慎重に増やすことで財産を築き上げたのだった。財産が増えるにつれ、自信も増した。女には好かれたが、女に深い感情を抱くことはみずからに許さなかった。男の遊びに興じ、女とは距離を置いて付き合うことで満足していた。なぜなら、人生で唯一の真実があるとすれば、女たちにとって自分は婚外子の生まれの男でしかないからだ。

ジョージは世間における自分の居場所をはっきり認識していた。そしてその居場所が綿の分野で広がることを期待していた。

フランスとの戦争のおかげで、ジョージのような人間にも未開発の貿易の可能性を見つけることができたのだった。二年前、彼はインド人と、英国に綿を輸入する契約を結んだ。それは危険をともない、破綻《はたん》をもたらす可能性をおおいにはらんだ事業だったが、それがジョージの選んだ生き方だった。好機に賭けてみる生き方。驚くほど大きな好機に。危険を冒すことは彼の生きがいだった。そうすることで、ナイフの鋭い刃の上で平衡を保っているような、わくわくする思いを感じることができた。

綿をはじめて輸入したときには有頂天になった。綿は約束どおりに到着し、驚くほどの利益をあげることができたのだ。彼はその利益を利用して船を買い、乗組員を雇って、さらに綿を英国に輸入することにした。

それは何よりも大きな危険をともなう投資だった。乗組員が荷を横どりして自分たちで売ってしまうかもしれなかった。船と荷が途中で沈んでしまうこともあり得た。海賊に略奪される可能性もある。想像をはるかに超えた何が起こってもおかしくなかった。自分自身はこれまで航海などしたこともなかったのだから。しかし、直感が正しければ、それによって自分ははかりしれぬほど裕福な男になるはずだった。まちがっていれば、そう、別の何かを見つけるだけのこと。

また一からやり直せばいい。

ジョージは綿が到着すれば、いかにすぐに売りさばけるかについてスウィーニーと語り合い、訪ねてきたときよりもかなり軽い足どりでスウィーニーの事務所をあとにした。

ミス・エリザ・リヴァーズとミス・エレン・リヴァーズの双子の姉妹がコクランの厩舎でジョージを待っていた。ふたりはいかめしい顔の女性にともなわれていた。若い女性たちの年齢からして、乳母だろうとジョージは見当をつけた。三十一歳になった男からみれば、彼女たちはばかばかしいほどに若かった。しかし、その涼しい春の日の午後、若い女性たちはうきうきと明るい目をしていた。頬はリンゴのような色に染まっている。「ああ」ジョージは言った。「あなたたちのどちらがより美しいかなんて決められないな」

若い女たちは忍び笑いをもらし、ジョージはそれを好ましく思った。春のような声。小鳥たちとロットン・ロウ（ハイド・パークの中を通る馬用の道）へくり出すのは悪くなかった。彼女たちのより小さな馬が、自分のアラブ種がゆったりと歩を進める脇を駆け足で進むのは。

双子が互いに相手のことばを引きとって話すせいで、話についていくのがむずかしいことがすぐにわかった。あと何歩進めば彼女たちを厩舎に戻せるか彼は計算した——ときおり、頭のなかで演算することが気をまぎらわす役に立つことがあるのだ。と、そこで、青い砂煙がとんでもない速さでまっすぐ向かってくるのに気づいてぎょっとした。

彼は鞍の上で身を乗り出し、青い砂煙に目を凝らした。女性を乗せた馬が全速力で駆けてくるのだとわかり、おそらくは馬が女性を乗せたまま、制御不能になったのだろうと思った。彼は馬を追いかけて女性を救ってやろうと身がまえたが、そこでその女性が目の前で手綱を引き、にっこりとほほ笑みかけてきた。「こんにちは、ミス・リヴァーズ、ミス・リヴァーズ」彼女は息を切らしながらも快活に挨拶し、手袋をはめた手で帽子に触れた。

ふたりのミス・リヴァーズは勢いよく現れた女性にぎょっとするあまり、目を丸くして彼女を見つめるしかできなかったが、ジョージはすぐにその女性が誰か気がついた。オナー・カボットだ。

彼女は明るい笑みを浮かべた。「ミスター・イーストン!」今気づいたというような声。「またお会いできるなんて光栄ですわ!」

「ミス・カボット」彼は頭を下げて言った。「ぎょっとしましたよ」

「そうですか?」彼女は明るく笑った。「ごめんなさい。そんなつもりはなかったんです。年寄りの雌馬の足を伸ばしてやりたかっただけで」そう言って馬の首に身を倒し、馬を熱心に撫でた。「ミス・リヴァーズ、ご両親はお元気?」と彼女は訊いた。

「元気ですわ、ありがとう」と双子のどちらかが答えた。

「そううかがってうれしいわ。乗馬のお邪魔をするつもりはなかったのよ。どうぞ、おつづけになって」彼女は言った。「驚かせてしまってごめんなさい」

「まったくかまいませんわ」と双子のもうひとりが言った。

「ご機嫌よう！」ジョージのほうに目を移した彼女はかすかにつやっぽい笑みを浮かべた。

「ミスター・イーストン」そう言って、目を動かし、馬の首をめぐらして去ろうとした。妙なことに、ジョージにはそのまなざしが自分の全身に走ったように思えた。

去りかけたミス・カボットが突然手綱を引き、肩越しに目を向けてきた。「すみません、ちょっと思いついたことがあるんですけど。ミスター・イーストン、たしかあなたも今日の午後五時に、わたしの兄のソマーフィールド卿と〈ガンターズ・ティー・ショップ〉でお茶をともにするんでしたわよね」

ソマーフィールド？　まさか。ジョージは体を動かすよりも読書を好むやわな男にあまり用はなかった。どういう勘ちがいかと考えながら、訝しげに彼女に目を向けた。

「兄に伝言をお願いできますかしら？　わたしは先約があって、今日は兄には会わないので」

「ぼくはその会には――」

「ご迷惑でなかったら」彼女はすばやくさえぎるように言った。「兄に、五時半に伯爵家の馬車で迎えに行くと伝えてくださいます？　殿方たちの会合の邪魔をしたくないので」

じっさいにティーショップでお茶を飲む予定でいる誰かと勘ちがいしているようだ。そう説明するために、ジョージは再度口を開きかけたが、ことばを発する前に彼女がすばやく言った。「ありがとうございます。伝言を忘れないでいただけます？　五時半にガンターズ・ティー・ショップの前で。伯爵家の馬車でまいります」

ミス・カボットがほんとうは自分とこっそり会おうとしているのかもしれないという、ばかげた奇妙な考えがジョージの頭に浮かんだ。

まさか。あり得ない。そんなことは良家の若い娘がすることではない。しかし、彼女が今したことはそういうことだ。いったい何をたくらんでいるのだ？　不可解だったが、興味も惹かれた。「伝言は喜んでお伝えしますよ」と彼は言った。「五時半ですね。忘れません」

彼女はほほ笑んだ。「ありがとうございます」そう言って馬の首をめぐらすと、馬に拍車をかけ、道を下るほかの乗り手たちに追いついた。

ジョージはふと、ミス・エリザ・リヴァーズに目を向けた。

彼女は彼をじっと見つめていた。「ミス・カボットとお知り合いですの？」

「紹介はされました」彼はそうひとこと言って詳しくは語らなかった。「先へ行きましょうか？」彼は自分の馬に拍車をかけ、天気について感想を述べた。

正確には紹介されたわけではなかった。じっさいにはサザックで出会い、すっかり魅了されてばかな目に遭ったのだった。

ジョージ・イーストンが忌み嫌うことがひとつあるとすれば、それは負けることだった。負けるよりもいやなことがあるとすれば、きれいな女性に負けることだった。きれいな女性に負けるよりもいやなことがあるとすれば、見物人のいる前でそんな女性に負けることだった。それも自分のカードのせいではなく、魅力的な襟ぐりをうっとりと眺めていたせいで負けることだ。

ミス・カボットが今日何をたくらんでいるのかは想像もつかなかったが、午後にティーショップには行くつもりになっていた。ふたりきりで会いたいと言ってくるとは、なんとも向こう見ずなことだ。人目を避けてふたりで会いたいなどと。

男だったら、そんな誘いを断ることはしない。そして、ジョージ・イーストンが男であるのはまちがいない。

4

オナーはミスター・イーストンと会うために慎重に装った。危険な橋を渡っているのはわかっていたので、彼にまちがった印象を与えないようにしなければならなかった。サザックでの彼のまなざしは覚えていたのだから——大胆に全身を眺めまわす、見透かすようなまなざし。

いつもより慎ましいドレスが必要だった。控えめなドレス。彼女は縁が緑色で、高い襟の白いモスリンを選び、その上に深緑色の短い上着をはおった。同じ緑色の縁のついたボンネットをかぶると、深緑色の手袋をはめた。

オナーはうぬぼれを抑え、値踏みするように鏡に映った自分を眺めた。これでいい。一杯のお茶かアイスクリームを求めてガンターズにやってきたようにしか見えないだろう。まさか付き添いもなく、紳士とふたりきりで会うために来たとは誰も思わないはず。「まさかね」彼女はそうつぶやき、鏡に映った自分にほほ笑みかけた。

しかし、その笑みはつくったようにしか見えなかった。これからどれほどぞっとするようなことをしようとしているのか、唇にはわかっているかのようだった。

彼女はプルーデンスがつくってくれたビーズの財布にいくつか硬貨を入れ、グレースがいそうな場所を慎重に避けて階下《した》へ降りた。それから、ベッキントン家の執事のハーディーに、馬車をまわしてくれるよう頼んだ。玄関の間で馬車を待っていると、オーガスティンが玄関からはいってきた。

「オナー！」彼女がそこにいるのに驚いて彼は言った。「外出するのかい？」

「お茶を飲みに行くの」彼女は内心の緊張が顔に表れていませんようにと祈りながら何気ない口調で答えた。「夕食はごいっしょできるのかしら？」

「夕食？　いや、無理だな」彼はハーディーに帽子を渡し、誇らしげに付け加えた。「今夜はミス・ハーグローヴとご両親と食事することになっているから」そう言ってハーディーに目を戻し、ささやき声で彼に言った。「秘密を教えてやろうか？」

「ええ、どうぞ！　秘密は大好きですから」

オーガスティンは腹の上にせり上がっていたウエストコートの裾を引っ張り下ろした。茶色の目を輝かせ、抑えきれず笑みを浮かべている。「誰にも言ってないんだが、ミス・ハーグローヴとこの春結婚することを父さんが許してくれたんだ」

オナーの心臓が鼓動をやめた。伯爵が亡くなる前にオーガスティンが結婚する可能性はないと思いこんでいたからだ。「この春？」

「ああ、すばらしいことじゃないか？　ミス・ハーグローヴが――当然、ぼくもそうだが――早く結婚したがっていると父さんに説明したら、父さんは自分はあと何カ月か命がありそうだから、いつまでも結婚を延期するのは無意味だと言うんだ。たぶん、父さんもぼくが結婚するのを見たいんじゃないかな……その……その日が来る前に」

オナーは明るくうれしそうな笑みを浮かべて衝撃を押し隠そうとした。

「ロングメドウでの恒例のハウスパーティーで、婚礼の日どりを発表しようと思うんだ」彼は幸せそうに言った。

ベッキントン家は毎年議会の開始前に、ロングメドウの伯爵の邸宅でハウスパーティーを開催するのが恒例だった。堂々たるジョージ王朝風の家には三十の客室があり、毎春、少なくとも百人の客が参加していた。

「ぴったりの時期と場所だろう？」オーガスティンはうれしそうにつづけた。

「ぴったりね」突然頭がくらくらしだし、オナーはおうむ返しに言った。ロングメドウのハウスパーティーまでたった三週間しかない。

「モニカは少し心配しているんだ。そんなに気をもまなくていいと言ってあるんだけどね。妹たちもみんな歓迎しているんだからと」彼はあてつけるようにオナーを見た。

「親しい友人なんだもの、とくに歓迎するわ」とオナーは言った。モニカのことは親しい友人に含めたくはなかったが、今問題を込み入ったものにする必要もなかった。

オーガスティンはハーディーにいたずらっぽい目を向けてから、オナーに身を寄せてささやいた。「たぶん、おまえたち四人が彼女のことを幸せな家族を脅《おびや》かす存在とみなしているんじゃないかと感じているんだな。そんなことはけっしてないと彼女には言ってやったんだ。そう言ってやったら、安心していたよ。いずれにしても、おまえたちもすぐに夫を見つけるだろうってね」オーガスティンはオナーに満面の笑みを向けた。「早まったことを言いたくはないが、きっとおまえたちがそういう幸せに恵まれるよう、彼女もなんらかの形で手助けしてくれるはずだ」

「きっとそうでしょうね」オナーはまじめな口調で言った。

「おまえもそれを考えたほうがいいぞ、オナー。いつまでも父親の庇護のもとで暮らせるものじゃないからな。ぼく自身、そう身にしみて感じているところだ」

「ええ、もちろん、そうよ」モニカはすでに種をまきはじめているってこと？　手遅れになる前に阻止しなければとオナーはこれまでにまして決意を固くした。「うれしいことよね」彼女はオーガスティンに言った。「わたしたちの友人に、彼女がわたしたち家族を脅かす存在なんかじゃないってこと、よく言っておいてくれなくちゃ」ひとことひとこと強調するように、オーガスティンの胸を軽くたたきながらオナーは言った。

扉が開き、従者がなかにはいってきた。「ああ、おまえの馬車が来たようだ」オーガスティンがうれしそうに言った。「ミス・ハーグローヴにおまえがお祝いを言っていたと伝えておこうか?」

「ぜひ」オナーはそう言いながら、自分がモニカの首を絞めている情景を思い描いた。

「いい一日を、オナー」義理の兄は明るく言った。

「あなたも、オーガスティン」オナーは彼が口笛を吹きながらよたよたと家の奥へ歩み去るのを見送ってから、扉のほうを振り返った。ハーディーが扉を開けて待っていてくれた。

「なんてことかしらね、ハーディー」彼女は彼の脇を通りすぎながら言った。

「まったくです、お嬢様」

馬車がバークリー・スクエアにさしかかるやいなや、ミスター・イーストンの姿が見えた。見逃すなんてことがあって? あんな堂々たる姿の男性を。彼は片足をもう一方の足にかけて手すりにもたれ、胸の上でゆったりと腕を組んで広場を歩く人々を眺めていた。サザックでのあの晩、きれいな顔と男らしい存在感にぞくぞくするものを感じたのも当然だったのだ。彼が数々の情事を持ち、ロンドン一の女たらしと噂されている理由も理解できた。その外見に、彼女の体の奥でも何かがかき乱されたからだ。

オナーは天窓を引き開けて御者に声をかけた。「ジョナス、ガンターズの前で停めて、黒い上着と金色のウエストコートを着た紳士のために扉を開けて」

馬車は角を曲がり、速度をゆるめた。オナーは緊張しつつボンネットを直した。モニカと差し迫った結婚式のことだけを考え、解決策を見つけなければならない。

少しして、ジョナスの太い声が聞こえた。馬車の扉が開き、まだ手すりに寄りかかったままのミスター・イーストンが右側に体を倒し、なかをのぞきこんできた。オナーはほほ笑んだ。「こんにちは！」

彼は手すりから身を起こし、背筋を伸ばした。背がとても高くない？　その筋肉質の脚と広い肩からして、この馬車におさまるには体が大きすぎるように見えた。彼は内心の思いの読めない顔で馬車に近づいてこようとしていた。サザックでのあの晩、手に持ったカードばかりか、頭のなかまで見透かされるような気がしたときと同じく、そのまなざしは謎めいていた。あの晩は見つめられて、胸の奥で何千もの蝶が羽をばたつかせているようなぞくぞくする気分になったのだった。

その感じがよみがえってくる。

彼は開いた馬車の扉のそばで足を止め、眉を上げて言った。「きみの義理の兄さんはどこかよそでお茶を飲んだにちがいないな」

オナーは不安を呑みこんだ。「なかにはいりません、ミスター・イーストン？」

彼は首を傾《かし》げ、彼女を値踏みするように、ボンネットからドレスの裾まで無頓着に目を走らせた。口の片端が上がり、笑みのようなかすかな影が浮かぶ。彼は馬車の取っ手に手を伸ばし、さっとなかに乗りこんできた。彼が反対側の席にどさりと腰を下ろして扉を閉めると、馬車が揺れた。

オナーの思ったとおりだった。彼の体はこの馬車には大きすぎた。膝が彼女の膝をはさみ、体が座席全体を占める格好になっている。彼は片腕を座席の背に伸ばし、ゆったりとすわっていた。小道に飛び出して来る野ウサギを静かに待つオオカミを思わせる姿だった。

彼は首を下げた。「ミス・カボット」

「ミスター・イーストン、ご機嫌いかが？」彼女は馬車の天井をたたいて呼びかけた。「公園のまわりを走ってちょうだい、ミスター・ジョナス」それから、天窓を閉めると、客ににっこりとほほ笑みかけた。「来てくださってありがとう」

「こんな尋常ならざる招待をどうして断れる？」その声はなめらかで低く、オナーの胸の奥と下腹部でまたも蝶が羽をばたつかせ、全身にかすかな震えが走った。

馬車が予期せぬところで曲がり角を曲がった。ミスター・イーストンの膝が彼女の足にぶつかった。彼は何も言わなかったが、それをおもしろがるように笑みを浮かべた。「それで、ミス・カボット？」彼は訊いた。「こうしてぼくがベッキントン家の馬車で公園を走るなんて前代未聞のことになったのはどうしてだい？　ぼくを誘惑したいのか？　そうだとしたら、喜んでその誘いに乗るよ」そう言って目をドレスできちんと覆われた胸に下ろした。「誘惑は人生最大の喜びだからね」

オナーは目を下に向け、上着のボタンがきちんとはまっているかどうかたしかめたくなる強い衝動を感じた。

イーストンは目を上げた。「それで？　ぼくは興味津々《しんしん》なんだが」

てのひらが突然湿り、まだ胸が騒いでいたため、ことばを発することは不可能な気がした。でも、話さなくては。こうして、人生最大の計画を実行する瞬間が訪れたのだから。「力を貸していただきたいんです、ミスター・イーストン」

彼の片方の眉が上がった。

「あなたのお力を……その、もしよければ」オナーはにっこりした。

ミスター・イーストンの目がまた彼女の全身に走った。その目は胸に少し長く留まった。

「力を貸してほしいと頼めるほど、お互い親しい間柄だと？」彼はブーツを履いた足で彼女の足に触れた。

「その……」彼女はためらった。

彼は優位に立ったかのようにほほ笑んでいた。否定する以外に答えはないだろうとでもいうように。

それはそうだった。その質問には〝いいえ〟と答えるほかなかった。しかし、そのかすかにばかにするような表情を見て、オナーは頼みを口にする勇気を得た。「あなたから百ポンド奪ったのだから、親しい仲だと言ってもいいのではありませんか」

ミスター・イーストンは笑みを浮かべたまま息をつまらせそうになった。驚くほどきれいな青い目をしている。チャイナシルクの薄い青。この人に押し倒され、下からのぞきこんだら、その目がどう見えるだろうとふと思わずにいられなかった。

「降参だよ、ミス・カボット」彼は言った。「こんなやり方でお願いされたのははじめてだが、きみほどの美人に頼まれたら、断れないな。じゃあ、スカートを上げて、秘められた喜ばしい部分をちらりと見せてもらおうか――」

「え？」彼が何を言っているのかわかって熱いものが体に走り、彼女は息を呑んだ。「いいえ、ミスター・イーストン、勘ちがいなさってるわ！」

「そうかい？」彼はゆったりと笑みを浮かべて訊いた。

「そうよ。力を貸していただきたいのは別のことよ。その……そういうことじゃなくて」彼女はあえぐように言った。

彼は笑った。「社交界の若い女性が参加する集まりにはあまり出席しないんでね」

あまりなんですって？　オナーは驚いて目をしばたたいた。怒りが湧き起こり、全身のうずく感じがつかのま忘れ去られた。「まったく、ダンスを踊ってほしいとお願いしているわけじゃないわ。舞踏場に足を踏み入れたらすぐにわたしのダンスのカードは埋まるもの」

「すぐにいっぱいになるってわけかい？」彼は皮肉っぽく訊いた。

「つまり、ダンスを踊ってほしいと頼むために殿方と会おうとしたりはしないってことよ。それ以外のことでも」彼女は急いで付け加えた。

「ぼくだって、ダンスを踊ってほしいと頼むためにきみがぼくを呼んだとは思ってなかったよ、ミス・カボット。こうしてここに招き入れてくれたのは、もっとあからさまで……」彼はそこでことばを止め、また彼女をじろじろと見ながら唇に舌を走らせた。「たのしい理由だと思っていた。でも、こうしてここにぼくを呼び出したのは、軽薄な若い娘らしいたくらみのためのようだな。そんなのは――」彼は言った。「つまらない」

今や心臓は荒々しく鼓動しており、頭はたのしいと思ってもらえる理由を探して忙しく働いていた。「それは変ね」オナーは胸の内で高まる不安を必死で無視しようとしつつ言った。「まるで若い娘がたくらんでばかりって言い方をなさるのね」たしかに、その瞬間、自分がしようとしているのがそうしたたくらみであることを、オナーは強く意識せずにいられなかった。

「それか、寝てばかりいるか。さあ、恥ずかしがらずに言ってくれ」彼はつづけるようにと身振りで示して言った。

「ぼくはたいていの頼みを断らない人間のつもりだ……とくにその頼みごとをぼく自身がたのしめるかもしれないと期待が持てる場合はね」彼の目がまた彼女のボディスに落ちた。

「上着のボタンをはずすんだ」

「いやよ!」オナーはぎょっとすると同時にぞくぞくするものを感じながら言った。

「だったら、この話は終わりだな」彼はそう言って、天井をたたこうとする素振りを見せた。

オナーが急いで上着のボタンをはずすと、彼は眉を上げた。彼女はわずかに顔をしかめ、上着の前を開いた。

彼は座席に背を戻し、ゆったりとそれを眺めた。オナーは男の目には慣れっこになっていた。しかし、こんなふうに感じることはなかった。こんなに強烈には。血がどくどくと血管を流れる。自分が彼に驚愕しているのか、興奮させられているのか、オナーにはわからなかった。

「ふうん」彼は襟の高い彼女のドレスを見て考えこむように言った。「そうしてもあまりましにならないな」

オナーは上着の前を閉じた。「さっきも言いましたけど、ミスター・イーストン、わたしはここへいちゃつくために来たんじゃないんです」

「そのようだね」彼も言った。「それとも、誘惑ということに関して悲しいほど想像力に欠けているとか」わざとらしくゆっくりと浮かべた彼の笑みが、オナーの胸の奥ではためくものを背筋へと走らせ、腹のあたりにたまらせた。「そうだとしても、われわれどちらにとっても喜ばしいものにできるとは思うけどね」

オナーの頭は働かなかった。想像力がどこかへ飛び去っていく。

「では、話をつづけてくれ、ミス・カボット。焦《じ》れったくなってきたよ。その未熟な頭が想像している悦《よろこ》びをぼくが味わわせてやっていけないのなら、きみの望みをさっさと話してくれ」

おちつくのよ。オナーは絶え絶えの息も、血管のなかの熱も、上着をすっかり脱いでしまいたいという思いも無視して言った。「正直に言うわ、ミスター・イーストン。力になってほしいことには……誘惑も含まれるの」

「なおさら興味深いね」彼の目が彼女の唇へと向けられた。「きみが大胆な女性であることはわかっていたよ、ミス・カボット。きみのような立場の若い女性がサザックの賭博場に現れるとしたら、血管に勇敢な血が流れているはずだからね」彼はそれは悪くないというようにほほ笑んだ。「どんな誘惑を思い描いているんだい？」そう訊くと、手を伸ばして二本の指でボンネットのリボンの端をつかみ、ヴェルヴェットの手ざわりをたしかめた。

彼女は彼の手からリボンを引き抜いた。「ある人を誘惑してほしいの」

彼はまたリボンに手を伸ばし、魅力的な笑みを浮かべた。オナーは少しばかりとろけそうになった。「今やってみているところさ、ミス・カボット」

彼女はまたリボンを引き抜いた。「わたしじゃなく」

彼は忍び笑いをもらした。その声がオナーの胸の奥に響いた。「残念だな。でも、結局、きみはひよっこだからな。それはぼくの知っている人かい？　それとも、ぼくが適当に選ぶのか？」

「わたしの知っている人よ」オナーは説明しようと身がまえたが、ふいにジョージ・イーストンに手首をとられ、指できつくつかまれて、血管に親指を押しつけられた。心臓が激しく鼓動しているのを悟られてしまうかしら？　鼓動は不規則になっていた。自分の手首をつかむ彼の手を見ているうちに、オナーはかすかな恐怖を感じた。自分の腕に比べてその手は巨大に見えた。なんてばかだったのかしら。彼に害をおよぼされる可能性を考えてもみなかったなんて、もし彼が無理やり——

「いったいどういうことだ？」彼は親指で彼女の手首の内側をこすりながらなめらかな口調で言った。

ああ、今さらあとには引けない。すでに礼儀や分別の境界線からは大きくはみ出してしまっているのだから。「さっきも言ったように、あなたにある人を誘惑してほしいの」

彼は彼女の腕を持ち上げ、手袋の隙間から手首の内側の肌に唇で触れた。それから、訳知り顔の笑みを浮かべ、首をもたげた。「どうやら、この馬車のなかでも、思った以上にうまく誘惑できそうだな」彼は彼女を引き寄せた。目が燃え立っている。「相手がきみじゃないなら、いったい誰なんだ？」

「ミス……ミス・モニカ・ハーグローヴよ」

ミスター・イーストンは目をしばたたいた。突然手首を放し、座席に背を戻す。「ミス・ハーグローヴ」彼は信じられないというようにくり返した。

オナーは息を整える暇ができたことをありがたく思いながらうなずいた。てのひらを胸に押しつけて深呼吸する。

「ソマーフィールドがミス・ハーグローヴと婚約してなかったかい？」

オナーはまたうなずいた。

「きみの義理の兄だ」ソマーフィールド子爵がオーガスティンと同一人物であることを彼女が知らないかのように、彼は言った。

オナーが何も言わずにいると、イーストンは天井を揺らすほどの大声で笑った。「不埒《ふらち》というにもほどが――」

「不埒ですって！」オナーは抗議した。「ちょっと、ミスター・イーストン、彼女を穢してほしいとお願いしているわけじゃないのよ。ただ、彼女の注意をよそに向けてほしいと頼んでいるだけ」彼女は〝よそ〟を示すように指を振って言った。

「どういう目的でぼくが彼女の注意をよそに向けなくちゃならないんだい？」彼は彼女の指の動きを真似ながら言った。

「目的ははっきりしているはずよ」

「ぼくにわかるのは、きみの義理の兄の婚約を破棄させるという目的だけだが、いったいどうしてきみがそんなことをしようと思うのかは見当もつかない――」

「わたしなりの理由があるのよ」彼女はきっぱりと言った。

「そうか」彼は胸の前で腕を組んで言った。「その理由とは？」

「あなたに話す必要は――」

「話してもらわなくてはならないな。きみはぼくに義兄《にい》さんの婚約者を口説《くど》いてくれと頼んでいるのに、その理由を話す必要がないだって？」

「まさかあなたが反対するとは思ってなかったから」彼女はむっつりと言い、すばやく頭を働かせながら窓の飾り帯をもてあそんだ。「ミス・ハーグローヴについてわたしが知っていることをもらすわけにはいかないけど――」とためらいながら言う。「でも、彼女にオーガスティンと結婚してほしくない理由はちゃんとあるの」彼女はまたイーストンに目を向けた。彼はきっきりと軽蔑するような目を向けてきていた。その目はまだ輝いていたが、妙にさっきとはちがう輝きだった。オナーは唾を呑んだ。「ふたりが結婚しても、いいことは何もないのよ。それだけは信じてくれなくちゃ」彼女は言い張った。「それに……きっとあなたなら、力になってくれると思ったの」

「もちろんさ」彼はわざと真剣な口調をつくって言った。「ぼくはこういう人間だからね」

「そうよ！　あなたは危険をものともしない人で、それに……」オナーは彼の広い肩と、筋肉質の脚と、形のよい口に目を向けずにいられなかった。

「それになんだい？」彼はまた膝で彼女の足をつついてうながした。「婚外子の生まれだから？　若い女性とかかわれば、その女性の評判をおとしめるだけの男だから？」

「ちがうわ！」オナーは頬に血がのぼるのを感じながら言った。「それに、あなたはハンサムだって言おうとしたのよ、ミスター・イーストン。おまけに……お金持ちだわ。あなたについてはあれこれ噂もあるし。当然、わたしはじかにそれを知ろうとは思わないけど」

「当然、ね」彼は少しあざけるように言った。

ああ、こういうことをことばに出して言うと、ばかげて聞こえるわ。彼女はまた窓をちらりと見やり、どうにか話をもとに戻す方法を探そうとした。魅惑的なまなざしを持ち、男らしい存在感をかもし出している男性を前にして、それを思い出すのはむずかしいことだったが。この計画を思いついたときには、完璧な計画に思えたのだったが、グレースの言ったとおりだった。実行に移すなど、ばかげたことだったのだ。

また膝をつつかれてはっとし、彼女はイーストンをちらりと見やった。

「それで、ソマーフィールドが婚約を破棄したら？　こんなことを頼んできた以上、良心などほんのぽっちりしか持ち合わせていないんだろうが、その良心をもって、彼が屈辱にさらされたり、悲嘆にくれたりしないようにできると思っているのかい？」

断固として拒否するわけではないの？「そうね」オナーは座席の上で居心地悪く身動きしながら言った。「そういうふうには考えてなかったけど――」

「けど」彼はさえぎるようにそう言い、また身を前に乗り出し、ほんの数インチのところまで顔を近づけてきた。彼の手に膝をつかまれたせいで、オナーは自分が何を言おうとしていたか、すっかりわからなくなってしまった。

「ベッキントン伯爵が死の床にある今、きみは新しい伯爵夫人が四人の義理の妹たちを今のまま寛容にあつかってくれないのではないかと恐れているんだ」

オナーは息を呑んだ。どうしてそれがわかったの？

「だから、ソマーフィールドにミス・ハーグローヴと結婚してほしくないわけだ。自分が今のままの暮らしをつづけられるように。ミス・カボット、それは不埒と言えば、ひどく不埒なことだな」彼は自分のことばを強調するようにまた彼女の膝をつかむと、その点では自分のほうがずっとましだとでもいうように、座席に背を戻して両腕を座席に沿って伸ばした。反論できるなら、してみろというように、眉を上げる。

オナーに反論はできなかったが、彼に非難されるつもりもなかった。いったい自分を何様だと思っているの？ 彼女はふいに身を前に乗り出し、手を彼の膝に置いた――が、その広い膝に指をまわすことはできなかった。彼女は膝をつかもうとしたが、膝は石ほども硬かった。「それがわたしの目的だったとしたらどうなの？ あなたにとってどんなちがいがあって？」

彼はうれしそうに笑った。「ああ、きみは正直だな！ そのとおりだと認めたわけだ！」

「こういうことがどういうふうになるものか、わたしにはわかっているのよ、ミスター・イーストン。わたしは庭から摘まれたばかりの社交界の花というわけじゃないんだから」

「ああ、たしかにちがうな」彼は愉快そうに言った。

「お説教される前に言っておくけど、あなただってほかの人にどんな影響をおよぼすか考えもせずに、自分だけの幸せを追い求めるという点では同じだわ」彼女はできるだけ指に力をこめたが、彼にはまったく効果がなさそうだった。

「なんだって？」今や大笑いしながら彼は言った。「どういう意味だい？」

彼女は身を起こし、胸の前できつく腕を組んだ。「まったく」と目を天に向けて言う。「あなたとレディ・ディアリングの情事のことは街のみんなが知ってるじゃない。おまけに、レディ・アックスブリッジやミセス・グローヴァーとの噂だってある。ミセス・グローヴァーについては、彼女の娘に求愛すると同時に彼女自身を誘惑したみたいだし——」

「わかった、もういい」彼は片手を上げて彼女を止めながら明るく言った。「きみの言いたいことはわかったから」

「そうでしょうね」オナーはとり澄ましてそう言い、ドレスの膝を払った。頭にふと別の考えが浮かんだ。この人はこうやってミス・グローヴァーを誘惑したのかしら？「ミス・ハーグローヴについては、たしかにちょっと困った状況にあるの」

「そうかい？」彼は疑うように言い、つづけるようにと大きく手を振った。

「この社会では、兄や、父や、伯父の保護を受けられない女性が苦境におちいるのは明白な事実だわ。わたしたち女性は自分では生計を立てられないわけでしょう？それをどうにかするにはいい相手と結婚するしかないのよ」

「ミス・ハーグローヴがそうするつもりでいるようにね」彼は指摘した。「ぼくに言わせれば、きみもそうすべきだな」

「ご忠告ありがとう。でも、あなたの意見は求めてないわ」

彼はにやりとした。そのせいでまた彼女の胸の奥で何かがはためいた。

「ミス・ハーグローヴは望めばいくらでも申しこみを受けられるはずよ」とオナーは言った。それは真実だった。認めるのはいやだったが、モニカはきれいな女性だった。その外見は男女どちらからも称賛されていた。「オーガスティンじゃなくてもいいはずよ。でも、それがオーガスティンだからこそ、わたしにとって利害関係が大きいの」

「きみだっていくらでも申しこみを受けると思うけどね」彼は言った。「そのほうがいい解決法じゃないのか？」

「ええ、もちろん、女性はただひたすら——いい相手と結婚したいと思うものですものね。そう言ってくださるのはありがたいけど、今はわたしの話じゃないの」

「申しこんでほしいとお願いされたほうがよかったな、ミス・カボット。女性に結婚してほしいと言われるほうがずっとそそられるからね」

「ちょっと」オナーは腹を立てて言った。「わたしは男の人に結婚してほしいなんて絶対に頼まないわ！」

「なるほど。自分と結婚してほしいとは頼まないが、義理の姉になる女性を誘惑してほしいとは頼むわけだ」彼は怪訝《けげん》そうに眉を上げた。

「それとこれとは全然話がちがうわ、ミスター・イーストン！」彼女は言い募った。「妹のグレースとわたしはオーガスティンの助けがあろうとなかろうと社交界を渡っていくでしょうけど、もっと年下の妹たちはまだデビューもしていないから、ちゃんとお膳立てしないと社交界にははいっていけないわ。それに母も――」彼女は大きく息を吸ってことばを止めた。

「きみのお母さんが？」彼はうながした。

話しすぎてしまった。オナーは不安を覚えながらまたドレスの膝の皺《しわ》をのばした。「母は具合がよくないの」そう言って目を上げた。「誰も知らないけど」

彼はしばしうかがうような目をくれた。「それは気の毒に」とやさしく言う。

そのやさしい口調にオナーは驚かされた。奇妙なことに、そのせいで胸の奥のはためきが肌に広がった。「今の母では、年下の妹たちにグレースとわたしが与えられているような機会をもたらしてくれる新たなご縁を見つけるのは無理だと思うの。妹たちは社交界から門前払いをくってしまうわ」

「どうしてその不安をソマーフィールドにぶつけないんだい？」イーストンは訊いた。「彼は公平な人物という気がするよ。きっと支度金も用意して――」

「義兄《あに》はミス・ハーグローヴの意見にすぐに従ってしまうの。それで、ミス・ハーグローヴは……つまり、彼女は……」自分の不安の根拠を説明するのはむずかしく、オナーは苛立ってまたため息をついた。「そう、それについて嘘はつかないわ」とうんざりしたように言う。

嘘をついてどうなるというの？　「ミス・ハーグローヴはわたしのことなどこれっぽっちも考えてくれないわ」

「へえ。それはまちがいないと？」

「ええ、まちがいないわ」オナーは手を振って答えた。「わたしのこと、好きになれないのよ」

「へえ？」彼はまた笑みを浮かべた。「不思議だな。きみは好かれる人間に思えるが」

そう言われて背筋にぞくぞくするものが走った。オナーは笑みを浮かべたくはなかったが、唇の端が上がるのがわかった。「ほんとうに？」

「ほんとうさ」彼はまたあたたかい笑みを向けてきた。

その笑みに誘うようなところはなかったが……オナーはまた息ができなくなった。

「だったら、教えてくれ、ミス・カボット。きみのかわいそうな妹さんたちと病気のお母さんを救うための、そのとんでもなく不埒で無分別な要望に、もしぼくが応えたとしたら――」

オナーは驚きと喜びに息を呑んだ。「応えてくれるの？」

「もしと言ったんだ」彼は言い返した。「もしぼくがそれに乗ったとしたら、どんな見返りがあるんだい？」

「どういうこと？」

「おいおい、きみがカードを手にしているのをこの目で見たんだぜ。こういう頼みにぼくが見返りを求めないと思うほど、きみは鈍くないはずだ」

どうやら、彼が思っているほど自分は鋭くないようだ。そんなことは思ってもみなかったのだから。

彼は突然また身を前に乗り出し、わざと彼女の全身を眺めまわすようにすると、その目を上げた。それから、指の節で彼女の顎に触れると、わざとゆっくりと顎の線をなぞるようにした。オナーの心臓の鼓動はまた激しくなった。「引きかえに何をしてくれる？」彼は低くなめらかな声で訊いた。

彼女は彼から身を引き離した。「よくも——」

イーストンは彼女の腕をつかんで引き戻し、「よくも？」と彼女の口をうっとりと眺めながら訊いた。ネズミをつかまえ、殺す前にどのぐらいもてあそんでやろうか考えている猫のようだった。「こんなばかげた頼みによくも見返りを要求したと？」そう言ってふいに彼女の胸を手で包んだ。まるでそうするのがごく自然なことだとでもいうように。オナーは息を呑んだ。彼はかすかな笑みを浮かべ、胸をもみはじめた。「よくもお返しを求めたと？」そうなめらかな声で言われ、突如燃え上がった欲望の小さな炎が背筋に走った。

「求めすぎよ」オナーはそう言って彼を押しやった。「ご自分のこと、紳士だなんてよくも呼べたわね」

「ぼくは自分をなんとも呼んでないさ」彼は指の節で彼女の胸をかすめた。またも背筋に炎が走る。それから彼は彼女の顔を両手で包み、親指で頰を撫でた。

オナーの心臓の鼓動は速まるあまり、胸から飛び出さないのが不思議なくらいだった。彼が女性を誘惑するやり方はよくわかった。あれだけ多くの女性たちが彼を愛人にする理由も。飢えたようにうっとりと見つめてくるまなざしには惹かれずにいられない。熱くやさしい触れ方にも。「お互いに都合のよい取引を提案させて」猫に獲物としてむさぼり食われる前に彼女は急いで言った。「お金を払うわ」自分の声がかすかに震えていることに不安を覚える。

「あなたから勝ちとった百ポンドがあるから。力を貸してくれるなら、それをお返しする」

「きみが堂々と勝ちとった百ポンドをこのために返すって？」彼はなめらかな声で言うと、指で彼女の胸の頂きをかすめた。

「じっさいに返すのは――」彼女は彼の口に目を据えて言った。「九十二ポンドよ」減ったのがボンネットと、靴と、下着をいくつか買ったせいだとは話さなくてもいいはずだ。

「そいつは魅力的な申し出だな。でも、ぼくが見返りとして考えているのは金じゃない」彼は手をうなじにすべらせて彼女を引き寄せた。「ぼくの念頭にあるのはきみだけだ」彼女の耳もとに口を寄せて低い声で言う。「きみの臆病な心を粉々にして、白い頰を輝かせるようなことさ」彼は彼女の膝に手を置き、てのひらを腹にあてた。「何が女性の頰を輝かせるか知ってるかい、ミス・カボット？」

オナーは顔をそむけようとしたが、そむけることができない気がした。「わたしだって子供じゃないのよ、ミスター・イーストン」

「そうかい？」彼はささやき、湿ったやわらかい唇で彼女の耳たぶをはさんで軽く噛んだ。

ああ、死んでしまいそう。彼女は目を閉じ、彼のぴりっとしたあたたかいにおいを吸いこみ、彼の手の感触にひたった。その手が自分の全身を探るのが想像でき、心が屈してしまいそうになる。今、この座席の上で死んでしまうかもしれない。それでも、どうにかおちつきは保っていた。「見返りとしてあなたに渡せるのは九十二ポンドだけよ。ほかに差し出せるものはないわ」

彼はさらに身を寄せ、彼女の頬に唇を押しつけてきた。キスするつもりかもしれない。頭では、天井をたたいて叫び、ジョナスに助けを求めるべきだとわかっていた。しかし、心のみだらな部分はこうささやいていた。キスして。キスして。キスして……

彼は手を彼女の胸の横にすべらせ、「その九十二ポンドについては考えておくよ」と小声で言った。あたたかく湿った息が肌にあたり、その焦れるような感触に正気を失いかける。

「やってくれるのね」彼女は驚いてつぶやき、目を開けた。「力を貸してくれるのね」

「きみは不埒で厚かましい女性だな。ぼくは力を貸すとは言っていない」

「でも、力を貸してくれるのはわかっているわ」彼女はそう言って身をよじり、にっこりして彼と向き合った。「ありがとう、ミスター・イーストン！」

彼は彼女の指を自分の指で包んだ。

「明日、ベッキントン・ハウスを訪ねてきてくださいな。そこでなら、もっと率直に説明できるわ」

「きみがどれほど率直になれるか、想像もできないな、ミス・カボット」

「承知してくださるとわかっていたのよ」彼女は突如として喜びに満ちた声で言った。

「ぼくは何も承知していない」

「二時半にお待ちしてますわ。妹たちは勉強の時間で、オーガスティンはクラブに行っているはずよ。ありがとう」彼女はまたそう言った。心からの感謝に満ちた声だった。「恩に着るわ」彼女は天井をたたき、ジョナスに馬車を停めるよう合図した。

そうしてから、ミスター・イーストンにまだ手をにぎられたままであることに気がついた。

5

オナーは危険な密会からベッキントン・ハウスに戻ってきたが、心臓はまだ激しく鼓動していた。玄関の間にはいると、プルーデンスとマーシーが声を荒らげてけんかしていた。

「オナー！」姉の姿を認めてすぐにプルーデンスが叫んだ。「マーシーに、今すぐわたしの上履きを返すように言ってやって！」

「マーシー、今すぐプルーの上履きを返しなさい」オナーはマーシーの足もとに目を向けようともせずに言った。

「でも、どうしていつも彼女がこの上履きを持ってなきゃならないの？」マーシーは言い返した。「たまに貸してくれたって害はないじゃない」

「害はないですって？」プルーデンスが言った。「オナー、ほんとうにどうにかしてくれなくちゃ。この子、遠慮というものをまるで知らないのよ！　返すように強く言ってくれないなら、わたしが自分で足から引きはがしてやるわ！」

「マーシー、まったく」オナーはボンネットのリボンをほどきながら、うわの空で言った。

イーストンの指が撫でたのと同じヴェルヴェットに指を走らせる。その指に腕と顔も撫でられたのだった。彼女は思い出してわずかに身震いした。「それはプルーのでしょう。あなたも上履きなら衣装ダンスがいっぱいになるぐらい持ってるじゃないの」

「上履きがどうしたの？」娘たちの母親、レディ・ベッキントンのジョーン・デヴローが廊下から現れた。「上履きを無理に引きはがすなんてだめよ」青い目は明るく輝いており、心がきちんとそこにないときのように遠くを見る目ではなかった。ジョーン・デヴローは堂々たる女性だった。優雅さと上品さの象徴で、かつては社交界きっての颯爽《さっそう》たる女性とみなされていた。彼女は娘たちを見比べ、あたたかい笑みを浮かべた。「何を騒いでいるの？」

「いつものことよ、お母様」プルーデンスが生意気な口調で答え、正面の階段のほうへ歩きはじめた。「マーシーには許しも得ずに人の物を借りて返さない悪い習慣があるから！」

「それはちょっと大げさじゃないの、かわいいプルー」レディ・ベッキントンは娘が階段をのぼっていくのを見送りながら言った。

「もちろん、そうおっしゃるでしょうよ。被害をこうむっているのはお母様じゃないんだから！」プルーデンスは肩越しにそう言うと、階段のてっぺんで廊下へと姿を消した。

レディ・ベッキントンはため息をつき、末娘に目を向けた。「マーシー、あなたは人から物をとるんじゃなく、借りるってことを覚えなくてはならないわね。お姉様のところへ行って、上履きを返して謝ってきなさい。それから、夕食の着替えをしてらっしゃい」

「でも、お茶を飲んだばかりじゃない」マーシーが不満を述べた。

「さあ、行って」母は階段のほうへ娘をやさしく押しやって言った。オナーには腕を差し出し、オナーは喜んでその腕をとった。歩きながら、ボンネットのリボンは後ろにたなびくままにした。ふと、母の袖の刺繍がほつれ、糸が出ていることに気がついた。

「え？」彼女はよく見ようと首をかがめて言った。「これはどうしたの？」

「え？」母は袖に目を落とそうともしなかった。「気にしないで。今日の午後はどこへ行っていたの？」階段をのぼりながら母は訊いた。

「別にどこにも」オナーはびくびくと母に笑みを向けた。

「そんなはずはないってわかるぐらいには、あなたのこと、よくわかっているのよ、オナー。お茶の席にいなかったのにはきっと男の人がかかわっているわね」

オナーは顔が赤らむのを感じた。「お母様――」

「話してくれる必要はないわ」母はやさしく手に力をこめて言った。「でも、哀れな母親として言わせてもらえば、そろそろあなたもひとりの殿方に決めて結婚を考えるときだと思っていてくれるといいんだけど」

「どうしてそろそろ結婚しなきゃならないの？」オナーは訊いた。そろそろ結婚すると考えると、おちつかない気持ちになるのだった。まだ……そのときではないという気がして。

「だって、そうすべきだからよ」母は言った。「まったく新しい世界があなたを待っているのよ。そのことにびくびくすべきじゃないわ」

「びくびくするですって！　わたし、向こう見ずな人間って呼ばれているのよ、お母様」

「ええ、そうね。舞踏会では向こう見ずかもしれないわ。でも、娘のことはよくわかっているの。あなたの心の傷はまだ癒えていないのよ」

こういうときには、母がぼけはじめているとは信じがたかった。オナーにはそうではなく、すべて自分とグレースの想像なのだと思えた。母はその瞬間、くつろいだ様子で、心が遠くに行ってしまっている気配もなく、とても母親らしく見えた。「夕食に何を着るべきかしら？」オナーは母にさらに訊かれる前に話題を変えようと唐突に訊いた。

母は笑った。「いいわ、好きになさい。青いシルクのドレスね」母は言った。「あなたの髪の色にとてもよく合うから」

「じゃあ、青いドレスにするわ」とオナーは言った。

彼女は母の居室まで付き添い、呼び鈴を鳴らして母の支度を手伝ってもらうのにハンナを呼んだ。それから自分の部屋へ向かった。新しいオービュッソンの絨毯の上で、グレースが胸の前できつく腕を組んで立っているのを見ても驚かなかった。窓からは夕方近くの陽光が射しこんでいて、オナーの部屋のシルクで覆われた壁とグレースの顔に影を投げかけていた。その影もグレースの怒りを隠しはしなかったが。「どこにいたの？」と彼女は訊いた。

「外出してたのよ」

「ええ、外出してたのはたしかね。あなたがガンターズまで馬車で出かけたとハーディーが言っていたから」

「それがどうしたの？」オナーは肩をすくめて訊いた。

「ガンターズまでひとりで出かけた理由がわからないわ。ひとりでアイスクリームを食べる人なんていないもの。誰かがそこであなたを待っていたんじゃないかと疑わずにいられないわね。そうじゃないの？　もしかして、そこでお茶を飲んでいたのは、どこかの公爵の婚外子なんじゃない？」

オナーは目をぱちくりさせた。「どうしてそれがわかったの？」声が大きくなる。

「あなたが公園でどこかの紳士と話をしているのをマーシーが見かけたのよ、ばかね。その紳士の人となりを詳しく教えてくれたわ」

「あの眼鏡、期待以上によく見えるようね」オナーは引き延ばすように言い、ボンネットを無造作にベッドに放った。

「じゃあ、否定しないのね？」

「ええ」とオナーは答えた。

「なんてこと！」グレースは天井を飾っている張り子のロープとケルビム像に向かって声を張りあげた。「約束したじゃない！」

「わかってるわよ」

「どんな悪い噂を引き起こすか、考えてみなさいよ」

「グレース！　悪い噂なんて立たないわ。すまないとは思うけど——」

「謝らないで」グレースはそう言って、暖炉の前に置かれた長椅子に大げさな身振りで腰を下ろした。「本心からじゃないくせに、いつも謝るんだから。あなたがこのばかげた計画を切り出したときには、わたしは笑ったわ。無知なわたしは、たとえあなたでも、そんな計画を実行に移すはずはないと思ったからよ。いくらあなたでも、そんなおふざけのためにそこまでの危険を冒すはずはないとね」

オナーは顔をしかめた。グレースに自分を知られすぎていることにはむっとせずにいられなかった。「おふざけじゃないわ。少なくともわたしにとっては。それに、ねえ、グレース、あなたにも多少責任はあるんじゃない？」

「わたしに！」

「わたしもあなたとお母様と妹たちといっしょにハイド・パークへ馬に乗りに行くべきだと言い張ったのはあなたじゃなかった？　そこでイーストンに会わなければ、この計画をもう一度考えてみようとは思わなかったはずだもの」

グレースはぽかんとして姉を見つめた。それから、噴き出して大笑いし、長椅子のクッションに身をあずけた。「そんなばかげた論理、聞いたこともないわ」

オナーもまったく同じ意見だった。「わかったわよ」と渋々認め、長椅子のグレースの隣に腰を下ろした。「ちょっと思慮が足りなかったことは認めるわ。でもね、グレース、あの計画を思いついたばかりのときに、よりにもよってあの人がリヴァーズの双子を連れてそこにいたのよ。あのふたりのおしゃべり女の付き添いをする人だったら、きっとモニカのことはずっとましだと思うにちがいないって気がしたの」

「もちろん、あのふたりに比べたら、モニカのほうがずっとましだと思うでしょうけど、問題はそういうことじゃないでしょう？　問題はあなたがあの人にたったひとりで会いに行ったってことよ。ほとんど知りもしない男性に。それで、ばかげていて、無謀で、評判に瑕《きず》がつくに決まっていることを持ちかけたのよ」

「それはかたよった見方よ」オナーはうんざりしたように言った。「この男性優位の世の中で、夫のいない女が自分の意志を通そうと思ったら、うんと多くの危険を冒さなければならないわ。わたしに事務弁護士がいて、彼の事務弁護士に連絡をとってもらえるってわけじゃないんだから。モニカにお金を渡して、ほかの男性を見つけてと言えるわけでもないし。わたしは女で、だからこそ、自分の人生を変えるには、結婚相手に頼るしかないわけで、よく考えれば、まったく頭に来るとしか——」

「オナー——」

「そう、いいわ、こう言えば納得するなら言うけど、ガンターズ・ティー・ショップの前で彼に会ったの。ジョナス以外、誰にも見られてないわ。イーストンが馬車に乗ってきて、ふたりで話をしたのよ」

グレースはそう聞いて、両手に顔をうずめた様子から、心底ぞっとしたようだった。オナーは妹の髪を撫でてなぐさめようとした。「ほかに選択肢は見あたらないのよ、グレース」

「あなたも自分の評判にもっと気をつけなきゃならないわ。言わせてもらえば、それもすでに何度もおとしめられる危機に瀕しているわけだけど」グレースは顔を上げ、挑戦するように金色の眉の片方を高く上げてみせた。

「そこまでひどくないわよ」とオナーは小声で言い返した。

「誰かに見られたとしたら、この界隈で冬のつむじ風ほども激しく噂が吹き荒れるって想像できないの？」

「それはよくわかってるわ」オナーにも自分が衝動的すぎることはわかっていた。評判に瑕がつくのは望むところではなく、グレースの心配も理解できた。

「もう気にしてもしかたないわ。やってしまったわけだから」グレースは突然身をよじり、姉と向き直った。「それで？　彼はなんて？」

オナーは妹にいたずらっぽくほほ笑んでみせた。「わたしのこと、不埒だって」

グレースは息を呑んだ。

「でも、考えてみるそうよ」

妹はしばらく息ができないようだった。「え？　そうなの？」

「どうなるかは明日わかるわ」オナーは立ち上がり、上着のボタンをはずしはじめた。「引き受ける気になったら、ここに訪ねてくるの」

「ここに！　よその人間には別にかまわないことでしょうけど、オーガスティンはどう思うかしら？」

「グレース、おちついてよ。オーガスティンは自分の結婚のことで頭がいっぱいよ。ミスター・イーストンには二時半に訪ねてきてって頼んだの。妹たちは勉強の時間だし、オーガスティンはクラブに出かけているはずだから」

グレースは言い返そうとしたが、そこで廊下から、苦しそうな咳が聞こえてきて、ふたりは口をつぐんだ。少しして、母が咳が聞こえたほうへと急ぐ足音がした。

グレースは長椅子に背を戻し、「悪くなる一方じゃない？」と陰鬱な声で言った。衰えつつある伯爵の健康のことだ。

「そうね」とオナーも言った。

「ねえ、あなたの計画は常軌を逸しているわ」

「なんともあたたかいおことばね」オナーはそう言って妹の横に無理やり腰を下ろし、肩で肩をつついた。「常軌を逸していても、少なくとも気晴らしにはなるわ」

グレースは悲しそうな笑みを浮かべた。「あなたってまるで望みなしね」

「そんなことないわ――わたしの胸は希望に満ちあふれているもの」とオナーは言った。そこで動くものを目でとらえ、オナーは身を起こして扉のほうを振り返った。母が入口に立ち、部屋のなかを見つめていた。

「お母様？」オナーはそう言って立ち上がった。「どうかしたの？」

レディ・ベッキントンはかすかに眉根を寄せた。

「お母様」オナーはまたそう言い、母のそばへ寄った。「伯爵の様子を見に行かれたんじゃなかったの？」

「ああ、オナー」母はほっとした顔で言った。「帰ってたのね！　そう、伯爵の具合がよくないのよ。様子を見に行かなくちゃ」母はオナーの手を愛情をこめてにぎると、振り返って廊下を伯爵の部屋へと急いだ。

オナーはグレースに目を戻した。「わからないわ。十五分ほど前には、どこもおかしくなかったのに」

「ドクター・カーディガンに来てもらわなくちゃ」とグレースが言った。

「それで、伯爵が亡くなる前に社交界にお母様のことを知られる危険を冒すってわけ？　ドクター・カーディガンはメイフェアの口さがない年輩のご婦人みんなを診ているわ。だめよ、グレース。どうにもしようがなくなるまでは」

愛する母がゆっくりと衰えていくのを目《ま》のあたりにするのは心痛むことだった。魅力的で頭の良かったジョーン・デヴロー——母のことを悪しく思っている人間をオナーはひとりも思いつけなかった――は驚くほど機知にも富んでいた。舞踏会では誰よりもすばらしく振る舞い、夫の死後も娘たちの暮らしを守ってくれた。そのころオナーはたった十一歳だったが、母が二枚の古いドレスを友人のところへ持っていき、いっしょにそれをすばらしい一枚の舞踏会用ドレスにつくりかえたのを覚えていた。母はそれを着て大舞踏会に参加し、翌朝、四人の娘たちを自分のベッドに呼んでベッキントン伯爵について話したのだった。

母が伯爵の関心を惹いたのは必要に迫られてだったが、母が年の離れた伯爵に深い愛情を寄せるようになったことをオナーは疑わなかった。もちろん、レディ・ベッキントンが夫の世話を看護人にまかせても、メイフェアの誰も彼女を責めたりはしなかっただろうが、母はそうするのを拒み、日々夫の世話をしていた。

伯爵の苦しそうな咳がまた聞こえてきた。「行ってお母様の手伝いをしてくるわ」グレースがそう言って長椅子から立ち上がった。しかし、扉のところまで行くと、姉のほうを振り向いた。「気をつけてね、オナー。あなたのしていることはとても危険なお遊びよ」

「わかったわ」オナーは約束した。

あとになってオナーはそのときのグレースのことばと、簡単に請け負った約束のことを思い出すことになる。ジョージ・イーストンがほんとうにベッキントン・ハウスを訪ねてくるとは思っていなかったからだ。

しかし、彼はやってきた。

6

ジョージはめったなことでは驚かない人間だったが、オナー・カボットには驚かされた。密会への大胆な誘いから、空っぽの頭が考えたにちがいない、ばかげた無分別な頼みにいたるまで、王が自分を正式な甥と認めたとしても、ここまで驚くことはないだろうと思うほどだった。

昨日、バークリー・スクエアをあとにしたときには、美しい女性と会ったときのつねとして興奮を覚えながら、ミス・カボットに対するのと同じだけ、彼女の魅力にまたも屈した自分自身にも嫌悪を感じ、忸怩《じくじ》たる思いでいた。この若い女性のほほ笑みの何が自分の心をとらえて離さないのか、彼には見当もつかなかったが、彼女には二度と会うまいと決心していた。厄介な女性であるのはたしかだからだ。それどころか、このままベッキントン・ハウスに馬で乗りつけて、ぼんくらのソマーフィールドに義理の妹のたくらみを暴露してやろうかと半分本気で思ったほどだ。彼女はそうされてもしかたないはずだ。

しかし、ジョージはベッキントン・ハウスには行かなかった。黒いまつげに縁どられた、輝く青い目を思い浮かべながら、馬を駆って家に戻っただけだった。

ちくしょう。

ひと晩よく眠ったあとも、これでこの話は終わりにしよう、あの若い女性のことはちらりと思い浮かべることすら二度とすまいと思っていた。昨晩はいつもの習慣どおり、コヴェントリー・ハウス・クラブで、何人かの紳士たちと食事をともにした。しかし、カードやおしゃべりには興味がもてず、夜中になる前に家に帰ったのだった。

ジョージがいつもよりずっと早く家に戻っても、フィネガンは何も言わなかった。片方の黒い眉を高く上げ、ジョージの帽子を受けとっただけだった。「そんなとり澄ました顔をするな」ジョージは彼の前を通りすぎながら言った。

ベッドにはいったのもかなり早い時間だったが、はいってから、しばらく眠れずに寝返りを打っていた。しまいにあおむけに寝そべると、片腕を頭の上に上げ、もう一方の腕を裸の腹に載せて、顎を引きしめつつベッドの天蓋《てんがい》を眺め、その日のばかげた密会について考えた。

オナー・カボットの頼みは生まれてこのかた聞いたこともないほどばかげたものだった。そこにはさらに、メイフェアをうろついている若い女性たちの集団を目にしてたじろいでしまう理由と同じものがあった——きれいな色のドレスに身を包んだ頭が空っぽの女たちが、愚かな求愛遊びに興じるということ。

いや、もっと最悪だ。オナー・カボットが興じている遊びは人に害をおよぼすものなのだから。

ジョージは胸の内でつぶやいた。問題は自分が危険な女性に魅力を感じる類いの男だということだ。オナー・カボットが生まれつき危険な女性だというのは幻想ではない。美人で輝くばかりの笑みを浮かべるゆえになおさら危険だった。残念ながら、女性の好みとして、自分は美しくて狡猾《こうかつ》な女性に目がないのだ。

どうしてだろう？　彼は暗闇のなかで自問した。どうして自分は徳の高い女性に満足できる男になれないのだ？　よき妻となり、美しい子供を産んでくれる貞節な女性。日曜日ごとに教会に通うようようながしてくれ、貧しい人々にほどこしをし、義務として脚を開く女性。いつか、そういう善良で無垢《むく》な女性と身を固めることになり、上履きと眼鏡を手に入れて、夜は妻が針仕事をするあいだ、自分は本を読んで過ごすことになるのだろう。

いつか。

しかし、今はそんな生活には耐えられそうもない。入港が遅れている船と、自分が輸入する綿を待っている買い手のいる今は。

そうだとしても、翌日の午後二時半にグローヴナー・スクエアに立ち、午後の陽射《ひざ》しのなかで黒っぽく見える窓を持つ、堂々たるベッキントン・ハウスを見上げているというのはどうなのだ？　まったくもって弁解の余地のない、愚かな行動だった。

ジョージが扉を三度ノックしても、すぐには誰も応えなかった。踵《きびす》を返して逃げ出そうとしたところで、突然扉が勢いよく開き、髪の薄くなりかけた男が尊大な態度で目の前に現れた。

ジョージは上着の内ポケットの名刺を探った。「ミス・オナー・カボットにミスター・イーストンと伝えてくれ」

男はうなずいてしばし姿を消したが、やがて銀のトレイを持ってまた現れ、トレイをジョージに差し出した。ジョージが名刺をトレイに載せると、扉がさらに大きく開いた。男は脇に寄り、頭を下げてジョージになかにはいるようながした。ジョージはそれに従った。玄関の間に足を踏み入れ、恐る恐る帽子を脱ぐ。

「ミスター・イーストン、ここでお待ちいただければ、ミス・カボットにご訪問を伝えてまいります」執事はそう言うと、名刺の載った銀のトレイを高々と掲げてきびきびとその場から立ち去った。

ジョージは吹き抜けになっている玄関の間と、頭上高く吊り下げられている凝ったつくりのシャンデリアを見上げた。壁には肖像画や風景画が飾られている。大理石の床は光り輝くほどに磨かれていて、新しい蜜蠟の蠟燭《ろうそく》の立てられた銀の燭台が近くのテーブルの上にきちんと並べられていた。

執事がまた姿を現す前にその足音が聞こえてきた。執事が姿を消した廊下にきびきびとした足音が響いたのだ。執事はお辞儀をした。「応接間までご案内いたします」そう言ってそっと銀のトレイを脇に置くと——名刺はなくなっていた——来た方向とは逆の西の廊下へと歩きはじめた。

ジョージはそのあとに従った。磨き抜かれた木の扉や、壁づけの燭台に立てられた蠟燭の前を通りすぎ、絨毯を敷いた廊下を進んだ。蜜蠟の蠟燭を一本でも買えて、しばらくのあいだ獣脂の蠟燭のにおいを部屋から消せたときに母がどれほど喜んだか、ジョージは思い出さずにいられなかった。

執事は右側のつきあたりの部屋にはいっていった。両開きの扉を開き、足で扉止めを押して止めた。それから、小さな部屋の窓辺へ寄ってカーテンを開け、ひもでしばると、ジョージのほうを振り向いた。「お部屋の居心地はいかがでしょうか？　暖炉に火をつけさせますか？」

「その必要はない」ジョージは堅苦しい口調で言った。「長居するつもりはないから」

「かしこまりました。何かご用がありましたら、呼び鈴はあちらでございます」執事は扉のそばの太いヴェルヴェットのひものほうへ顔を振り向けた。「ミス・カボットはすぐにまいります」そう言って部屋を出ていった。

ジョージは帽子を脇に置き、待っているあいだ、壁の絵を眺めていた。ベッキントンの祖先の丸々とした顔が描かれた肖像画。こういう家に来ると、必ず肖像画を眺め、自分と似ているところがないか、自分との血縁関係を示すものがないかと探さずにいられなかった。この男は亡くなったグロスター公爵と似ているところはまるでなかった。おそらく、かすかなわし鼻が似ていると言えば似ているかもしれない。じっと肖像画の顔立ちを見つめていたジョージには、ミス・カボットが近づいてくる足音は聞こえなかったが、彼女は薄い黄色のふわふわとしたドレスに身を包み、後ろに裾をたなびかせて部屋にはいってくると、振返って廊下をのぞきこみ、それから静かに扉を閉めた。

彼女はジョージのほうを振り向くと、冷たく輝く笑みを浮かべ、両手を胸のすぐ下で組み合わせた。歌う準備のできた聖歌隊の少年のようなしぐさだった。しかし、多少なりとも天使を思わせるのはそのしぐさだけだった。着ているドレスは昨日のドレスとちがって、顎まで胸もとを隠すものではなかった。今日のドレスは深い襟ぐりのしゃれた形で、クリームのような胸のふくらみがボディスからこぼれ落ちそうになっている。まちがってそんな事態になったとしても、ジョージは喜んで見物したことだろうが。

彼女は胸もとをじっと見つめる彼の視線には気づかなかった。「来てくださったのね」と息を切らすようにして言う。

ああ、ぼくはとんでもない愚か者だからね。ジョージはそれを認めるように首を下げた。

「信じられないほどだわ！　きっといらっしゃらないと思っていたから。いらっしゃらなかったら、どうしたらいいか、見当もつかなかったのよ。でも、こうして来てくださった！」彼女は両手を広げて叫ぶように言った。「力を貸してくださるのね！」

「喜んで舞い上がる前に、ミス・カボット、わかってもらいたいんだが、こうしてここへ来たのは、きみのばかげた頼みに応じるためではなく、あきらめるようきみを説得するためだ」

彼女はきれいな青い目でまばたきした。そんなことは思いもよらないことだとでもいうように、「あきらめるよう説得する」とくり返す。おそらく、心底思いもよらないことだったのだろう。「でも、そんなの不可能だわ、ミスター・イーストン。わたしは決心しているんですもの。何かを決心したら、それに全力を傾ける人間なんです。それで——力を貸してくださるの？」

ジョージはかたくなに決意を固めている彼女に対して忍び笑いをもらさずにいられなかった。「断る」

「断る？」

「正気の沙汰じゃないからね。まったくもって正気じゃない」彼は言った。「兄や友人にそんなことをするのは忌むべきことだ。きみに力を貸すんじゃなく、そんな考えを捨てさせるのが、ぼくの紳士としての義務だと感じてね」

それを聞いて明るい笑みが薄れた。彼女は腕を組み、「わかったわ、ミスター・イーストン。あなたは紳士としての義務ははたしたわ」とぶしつけな口調で言った。「それで、力を貸してくださるの？」

ジョージは彼女をじっと見つめた。それから、笑わずにいられなかった。「きみほど頑固な女性には会ったことがないな」

「そうだとしたら、噂で聞いているほど多くの女性にはお会いになっていないのね」彼女は澄ました顔で言った。「わたしが軽い気持ちでお願いしていると思うの？　これが若い女特有の気まぐれだと？　まったくちがうわ。モニカ・ハーグローヴは義兄《あに》と結婚したら、わたしたち家族を追い出すつもりでいるのよ。そうわたしに宣言したもの。それに、あなたが力になれないと言いにわざわざここへ来たなんて一瞬たりとも信じないわ。伝言をよこすか、わたしの言ったことなど無視すればよかったはずですもの。そうじゃなくて？」

たしかにそうだった。彼女にそこまではっきり指摘されて、ジョージは少々気まずい思いに駆られ、肩をすくめた。

「そうしなかった以上、少なくとも、わたしのお願いを考えてみてはくれたはずよ。ちがう？」

ジョージはいたずらを見つかった少年になった気分だった。彼女の勝ちだ。この抜け目のない小賢しい若い女の。サザックでのあの晩と同様に。彼女にもそれはわかったらしく、みずみずしい唇に笑みが浮かび、両方の頬に小さなえくぼができた。その笑みがくすぶっていた燃えかすに空気を送りこんだようで、ジョージは身の内で小さな炎が上がるのを感じた。

「どうやら合意に達したようね」彼女はなめらかな口調で言った。

「そんなに急がないでくれ」彼は彼女の体の曲線に沿ってゆっくりと目を下ろし、その目をまた上げた。あの肌に指と舌をうずめたい。髪のにおいを嗅ぎたい。「あきらめるようきみを説得できないんだとしたら――」

「できないわ――」

「そうだとしたら、きみがミス・ハーグローヴに害をおよぼさないようにするのが紳士としてのぼくの義務になる」

ミス・カボットは自分が勝ったのがわかってにっこりした。「なんて親切なの」

「少しも親切じゃないさ、ミス・カボット。ただ、ぼくにも多少の信条というものがあるだけだ。きみがどうかは知らないが」

「あなたのモニカへの気遣いには感じ入るわ」彼女は甘い口調で言った。「わたしの望みは、ほかにも、もしかしたらもっと魅力的な候補者がいるかもしれないから、そんなに急いで祭壇に向かう必要はないってモニカに気づかせることよ。彼女に害をおよぼすつもりはないわ」

「そいつは疑わしいな」彼はそう言って彼女にさらに近づいた。体は女性の神秘の罠にとらわれていた。「まだ、見返りにぼくが何をもらえるかという問題が残っている。この……言語道断の頼みに対して」

「それはそうね」彼女は慎ましやかに言い、胸の前できつく腕を組んだ。

「まずは、サザックでぼくから勝ちとった百ポンドを返すと約束してもらおうか」

「九十二ポンドよ」彼女は訂正した。

「だったら、まずは九十二ポンドで――」彼はそう言って目を彼女の口に落とした。「ミス・ハーグローヴを振り向かせるためにひととおり誘惑を試みる。それで充分のはずだ」

「まあ……」ミス・カボットの優美に整えられた片眉が上がった。

「なんだい？」と彼は訊いた。

「いいえ、なんでもないわ」彼女は軽く言って肩をすくめた。「ただ、ずいぶんと自信があるようだから」

ジョージは彼女をじっと見つめ、甘やかされた特権階級の女性からこれほど無礼な態度をとられていながら、こんなふうに魅了されてしまっている自分を呪った。「もちろん、自信はあるさ、ミス・カボット」

「あら、侮辱するつもりはなかったのよ」と彼女は言った。そのやさしい笑みが彼を撃ち抜いた。「きっとあなたに振り向かない若い女性なんてほとんどいないもの――」

「そんなことを言われても、うれしくもなんともないね」

彼女は唇を噛んだ。

彼もその唇を噛みたかった。ジョージは眉根を寄せた。まったく気に入らない。こんなふうに何かを望むようになると、自分はひどく愚かな行動をとってしまうからだ。この街の何人かの女性に訊いてみれば、それが真実だとわかる。「それで？　ミス・ハーグローヴと話をして、きざな口説き文句をいくつかささやき――」彼は手首をひるがえして言った。「見返りとして九十二ポンドを受けとる」それから、契約成立というように、手を差し出した。

しかし、ミス・カボットは気が進まない様子でその手を見つめただけだった。

ジョージはため息をついた。「まったく、今度はなんだい？」

「ひとつ条件があるの」彼女は指を立てて言った。

「きみは条件を持ち出す立場にはない――」

「それはそうだけど」彼女は急いで言った。「ただ……ひとつ指示させてもらわなくちゃ」

ジョージの頭にそのことばがしみ入るまでしばし時間がかかった。「すまないが、きみの指示などまったく必要ない」彼は苛立って言った。「きみが頼んできたのも、ぼくが経験豊富なのを見越してだろう？　若い女性を口説くのにどうすればいいかは心得ているつもりだ」怒りのあまり、鼻息が荒くなる。

「ええ……ただ、彼女のことはわたしが誰よりもよくわかっているから」彼女は彼の目をまっすぐ見つめるために首をそらして言った。

「おいおい、まるでぼくが年端《としは》の行かない少年であるかのような言い草だな――」

「そういう意味じゃ――」

ジョージは突然彼女の腰をつかみ、体を引き寄せた。

「ミスター・イーストン！」彼女は声を張りあげた。「何をするつもり？」

正直に言えば、彼自身、何をするつもりかわかっていなかった。血管のなかをどくどくと流れる荒々しい血に反応しただけだ。「きみの指示は必要ない」そう低い声で言うと、指の節で彼女のこめかみをかすめた。

「あなたはなれなれしすぎるわ」彼女は怒って言ったが、手を彼の腕にまわしただけで、逃げようとする様子は見せなかった。

「わかってるさ」彼の目が彼女の顔に向けられた。「でも、きみもたのしんでいる。それが重要だ」

「いつもそんなに自信満々なの？」

「きみは？」と彼は言い返した。

「わたしが怒っているのをちがう意味にとっているのね」彼女は寄せられた口に向けて言った。ジョージの鼓動が激しくなった。「でも、誤解しないで。怒っているのはたしかなんだから」

「怒っているのがたしかなら」彼は彼女の口調を真似て言った。「社交界に放たれたばかりの澄ました乙女のように、蹴りつけたり爪を立てたりするはずだ」そう言って異論はあるかというように眉を上げてみせた。

彼女は思いきり顔をしかめた。

「ははん」彼は彼女の鎖骨を指でかすめながら言った。小さく、か弱い鎖骨だった。「どうやら、ぼくのほうが女性についてはずっと詳しいようだな」

オナー・カボットはすねに思いきり蹴りを加えることでそれに応えた。

ジョージは即座に手を離し、自分の足に手を伸ばした。「痛っ！」顔をしかめて声をもらす。

すねをさする彼を、ミス・カボットは手を腰にあててにらみつけた。「あなたが女性と親しんでいるのは認めるわ、ミスター・イーストン。メイフェアの誰もが、あなたがどれだけ女性と親しいか知っているもの。でも、モニカ・ハーグローヴについてはわたしのほうが詳しいわ。彼女がどんなものに惹かれ、どんなものに背を向けるかわかってる。少なくとも、そういう準備をあなたにしてもらわなくちゃならないのよ」

ジョージが女性と親しんでいるのはたしかだったが、オナー・カボットのような女性と会ったことはなかった。なお悪いことに、彼女は彼が装っている冷静な仮面に亀裂がはいったのに気づいたようだ。ゆっくりと笑みが顔に広がりつつある。ちくしょう、この笑みこそが破滅の源だ！　そのせいで全身に震えが走り、血が奔流となり、体がこわばっているのだ。このほっそりした小娘にこれほどの影響をおよぼされるなどということがどうしてあり得るのだろう？　彼はあきらめのため息をついて背筋を伸ばした。

「今週金曜日のガーフィールドの集まりに彼女が参加することがわかったの」とミス・カ

ボットは言った。

みだらな物思いが恐怖にとって代わった。ガーフィールドの集まりなら知っていた。ロンドンの誰もが知っている。上流社会の人間全員が参加する集まりだ。生まれてこのかた、上流社会は彼にとって理想であり、自分がけっして受け入れてもらえない世界だった。今も財産がなければ、そこに属することを許されないのはたしかだ。財産を失えば――今、その瀬戸際にいるのはまちがいないが――さげすまれて排除されるのはたしかな気がした。その一員になろうとして失敗した人間ほど、嫌悪すべきものはない。

ジョージはこれまでずっと欠陥のある人間のようにあつかわれてきた。父に認めてもらえないことで、ふつうの人間以下の存在とみなされてきたのだ。父の拒絶がジョージの肩に屈辱の重荷を背負わせてきた。だからこそ、彼は他人とはある程度心の距離を置くようにしてきたのだった。自分のことは、子供のころブラシをかけてやった近衛騎兵隊の毛並みのすばらしい行進馬のようだと思っていた。馬と同じように、彼自身、堂々と高く足を上げて歩き、動きも正確で、人にうらやましがられる外見をしていた。しかし、左右に目を向けることはなかった。決められた道にないものは何もほしがらなかった。高く足を上げ、さらに高く頭を掲げてひたすら前へと進んできたのだ。

ジョージもそれなりに心傷つくような失望は味わってきた。それでも、自分がみじめな人間だと思うことはなかった。まるで逆だ。自分のことはたいていの場合、幸せな人間だと思っていた。しかし、ガーフィールドの集まりに参加するような危険は極力避けてきたのも事実だ。

「だめだ」彼は即座に言った。

「ミスター・イーストン！　それ以上にいい機会があって？」ミス・カボットが彼の屈服を確信して目を輝かせた。

「最初に会ったときにはっきり言ったと思うが。ぼくは舞踏会にはあまり参加しない」

「でも、招待を受けるためにわたしが手を貸せるし――」

「なんだって？　きみに手を貸してほしくなどないね、ミス・カボット。きみは驚くかもしれないが、ぼくのように、つくり笑いばかりのつまらない若いご婦人たちに囲まれて夕べを過ごすのが単に嫌いな人間もいるんだ」

ミス・カボットは疑うように笑みを深めただけだった。心臓の鼓動がまた激しくなる。

「きっとわたしのこと、そこまで世間知らずだとは思っていないはずよ」彼女は澄まして言った。「あの集まりに参加したくないというのは、ちゃんとした招待なしには参加できないからだわ。でも、わたしがあなたに招待状を手に入れてあげる。あれがぴったりの機会であることはあなたも認めざるを得ないはずよ。オーガスティンは参加しないから、あなたはミス・ハーグローヴと話をして、あなたが彼女に魅力を感じていると思わせればいいの」

「それだけのために舞踏会に参加する必要はない」と彼はきっぱりと言った。

「だったら、街中で話をするつもり?」とミス・カボットは明るく訊いた。それから、突然彼の手をとると、「さあ」と言って彼を部屋の中央に引っ張り出した。「そこに立ってくださいな」彼女は暖炉の前から椅子を持ってきて彼の前に置き、腰を下ろすと、スカートの皺を伸ばして優雅に両手を膝の上に置いた。「これでいいわ。わたしたちは舞踏場にいるのよ」

ジョージは彼女をじっと見下ろした。

「やってみて」彼女はかわいらしい笑みを浮かべた。「わたしがミス・ハーグローヴだと思って。あなたはわたしと話をしたいのよ」そう言ってまた椅子にすわり直し、目をそらした。

ジョージは自分がベッキントン・ハウスの応接間に立ち、愚かしい求愛ごっこをしていることが信じられなかった。「こんなのばかばかしすぎる」と思わず不満をもらす。

「お願いよ」彼女は無邪気に言った。

なんてことだ。彼は胸の内で毒づき、片手で髪を梳《す》くと、お辞儀をした。「こんばんは、ミス・ハーグローヴ」

ミス・カボットはちらりと目を上げた。「あら、ミスター・イーストン」そう言って礼儀正しくうなずくと、また目をそらした。

ジョージはそこに突っ立っていた。自分はこんなやり方でモニカ・ハーグローヴを振り向かせたりはしない。絶対に。それどころか、こうして女性に近づいたことなど一度もなく、こんなやり方をする男のことはどうかと思っていた。女性の気を惹こうと必死になりすぎているように思えるからだ。若い男たちはメイフェアの邸宅の応接間でこんなふうに振る舞っているのか？

オナーはまた彼にちらりと目をくれた。「隣にすわって」とささやく。

「どうして？」とジョージは訊いた。

「目の高さを同じにするためよ。あなたってあまりに……」彼女の目が彼の全身に走った。ジョージの思いちがいでなければ、わずかに顔を赤らめたように見える。「大きいから」と彼女は言った。「とても大きくて、そんなふうに立っていると、覆いかぶさっているように見えるもの」

ジョージは何がいけないのかわからなかった。「体が大きいのはたしかさ」

「でも、それってか弱い女性には怖く見えてしまうわ」彼女は言った。「お願いだから、すわって」

「怖い！」彼は笑った。「きみが何かに怖がるとは思えないな、ミス・カボット」

「それはそうよ！　でも、今は〝わたし〟のことを話しているわけじゃないわ。ミス・ハーグローヴのことを言ってるんじゃない」

ジョージは忍び笑いをこらえきれなかった。「くそっ」と言ってそばの椅子に手を伸ばし、椅子をミス・カボットの隣に置くと、腰を下ろした。彼女は目をそむけた。口を開こうともしない。それで、どうすればいいんだ？　彼は言うべきことばを探して頭をひねり、「いいお天気ですね」と言った。

「ほんとうに」彼女は目を向けてこようとしなかった。「失礼します、ミスター・イーストン、部屋の向こうで呼ばれていますので」そう言って唐突に立ち上がり、その場を離れた。

彼があとをついていかないでいると――子犬のようにあとを追えというのか？――彼女は振り向いて顔をしかめた。

「いったいこんなことをしてなんになるというんだい？」とジョージは訊いた。

「ミスター・イーストン、あなたがわたしを魅了してくれなかったからよ。わたしの前にいたのは、何も言えずにいる大男だけだったわ」

そのことばがジョージの神経を逆撫でした。それこそが恐れていたことだった。社交界が求める基準に自分が達していないということ。「もうたくさんだ」彼は怒って言った。「こんな込み入った振付の求愛のダンスに加担するのは断るよ」そう言ってふいに立ち上がり、まっすぐ彼女のほうへ向かった。

「何をするつもり？」彼女は声を張りあげた。

ジョージは答えなかった。椅子をまわりこむと、さらに彼女のそばへと近づいた。ミス・カボットはすばやく彼の行く手から退《しりぞ》こうとしたが、そのせいでテーブルと扉のあいだにはさまれる格好になった。彼女はくるりと振り向き、扉に背をつけ、歩み寄ってくる彼を目を丸くして見つめた。彼は平然とした態度で片手を彼女の頭の脇についた。

ミス・カボットは大きな青い目をぱちくりさせて彼を見上げた。ばかな娘だ。男のなかの獣を起こしてしまったなどとは思ってもいない。「感じやすい若い女性の関心を惹くやり方を見せてあげるよ、ミス・カボット」

「これがあなたのやり方なの？　厚かましすぎるやり方ね。こういうことには多少洗練された技が必要なのに」

彼は突然にやりとすると、彼女の魅惑的な体をまた眺めた。「まだ技を見せてもいないさ」そう小声で言うと、身をかがめて顔を彼女の顔に寄せた。息が髪にかかる。「やるべきことはちゃんとわかっている」彼は小声で付け加えると、首をめぐらし、唇で彼女のこめかみに触れた。「やきもきしなくていい」

「だったら、お願いだから、天気のことなんて話さないで」彼女は低い声で言った。

彼は自分が主導権をにぎり、男が女を誘惑するやり方を見せつけてやるつもりだったが、欲望は抑えていた。自分が女性の体によってもたらされる悦びをたのしみ、女性に悦びを与えてやれる男であるのはたしかだったが、子ヤギほども経験のない若い女性をもてあそぶ男ではなかったからだ。「天気なんてくそくらえだ。彼女の象牙のような肌について語るよ」

彼は唇で彼女の頰をかすめて言った。「髪のにおいについても」鼻で髪に触れて付け加える。

「それから、ほほ笑みかけられたときに男のなかに湧き起こる欲望についてそっと耳打ちする」

ミス・カボットは動かなかった。頬は真っ赤に染まっている。彼女はまた深々と息を吸うと、ゆっくりと吐いてから言った。「たぶん、最初はそれでいいわ」

その声はかすかに震えていた。ジョージはほくそえむと、さらに体を近づけ、手を彼女の腰にあてた。「ぼくにミス・ハーグローヴを振り向かせてもらいたいんだろう？　ぼくは振り向かせるだけじゃなく――」彼は手を尻へとすべらせ、体を押しつけるようにしながら尻をつかみ、なめらかな声で言った。「花びらが開くように脚を広げさせてみせるさ」

ミス・カボットははっと息を呑んだ。それに合わせて胸が持ち上がる。「だめよ」と彼女はささやいた。

「だめ？　なかに入れたりはしないさ。それを心配しているなら。きみが思っているのとはちがって、ぼくは見識のある人間だからね」ジョージは自分のたかぶったものを彼女の腰に押しつけた。「ぼくが自分を入れるのは、うんとありがたがってくれるところへだけさ」そう言って彼女のこめかみにキスをした。激しく打つ脈が唇に感じられた。「ぼくが掘るのは純粋な金鉱だけだ」彼はそうつぶやくと、口を彼女の首に押しつけて軽く吸った。肌に舌をあてながら、手を脇から胸へと動かし、てのひらで包んでもみ出す。

「自尊心を持つ紳士なら、女性にさわったりしないわ」ミス・カボットはあえぎながらそう言うと、まばたきして目を閉じ、差し出すように首を曲げた。

ジョージは笑いそうになりながら、口を耳に動かして耳たぶを噛んだ。「そうだな。でも、きみがぼくのところへ来たのは、ぼくが自尊心を持つ紳士だからではないはずだ、ミス・カボット。さあ、黙って」そう言って後ろできつく組まれていた彼女の手を手で包み、片手を引き出すと、その手を口へと持っていった。ミス・カボットの唇がわずかに開いた。目は彼の顔に据えられている。ジョージはその手を裏返すと、手首の内側をなめてからキスをした。彼女の肌はあたたかく、かぐわしく、舌にバターのように感じられた。危険なほど魅惑的で、欲望に自分の鼓動も速まるのがわかった。ジョージは片手を彼女の顎の下にすべらせ、顔をあおむかせた。彼女の目は皿のように丸くなっており、唇はわずかに開いている。これ以上つづけるのは正気の沙汰ではなかったが、ジョージには自分を止められなかった。首をかがめると、口でそっと口に触れ、しばらく口づけたまま、舌で彼女の唇をいたぶった。片手は彼女の胸を大胆につかんで愛撫していたが、やがて尻へと降りて尻をきつくつかんだ。彼女の体から力が抜けるのがわかり、女性らしい曲線が体に押しつけられると、自分がさらに硬くなるのがわかった。彼は首をもたげて言った。「ぼくとダンスを踊ってもらえませんか、ミス・ハーグローヴ?」

ミス・カボットはうなずいた。「ええ」声が少し震えている。彼女は急いで咳払いをすると、もっとしっかりした声で言い直した。「ええ、ありがとう」

誘惑する技を多少披露できたことに満足して、彼は一歩あとずさり、互いのあいだに礼儀正しく距離を置いた。

ミス・カボットは動かなかった。顔を見つめていた目が下へ降り、ズボンをふくらませている欲望の証へと向けられた。

動じることなく、ジョージは眉を上げてみせた。自分の反応は呼吸と同じぐらい自然なものだ。彼女が男の欲望の証を見たことがないとしたら、さらに哀れに思うだけのこと。「それで?」と彼は訊いた。

「たぶん――」彼女は首につけた真珠のネックレスにびくびくと触れながら言った。「これでいいわ」彼女は彼の山に目を据えた。それが危険なほど彼の興奮をかき立てた。この場を離れなければ。今すぐに。後悔するようなことをしてしまう前に。「だったら、取引成立だね、ミス・カボット。では、今日はこれで。その集まりはいつなんだい?」

「金曜日よ」彼女は答えた。「八時半から」

ジョージはうなずき、帽子を手にとって頭にかぶった。「だったら、出席することにするよ」

「ありがとう、ミスター・イーストン。力を貸していただけて、どれほどありがたいか、あなたにはおわかりにならないわ」彼女は震えおののくような笑みを浮かべていたが、頬が赤くなっているのはまちがいなかった。

こうなると、どうしようもない。この呪わしいほほ笑みのせいで、悪魔と取引してしまったわけだ。あやうく彼女のドレスを脱がすところだった。これ以上そのことを考えないように、さっさとベッキントン・ハウスを立ち去ったほうがいい。ああ、この常軌を逸した魅力的な女性に、思った以上に心惹かれてしまった。「ご機嫌よう、ミス・カボット」

「ご機嫌よう、ミスター・イーストン」彼女はまだうわの空で真珠のネックレスをいじりながら、扉へと向かう彼を不思議そうに見つめていた。

7

オナーとグレースのカボット姉妹はガーフィールドの集まりにふたりの王女のように現れたが、その晩のオナーは、縁に真珠の飾りのついた薄いブルーのシルクのドレス姿で、妹以上に輝いていた。その姿があまりに人目を惹いたため、モニカは目をそらし、持っていたグラスを給仕に差し出してパンチのお代わりを求めた。

オナーとグレースが所有しているドレスや靴や装身具の多さには驚かずにいられなかった。一度オーガスティンに、義理の妹たちの衣装代のために、伯爵家の財産が奪われてしまっているのではないかと、からかいまじりに言ってやったこともあったが、その資金は彼女たちの亡くなった父親の遺産から出ていると、オーガスティンはまじめに説明してくれたのだった。

もちろん、オーガスティンはそうだと信じこんでいた。かわいそうな人――オナーが持っているような衣装にどれほどのお金がかかるのか、まるでわかっていないのだ。亡くなったリチャード・カボットはイングランド国教会で主教にまで出世した人物ではあったが、娘たちがあれほどに着飾れるだけの財産を遺したとはとうてい信じられず、継父が病気であるのをオナーがうまく利用しているのではないかとモニカは疑っていた。もちろん、それを証明することはできなかったが、未婚のひとりの女性があれほどにしゃれた装いができるのはあり得ないことに思えた。

モニカにとってオナーは悩ましい存在だった。かつては親友だったこともあったが、オナーがすべてを備えていることがうとましかった。すべてを！　黒髪と驚くほど青い目とシルクのようななめらかな肌を持つオナーは美しい外見をしていた。モニカの髪はとび色で、目は茶色だった。オナーの隣に立つと、自分が壁紙になったような気がするのだった。オナーは物に動じず、いつも陽気な人間だが、モニカのほうはときに憂鬱な気分になることがあり、どんなに隠そうと努めても、それが顔に表れてしまうようだった。

オナーはロンドンの豪奢なベッキントン・ハウスで暮らす特権も持っている。ロングメドウにある伯爵家の堂々たる田舎の邸宅でも。じつの父が亡くなったおかげで、贅沢が舞いこんだとでもいうようだった。成長して社交界にデビューすると、男性たちに称賛されるようになった。この部屋をひと目見まわしてみれば、どれだけ多くの男性たちが彼女をほれぼれと見つめているかわかる。オナーはそうして関心を集めていることをさほど意に介していなかった。結婚相手が選び放題だとしたら、ありがたいと思う女性が大勢いるというのに、オナーはどんな男性との関係も軽い付き合い以上には発展させようとしないようだった。

それで、一方のモニカは？　兄がふたり。社交界にも流行にもまるで無頓着な兄たち。家族はメイフェアをはずれてすぐのところにある立派な家に住んでいて、父は尊敬される法学者だ。伯爵でも、男爵でもなく、学者だった。

モニカは今晩自分をとり囲んでいるような上流の社交界に受け入れられていることを幸運に思った。彼女自身は男性から称賛を集めたいと思ったことは一度もなかった。男性と気軽にじゃれ合ったり、一度に何人もの男性の注意を惹いたりする人間ではなかったからだ。それどころか、多くの男性については怖いと思うことがあり、ソマーフィールド子爵のオーガスティンの目を惹くことができたのは幸運だと思っていた。

オーガスティンを怖いと思ったことはなく、彼は心から崇拝してくれていた。両親は娘の婚約に有頂天になっていて、早くオーガスティンと結婚すればそれだけ喜んでくれそうだった。自分たちの娘が爵位を持つ男性と結婚し、いつか伯爵夫人になるなどと、誰が想像しただろう？

オーガスティンの求愛を受け入れたのが打算的なものだとオナーに思われているのはわかっていた。しかし、じつはそれはきわめて純粋なものだった。最初はオーガスティンに関心を寄せられたのをおもしろく思った。好みから言えば、少々丸々としていて、ときに太りすぎと思うこともあったが、時がたつにつれて、彼に好意を持つようになっていた。とても親身で、真剣な愛情を寄せてくれていたからだ。いつか伯爵になるという事実も好ましいものだった。自分がレディ・ベッキントンとしてベッキントン家の女主人になるという事実も。その考えはしっくりくるものとなり、自分とオーガスティンが家族を持ち、幸せに暮らすことになると本気で信じられた。

彼の義理の妹たちのことは、ふたりの新婚家庭に六人が暮らすのは多すぎると母に言われるまで、あまり考えてもみなかった。「ソマーフィールドの関心をあの娘たちと競い合うことにならないといいけど」母は笑いながら言った。もしくは、こうも言った。「ああ、オナーのドレスはきれいじゃない？　あなたが伯爵夫人になったときに、ああいう装いができるだけのお金が残っているといいんだけど」

もはやモニカは、バラ色の未来に義理の妹たちを含めて考えられなくなっていた。

義理の妹といえば……モニカは肩越しに後ろを見やった。ふたりの紳士がオナーをつかまえていたのだが、彼らは彼女がとんでもなく気のきいたことを言ったとでもいうように大笑いしていた。モニカのところからも、オナーの目がきらめいているのが見える気がした。

モニカはその光景から目をそむけたが、どこからともなくすぐそばに現れたように思えるレディ・チャタムに驚いた。

「レディ・チャタム」モニカはお辞儀をして言った。

「こんばんは、ミス・ハーグローヴ」彼女は明るく挨拶した。「おひとりでいらしたの？　ハンサムな婚約者はどちら？」

「彼は今晩の催しには参加しないんです。先約があって」

「そうなの」とレディ・チャタムは言った。

モニカには、女性の頭のなかで小さなネズミが輪のなかをまわるのが聞こえる気がした。明日友人たちに披露するおもしろそうな噂を仕入れようというわけだ。「いとこのミスター・ハッチャーといっしょに来ましたの」とモニカは付け加えた。

「ミスター・ハッチャーはすてきな方ね」彼とは知り合いだという口調だ。「カボット家のみなさんがお着きになったようだわ。ミス・カボットは髪に真珠を飾っているけど、誰もボンネットには飾っていないのね」

まったく、あの出来事は抑制不能なほどに広く知れわたってしまっていた。あのボンネットを注文したのはモニカだったが、引きとりに行ったときに、店主に信じこまされていたよりも値段がずっと高かったのだった。自分はそれを買うつもりはなかったが、どうしてオーナーがそれを手に入れなくてはならない？

「あれはほんとうにささいなことでしたわ。あのボンネットなんて全然ほしくもありませんでしたから」それが嘘であることを気づかれませんようにと願いながら、モニカは笑みを浮かべた。

「そうね、わたしもそうよ」レディ・チャタムも言った。「あれは人目を惹くための道具で、若いご婦人方は人目を惹くような振る舞いをすべきじゃありませんからね、ミス・ハーグローヴ」

モニカはあのボンネットがそれほど人目を惹くものだとは思わなかったが、オナーがレディ・チャタムのような老婦人にどう思われるかなど、一瞬たりとも気にしないのもたしかな気がした。それどころか、オナーは喜んでそういう危険を冒し、社交界の決まりを破ろうとするだろう。そこがモニカとのちがいだった——オナーは昔から決まりに挑戦する人間で、モニカは決まりを守る人間だった。

「ミス・ハーグローヴ」

モニカがわずかに顔を横に向けると、そばにトーマス・リヴァーズが立っていた。

「レディ・チャタム」彼は年輩の女性に首を下げて言うと、モニカにまたほほ笑みかけた。「ミス・ハーグローヴ、ダンスをごいっしょしてもらえますか？」

レディ・チャタムは指を振って喉を鳴らすようにして言った。「もちろんよ！　あなたもダンスをたのしまなくちゃ、ミス・ハーグローヴ。もうすぐ既婚女性になるんですからね」

「なんですって？」モニカはレディ・チャタムの言う意味がわからず、混乱して尋ねようとしたが、すでにその場から引き離されてしまっていた。

リヴァーズは彼女をダンスフロアへと導いた。ダンスは何度かくるりとまわることからはじまった。一方へまわったら、次は逆へと。二度目にまわったときに、ふと、ジョージ・イーストンの姿が目にはいった。驚いたことに、こちらをじっと見つめている。モニカは逆へまわった。

ジョージ・イーストンがこの集まりに？　もちろん、すぐにイーストンのことはわかった。みんなそうだ。王の甥だと主張して注目を集めない人間などいない。最近は財産が危機にさらされているという噂だった。

どうやってここへはいったのかしら？　この集まりのおもな資金提供者であるレディ・フェザーズは招待客を厳選しているはずだ。彼女がグロスター公爵の婚外子の参加を認めるとは想像しがたかった。現公爵が公爵の息子を騙っているとして彼をさげすんでいることを考えればとくに。

ダンスが終わり、リヴァーズがモニカをダンスフロアから連れ出した。飲み物をとってくるという申し出を断ると、彼は次のダンスの相手を探しに去っていった。

モニカは人ごみに目を走らせた。オナーの姿がまた目にはいった。軽いステップを踏んでチャールズ・バクストンのまわりをまわりながら、自由に踊っている。バクストンのほうは何かをあがめる子供のように彼女をうっとりと見つめていた。グレースもダンスフロアにいた。シャンデリアのもとで光り輝くような笑みを浮かべ、姉よりも優美なステップを踏んでいる。

モニカは見たくなくて顔をそむけた。知っている顔を探そうとしているときに、背筋にぞくぞくするものを感じた――誰かに見られている感覚。振り返ると、ジョージ・イーストンがまたまっすぐ見つめてきていて驚いた。

目をこちらに据えているだけでなく、彼は意を決した様子で近づいてこようとしていた。モニカは自分の勘ちがいだと思ったが、イーストンはまっすぐ歩み寄ってきていた。近くへ来ると、魅力的な笑みを浮かべて深々とお辞儀をした。「ミス・ハーグローヴ、ずうずうしくも自己紹介してもよろしいでしょうか？　失礼ながら、リヴァーズと踊っているのを見て、目を離せなくなったもので。ぼくはジョージ・イーストンです」

紳士は紹介もなしに淑女に話しかけるものではないということを知らないの？　この礼儀違反に誰か気づいただろうかと、モニカはこっそり部屋を見まわした。「はじめまして、ミスター・イーストン」彼女はかすかな笑みを浮かべて言った。彼が話しかけてきたことは疑わしいことこのうえなかったが、それでも、少しばかりうれしい思いにも駆られずにいられなかった。

彼は輝くような笑みを向けてきた。「正直、すっかり目を奪われてしまいました」

たまに自分が紳士の関心を惹くことがないわけではなかったが、こんなふうにはっきり言われたことはなかった。「ほんとうに？」モニカははにかんでほほ笑みながら訊いた。「ご紹介もなしに男の方に話しかけられて、そんな告白をされるなんて、ふつうはないことですわ」

「ぼくはふつうではないので」彼は明るく言った。「でも、あまりにあけすけすぎました。

昔からそう非難されてきたんですが、きれいな女性のこととなると、どうしてもそうしてしまう習慣がありまして。パンチを一杯いかがですか、ミス・ハーグローヴ？」

いったいこれはどういうこと？　どうしてこんなふうにこの人は話しかけてきているの？　彼ほど魅力的で外見がよく、あれこれ評判の男性が、自分に惹かれたなどとはまるで信じられなかった。ふいに何が目的なのか知りたくてたまらなくなった。「ええ、お願いします」

彼は部屋を横切ってサイドボードへと彼女を導き、そこにいた給仕にうなずいてパンチのグラスを受けとると、モニカに手渡した。

「ありがとう」

イーストンはまたほほ笑んだ。目の端がやさしくなる。ほんとうにハンサムな人だわ。たくましい顎、青い目、金色の筋のはいった茶色の髪。モニカはオーガスティンにもっと髪の毛があればいいのにと思っていた。てっぺんが薄くなってきていたからだ。

彼女の肘に軽く触れ、イーストンはサイドボードから離れた。「今夜ここに来ている女性たちのなかで、あなたほどきれいな女性はいないと告白したら、またずうずうしいと思われるんでしょうが、そのとおりだと言わざるを得ませんね」

この人は少し目が悪いにちがいない。「でも、今夜はこれだけ大勢のご婦人が来ていますわ」とモニカは言った。

「あなたに匹敵する人はいない」彼は指で何気なく彼女の手首を撫でた。目は踊っているかのようだった。彼がやすやすと女性をベッドに誘いこむ男だという悪評が立つ理由もわかる気がしはじめた。

「リヴァーズと踊っているのを見ていましたが――」彼は目を彼女の胸もとへ落として言った。「すばらしい姿でした」

「わたしもあなたを見かけましたわ」とモニカも言った。

彼はさらに身を寄せ、顔を近づけて耳打ちした。「ソマーフィールドがうらやましくなるほどでしたよ」

「それをソマーフィールド様に言ってくださったほうがいいわ」

「それで決闘を申しこまれると？」

モニカはそのばかげたことばにほほ笑まずにいられなかった。決闘となれば、イーストンのような男がオーガスティンを恐れるはずはなかった。たとえどんな挑戦を受けようとも。イーストンが突然自分に関心を抱いたことには興味をそそられたが、だまされるつもりはなかった。この人の目的はなんだろう？　誰かに紹介してほしいのかしら？　オーガスティンに？　彼女はまっすぐ彼の目を見つめて言った。「どうしてあなたがわたしに関心を抱いたのか、不思議に思わずにいられませんわ」

その率直なことばに彼は驚いたようだった。「あなたほど麗しい女性なら、いたるところで男の称賛を受けているはずだと思いますが、ミス・ハーグローヴ」

わたしがそのことばを信じると本気で思っているわけじゃないわよね？　互いの立場や状況のちがいを考えれば、あまりにばかげたことだった。

「礼儀が許すかぎりあなたを眺めていられるよう、いっしょに踊っていただければと思っていたんですが」彼はそう言って彼女に手を差し出した。

モニカは笑った。彼と踊って噂を立てられるつもりはなかった。彼女はグラスを彼の手に押しつけた。「ありがとうございます。でも、そんな不適切な観察の対象にはなりたくありませんから。ご機嫌よう、ミスター・イーストン」快活にそう言うと、その場から歩み去った。

モニカはそうしながらも、肩越しにちらりと後ろを見やった。

彼は顔をうつむけ、少しばかり気どった笑みを浮かべて見送っていた。

まったく、いったい何が目的なの？

8

ジョージ・イーストンはオナーの知らない紳士といっしょに舞踏場を出ていった。舞踏場にいた短いあいだ、彼女のほうへ目をくれることはなかったが、おそらく、約束ははたしてくれたのだろうと思われた。

ベッキントン・ハウスで会ったときに見せてくれた誘惑の技を多少でも発揮したとしたら、モニカは今ごろ、ふわふわとした羽のつまった袋のようになっていることだろう。オナー自身、あんなふうに彼の誘惑に屈し、彼が帰ったあともずっと心臓の鼓動は鎮まらず、その後何時間もかすかなキスの感触が唇に残ったままだったのだ。モニカがそんな目に遭っているとしたら、この目で見てやらなければならない。

オナーは人ごみのなかでモニカを探し、アガサ・ウィリアムソンとレジナルド・ビーカーといっしょにテーブルについている彼女を見つけた。

モニカは羽のつまった袋のようには見えなかった。

それどころか、少し不機嫌そうに見える。

まさか。そんなはずはない。オナーは気がつけば部屋を横切り、モニカのそばへと歩み寄っていた。

モニカはビーカーのことばにじっと耳を傾けていて、最初はオナーがそばに来たことに気づかなかった。「あら」彼女はオナーが目の前に立っているのに驚いた顔になって言った。「こんばんは」

「こんばんは」オナーも明るく言った。「ミス・ウィリアムソン、またお会いできて光栄ですわ。ミスター・ビーカー、ご機嫌はいかが？」彼女は礼儀正しく挨拶し、紳士はよろよろと立ち上がった。

「こちらこそ」とミス・ウィリアムソンは言った。

いっしょにすわらないかと誰も誘ってはくれなかったが、オナーはためらわなかった。

「ごいっしょしてもいいかしら？」と愛想よく訊いた。

ビーカー氏はいそいそと椅子を引いてくれた。オナーは椅子に腰を下ろしてモニカにほほ笑みかけた。

「何か飲み物を持ってきましょうか？」とビーカー氏が訊いた。

「お願いできます？」オナーはモニカが口をはさむ前に言った。

「おひとりじゃ無理ね」とミス・ウィリアムソンが言った。

「ありがとう」ビーカーはそう言ってオナーに笑みを向け、手伝いを申し出たミス・ウィリアムソンとともに、四人分の飲み物をとりに行った。

「それで？ どうしてわざわざごいっしょしてくださることにしたの、オナー？」モニカがそっけなく訊いた。

オナーは笑った。「昔からの友人に挨拶したいと思っただけよ」

「へえ」モニカはじっとオナーを眺めながら言った。「そのドレスきれいね」

モニカについてひとつ言えることがあるとすれば、上等のドレスを見れば、その価値がわかるということだった。「ありがとう」とオナーは応じた。「あなたのもきれいよ」ダークグリーンはモニカの顔色によく合っていると思いつつ付け加える。「ミセス・ドラコットのところでつくったの？」彼女は人気の婦人服仕立て屋の名前を出して訊いた。

「ちがうわ」モニカはこわばった口調で答えた。「ミセス・ウィルバートのところよ。社交シーズンがはじまったせいで、ミセス・ドラコットのところには注文が殺到してるから。でも、あなたのドレスはきれいに仕立てたんじゃない？ ドレスに合わせたボンネットもあるのでは？」オナーにわずかに細めた目を向けて彼女は訊いた。

「いやだ、まだあのボンネットのことで怒っているのね？」オナーはいい加減にしてというように手首をひるがえした。

「あなたがミスター・グレゴリーを横どりしたあの夏ほどは怒ってないわ」モニカは鼻を鳴らして言った。

　オナーは驚いて笑った。「十六歳のときのことじゃない、モニカ。まったく、どうしていつも古傷を持ち出さずにいられないの？」

「古傷を持ち出したわけじゃないわ。昔のたくらみのことを持ち出しただけよ」モニカは言った。「あなたって昔からそうだったわよね？　次から次へとたくらんでばかりだったでしょう？」

「たくらむですって！」オナーは抗議した。「だったら、本物のたくらみについて話さない？　ビンガム家の舞踏会のことを覚えてる？　あなたとアグネス・マルベリーが迎えに来たビンガム家の馬車の最後の二席をとってしまったときのことを？　あの舞踏会に招かれたのはわたしで、わたしがあなたたちふたりを招いたのに。わたしにはほかに舞踏会に出かける手段はなくて、それはあなたたちにもよくわかっていたはずよ」

「同じぐらいあなたにもよくわかってるでしょうけど、あなたはロングメドウでの晩餐会にわたしを招いてくれなかったわ」モニカは舌を鳴らした。「招待状をなくしただなんて言って！」

　オナーは顎をつんと上げた。賢明にもあの夏のことは思い出さないことにしたのだ。「もうやめて、モニカ。わたしはお祝いを言いに来たのであって、あなたが十六歳のころの夏の話を蒸し返しに来たわけじゃないわ」

「お祝いですって？　なんのお祝いよ？」とモニカが訊いた。

「わたしの勘ちがいなの？」オナーが訊いた。「オーガスティンによると、あなたがうんと結婚したがっていて、なるべく早く結婚式をあげたがっているって話だったけど」

モニカは突然笑い声をあげた。明るい茶色の目がきらりと光る。「愛しいソマーフィールド！」彼女は陽気な声を出した。「あなたは彼の話をまちがってとってるわ、オナー。うんと結婚したがっているのは彼のほうで、不安になるほど何度も、*註グレトナ・グリーンのことを持ち出すのよ」

「だったら、彼とすぐに結婚したほうがいいわね」オナーは言った。「別の誰かが現れて、あなたとの結婚を熱望することだってないとは言えないわけでしょう？」

「なんですって？」モニカは笑いながら言った。「まったく、オナー。あなたのことはわかりすぎるほどわかってるのよ。こうしてわざわざここへ来たのは、わたしの結婚式のことを訊くためじゃないわ。そんなのあなたらしくないもの。そういう意味ではわたしもそうだけど」

オナーは笑わずにいられなかった。「たしかに」と認める。「でも、わたしたちは義理の姉妹になるんだから、これまでのことは水に流して新たにはじめるべきよ。もうボンネットや何やらについて言い争うのはやめて」

モニカは黒っぽい眉を上げた。「そう？　あなたがほんとうに新たにはじめたいと思っているとしたら、もうわたしたちのどちらも、相手について不愉快な事実を知って驚くことが画するとか。新たにはじめるって、つまり、そういうこと?」

モニカの言うとおりだった。前の社交シーズンのときに、モニカがお茶会を企画したのと同じ日、同じ時刻にオナーも庭でのお茶会を企画した。オナーは慎ましくも指摘しなかったのだが、モニカのお茶会には彼女とグレースは招かれていなかったからだ。しかし、釈明するとすれば、モニカが同じ人を招いているとは思っていなかったのだった。彼女が招いているのは、元気がなくてつまらない知り合いばかりのはずで、一方の自分は元気がよくておもしろい客人を招いていた。

「それに、おおやけの席でお互いの居場所について推測するのもやめないとね」とオナーは言った。前の社交シーズンにジュビリー家の舞踏会でモニカが人前でほのめかしたことを思い出させようとしたのだ。オナーはカーギル卿とふたりでこっそり舞踏会から逃げ出したにちがいないとモニカはほのめかしたのだが、じっさいにはグレースと婦人用の化粧室にいたのだった。そのせいで、あれこれ憶測が飛んだものだった。

「もうそんなことはしないようにしましょう」モニカは優雅に頭を下げて言った。

オナーはにっこりした。「それで、たのしい夕べを過ごしているの?」

「まあまあね」

「新しく知り合いになった人はいた?」

モニカは首を傾げた。「どういう意味？」と疑うように訊く。「今日にかぎってどうしてわたしがたのしい夕べを過ごしているかどうか気にするの？」

「まったく、あなたって疑り深い人ね！」オナーは言った。「集まっている人たちがいつもと同じでほんとうにうんざりとわたしは思っているからよ。そうじゃない？　気晴らしになる誰か新しい人がいればと思うわ。ほうら、これこそわたしたちがいさかいになる原因じゃない。あなたはいつもわたしのことを誤解するのよ！」

「もしくは、あなたのことを何から何まで理解しているからでしょうね」モニカは言い返した。「気晴らしが必要なら、外国を旅行してみればいいわ。今週オーガスティンにも同じことを言ったの」そう言って天気の話でもしているように手袋の皺を伸ばした。「アメリカに行けば、あなたの好みに合う目新しくてめずらしいものが見つかるかもしれないって」

オナーの頭に警鐘が響きわたった。彼女は笑おうとした。「なんてばかばかしいことを」

モニカは手袋から目を上げた。「オーガスティンは興味を持ったわよ。あなたとグレースにはもっと広い世界で教育を受けてほしいって言っていたわ。この社交界がそんなに退屈だとしたら、よそに行くのが気晴らしになるんじゃないかしら」

「この社交界が退屈だとは言ってないわよ、モニカ。今夜集まった人たちが退屈だって言ったの。オーガスティンの頭に変な考えを吹きこまないでくれるとありがたいわ」

「これも〝新たにはじめる〟ことの一部よ」モニカは意地悪そうに言った。

「たしかにね」オナーはきっぱりと答えた。

「ほら、どうぞ！」ビーカー氏の声が響き渡った。彼とミス・ウィリアムソンが突然視界に現れた。どちらもワインのグラスをふたつずつ持っている。

「あら、こんな時間。時間が飛ぶように過ぎる気がしますわ」オナーはそう言って立ち上がった。「伯爵におやすみを言うために家に帰らなくちゃならないんです」そう言ってわざとらしくモニカに目を向けた。伯爵が亡くなったら、追い出されることになるのかもしれないが、今日はまだこちらのほうが優位にある。「では、ご機嫌よう」彼女は愛想よく言った。

「ご機嫌よう、オナー」モニカも同じように愛想よく応じた。

オナーは背筋をまっすぐ伸ばし、顎をつんと上げてその場から歩み去った。この世に悩みなど何もないというように。

じつを言えば、突然悩みは増えたのだったが。

アメリカですって！　モニカ・ハーグローヴめ。

＊グレトナ・グリーンは、イングランドとの境界に近いスコットランドの村。スコットランドでは結婚が許可制でなかったため、イングランドで結婚を認められない多くの男女が駆け落ちしてここで結婚した。

9

計画がうまくいかなかったなんてことがあり得るの？　その疑問のせいで、オナーはひと晩じゅう眠れなかった。彼女自身は自宅の応接間でイーストンから誘惑するふりをされただけで、あやうくそれに屈しそうになったというのに、どうしてモニカが抗《あらが》えたの？

理由はひとつしかない。ジョージ・イーストンが約束を守らなかったのだ。もしくは、約束を守ったけれど、失敗したのだ。

翌朝、目覚めたときには、疲弊しきり、苛立っていた。オナーはガウンをはおって書き物机につくと、イーストンへの書きつけを書いた。〝約束したはずよ〟

玄関の間に降りたときもまだガウン姿だった。老いた使用人のフォスターが扉のところに立っていた。彼女は書きつけを彼の手に押しつけた。「これをオードリー街に届けて」

フォスターは書きつけに目を向けた。「イーストン」と声に出して宛先を読む。

「シッ！」オナーはそう言うと、玄関の間に誰かいて、フォスターの声を聞かれたのではないかというように後ろを見やった。「内緒よ、ミスター・フォスター」

「かしこまりました、ミス・カボット」彼は目をきらりと光らせて言った。「私はいつも秘密を守るでしょう?」

「ええ、そうね」彼女は親しげに彼の腕を軽くたたいて言った。「昔からあなたのことは頼りに――」

「オナー、いったいどうしたんだ?」

オナーはくるりと振り返った。「オーガスティン、おはよう!」

オーガスティンはリネンのナプキンを襟にはさんだまま立っていた。おそらくは朝食の最中だったのだろう。「おまえを探していたんだ」彼はオナーの後ろにいるフォスターに言った。「オナー、おまえはガウンのまま玄関で何をしている?」

「ええ、お嬢様、今日は大雨のようです」フォスターが急いで言った。「じっさい、土砂降りですよ」

オナーは威厳ある態度の老いた使用人に感謝した。「ありがとう。濡れてもいい服を着るわ」そう言ってオーガスティンに明るい笑みを向けた。

「じゃあ、急いで着替えてくるんだね」オーガスティンが言った。「マーシーが歩く死骸についての身の毛もよだつような話をすると言ってきかなくてね」彼は鼻に皺を寄せて言った。

「そのせいで朝食を食べたくなくなったよ。あの娘には厳しいしつけが必要だな」

「あら、だめよ、そんなの」今朝はオーガスティンの忍耐力はどこへ行ってしまったのだろうと思いながらオナーは言った。彼女はフォスターにまたこっそり笑みを向けると、着替えるために急いで階段をのぼって部屋へ向かった。

朝食のあいだも、昼になっても、やむ気配もなく雨は降りつづいていた。オナーは昼前の時間を継父に本を読み聞かせて過ごした。湿った天気のせいで、かわいそうな継父の病状はさらに悪化し、彼はどこにともなく目を据えて枕に背をあずけていた。悲しげで疲れきった様子だった。かつては張りのあった頬は落ちくぼみ、手はやせこけ、目はしょぼしょぼしていた。

ワーズワースの『抒情民謡集』の朗読を聞きながら、伯爵は目を閉じた。オナーは静かに詩集を閉じ、そっと席から立った。絨毯の上を足音を忍ばせて横切り、扉から部屋の外へ出ようとしたところで、伯爵がかすれた声で呼びかけてきた。「オナー」

彼女は振り返った。伯爵は離れていくオナーに触れようとするように腕を伸ばしていた。「大丈夫?」と言って彼女は伯爵のそばに戻った。「どうかしました? お母様を呼んできます?」

伯爵は手を出してという身振りをした。オナーは彼の指を自分の指で包んだ。「私が逝《い》ったら、きみがお母さんの面倒を見なくてはならない」彼は咳のせいでかすれた声で言った。

「もちろんです」

「私の言うことを覚えておいてくれ、オナー。彼女に害がおよばないようにできるのは娘たちだけなんだ。わかるかい？」彼は彼女の目を探るように見て言った。

伯爵にはわかっているのだ。オナーとグレースが疑っていることが――母がゆっくりとおかしくなりつつあることが――伯爵にはわかっているのだ。「よくわかります、伯爵様」

「私は長いこときみたちのお母さんを愛してきた」彼は言った。「オーガスティンも彼女には好意を抱いているが、息子は弱い人間だ。たやすく人の意見に左右される。悪い人間ではないが、他人を喜ばせようとしすぎるきらいがある」

「ええ、たぶん」オナーも渋々言った。「母もあなたを愛してきましたわ。わたしたちみんなも。母の面倒は必ず見るとお約束します」

伯爵は彼女の手を軽くたたいた。「どうやってお母さんを守る、オナー？　私はおまえを自由にさせすぎたかな？　誰か目を留めている男はいないのか？」

オナーの心臓が鼓動を速めた。ローリーのことが思い出された。彼を恋い焦がれたときのことが。「いましたけど、向こうがわたしを望まなかったんです」

伯爵はかすれた笑い声をもらした。「だったら、そいつは愚か者だ。たぶん、しゃれた装いを好む美しい女性を手に入れるのにためらいを感じる男もいるということだろう」

「でも、わたしはそれほど物にこだわる人間じゃないわ」とオナーは言った。

伯爵はほほ笑んだ。「そうかい？　私の財産をだいぶ役立ててくれたようだが」

オナーはばつが悪そうにほほ笑みながら首を振った。「たしかに物は嫌いじゃないけど、物は物ですもの。誰かを愛するとしたら、心から愛するとしたら、ほかのことはどうでもいいはずだわ」

「オナー、今度愛を見つけたら、きつくしがみついて放さないようにするんだ。真実の愛というのはめったに見つからないものだからね。手放すわけにいかないほど得がたいものだ。それから、傷つくことを恐れてはいけない。それにはそれなりの理由があり、さらに愛が大事なものであることがわかる」

「ええ、そうですね」彼女はそう言って目を下に落とした。愛を失う辛さを味わいたくはなかった。だったら、最初から愛など求めないほうがいい。

「きみはいい娘だ、オナー。ほかの人間が何を言おうと私はまるで気にしないよ」伯爵はため息をついて彼女の手を放すと、顔を横に向け、「ジェリコーを呼んでくれるかい？」と頼んだ。この二年ほど、もっとも親身な看護人のひとりとなっている従者のことだ。彼は重いため息をついて目を閉じた。

オナーはジェリコーを見つけ、伯爵の様子を見てくれと頼むと、階下《した》から聞こえてくる陽気な音楽のほうへと足を向けた。玄関の間を通りかかると、フォスターが玄関からはいってきて扉の前で足を止め、外套《がいとう》と帽子から雨を払い落とした。

「フォスター！　届けてくれたのね？」

「ええ、お嬢様」彼は帽子を脇に置いて言った。

「それで？　お返事は？」

「ありません。執事によると、その紳士は夕べの集まりからまだ家に戻ってきていないそうで、書きつけは戻ってきたら渡してくれるそうです」

　まだ戻ってきていない？　妙にちくちくした感じが全身に走った、男性が晩に出かけ、朝になっても戻らないとしたら、行き先はひとつじゃないかしら？　豊かな曲線を持つ体があたためてくれるベッド。金の鉱脈。全身にまたちくちくした感じが走る。さっきよりも強く。

「ありがとう」彼女はフォスターにうわの空で礼を言った。

　それからまた音楽室へと向かいながら、イーストンが女性といる情景を思い浮かべた。征服した相手からさらなる悦びを得ようとする彼のたかぶった裸体から、シーツがすべり落ちる情景。相手は誰？　レディ・ディアリング？

　音楽室には妹たちがいた。プルーデンスがピアノを弾いている。四人姉妹のなかで、オナーがうらやましく思うほどの耳を持つ彼女がもっとも音楽に傾倒していた。グレースがテーブルについて紙に鵞《が》ペンを走らせ、手紙を書いている。マーシーは暖炉の前にうつぶせに寝転がっていた。膝を曲げ、足首を交差させている。彼女は〈レディース・マガジン〉の流行の装いの載ったページをゆっくりとめくっていた。暖炉では火がやわらかい炎を上げ、雨の日の薄暗さを追い払うように、部屋じゅうに蠟燭がともされている。

「誰に手紙を書いているの、グレース？」オナーはソファーに腰を下ろし、体の下に足をたくしこみながら訊いた。

「いとこのベアトリスよ」

「彼女はいとこじゃないわ」とオナーは指摘した。

「そうなの？」プルーデンスがピアノを奏でる手を止めて言った。

オナーは否定するように首を振った。「彼女はお母様の幼馴染《おさななじみ》で、とても親しくしてきたので互いにいとこと呼び合っているだけよ。どうして彼女に手紙を書いているの、グレース？」

「バースに住んでいるから。もしかして、そこでアマースト卿を見かけなかったかどうか知りたくて。たしか、まだロンドンには戻ってきていないから」

オナーは目をぱちくりさせた。「アマースト？　どうして？」

「オナーったら、まったく！」グレースは澄ました笑みを浮かべて言った。「個人的なことよ。あなたには想像がついていると思うけど」オナーには想像がついていなかったが、グレースは意味ありげにマーシーのほうへ目を向けた。マーシーは雑誌をめくるのをやめてじっとグレースを見つめている。

「なあに？」マーシーが訊いた。「どうしてわたしには何も教えてくれないの？」

「あなたはまだ子供だからよ。この曲はどう？」プルーデンスはそう言って別の元気のよい曲を弾きはじめた。

マーシーは身を起こして膝立ちになり、耳を傾けながら眼鏡を直した。「すてき！」少ししてそう言うと、勢いよく立ち上がった。手を伸ばし、爪先立ってリール（スコットランド地方の軽快な踊り）を真似て踊りはじめた。

オナーは妹たちに笑みを向けた。物憂い考えを払うにはダンスが一番だ。彼女は紳士のようにお辞儀をして手を差し出した。マーシーは喜んでその手をとり、ふたりはプルーデンスの弾く明るい曲に合わせて踊りはじめた。グレースはペンを置き、音楽に合わせて手をたたいている。「もっと高く、マーシー」飛び上がるステップになると、そう声をかけた。「足を引きずっちゃだめよ、さあ――飛んで」

マーシーは飛び上がった。マーシーとオナーにステップを速めさせ、ぐるぐるとまわらせようと、プルーデンスはさらに速く弾いた。そのおかしなほど速い曲に四人とも大笑いし、銀のトレイを手に持ったハーディーがピアノのそばに立つまで彼に気づかなかった。

「ハーディー！」オナーはマーシーとぶつかるようにして足を止めると、息を切らしながら言った。「来たのに気づかなかったわ」

「ええ、お嬢様。この音楽と笑い声では、何を言っても聞こえないでしょうね」と彼は言った。

プルーデンスが立ち上がり、両腕を頭上に高く上げて伸びをした。「それはなあに?」彼女は銀のトレイに顎をしゃくって訊いた。

「お客様です」ハーディーは軽く頭を下げて言った。「ミス・カボットに」

マーシーはオナーよりもすばやかった。オナーが手を伸ばすよりも先に名刺をつかもうと姉の前に走り出た。かなりの年に見えながらも、ハーディーは敏捷《びんしょう》な人間だった。彼はすばやくトレイをマーシーの頭上に持ち上げ、マーシーは飛び上がろうとしてあきらめた。

「ハーディー!」マーシーは不満の声をあげた。

「お行儀よくして」オナーはそう言って妹の頭上に手を伸ばし、トレイから名刺を手にとった。名刺の名前を見て、即座に心臓の鼓動がわずかに速まった――ジョージ・イーストン。鼓動が速まってわずかにためらったのがいけなかった。マーシーに名前を読まれてしまったのだ。「ジョージ・イーストンって誰?」

グレースが息を呑んで書き物机から立ち上がり、急いで名刺を見に来た。「彼を招待したんじゃないでしょうね?」

「まさか! その、書きつけは送ったけど、まさか訪ねてくるとは――」

「誰なの?」プルーデンスが名刺を見ようと姉妹のなかに割りこみながら言った。

「あなたは知らなくていい人よ」グレースがすばやく答え、ハーディーに向かって言った。

「オーガスティンはどこ?」

「紳士のクラブにお出かけです」

「ハーディー、ミスター・イーストンに少しお待ちいただくように伝えて。わたしたちは……」そう言って指を振った。ハーディーはそれを下がれという意味にとったらしく、お辞儀をして部屋を出ると、扉を閉めた。

オナーはくるりと振り返って窓の外を見た。心と頭が忙しく働いていた。「まったく、ここへ訪ねてくるなんて！」

「誰なの？」プルーデンスが訊いた。「聞いたことのない名前だわ」

「ありがたいことに、あなたはまだ社交界にデビューしていないから、ああいう遊び人のことは知らないのよ」グレースは陰気な声で言った。

「グレース、そんなことを言うのは公平じゃないわ」オナーが抗議した。「彼はわたしに求愛しているわけじゃないんだから」

「だったら、どうして訪ねてきたの？」マーシーが当惑して訊いた。

オナーはマーシーの質問は無視した。自分が髪を下ろしたままでいて、持っているなかでもっとも地味なドレスを着ていることに気がついたからだ。彼女は顔色をよくするために急いで頬をつねった。

「どうしてそんなことをしているわけ？」とグレースが訊いた。

「その人のこと、好きなのよ！」マーシーがうれしそうに言った。

「彼に応対するわけにはいかないわよ」グレースがぎょっとしたように言った。「プルーデンスとマーシーがいるんだから！」

プルーデンスはそれを聞いてひどく腹を立てた。「わたしは子供じゃないわ、グレース。あと三カ月で十七歳になるんだから」

「彼のこと、別に好きじゃないのよ、マーシー」オナーはそう言って急いでサイドボードの上にかかった鏡のそばに寄った。櫛《くし》がいるわ！　髪はぼさぼさだった。

「だったら、どうしてそんな顔をしているの？」オナーが自分の髪を見て急いでひとつに編んでいるのを見てマーシーが訊いた。

「お客様を迎える格好じゃないからよ」オナーは苛々して言った。

「だったら、お迎えしないほうがいいわ」プルーデンスが生意気な口調で言った。

「そうかもね」オナーもそう言って振り返り、妹たちのほうへ腕を伸ばした。「どう？」

グレースがため息をついた。「きれいよ。これだけは言えるけど、何にしてもあなたがきれいに見えないことはないわ。うんと腹立たしいことだけど」

「ありがとう、グレース。だったらいいわ。さて、あなたたち三人はここにいて。わかった？」

「どうして？」マーシーが言った。「わたしもその人に会いたいわ」

「だめよ、マーシー。あなたには関係のない――」

　マーシーは突然扉のほうへ駆け出し、勢いよく扉を開けると、廊下に飛び出した。

「ちょっと！」オナーが叫んだ。

「あの子がその人に会うなら、わたしだって会うわ」そう言ってプルーデンスも当然のように部屋を出ると、急いでマーシーのあとを追った。

　オナーはグレースに目を向けた。

「さて、やっちゃったわね」とグレース。「あのふたりが秘密を守ってくれるだろうと一瞬でも思うなら――」

「ああ、まったく！　一度でいいから、わかりきったことじゃないことを言ってもらいたいわ」オナーはそう言うと、グレースの手をつかんで引っ張り、急いで妹たちのあとを追った。

10

突如として大勢の女性たちに囲まれ、ジョージはぎょっとしたが、一番小柄で、おそらくは年も一番若い少女に、青い目をひどく大きく見せる眼鏡越しに見上げられ、「あなた、求婚者なの？」と訊かれて、急いでおちつきをとり戻した。

「まったく、マーシーったら。お行儀はどこへ行ったの？」ミス・カボットが少女の後ろからやってきて彼女の肩に手を置くと、厳しい口調で言った。「すみません、ミスター・イーストン」そう言いながら、蹴飛ばしそうな勢いで少女を後ろに追いやった。「妹のマーシーはびっくりするほどお行儀がなっていないんです。紹介してもいいですか？　ミス・マーシー・カボット、ミス・プルーデンス・カボット、それから、この妹はご存じね。ミス・グレース・カボットです」

「小さな部屋にこれだけ大勢の立派なご婦人方が集まるとは」ジョージは頭を下げ、冗談めかして言った。「お会いできて光栄です、みなさん」

「ふうん」グレース・カボットが疑うような目を彼に向けて言った。光栄だとはまったく思っていないはずと決めつける目だ。この大雨のなか、カボット家の姉妹に会えて光栄だと嘘をつくためにわざわざやってきたはずはないと言いたげな目。

「オナーに会いに来たの？」一番年若い妹が訊いた。「それともグレース？　ときどき、どちらが出迎えても気にしないお客様もいるのよ」

「マーシー！」オナー・カボットが若干青ざめて息を呑んだ。「みんなお願いだから、居間に戻って。それで、オーガスティンが戻ってきたら、彼をここから遠ざけておいて！」

「どうして？」プルーデンスが訊いた。「何をするつもりなの？」

「何もしないわよ」グレースがひとりの妹に険《けわ》しい目を向け、もうひとりの腕をつかんで言った。「じゃあ、行きましょう、ふたりとも——」

「でも、お茶にお招きしちゃだめなの？」プルーデンスがそう訊き、マーシーはグレースに腕をつかまれたまま体をひねって肩越しにジョージに目を向けた。「いつもお客様はお茶にお招きするのよ」

「この方はそういうお客様じゃないのよ」グレースはそう言って妹たちを連れていこうとした。「オナー、長くはかからないわよね？」

ミス・カボットはさっさと行ってというように小さく手を振り、グレースはさらに険しい顔になった。妹たちが廊下へ姿を消すと、ミス・カボットはジョージの肘をつかんで逆の方向へと向かった。「ハーディー、この方とふたりだけで話がしたいんだけど——」

「ええ、お嬢様、もちろんです」執事がすぐさまそれに応じたので、ジョージはオナー・カボットが誰かとふたりだけで話をすることは頻繁にあるのだろうかと疑わずにいられなかった。

「ちょっと待ってくれ、ミス・カボット」彼は彼女を止めようとして言った。「ぼくは別に──」

「ええ、でも、ちょっと話があるのよ」彼女は彼をうながして言った。うながすというより、引っ張っている。

それから、前に見たことのある小さな応接間に彼を追い立ててはいると、扉を閉めた。

「ミス・カボット──」

「彼女に話しかけなかったの?」ミス・カボットは扉からくるりと振り向いて訊いた。

「いったいどういう意味だい? もちろん、話しかけたさ!」ジョージは疑われたことにむっとして言った。「彼女も刻一刻と雨脚が激しくなっていくこの土砂降りの天気には家に引きこもっているほうがいいと思っているにちがいないけどね」彼はきっぱりと付け加えた。若い女性というものがどういうものかはわかっていた。女性たちはかぶっているボンネットに負けず劣らず、ばかばかしいほどに想像力をふくらますものなのだ。

しかし、ミス・カボットはあっけにとられて彼を見つめた。「あなたって能天気なほど自信たっぷりなのね!」

「どうしていけない？」彼は鷹揚《おうよう》に訊き、ソファーに腰を下ろして足を組んだ。「ぼくだって女性への求愛に関して経験がないわけじゃないんだ、ミス・カボット」彼はそんなばかなというように忍び笑いをもらした。「ミス・モニカ・ハーグローヴはぼくに話しかけられて驚いていただけじゃなく、そう、喜んでいたよ」

「喜んでいたですって？　だったら、わたしが夕べをたのしんでいるかと訊いたときの彼女の反応をどう説明するの？　彼女は、目新しい人には誰も会わなかったって言ったのよ。目新しい人は誰もいなくて、いつもの面々ばかりだって」

ジョージは肩をすくめた。「それで？」

「つまり、あなたは彼女になんの印象も与えなかったってことよ！」

ジョージはそのあてこすりを聞いて腹を立て、ミス・カボットに細めたひややかな目を向けた。「印象は与えたさ」とはっきりと言う。「きみのご友人が当惑していたのはたしかだからね。当然ながら、そんなことをきみに認めるはずはないが。きみには関係ないことだから」彼はばかな小娘に対し、その体に目を向けまいとしながら、一語一語区切るように言った。

「ええ、そうね、あなたはわたしほどモニカ・ハーグローヴを知らないから」彼女は言い返した。「あなたのような評判の持ち主が自分に多少でも関心を示したとあれば、彼女は絶対にわたしに話して聞かせたはずなのよ」

ジョージは言い返そうとしたが、〝あなたのような評判の持ち主〟ということばに引っかかって口を閉じた。

「つまり――」彼女は彼の表情を見て急いで言った。「あなたは……その……」

「言ってくれ、ミス・カボット。ぼくはなんだ？」彼はゆっくりと言った。婚外子。騙《かた》り。自分がなんであるかはわかっていた。彼女がちがうふうに思っているとしたら、思った以上に愚かな娘ということだ。

「その」彼女の頬が赤みを増した。「魅力的、そう言いたかったの」彼女はあいまいな身振りで答えた。

魅力的？　その答えにジョージは虚をつかれた。ぼくがそういう評判の持ち主だと？　彼女がぎごちなく認めたことで、彼はこれ以上ないほどにうれしくなり、にやりとした。「なあ、ミス・カボット、きみがそれほど高くぼくを評価してくれていたとは想像もしなかったよ」

「からかわないで」

「夢にも思わなかったな」彼は何気なく腕をソファーの背に伸ばした。若い女性の頬を染めさせるのは、ぼくの持って生まれた能力だ。彼は笑みを深めながら胸の内でつぶやいた。若いころほど頬を輝かせなくなった女性も同様だ。それは天性のもので、ロンドンじゅうの女性たちを喜ばせていた。

しかし、ミス・カボットの頬の輝きは眉間《みけん》に皺が現れるとともにすばやく失われた。「約束したはずよ、イーストン」

「やると言ったことはやったよ、カボット」

「だったら、やり方をまちがったのね」彼女は小賢しい口調で言った。

「まちがった！」彼は唾を飛ばすように言った。彼女を膝の上に乗せてスカートをまくり上げ、子供に対するようにむき出しの尻をたたいてやりたくなる。「まったく、きみはどうしようもなく生意気だな！」

「あなたのほうはとんでもなくうぬぼれが強いのね！」彼女は大声を出すと、眉根を寄せ、口を引き結んで行ったり来たりをはじめた。やがて突然足を止め、彼のほうに向き直った。「もう一度やってもらわなくてはならないわ」

「悪いが、それはいやだね。一度やったんだから。それに、考えてみれば、きみには百ポンドの貸しがある」

「九十二ポンドよ」彼女は言った。「それで合意したはず」

「だったら、九十二ポンドだ」彼はそう言い返して立ち上がった。「金は代理人に送ってくれればいい。ミスター・スウィーニーが——」

「今週金曜日の晩にプレスコット家の舞踏会があるわ」彼のことばなど聞こえなかったかのようにさえぎって言うと、彼女はまた行ったり来たりをはじめた。「あなたも招待されるように手配できる」

ジョージの胸の内で憤りが募った。まるで目下の人間にほどこしをしようとしているような言い草だ。裸の彼女を組み敷く想像もその怒りをやわらげることはなかった。「いやだね」

「彼女とダンスを踊らなきゃだめよ」彼女はそう言うと、突然足を止め、値踏みするように彼をしげしげと眺めまわした。

「何を見ている？」彼は自分の体を見下ろして訊いた。「いいかい、オナー・カボット、きみは約束にもとづいて、ぼくに九十二ポンド送ってくれればいいんだ――」

「いやよ」彼女は顎をつんと上げて言った。「あなたが約束をはたしてくれるまでは」

ジョージは彼女のきれいな顔ときらきらと輝く青い目をぽかんとして見つめた。正気を失っているのか？ 病んでいるとか？ これほどの怒りを覚えたのは生まれてはじめてのような気がした。「名誉《オナー》という名前の女性が、自分の約束について名誉ある行動をとらないのは皮肉だな。自分になんの害もおよぼしていないふたりの人間の幸せを壊そうとするのもそうだ。これをあきらめたくないからといって」彼はそう言って今いる贅沢な部屋を身振りで示した。

「そんなふうに思っているの？」彼女は驚いた顔をして訊いた。

彼は鼻を鳴らした。「そうにちがいないさ、ミス・カボット。きみの目的はお見通しだよ」

一瞬、彼女は叫びだしそうな様子に見えた。きれいな頭のまわりでコウモリが飛びかかっているのが見えるような気がし、叫びだしたとしてもジョージには意外でもなんでもなかった。しかし、彼女は口を引き結び、腕を組んで言った。「わたしの目的のことは考えてくれなくていいわ。それに、わたしが約束に対して名誉ある行動をとることもたしかよ」彼女はきっぱりと言った。「あなたがご自分の約束を立派にはたしてくださったらすぐにね。あなたはミス・ハーグローヴを魅惑できたと確信しているようだけど、失敗したのは明らかよ。自尊心のせいで目がくもってあなたに真実が見えていないからって、こっちは約束のお金をすんなり渡したりはしないわ」

彼は身の内で奇妙に高まった怒りに満ちた欲望を抑えようと、脇に下ろした片方の手をこぶしににぎった。「まったく、きみが男なら、今の侮辱に対して決闘を申しこむところだ」

「わたしが男なら、喜んでそれを受けるわ」彼女は鋭く言い返した。そしてまた行ったり来たりをはじめた。「あなたは彼女とダンスを踊って本気で崇拝してるってところを見せなくちゃならないわ。そうすれば、彼女に自分を印象づけることができる」

どうしてこの女はここまでしつこいんだ？　ジョージはしばし怒りを忘れた。ミス・ハーグローヴを振り向かせることはできたはずだ……ちがうか？　彼はそのときのことを正確に思い出そうとした。あの女性はほほ笑んでくれた――とても愛らしい笑みだった。立派なイングランドの若い女性とはとうてい言えないこの生意気な女性ほどきれいではなくても。ミス・ハーグローヴは忍び笑いをもらし、笑みを浮かべてはにかむような目を向けてきた。そうではなかったか？　そう、ミス・カボットがまちがっている。自分が約束をはたしたのはたしかだ。「いや」彼は言った。「われこそは誘惑の権威ときみが思いこんでいる理由はわからないが、ぼくは約束ははたした」

彼女はため息をついた。おかしいのは彼のほうだというように。「だったら、いいわ。彼女になんて言ったの？」

ジョージは首を下げた。「本気で腹が立ってきたぞ」

「ごめんなさい」

「なんて言ったか知りたいと？」彼はそう言って彼女に近づき、顎をつかんで親指で頰を撫でた。「彼女のことをきれいだと思うと言った」そう言って彼女の顔をあおむかせた。「それで、彼女を崇拝していると」彼はミス・カボットの全身に目を走らせながら付け加えた。それからさらに身を寄せて顔を下げた。口と口がほんの一インチほどに近づいた。「ソマーフィールドがうらやましくてたまらないとも言ってやった」

ミス・カボットの目が躍った。「それで？」

「それで？　いっしょにダンスを踊ってほしいと頼んだんだが、とても礼儀正しく断られたよ」彼はふっくらとした濡れた唇に目を落とした。もう一度キスしてほしいと頼んでいるかのように見える唇に。

「ほうらね？」彼女は目を彼の口に落として小声で言った。彼女の突然浅くなった呼吸が彼に興奮をもたらした。

「意外かい？　ぼくは悪い評判の持ち主で、彼女は婚約している無垢な女性だ。断ったのは慎みのためさ」

「彼女は無垢なんかじゃないわ。経験豊富で抜け目のない女性よ」

何もわかってないんだなとジョージは胸の内でつぶやき、手をミス・カボットのほっそりした首の横に動かした。彼女の肌のあたたかさがてのひらに広がる。女性の体にはいつも驚かされた。とてもやわらかく、か弱いのに、男のあいだに戦いをもたらす。「彼女はそれほど経験豊富には見えなかったな。まごついているように見えた……」彼はそこでことばを止め、刺激的な香りを吸いこんだ。「今週のはじめに、まさにこの部屋できみがそうだったようにね」

ミス・カボットは彼の口から逃れようとわずかに顔をそむけた。「ちょっと、わたしはまごついてなんか……」

「ちがうね、ミス・カボット。嘘をついてもだめさ」

彼女は顔をしかめたが、否定はしなかった。「もう一度彼女に話しかけてくれなくちゃ」と言い張る。「また彼女にダンスを申しこむのよ」

ジョージはため息をついた。手を彼女の背中にすべらせ、胸に引き寄せる。今度は彼女は何も言わず、澄んだ青い目で見上げてきた。彼は眉根を寄せて彼女を見下ろし、指の節でこめかみをかすめた。「またきみにキスすべきかもな。今度はちゃんとしたキスだ。良識に反してもね」

「そんなの許さないわ」と彼女は小声で言った。それでも、動こうとはしなかった。

「きみは甘いな、ミス・カボット。許さないと言いながら、こんなふうに抱かれているべきじゃない。自分の純潔を守ろうと思うならね」とくにぼくのような男から。「きみはまだ男心というものを理解していない。女性がこれだけ近くにいると、男は……」

彼は言い終えることができなかった。澄んだ青い目をのぞきこむと、彼女のような女性にしたいと思うことが心に無数に浮かんだからだ。

「男はなんなの？」と彼女は訊いた。

ふいに全身に走った荒々しい思いを口に出すことはできなかった――男は女性のなかに自分をおさめるまで満足はできないのだと。しかし、オナー・カボットと出会ってからはじめて、ジョージは彼女が無垢であることを実感した。とり澄まし、洗練された外見の下にそれはうずもれていた。奇妙なことに、彼は彼女を守ってやらなければと思った。

くそっ、そうじゃない。ぼくはこうと決めたら気をそがれることなく突き進む駿馬《しゅんめ》なんだ。無垢がどうした！　守ってやりたいという考えを無意識に払いのけるためか、それとも、正気を失わせるほどに高まった欲望のせいかはわからなかったが、ジョージは「こうするのさ」と言って口を下ろし、彼女にキスをした。

オナー・カボットがキスを返してくるとは思っていなかったのだが、彼女は背中をそらし、溶けこむかのように体を押しつけてきた。それから手を彼の腕に走らせ、首にまわすと、わずかに顔をあおむけて口を開いた。ジョージはそれに乗じて舌をからみ合わせたが、膝がもろくなった気がした。白分の硬い体に押しつけられた、やわらかい曲線を感じようと、さらにきつく彼女を抱き寄せる。手を彼女の腰から尻へと下ろすと、指をやわらかい肉に食いこませた。キスをつづけるうちに、彼女のなかにはいり、体を打ちつけ合いたいという、原始的な欲求が募った。

彼は顔を上げ、両手で肩をつかんで彼女の体を引き離した。ミス・カボットは親指で優美に自分の下唇をなぞり、はにかむようにほほ笑んだ。

「ほら、わかっただろう?」彼はきっぱりと言った。「ぼくを信頼すべきじゃなかったことが」

「でも、あなたのこと、信頼してるわ」

彼は多少の分別を教えてやろうと片手を彼女の腰にあてた。「きみがぼくのものだったら――」

「でも、わたしはあなたのものじゃない」

「でも、そうだったら、自分の純潔についてそんなに無頓着でいてはだめだと教えるね。そういう意味では、誰の純潔についても同じだ。きみのしようとしていることは理解を超えているよ」

彼女は腕を組んだ。「わたしの純潔を守ってほしいなんて頼んでないわ」となめらかに言う。

「ぼくを試さないでくれ、カボット」彼は彼女の顔と髪を見据えて警告した。

「欲望って男性だけに許されるものだと思ってるの?」

それを聞いて当然ながらジョージは興味を惹かれ、黒っぽい眉を上げた。「ぼくに欲望を感じたのかい?」彼もなめらかな口調でそう言うと、また彼女の腰へ手を伸ばし、自分がどれほど欲望を募らせているか感じさせようとするように、いきなり彼女を引き寄せた。

これまで彼は、程度の差はあっても威圧できない女性に遭遇したことがなかった。しかし、ミス・カボットは目を合わせ、少しばかり恥ずかしがるような笑みを浮かべて言った。「女性のことはよくわかっていると言ったわね、イーストン。あなたはどう思うわけ?」

彼は低い忍び笑いをもらした。「たぶん、きみは自分の欲望についてまるでわかっていないと思うよ」そう言ってまた首を下げ、舌で彼女の唇をなぞった。

オナーはその感覚に息を呑んだが、ジョージはまだはじめたばかりだった。手を彼女の顎へと持ち上げると、顔をあおむかせ、下唇を噛んだ。「これがきみの望みかい?」そう言って口に舌をすべりこませながら、腰に腰を押しつけた。

彼女は喉の奥で小さな声を発した。手が彼の肩を探りあてる。一瞬、押しやられるかと思ったが、彼女は口を開け、両手を彼の腕にすべらせた。そしてその手をまた上げて髪にからませた。彼は手で彼女の胸に触れ、包んでもむと、指でドレスの生地越しに腫れた頂きを見つけた。肉欲ともつれた感情の坂道を勢いよく転がり落ちていく感覚に襲われる。ジョージは喉の奥でうなるような声をもらすと、片腕を腰にまわして彼女を抱き上げ、ソファーの上にあおむけに押し倒した。

オナーはまた息を呑んだ。呼吸に胸が持ち上がる。ジョージはその胸へ湿った道をつけると、舌で谷間を見つけ、手で胸を包んでもみ、いたぶった。片方の胸を持ち上げてきついドレスから自由にすると、オナーは声をあげた――抗議の声か？　それとも悦びの声？　それが何にせよ、ジョージはまたキスをして口でそれを受け止め、その口を胸へ動かして頂きをふくんだ。

彼女は突然長いため息とともに背をそらし、指を彼の髪に差し入れた。ジョージは彼女を吸いながら目を閉じた。身の内で荒れ狂う嵐に火花が散り、全身が炎に包まれる。彼女のかぐわしい肌を味わい、硬くなった胸の頂きを舌で感じると、欲望に全身が脈打ち、彼は硬くなった。もう一方の胸をボディスから持ち上げながら、自分を彼女のなかに深々と沈めることを想像する。

しかし、そこには別の思いもあった。かすかな蹄《ひづめ》の音。足を高く上げ、左右には目もくれずに着実に前へと進む馬。彼女のドレスを脱がせ、脚を広げ、純潔を奪い、欲望のせいで湿ったあたたかさを感じたいと思いつつも、そうするわけにはいかなかった。こっちで若い女性の純潔を奪っておきながら、あっちで別の女性を誘惑するなどということはできない。人になんと噂されようと、自分はそういう類いの人間ではない。彼は持てる力のすべてを使って身を押し上げ、彼女の胸から唇を離して身を起こした。両脇に手をつき、輝く青い目をしたこの若い女性を見下ろす。

「絶対に」彼は怒って言った。「こういう状況で男を信頼してはだめだ」そう言ってソファーから立ち、彼女の手をとって引っ張り起こした。

オナー・カボットはわずかにしょんぼりした顔をしていた。ドレスに胸を押しこみ、悔いるような目を彼に向けて、何か言おうと口を開きかけたところで、いきなり扉が開いた。彼女はスカートの皺を伸ばしながら振り返り、赤くなった胸を隠そうとするように長い髪を前に垂らした。

ひとりの女性が部屋にはいってきた。ジョージにもそれが誰かはすぐにわかった。オナーが年をとって白髪になったかのような姿だったからだ。

「お母様！」オナーは声を張りあげ、急いでジョージとのあいだに距離を置いた。「その……ミスター・ジョージ・イーストンを紹介していいかしら？」

なんてことだ。彼は硬くなったままで、まだレディ・ベッキントンの娘を欲していた。ありがたいことに、伯爵夫人はそれに気づいていないようで、ぽかんとした目でジョージを見つめている。「はじめまして」彼は深々とお辞儀をして言った。

彼女はどこかで会った人間かどうか考えるように、しげしげと彼を見つめていた。「ああ、そうね」とうなずいて言う。「もちろん。馬のことでいらしたんでしょう？」

馬？　ジョージは助けを求めるようにオナーに目を向けた。「すみませんが、何か勘ちがいなさっているようで――」

「伯爵は馬を全部売ってしまったんじゃなかった、オナー？　あの栗毛は残してあるはずだけど」

「お母様」オナーはやさしく言った。「馬なら……もうずいぶん前に売ってしまったわよ」

「え？」レディ・ベッキントンは神経質そうな笑い声をあげた。「まさか！　あの栗毛は残っているはずよ。どうか、ここで待っていてくださいな。すぐに夫が来て条件をご相談しますから」

ジョージには何が起こっているのか理解できなかったが、オナーがかすかに体を震わせているのはわかった。「だったら、伯爵がいらっしゃるまで、わたしはここでミスター・イーストンといっしょに待つわ」彼女は言った。「ハンナを呼びましょうか？」そう言って母のそばへ寄った。

「誰？　ああ、いいえ、その必要はないわ」レディ・ベッキントンはそう答えて踵を返し、扉へ向かった。「ご機嫌よう」そう言って振り向きもせずに部屋を出ていった。

オナーは口を開かなかった。しばらく目を閉じて顔をうつむけていたが、やがて目を開けてその目をジョージに向けた。

「理解できないな」と彼はひとこと言った。見るからに純潔の危機に瀕している娘の姿を目にして、そのまま部屋を出ていく母親がいるだろうか？

「二年前の夏に、継父《ちち》がロングメドウで何頭か馬を売ったの。栗毛以外を」オナーは言った。「それに、今日さらに馬を売りたいと思ったとしても、継父は人の手を借りずには降りてきてあなたと馬の売買の話をすることはできないわ」

ようやく状況が呑みこめた。ガンターズ・ティー・ショップの前で会ったあの日の午後、オナーから母は具合がよくないと聞いたときには、胸膜炎にでもかかっているのだろうかとぼんやり思ったのだった。「いつからあんなふうなんだい？」

「あんなふう？」オナーは入口に目を向けたまま言った。「ほんのつかのま？　何週間か？　何カ月か？　まったく問題ないときもあるの。でも、ときにはまったく……」声をとぎらせ、彼女は目を絨毯に向けた。

「どうして言ってくれなかった？」ジョージは訊いた。「最初にぼくに会いに来たときに、どうして言ってくれなかったんだ？」

「それで、ロンドンの半分の人間にそれを知らせるわけ？」

彼女の目の前にいるのは、生まれてからずっと自分の母親を守ってきた男なのだ。「ミス・カボット、名誉にかけて、ぼくは誰にも言ったりしない。約束するよ」

彼女は赤くなり、両手を脇でこぶしににぎった。「そう、これでわたしの置かれた窮状はおわかりになったわね、ミスター・イーストン。ミス・ハーグローヴが四人の義理の姉妹と正気じゃない女性を喜んで同じ屋根の下で暮らさせてくれるとは思えないわ。そんな人とひとつ屋根の下で暮らしたいと思う人なんていないでしょう？　わたしには……グレースとわたしが結婚するか……何かするまで、時間が必要なの」彼女はうつろな目で天井を見ながら言った。「それが剣で戦って手にはいるなら、そうするわ。莫大な財産が思いのままなら、それを使う。でも、わたしは女だから、選択肢はひとつしかないのよ。すべてが明るみに出る前に、より高値をつけた人に自分を売ることだけ」彼女は目をまた彼に向けた。「わたしには道義心が欠けているように見えるかもしれないけれど、そう、わたしにはそれしかないのよ。オーガスティンとモニカを傷つけたいとは思わない。ただ、何かほかの方法を思いつくまで、彼女の気をそらしておきたいだけなの。ほかにわたしに何ができて？」

ジョージは同情を覚えた。公爵の婚外子を女手ひとつで育ててくれた、身分の低いメイドだった母のことは心から愛していた。母は誰にも受け入れてもらえなかった。ほかの使用人たちは母を倫理に欠けた人間とみなし、公爵は利用しただけで放り出した。

しかし、ルーシー・イーストンは固い決意を胸に抱いていた。公爵が病気だと知ると、彼を説得して息子のために金を出させた。どうやってそんなことができたのかはわからなかった──知りたくもなかった──が、母が息子のためにすべてを犠牲にしてきたことだけはたしかだった。そして、公爵から得た金のおかげでジョージは学校に行き、仲間となる若者たちに出会うことができたのだった。仲間たちはみな、公爵の息子だという彼を疑いの目で見てはいたが。母がいなければ、彼は今でも王室厩舎で馬糞を片づけていたことだろう。

「お願い、わたしに力を貸して」オナーは弱々しい声で言った。「お願い、舞踏会に来て」

なんてことだ。不安と悲しみをたたえたこの目を見て、その願いを断ることなどどうしてできる？「ぼくが舞踏会に行ったとしても、そして、きみの望みどおりに彼女の気を惹くことができたとしても、あとからいろいろな問題が起こる可能性はある。きみがしたことを彼女が知って、みんなに話してしまわないともかぎらないだろう？疑いを抱いて、それをソマーフィールドに告げないともかぎらない。わからないのかい？　そうなったら、きみにとってさらに状況が悪くなる可能性もあるんだ」

「わかってるわ。でも、やってみないわけにはいかないのよ。危険を冒してでも」

ジョージは彼女の美しい顔を見つめた。自分もほかに選択肢がないときには、常軌を逸しているとたいていの人に思われるようなことをしてきたのではなかったか。

「引き受けてくださる？」彼女は小声で訊いた。

「もう一度だけやってみるよ、オナー」彼は渋々言った。「もう一度だけ」

彼女はにっこりした。彼の腹のやわらかな部分を焼くような笑みだった。「ありがとう、ジョージ」

名前で呼ばれ、背筋にまた熱いものが走った。自分が危険な場所に立っているのがわかる。ずぶずぶと沈みこんでいき、動けなくなるほどやわらかい地面に。急にそんな立場に立たされたことで動揺したジョージは、唐突に扉へと向かった。「もう一度だけだ、ミス・カボット。それで終わりにする。でも、きみのことも、きみのたくらみの結果がどうなろうとも、ぼくは気にしない人間だ。それは誤解しないでくれ」

「ええ、しないわ」彼女は急いで言った。「絶対に」そう言ってほほ笑んだ。

11

「どうしてそんなふうににやにやしているの？」オナーがようやく応接間から出てくると、グレースが訊いた。プルーデンスとマーシーがその両側にいる。三人ともオナーに疑わしそうな目を向けていた。まったく、姉を信用しない妹たちだわ！　どうやら教育がよすぎたようね。

「にやにやしてる？」彼女は本気で不思議に思って訊いた。ソファーの上でのあの予期せぬ驚くべき出来事のせいで悦びに染まった頬から赤みがとれるまで、充分時間を置いたと思っていたのだった。「雨がおさまってきたからうれしいのよ。そうじゃない？　家のなかに閉じこめられているのは最悪だもの」

「でも、雨だったら、さっきよりもっと大降りになってるわよ」プルーデンスが指摘した。

「ちょっと、そこに突っ立ったまま、ぽかんと口を開けてわたしを見ているつもり？　そんなに口を大きく開けていると、小鳥が巣をつくりに来るわよ」オナーはそう言って、行く手をはばむ妹たちという障壁を押しのけて二階へのぼろうとした。

障壁はあとをついてきた。

妹たちには何も話すつもりはなかった。彼女たちが心配することではないからだ。秘密を完全に守れる妹もいない。おまけに、ジョージ・イーストンとのあの焦れるような特別な瞬間を言い表すことばなどなかった。思わず爪先が丸まってしまうほど官能的な経験で、何年も何十年も夢に見るような瞬間だった。けっして忘れられそうにないのだから、それはたしかだ。

「どうして悪さした猫みたいに急いで逃げようとするの?」グレースが後ろから呼びかけてきた。

「ひとりになりたいからよ!」オナーは後ろに向かって答えた。しかし、そのことばも妹たちにはなんの効果もなかったようで、みなそのまま後ろをついてきた。

「羊の群れみたいにみんなでついてこなきゃならないの?」オナーは怒って訊いた。部屋に戻って長椅子に身をあずけ、怒りにきらめいていたイーストンの魅惑的な目を思い出したいと、それしか思っていなかったからだ。ソファーでのあの出来事がどんなふうに起こったのか、ひとりでじっくりと検証し、二度とああいうことが起こらないようにする方法を考え出すつもりだった。たとえもう一度したくてたまらないとしても! たのしんだ──全身で感じてたのしんだ──とはいえ、ああいうことをすれば、ささやかであやうい計画のすべてが台無しになってしまうかもしれない。彼がまた迫ってきても、もうそれを喜んで受け入れるわけにはいかない。一度で充分。いいえ、二度だけど、それ以上はだめ。

オナーは妹たちをすぐ後ろに従えて寝室にはいった。マーシーはこれまで何度となくそうしてきたように、すぐさまオナーのベッドに飛び乗り、シルクの上掛けの上に寝そべって頬杖をつき、おしゃべりがはじまるのを待った。プルーデンスもオナーの部屋をわが物顔でうろつき、化粧台のところへ行ってうわの空で宝石箱をあさりはじめた。

しかし、グレースは入口に突っ立ったまま、オナーが口を開くのを辛抱強く待っていた。

「彼とふたりきりで会って何を話したのか、教えてくれないつもり?」

「グレース、こういうことがどんな感じかはあなたにもわかっているじゃない」オナーは軽い口調で言った。「紳士の訪問よ。自分の健康や、家族の健康について訊かれ――」

「紳士の訪問のときには付き添いがつくものよ」マーシーが言った。「ミス・ディリーが言っていたわ」

「そういう決まりがあることはわかってる」オナーは言った。「決まりっていうのがときに破るためにあるってことも家庭教師から教わった?」

マーシーは息を呑んだ。「いいえ」と言って、うれしそうに目をみはった。「そうなの?」

「ちがうわ」プルーデンスがきっぱりと言った。「オナーやグレースの言うことに耳を貸してはだめよ、マーシー。このふたりはしかるべき振る舞いをわきまえた人たちじゃないんだから」そう言ってオナーに顔をしかめて見せた。「悪いけど、マーシーをたきつけないで」

「わたしたちは品行方正な女性よ」グレースは自分とオナーを身振りで示して言った。「オナーが訪ねてきたミスター・イーストンと会ってもまったく問題はないわ。自分の純潔を守るのに誰かに同席してもらう必要もないしね。自分でしっかり守れるんだから」

オナーは顔を赤らめているのをグレースに見られないように、服を探すのに忙しいふりをしていた。

「すみません、ミス・カボット」

よく髪を結ってくれたり、着替えを手伝ってくれたりするメイドのキャスリーンが入口のところに立っていた。帽子がわずかに曲がっている。「ソマーフィールド様がお茶に来てほしいとおっしゃっています。お客様がいるので」

「お客様？」オナーはくり返した。心臓の鼓動が不規則になる。ミスター・イーストンはベッキントン・ハウスから帰ったばかりのはずだ。「どなた？」

「ミス・ハーグローヴとミスター・ハーグローヴです。レディ・ベッキントンも同席してらっしゃるので、お嬢様方にも緑の間でお茶をごいっしょしてほしいとのことです」

オナーの心は沈んだ。ハーグローヴ兄妹はちょうどイーストンが家を出ていくときに到着したにちがいない。彼女は不安そうな目をグレースと見交わした。顔を見れば、グレースも同じことを考えているのがわかる。「すぐに階下《した》へ行くわ」オナーは言った。「ありがとう、キャスリーン」そう言って妹たちのほうを振り返った。「さあ、行って。わたしが人前に出られる格好に着替えるあいだ、お母様といっしょにいて。プルー、グレースとわたしが行くまで、ミス・ハーグローヴに新しい曲を弾いて聞かせてあげて」

幸い、プルーデンスとマーシーは自分たちもお茶に招かれたことに大喜びで、口答えもせず、オナーに言われたとおりに部屋を出ていった。

「着替えを手伝って」とオナーはグレースに頼み、明るい黄色のドレスをつかんだ。「前触れもなく彼女が訪ねてくるのには耐えられないわ。それに、すでにお母様といっしょにいるなんて！　お母様がお客様のお相手をしなくなってどのぐらいたつ？」

「ひと月かそれ以上ね」グレースはオナーのドレスのボタンを急いではずしながら言った。

伯爵の健康がすぐれなくなったときから、母はじょじょに社交界に姿を見せなくなったのだが、オナーはそれだけが理由ではないと思っていた。ときどき母は客の前でとくに途方に暮れた様子を見せたからだ。モニカのほうは、まわりのすべてを抜け目なく観察する人間だった。「急いで」オナーは妹をうながした。

「イーストンとのあいだに何があったか教えてくれる？」

「別に何も」自分の耳にはあまりきっぱりとは聞こえなかったその声が、グレースの耳にはきっぱりと聞こえるようにとオナーは祈った。「プレスコット家の舞踏会でもう一度やってみてくれると約束したわ」

「プレスコット家の舞踏会！！」グレースは信じられないという声を出した。「あの人、招待状を受けとったの？」

「それはわたしが手配するのよ」とオナーは言い、黄色のドレスを着てボタンを留めてもらうためにグレースに背中を向けた。

「どうやって？」グレースはすばやくドレスのボタンを留めながら訊いた。「レディ・プレスコットは彼のこと、絶対に招かないわよ。グロスター公爵を親しいお友達だとみなしているんだから」

「ええ、そうね」オナーは言った。「でも、プレスコット卿に頼めばどうにかなるかもしれない」

「誰が彼に頼むのよ、教えて」

オナーは妹に眉を上げてみせた。

グレースはその意味がわかってくると、うなるような声を発した。「まったく、オナー、知り合いとも言えない人じゃない」

「充分知り合いよ」

「だめよ！」グレースはまるで感心しないという声を出し、ボタンをはめ終えたオナーのドレスから手を下ろした。

オナーは櫛を手にとった。「どうなるかはわからないわ」と認め、髪のもつれを直しはじめる。「だめだとは思うのよ。自分で考えても危険な気がするし」

「そう聞いて少し安心したわ」グレースはそう言ってオナーの手から櫛をとり上げ、髪を梳きはじめた。「あなたってときどき分別をすっかりなくしてしまったように思えるから」

オナーはそれは認めなかったが、ロットン・ロウでイーストンに近づいたときにはそうだったかもしれないと思った。

緑の間は家で一番小さな応接間だったが、居心地も一番よかった。厚手の絨毯や壁のタペストリーが部屋をあたたかく保ってくれたからだ。家具調度はほかの部屋よりも使い古されていた。幼い少女や不器用な少年が幾冬もそこで過ごしたせいだ。

オナーはグレースのすぐ後ろから緑の間にはいった。母はお茶によく使われる小さなテーブルについていた。その隣では伯爵が毛布をかけた肩を丸めるようにしてテーブルに向かっている。モニカとオーガスティンとマーシーはソファーにすわっていて、プルーデンスはハープの前にいた。モニカの兄は暖炉の前に陣どっている。

「こんにちは」グレースが部屋に集まっている面々に挨拶した。「ミスター・ハーグローヴ、ミス・ハーグローヴ」礼儀正しくうなずきながらそう付け加えると、部屋を横切って伯爵のそばへ寄った。

オナーはモニカの長兄に笑みを向けた。昔からテディと呼んでいる彼は、とがった大きな鼻をしたやせた男性で、すでに父を見習って学者の道を歩んでいた。オナーは彼に手を差し出して言った。「テディ、お元気?」

「ええ、とても。ありがとう」彼はそう言ってぎごちなく彼女の手をとり、顔を近づけた。

「ご両親は? お元気なの?」

「ええ、ありがとう。ただ、今日の午後は、母にとって家を出るには天気が悪すぎてね」

それは残念。少なくとも、ミセス・ハーグローヴといっしょのときは、モニカも口をつぐんでいてくれるのに。そう胸の内でつぶやいてから、オナーはソファーのほうを振り返った。

「モニカ」そう言って敵に両手を差し出す。「なんてきれいなの!」

モニカは立ち上がってオナーの両手をとり、強すぎる力でにぎりしめた。「会えてうれしいわ、オナー」

モニカの欠点は数多くあげられたが、外見はそこには含まれなかった。オナーはモニカの薄い緑色のドレスに目を向け、「このドレスはプレスコット家の舞踏会に着ていくべきよ」と言った。「舞踏会には参加するんでしょう?」

「参加しないなんて考えられないわ」モニカは手を離して言った。

プレスコット家の舞踏会は社交シーズンのはじまりを告げる大きな催しで、宮殿で王に拝《はい》謁《えつ》したばかりの十人から二十人もの乙女たちが、上流社会への一歩を踏み出す機会だった。その舞踏会に参加しない人間などいないのだ。

オナーは伯爵のそばへ寄った。「今日はどんな具合です?」

「まあまあさ」彼はそう言ってオナーの手をとった。「お茶のおかげで体があたたまるだろう」

「お茶を運ばせますわ」オナーの母がそう言ってテーブルから立ち、呼び鈴のひものところへ近寄った。

「でも、今、呼び鈴を鳴らしてハーディーを呼んだばかりですよ」オーガスティンが言った。

「彼はどうやら手が離せない用事があるようだが」

「そうだった?」オナーの母は軽い口調でそう言うと、席に戻った。

「プレスコット家の舞踏会と言えば、オナー、あなたとグレースも参加するんでしょう?」モニカは愛想よく訊いた。「お相手を探している人にはとっても重要な催しですもの」そう言ってにっこりとほほ笑んだ。

オナーも同じようにほほ笑んだが、モニカのことばは心にちくりと痛かった。

「ああ、モニカ、オナーはそういうことは気にもしないさ」オーガスティンが明るく言った。

「あら、わたしは期待に胸を震わせていますけどね」グレースがそう言ったところで、ハーディーがお茶を持って部屋にはいってきた。

「舞踏会で会えるかい、オナー?」ハーディーが磁器のカップにお茶を注ぎ、お菓子を皿に載せているあいだ、テディが言った。

磨きこまれたマホガニーに片肘を載せ、脚を何気なく交差させてマントルピースのそばに立つテディは洗練された様子だった。そんな完璧な姿勢をとるには何分かかかったにちがいない。

「わたし？　社交シーズンでもっとも重要な舞踏会のひとつに参加しないわけはないわ」オナーは笑って言った。

オーガスティンがうれしそうに言った。「たしかに、カボット姉妹が華を添えないロンドンの舞踏会なんてね」

「そう聞いてうれしいわ！」モニカが言った。「誰か独身の紳士がオナーの目を惹いてくればいいと心から思うもの。レディ・ベッキントン、ときどきあなたの一番上の娘さんは男性からの申しこみなんて要らないと思っているように見えるんですよ」

「それはたしかにそうよ」オナーは愉快そうに言った。「結婚相手を探すために舞踏会に参加しているわけじゃないもの。純粋な気晴らしとして参加しているのよ」

モニカはオナーが冗談を言ったというように笑った。

「結婚に興味がないと？」とテディが訊いた。

「今のところは」オナーは答えた。「テディ、あなたが思っているのとはちがって、未婚女性がみなひたすら結婚したがっているわけじゃないのよ」

「まあ、もちろんそれはそうよ」モニカも言った。「でも、早く結婚したほうがいい人もいるはずよ。結局、あなたの妹さんたちの幸せはあなた次第なわけでしょう？」

オーガスティンは当惑顔になった。「それはどういう意味だい、モニカ？」

「長女が結婚しないうちは、妹たちも結婚の申しこみを自由に受けられないんじゃないかと思って」モニカはほほ笑んで軽く肩をすくめ、注意を皿に移した。「でも、あなたに結婚するつもりがないんだとしたら、それもしかたないのかもしれないわね」

「オナーはローリーとのことがあってからずっと結婚を拒んできたんだ」オーガスティンが何気なく言った。「たぶん、まだ少しばかり彼に未練があるんだろう、ちがうかい？」

「なんですって？」オナーは顔が熱くなるのを感じた。「まさか！　もちろん、そんなことはないわ。全然よ」そう言って助けを求めるようにグレースに目を向けた。

しかし、救いの手を差し伸べてくれたのは母だった。「娘たちは社交界で引っ張りだこなのよ。それって誇らしくて喜ばしいことだわ。どうしてそれをただただのしんではいけないの？」

「娘たちは母親にならっているのさ」と伯爵が言い、オナーの母は夫ににっこりとほほ笑みかけた。

ハーディーがお茶を配り、お茶がきちんと全員に行きわたったのをたしかめてから、彼は部屋を出ていった。

プルーデンスが訊いた。「何を着るつもり、グレース？」

「着る？」レディ・ベッキントンがおうむ返しに訊いた。

「舞踏会によ、お母様」とグレース。

母の顔が突然興奮に輝いた。「舞踏会！　誰が開いてくださるの？」

オナーには部屋にいた全員が息をつめたように感じられた。誰もがオナーの母に顔を振り向けた。母は答えを期待するようにみんなの顔を見まわしている。

「ブレスコット家の舞踏会よ、お母様！」とマーシーが言った。母の記憶力の衰えなど少しもおかしなことではないとでもいうように。「忘れちゃったの？　今話していたじゃない」

伯爵夫人はぽかんとした目をマーシーに向けた。

「まったく、マーシー、わたしたちがこれだけおしゃべりに騒がしくしていたら、お母様には会話がほとんど聞こえないわよ」とグレースが急いで言った。

モニカはじっとオナーの母を見つめていた。オナーは動揺のあまり、血管が大きく脈打つ気がしたが、急いで口をはさんだ。「マーシー、まだあなたのハープの演奏を聴かせてもらってないわ」

マーシーは驚いた顔になった。

「弾いて、マーシー。恥ずかしがらないで」オナーは末の妹に手振りして言った。

マーシーはハープの後ろにすわり、おどおどと部屋を見まわした。それから眼鏡を直すと、手を弦に載せ、集中して思いきり顔をしかめると、弦をはじき、調和のとれていない大きな和音を出した。

「ミの音がシャープ気味ね」プルーデンスがかすれた声で言った。

マーシーはうなずいてもう一度弾いた。少なくとも音は合っていたが、ハープのあつかいは丁寧とはとても言えず、その調べは拷問のようだった。オナーはモニカが何度も母に目を向けるのに気がついた。母はテーブルをじっと見つめてすわり、びくびくとドレスの袖を引っ張っていた。

マーシーが繊細な弦を手荒くあつかっているあいだに、オナーはモニカと母のあいだに席をとり、にっこりとモニカにほほ笑みかけた。「見こみなしだと思わない?」とささやく。

そのことばは思ったとおりの効果をもたらした。モニカがマーシーに目を移したのだ。

マーシーが演奏を終えると――少なくとも、終えたとオナーには思われたが、たしかなことを知るのは不可能だった――伯爵がオナーの母に部屋に連れ帰ってくれと頼んだ。伯爵はぎごちなくゆっくりと部屋を横切り、モニカと彼女の兄のところで足を止めて挨拶すると、浅く湿った息をしながら部屋の入口へと向かった。

朝にはジョージ・イーストンを舞踏会に参加させるよう、プレスコット卿に頼む方法を考えなければならない。モニカにちらりと目を向けると、彼女はベッキントン伯爵夫妻がやっとの思いで部屋を出ていこうとする後ろ姿をじっと見守っていた。何かがおかしいことに気づいたのだ。遅かれ早かれ、賢い彼女にはそれが何か想像がつくことだろう。

12

おやおや、ほんとうに手に入れたのか。ジョージは二日後に催されるプレスコット家の舞踏会への招待状を読みながら胸の内でつぶやいた。二十歳を越えてまもない女性が、プレスコット卿のような影響力のある人物を説得して、自分のような男に招待状を送らせられるとは思っていなかったのだ。「誰がこれを届けに来た？」洞窟を思わせる書斎にはいってきて、その厚い羊皮紙の招待状を優美に手渡してよこしたフィネガンにジョージは訊いた。

「プレスコット家の使用人です」

ジョージは息を殺して呪いのことばをつぶやいた。ミス・カボットが分別に鞭打たれることになればいいと思う気持ちもあったからだ。それでも、そんな賢く倫理的な自分と裏腹に、あの小さな応接間での午後のことしか考えられない自分もいた。

自分に正直になれば、そのせいで悩ましい思いにも襲われていた。肉体的なものではない。そう、悩ましい思いに責められていたのは心で、肉体ではなかった。生まれてはじめて経験するほどに彼を悩ませていたのは、イングランドじゅうの女性と――あの無垢な若い女性よりもずっと経験豊富な女性たちと——関係を結んできた自分が、彼女のキスを忘れられないということだった。脳裏にしつこくつきまとって離れないのは、ソファーに横たわった彼女の姿だった。それが心のなかのちりを巻き上げ、そのちりがまだ心のなかで舞っていた。

「夜会服にアイロンをかけましょうか？」羊皮紙の端と端をきちんと合わせてたたむと、フィネガンが訊いた。

ジョージは手を振って断った。「おまえは生地の糸の最後の一本が伸びきってしまうほどにアイロンをかけずには気が休まらないだろうからな」

「かしこまりました」フィネガンは笑みをこらえるようにして言った。「では、ご出席のお返事を送りましょうか？」彼は招待状を机の上に置いて言った。

ジョージは従者に目を向けた。「おまえはぼくの忍耐力を試そうとしているな、フィネガン」

「すぐにお送りいたします」彼はそうきっぱりと答えると、平然と部屋を出ていった。

ジョージは部屋を出ていくフィネガンの伸びた背中を見ながら顔をしかめた。ここ二日、ずっと機嫌が悪かったのはあの青い目のせいだ。さらには、昨日、スウィーニーといっしょにインド西部からの船が着く波止場に出かけたせいでもあった。インドの西岸から航海してきた二隻の船が今週入港していたので、ジョージとスウィーニーはゴッドシー船長とメイパール号について何かわかるのではないかと期待していたのだ。

スピリット・オブ・ホワイトビー号の船長がまだ船にいて、メイパール号について訊くことができたのは幸運だった。「イングランド国旗を掲げた三本のマストを持つ商船だ」とスウィーニーが説明した。「喫水線が低く、高速航行できるつくりの」

船長は日に焼けた肉付きのよい頬を揺らして首を振った。「見てませんね。でも、だからって、今イングランドへ向かってないともかぎらないでしょう?」船長は一本欠けた黄色い歯をむき出して大声で笑った。「季節風のせいで遅れているのかもしれませんよ。でも、まあ、海上封鎖につかまっちまったのかもしれない。もちろん、喜望峰を越えられなかった可能性もある。それに海賊もいますしね」

船長の口にこぶしをお見舞いしてもう一本か二本歯を折ってやらずにいるのがジョージにできる精いっぱいだった。船長があげてみせた運命のどれかが自分の船に降りかかる情景は容易に想像できた。四十人足らずの船員と荷物が真っ暗な大海に沈んでいく光景が心の目で見えるほどだった。

ジョージは不安ではあったが、スウィーニー同様、ゴッドシーを信じていた。有能な船長で、長い航海に向けて大量の食糧を積みこんだ船の帆を揚げながら、戦争や海賊についてはこれっぽっちも心配していないように見えた。航海の途中で起こり得る問題をジョージが口に出すと、船長は「海路はいくらでもありますからね」と言った。

しかし、それこそが今日ジョージが不機嫌な理由だった。海路はいくらでもある。つまり、船が行方不明になる場所も多ければ、害をおよぼす人間も多くいるということだ。おまけに、自分の頭が船のことではなく、ちっぽけなばかげた計画を立てているきれいな若い女性のことでいっぱいだという事実も腹立たしいことだった。ジョージは自分に腹が立ってしかたなかった。

どれほど魅惑的であっても、オナー・カボットは自分がかかわりを持つような女性ではない。年のわりに賢明であっても、まだ若すぎ、あまりに……上流だ。非の打ちどころのない縁戚関係を持つ裕福な女性で、社交界にもデビューしている。まちがいなく、有利な結婚の申しこみを受けるであろう女性だ。これは単なる気晴らし、ゲームにすぎない。賭け金が高くなりすぎないように気をつければいいだけ。自分はこのゲームには勝てないのだから。

ジョージはきわめて現実的な人間だった。自分が彼女と同じ世界では暮らせないことはわかっていた。世間の目から見て、自分が彼女にふさわしい人間ではないことも。上流階級の女性を望めば、拒絶されて傷つく危険を冒すことになる。まだ年若いころに、自分にはそんな弱い部分などないと押しのけて無視することを学んだすべての感情がよみがえってきてしまうかもしれない。

ませた十三歳の少年のころ、ロンドンの著名な行政官の娘であるレディ・アンナ・ダンカンに心奪われたことがあった。彼女も彼に好意を寄せていると思わせる素振りを見せていた。しかし、彼女が父親といっしょに王室厩舎を訪ねてきた日、ジョージがキスをしようとすると、彼女は嘲笑したのだった。「はじめてのキスを厩舎の馬丁になんてささげないわ」まるで、身分の低すぎる彼はブーツと同じとでも言わんばかりの口振りだった。

それは心痛むことばだった。ジョージも大人になり、その出来事を客観的に見ることができるようになったが、レディ・アンナ・ダンカンが貴重な教えをさずけてくれたのはたしかな気がした。自分は幼少期に自分を包んでいた影から逃れることはけっしてないのだ。上流階級のご婦人が自分を夫にすることはない。

オナー・カボットは上流階級の女性だった。おまけに困った女性でもある。骨身にしみて感じられるほどに。それでも、彼女のことを考えずにいられなかった。腕に抱いた感触や、口づけたときの唇や口の感触。自分の興奮の証を包みこむ彼女の感触すら——

ジョージはふいに自分が何かをつかんでいることに気がついて目を下に落とした。彼女が手に入れてくれた招待状を無意識に手にとっていたのだ。それが皺くちゃになっていた。彼は招待状を部屋の隅へ投げた。

13

プレスコット家の舞踏会の晩、フィネガンが非常に立派に支度を整えてくれたことはジョージも認めざるを得なかった。黒い刺繍のついた緑のウエストコートはすばらしかった。それが自分の手持ちの衣装にあったことは驚きで、少なくともジョージにとっては、それをどこで手に入れたかは謎だった。クラヴァットは黒いシルクで、上着は最高級のウールでできていた。フィネガンは床屋の役目もはたしてくれた。ジョージのひげはきれいに剃られ、髪も襟をかすめる長さに切りそろえられ、後ろに撫でつけられた。ブーツはぴかぴかと光るほどに磨きあげられている。自分の目にも、自分は王の甥らしく見えた。おそらく、ほかの人間もそう思うことだろう。そして、みな一様に手で顔を隠して忍び笑いをもらすのだ。

ジョージはもはや、少年のころのようにそうした疑いの目に怒りを覚えることはなくなっていた。自分が何者かは自分でよくわかっていたからだ。強い信念を持った正直な人間。それだけではこの街の貴族たるに足りないというのであれば、それはそれでいい。自分には上流階級へと自分を引っ張り上げるだけの財力があったのだと彼はみずからに言い聞かせた。

今夜、社交界の高みへと足を踏み入れるのだと考えて少しばかり胃がむかむかするのを認めたいとは思わなかった。

その晩、彼は歩いてプレスコット家へ向かった。しゃれたグローヴナー・スクエアから歩ける距離に住んでいる贅沢を嚙みしめながら。広場にはこの特別な催しへと乗客を送り出すために、馬車が列を成していた。

彼は皺くちゃの招待状をポケットに、馬車の横をすばやく通りすぎると、プレスコット卿夫妻の邸宅の石段を駆けのぼった。

広場の北側の三分の一を占める、非常に堂々たる邸宅だった。玄関には特徴的なギリシャ風の円柱があり、すべての窓に明かりがともっていた。玄関の間に足を踏み入れると、即座に色とりどりのドレスや、髪飾りや、羽に囲まれて目がくらんだ。裾の長い上着と、刺繡のはいったウエストコートを着たやせた男たちにともなわれた美しい女性たちの喉もとや手首には宝石が輝いている。男たちが首をかがめて女性たちの話に耳を傾けてはまた頭をもたげる様子は、ツルを思い出させた。

ある女性が着ている金色のドレスの長いビーズの引き裾を踏まないように、片側によけたときに、人ごみのなかを危険なほどの速さで動く給仕とあやうくぶつかりそうになった。女性たちの凝った髪から突き出した羽とぶつかって大変なことにならないように、給仕はフルートグラスのシャンパンの載ったトレイを頭上高く掲げていた。

ジョージは自分の子供っぽい不安を呑みこみ、子爵と夫人に挨拶するための列に並んだ。執事に招待状を手渡し、出迎えるこの家の主人たちのそばに近づくと、執事は大仰にジョージの来訪を告げた。ジョージが子爵の前に立つと、子爵はジョージが誰かわからないというように、好奇の目を向けてきた。

しかし、レディ・プレスコットは優美にお辞儀をし、手を差し出してまつげをばたつかせながら彼を見上げた。「ミスター・イーストン」とやさしい笑みを浮かべて言う。「ようこそおいでくださいました」

「レディ・プレスコット」彼は差し出された手に顔を近づけて応じた。「ありがとうございます」

彼女は手を引っこめようとせず、笑みを浮かべてじっと目を合わせたままでいた。それがどういった笑みかはよくわかっていた。ジョージは何も言わずに問うように片方の眉をわずかに上げた。彼女は笑みを深めた。女というのは――ジョージは彼女の手を放し、お辞儀をして歩を進めながら胸の内でつぶやいた――婚外子の自分とかかわりを持つのを恐れるか、こちらが望む以上のかかわりを求めてくる。

彼は舞踏場へと歩み入り、参加者たちを見まわした。知っている顔がいくつかあった。そのなかには目をそらす者もいたが、ジョージは目をそらさなかった知り合いと立ち止まって話をしながら、ひそかにオナー・カボットの姿を探した。その姿は見あたらなかった。ミス・ハーグローヴもいない。こんなふうに無理やり舞踏会に参加させられて、そこにミス・ハーグローヴが参加していないのだとしたら、あの生意気な小娘に自分が何をしてしまうか、自分でも怖いほどだった。

ジョージは給仕のトレイからフルートグラスのシャンパンをとり、歩きながら舞踏会に参加している女性たちを眺めた。腕に軽く触れられ、オナーだろうと期待して振り返った。しかし、そこにいたのは、古くからの友人のレディ・サイファートだった。

「メアリー」彼は彼女の手をとって唇へと持ち上げ、愛想よく言った。この金褐色の髪と緑の目をした美人とは、数年前に関係を持ったことがあった。

「ジョージ」彼女もうれしそうに笑みを浮かべて言った。「お久しぶり！　だいぶ忙しくしているって噂ね。女性とか、船とかで。そうなの？」彼女はかすかにウィンクして訊いた。

「どちらも手の届かないところに行ってしまったとか」

彼女がその噂を聞いていたことには驚いたが、「全部じゃないさ」と言ってウィンクを返した。

彼女は笑った。「あなたがここに来ているなんて信じられないわ、ジョージ」

「どうして？　ぼくが踊らないからかい？」

「グロスター公爵が来ているからよ」彼女は爪先立ち、まわりで押し合いへし合いしている客たちの頭越しに部屋を見まわそうとした。「あなた、来るべきじゃなかったわ」

異母兄のグロスター公爵のほうが自分よりも招待客として重要だと思われていることに、ジョージは内心、毛が逆立つほどの怒りに駆られた。「招待状をもらったからね」と彼は言った。

「彼に姿を見られないほうがいいわよ」

「レディ・サイファート！」

レディ・サイファートとジョージはどちらもはっと振り返った。オナー・カボットの姿を見て、心臓の鼓動が不規則になったのはどうしてだろう？

「ミス・カボット」メアリーが上品に挨拶した。「ご機嫌いかが？」

「最高ですわ。そちらは？」

「ええ、とても。ミスター・ジョージ・イーストンをご紹介してもいいかしら？」メアリーはジョージを身振りで示して訊いた。

「お会いできて光栄です、ミス・カボット」ジョージは後ろで手を組んでお辞儀をした。

オナーはおもしろそうに目をきらめかせてお辞儀をした。「ありがとうございます、ミスター・イーストン。舞踏会にはぴったりの晩ですわね？」

舞踏会にぴったりの晩とはどんな晩なのか、想像もできず、彼は笑みを浮かべた。オナーも笑みを返してきた。

メアリーはじっとオナーを見つめ、その目を彼に向けた。ゆがんだ笑みを浮かべながら、わずかに目を細めている。

「たぶん、幸運の女神がプレスコット卿ご夫妻にほほ笑んで、今日のために雨雲を追い払ってくれたんじゃないでしょうか」オナーはそう言うと、誰かを探すように部屋を見まわした。

「そうですかね？」ジョージは愛想よく応じた。「ぼく自身はあまり天気は気にしませんが」

オナーは何かを呑みこんだような顔になった。

「でしたら、何を気になさるのか考えてしまいますわ、ミスター・イーストン」メアリーが横で喉を鳴らすように言った。

「たぶん、男の方が気になさるのは、デビューしたての若い女性ですわ」オナーが言った。

「今夜は大勢いらしてますもの」

「そのなかにはあなたも含まれるんですか、ミス・カボット？」とジョージが訊いた。

彼女は笑い声をあげた。「わたしがデビューしたのは三年も前ですわ、ミスター・イーストン！　もう若々しい輝きは失われてしまったんじゃないかしら」

「あら、そんなことはないわ」とメアリーが言った。

別の紳士がジョージの視界にはいった。「レディ・サイファート」紳士は三人に挨拶した。

「ミス・カボット」

「こんばんは、サー・ランドル！」とメアリーが応じた。

「ミス・カボット」若い紳士は言った。「もしよければ、次のダンスを踊っていただきたいんですが」

「喜んで」とオナーは言った。本心からそう言ったような顔をしている。「失礼しますわ、レディ・サイファート」それから、ひそかにジョージに目をくれ、唇に笑みを浮かべた。「ミスター・イーストン」

サー・ランドルはすばやく腕を差し出した。彼女はその腕に軽く手を載せ、ジョージに一瞬きらめくような笑みをくれると、しゃれ者の男といっしょに離れていった。ジョージは彼女の背中をじろじろ見るまいとした。

挨拶はこれだけか？

自分が彼女のためにいやな仕事を引き受けているあいだ、彼女のほうは男たちとぶらついたり、ダンスしたりというわけか？　彼はふたりが人ごみのなかに姿を消すまで見送っていた。自分がじっと見つめていることには、メアリーが扇の先で肩に触れてくるまで気づかなかった。「シャンパンを飲みなさいな、ジョージ。彼女はあなたのお相手にはならないわ」

彼は忍び笑いをもらした。「そうかい？　だったら、誰がぼくの相手になるんだ？」

「ここにいる若いお嬢さん方は無理ね」メアリーはうきうきと小さく笑いながら言った。「母親たちが許すはずがないもの」そう言ってウィンクをくれた。「それでも、たのしい時間を過ごしてね」彼女はわざと腰を振りながら離れていった。

ジョージはその魅惑的な光景から目をそらした。その目がソマーフィールドのそばに立っているミス・モニカ・ハーグローヴに留まった。少なくとも、約束ははたしてしまえるかもしれないと考え、何気なく彼女の立っているところへ近づいた。

彼が近づいていくと、彼女は目を上げ、驚いて目をぱちくりさせた。「あら！　ミスター・イーストン！」

「ミス・ハーグローヴ」彼は礼儀正しく言った。

彼女はジョージに不思議そうな目を向けている婚約者を見やり、「ソマーフィールド様、ミスター・イーストンをご紹介してもいいかしら？」と訊いた。

「ミスター・イーストン、ああ、もちろん！」ソマーフィールドは明るく言った。「ああ、そう、あなたですね。会ったことがありますよ」

「え？」ミス・ハーグローヴが言った。

「ほんとうさ。クラブでだったと思うが。クラブじゃなかったですかね？」

ソマーフィールドのクラブではジョージは歓迎されないはずだったが、それでも彼は話を合わせた。「またお会いできて幸いです、ソマーフィールド卿。ご家族はお元気ですか？」

「ええ、とても。ただ、父だけは別ですが。父は結核でひどく弱っていましてね」

「それはお気の毒に」

「ありがとう」ソマーフィールドはおざなりに答えた。

「できれば――」ジョージは目をミス・ハーグローヴに向けて言った。「ミス・ハーグローヴをダンスにお誘いしたいんですが」

ミス・ハーグローヴは誘われて青くなり、ソマーフィールドに目を向けた。彼もまた当惑した顔になったが、やがておどおどと笑みを浮かべ、彼女の手を軽くたたいた。「もちろん、踊ってこなくちゃならないよ、モニカ」

「でも、わたし……それってたぶん……」

「足を踏んだりはしないと約束しますよ」と言ってジョージは腕を差し出した。ミス・ハーグローヴはためらうように彼の腕を見て、その目をソマーフィールドに向けた。婚約者はうながすようにうなずいた。

彼女は渋々ジョージの腕に手を載せた。「ありがとう」

彼女にソマーフィールドの腕に戻る隙を与えないようにジョージはすばやく動いた。ダンスフロアに連れ出すと、向かい合う列に加わった。

ミス・ハーグローヴは彼に顔をしかめてみせた。「ずいぶんと大胆なのね」

「こんなのは大胆とは言えないですよ、ミス・ハーグローヴ。ぼくが頑固な人間であることはわかってくれたほうがいい」彼はほほ笑んだ。

音楽がはじまり、ふたりはお辞儀をし合った。前に進み出ると、彼女がステップを踏みながら彼の後ろをまわった。

「いったいわたしに何をさせたいんです？」彼女はまた列に戻りながら言った。

次は彼が彼女の後ろをまわった。「あなたのような美しい女性には、ソマーフィールドよりもっといい候補者がいるとわからせたいんですよ」

ミス・ハーグローヴが息を呑み、ジョージは列に戻った。ふたりは中央で歩み寄り、頭上で手を合わせた。「わたしはソマーフィールド様と婚約しているのよ」

彼は彼女をくるりとまわすと、ほほ笑みかけた。「知っていますよ」

また同じステップをくり返しながら、彼女は言った。「何が目的なの、ミスター・イーストン?」

「その答えをあなたはご存じだと思うが」彼は一歩下がりながら、彼女の唇に目を落とした。

「それで、どうやってわたしを魅惑するおつもり?」頭上で手を合わせてまわりながら彼女は疑うように言った。「あなたには縁戚もないし、噂では、全財産を失ったそうだけど」

ジョージは笑みを浮かべた。「ぼくの財産については厳しい噂ばかり立ちますからね。でも、ぼくは財産を失ってはいない。それに、縁戚もすばらしいはずだ。王の甥なんだから」

彼は彼女の手を放して一歩下がった。

ミス・ハーグローヴも同じステップを踏んだ。「それを信じろとはおっしゃれないでしょうに」彼女はあざ笑うように言った。

「だったら、これは信じてもらえるかな」彼はそう言って一歩また進み出た。「あなたに心を奪われてしまった」

彼女はそれには答えず、笑みを浮かべて彼をじろじろと見つめた。ジョージはまわるたびに彼女の目を受けとめ、できるかぎりうまく踊った。

音楽が終わりに近づくと、彼は深々とお辞儀をして手を差し出した。彼女の手をとると、軽くにぎってから自分の腕に載せ、手で覆った。「気を悪くしたとしたら、申し訳ない、ミス・ハーグローヴ」彼はソマーフィールドのところへ彼女を連れ帰りながら言った。ソマーフィールドは自分の婚約者が早く戻ってこないものかとやきもきしながら、片足から片足へ体重を動かしていた。そして、そのそばに、両手を後ろで組み、無邪気そうな顔でオナーが立っていた。ジョージには目を向けようとしなかった。それどころか、多少でも知り合いであることを悟られないよう、わざと目をそらしている。

「気を悪くしたりはしてませんわ、ミスター・イーストン」ミス・ハーグローヴが笑みを浮かべて言った。「でも、わたしには決まったお相手がいるんです」

「それはぼくも認めますよ……今のところは」

彼女の笑みがわずかに深くなったように思えた。頬の赤みが増す。

これでいい。魅惑されたというたしかな証。それを最大限利用するために庭へ誘うこともできるにちがいない。しかし、ソマーフィールドとオナーのそばまで行くと、ジョージは彼女の手を腕からはずし、一歩下がって手に顔を近づけてお辞儀をした。「踊っていただき、ありがとうございました、ミス・ハーグローヴ」彼は言った。「これほどすばらしいお相手と踊ったのははじめてでした」

ミス・ハーグローヴはそんなはずはないとでもいうように笑い声をあげたが、ソマーフィールドはすぐに同意した。「彼女はたしかにすばらしい踊り手ですね。ミスター・イーストン、正直、あなたにもひとつ、ふたつ教えてもらえるかもしれない」彼は笑いながら鼻の横を神経質にこすった。「結婚式のダンスのために、あなたにステップを教えてもらうべきかもしれないな」

「ぼくはあまりうまく踊れませんよ。どちらかと言えば、馬のほうが好きでね」

「競馬ほど血が躍ることはありませんよね？」ソマーフィールドも言った。「ロングメドウで飼っている馬たちはわが家の自慢ですよ」彼はつづけた。「田舎で飼われている馬のなかではもっともすばらしい――」

オナーが突然息を呑んだ。「オーガスティン、この方をロングメドウにご招待しなくては」

ジョージ同様、ソマーフィールドとミス・ハーグローヴもぎょっとしたようだった。

ジョージはすぐにはことばを発することができなかった。「なんですって？」

「あら」オナーはかわいらしく笑みを浮かべ、お辞儀をして言った。「すみません。突然こんなことを言い出して申し訳ないんですけど、今年の春はロングメドウでとてもたくさん競馬が行なわれることをふと思い出したんです」

「まあ、そうだね」ソマーフィールドはあいまいな口調で言った。「でも、そういうことは……つまり……」かわいそうな男はひどくまごついた様子で、笑みを浮かべながら、助けを求めてまわりを見まわした。

オナーはがっかりした顔になった。「あら、これでわたし、すっかり道化に見えてしまうわ」

「いや、その――そういう意味じゃない」ソマーフィールドは大声で言った。「つまり、もちろん、ロングメドウにぜひいらしていただきたいということですよ、ミスター・イーストン。ただ、競馬しかたのしみはないが」

「なんてこと――」ミス・ハーグローヴはそう言って婚約者の腕に指を置いた。

「おたのしみならたくさんあるわ」ジョージを招かないようミス・ハーグローヴが婚約者を説得しようとする前に、オナーが急いで口をはさんだ。「内輪の賭け事も数多く行なわれるし。いらっしゃらなくてはだめよ、ミスター・イーストン。ダンスのお相手になってくださる紳士はいつも足りないんですから。それに、経験豊富なカードの使い手がいらしてくださると、きっとみんなうれしがるわ」

ソマーフィールドは目をみはったが、オナーはこうと決めたことを貫くかまえで、誰にも口をはさむ隙を与えなかった。

「ロングメドウのことはご存じ？」彼女は熱心な口調でつづけた。

ジョージはオナーをじっと見つめた。彼女の目的ははっきりわかっていた。また〝招待状〟を手に入れてくれようというわけだ。腹立たしいことではあったが、同時に、ミス・ハーグローヴも彼を期待するように見つめていた。

「継父の領地で、ここから北西へほんの一時間ほどのところですわ」オナーがつづけた。

「ええ、いらしてくれなくてはなりませんよ、ミスター・イーストン」ソマーフィールドがきっぱりとうなずいて言った。「これで決まりだ。ロングメドウに来てもらわなくては！」

そう言ってうれしそうな笑みをミス・ハーグローヴに向けた。彼女はまるで気乗りしない口調で答えた。「ええ、そうしてくださらなくては、ミスター・イーストン」

「それはご親切に」彼は言った。「ありがとうございます」そこでまた音楽がはじまり、悪夢と化しつつある状況から逃げ出す機会ができた。「ミス・カボット、一曲踊っていただけますか？」

「踊っておいで、オナー。彼はすばらしい踊り手だ」まるで自分がジョージと踊ったとでもいうように、ソマーフィールドが言った。

「ええ、でしたら、喜んで」オナーはそう言って手を差し出した。

ジョージはその手をとり、きつくにぎった。彼女は表情を変えなかった。「失礼します」と彼はソマーフィールドに言った。

ジョージもオナーも、背後でモニカのかすかな笑みが薄れたのに気づかなかった。

「きみはダンスがとても上手だね、モニカ」オーガスティンが言った。「ぼくがもっといい付き添いだったらよかったんだが」

「あなたは付き添いとして完璧よ、オーガスティン」

「ほんとうかい？」彼はそう言うと、彼女の手をとってきつすぎるほどの力をこめてにぎった。「だって、きみがいなかったら、ぼくは途方に暮れてしまうだろうからね」

「ほんとうよ」彼女は心の底からそう言った。オーガスティンは親切でやさしい人間で、彼といっしょにいると幸せを感じられた。どうしてオナーはふたりのあいだを裂きたいと思うのだろう？　オナーの思惑はそうにちがいなかった。「骨を折ってしまう前に手を放してくださいな、オーガスティン」

「あっ！」驚いたオーガスティンは急いで手を放した。

モニカはまたイーストンとオナーのほうに目を向けた。ふたりはダンスフロアに立って音楽がはじまるのを待っていた。オナーは彼から顔をそむけ、ミス・アメリア・バーンズと話をしており、イーストンのほうは楽団をじっと見つめている。

疑わしいところはみじんもなかったが、モニカにはなぜか、今回のことはオナーがイーストンにやらせていることとわかった。こういうことにはとても敏感だったのだ。イーストンのお世辞にも少しも心を動かされはしなかった。理にかなわないことだったからだ。ジョージ・イーストンのような男性が、突如自分に興味を抱く理由など何もなかった。オーガスティンとの結婚が決まっていることを街の誰もが知っているというのに。

オナーがイーストンをロングメドウに招いた瞬間に、彼女がかかわっていることがわかったのだった。男性にまるで関心を示さないオナーが、よりにもよってイーストンをロングメドウに招こうとあそこまで言い張るなど。ああ、そうよ。オナー・カボットとは長すぎるほど長い付き合いだったので、彼女がよからぬことをたくらんでいるときには、そうとわかった。

「喉がからからだよ」まるでダンスをつづけて三度踊ったかのようにオーガスティンが言った。「シャンパンをとってきて、少しすわらないかい?」

「ええ」と答え、彼女は忙しく頭を働かせながら婚約者とともに歩き出した。

14

楽団が演奏をはじめると、ジョージは当惑顔になった。オナーは一歩前に進み出て、ダンスの前のお辞儀をした。「これはぼくには不利だな」彼は言った。「知らない曲だ」

「ワルツよ。ワルツの踊りを見たことがないの？」

彼女が彼の手をとってにぎると、彼は顔をしかめた。「ぼくが舞踏場や集会場にあまり近寄らないことはきみもよく知っているはずだ」

「だったら、ダンス教師を雇うのね。たしか、ムッシュウ・フォルニエールがすばらしい教師よ。教え子のなかにはフランスの貴族もいるわ」

「ダンス教師を雇う必要などないさ」彼はむっとして言った。「ダンスなどしようと思わないからね。この舞踏会に来たのはきみのためだ。それについて自分の正気は疑っているが」

「それはほんとうにありがたく思っているわ」彼女は上品に言った。「もう片方の手はわたしの背中にあてるのよ」オナーはそう言って自分のもう一方の手は彼の肩に置いた。

彼は彼女の尻のすぐ上あたりに手をあて、眉を上げた。「こんなことをしたら、おしゃべりな若い女性たちのあいだに悪い噂が広まりそうだな」

オナーも眉を上げた。「彼女たちにとってもいい気晴らしになるでしょうよ。手はもっと上に置かなきゃだめよ」

彼は貪欲な笑みを浮かべた。「ここに置くほうがいいな」

それはオナーも同じだった。これほどに体が大きく、たくましい男性と踊るのは悪くなかったが、レディ・チャタムとレディ・プレスコットにこんなところを見られたら、彼女たちが卒中を起こす情景が容易に想像できた。不運にもそこで曲の導入部分が終わり、ダンスがはじまってしまったため、イーストンの手の位置について言い争う暇がなくなってしまった。

「いいわ、わたしについてきて——一《ワン》、二《ツー》、三《スリー》、一《ワン》、二《ツー》、三《スリー》」彼女は小声でそう言いながら、彼を右へ左へと誘導した。

何度か足をもつれさせながらも、彼はダンスの調子をつかんだ。

「ほうら！」前に進み出ながら彼女は言った。「こつをつかんだみたいね！　あなたってダンスの才能があるんだわ」

「だったら、今度はぼくにリードさせてくれ」彼はそう言うと、いきなりくるりとまわり、踊っているほかの男女にあやうくぶつかりそうになった。

オナーは笑った。「そうじゃないわ。ほかの人たちと同じ方向にまわらなくちゃ」

「なんだって？　ぼくだってきみと同じように自分の好きにしていいはずだ。ロングメドウだって、オナー？　きみのたくらみも行きすぎてしまったようだな」

この人、怒っているんだわ。じつを言えば、それは考えもなしに口から出てしまったことだった。そう考えてみれば、最近はそういうことがとても多くなってきた。

ジョージの足が彼女の足とぶつかり、いっしょに何歩かふらつくことになったが、すぐに彼が体勢を整えた。「すまない」と謝るように言うと、ほかの踊り手たちにはかまわず、また彼女をまちがった方向にまわした。

「まわる方向がちがうわ、ミスター・イーストン！」

「なあ」彼は苛立った口調で言った。「ぼくにも今すぐロンドンを離れられない用事があるとは思わなかったのか？　ぼくにもきみ以上に差し迫った用事があるとは？」

その差し迫った用事というのに女性がかかわっているなら、それがなんなのか知りたかった。「あり得ないわ」と彼女はからかうように言った。

「へえ？　きみは考えもしなかったかもしれないが、ぼくはロングメドウには行きたくない。行きたかったとしても、きみにあんな見え透いたやり方でソマーフィールドに無理やり招待させるように仕向けてもらう必要はない！」

つまりはそういうことね。彼は恥ずかしい思いをしたのだ。オナーはそのことについてはかすかに罪の意識を覚えた。そういうつもりはなかったのだから。「無理やり招待させるように仕向けたわけじゃないわ、イーストン。ふと思いついたから、口に出しただけよ。それに、どうしてロングメドウに行きたくないの？　きれいなところよ！　家はほんとうに立派だし。正直、そうせざるを得なかったのよ。だって、あなたが約束をはたしてくれないなんて考えもしなかったから。わたしはただ、その機会を用意しようとしただけ」

そのことばを聞いて彼は途中でステップをやめた。

「止まらないで！」彼女はあわててうながした。

彼は渋々そのことばに従ったが、顔を見れば、苛立ちがあらわになっていた。「オナー・カボット、ぼくは約束ははたした」そう嚙みつくように言うと、ステップをはずした。彼女はそれに合わせるのに片足で跳ばなければならなかった。「このいまいましい舞踏会に来て、彼女とダンスを踊ったよ」彼は後ろで踊っていた男女にぶつかり、肩越しに「失礼」と短く言った。「彼女と話をし、誘惑もした——あのか弱い手をとって結婚の申しこみをする以外はすべてやった！」

そんなことばを聞いてもオナーは動じることなく、目を天に向けただけだった。

彼は驚いた顔になり、やがて目を細めた。「なんてことだ、きみにはずっと前に誰か尻をたたいてくれる人間が必要だったんだな。ぼく自身、喜んでそうしたいぐらいだよ」

オナーが驚いたことに、そのことばは背筋に喜ばしい震えを走らせた。「そんなに怒らないで、ジョージ。多少の進展があったのは認めるわ。でも、あなたはまだ目的をはたしてはいない」

「どうしてわかる？」彼は訊いた。「今夜、きみはミス・ハーグローヴとほとんど会っていないじゃないか」

「わかるのよ」オナーは確信をこめて言った。「今、彼女はあなたのことを見つめていないでしょう？」彼は予期せぬ方向に突然くるりとオナーをまわし、オーガスティンとモニカがいた場所へ細めた目を向けた。

「どう？」オナーが訊いた。「彼女、あなたに目を向けている？」

「いい加減にしろよ。彼女は今、婚約者といっしょにいるんだぞ」

オナーは肩をすくめた。「だからって、ほかの人に目を向けずにもいられないものでしょう？　レディ・サイファートは傍目《はため》にもわかるほどあなたをうっとりと見つめていたけど、彼女は既婚者よ」

それを聞いて彼はオナーが望まない形で興味を示した。「そうかい？」と言ってうれしそうにほほ笑んだ。「彼女はどこにいる？」

「知らないわよ！」なんて女たらしなの！　今度はオナーが怒りに駆られる番だった。「夫じゃない男性に色目を使うなんて、はしたないと思うわ」

「まるで自分は純粋無垢だというような口ぶりだね」イーストンはおそらくはレディ・サイファートを探して人ごみに目を凝らしながら、我慢するような笑みを浮かべて言った。しかし、やがてその青い目をオナーへと戻し、つかのまじろじろと眺めたと思うと、突然オナーが少し不安になるほど魅力的な笑みを向けてきた。「おや」ぎごちなくダンスフロアの隅へと移りながら彼は言った。「自分は無垢じゃないと言いたいが、慎みのせいで言えないという感じだな」

それが心をよぎったのはたしかで、オナーは頬が熱くなるのを感じた。男性とじゃれ合うことには経験豊富だったが、ほんとうの意味で自分が無垢であるのはたしかだった。はたからどう見えるにしても、オナーは自分の純潔をとても慎重に守っていた。それどころか、あれほど濃厚なキスをしたのはジョージがはじめてで、そのキスや、肌を這う口や手の感触を思い出すと、突然暑くてたまらなくなるのだった。彼に対しても自分のことを守るべきだったのだ。とても精力的で男らしい人なのだから。「わたしが考えていたのはそういうことじゃないわ。からかってくれなくていいのよ。わたしはただ、あなたとレディ・サイファートがどんな関係なのか考えていただけなんだから」

「そういうことは――」彼はまだおもしろがる顔で言った。「きみのような無垢な女性が考えるべきことじゃない。繊細な感受性が傷ついてしまうからね」

「わたしってなんてばかだったのかしら。あなたのことは単なる女たらしだと思っていたけど、どうやらあなたって〝傲慢な〟女たらしなのね。あなたのことをあれこれ考えるなというなら、わたしのことも変に憶測しないで、ミスター・イーストン」

彼はうれしそうに魅力的な笑みを深めた。「きみが腹を立てたのはどうしてだい、オナー？　一度はジョージと呼んだのに、今度はミスター・イーストンだ。ぼくへの腹立ち加減によって呼び方も変わるというわけかい？　ひとつ教えさせてくれ、ミス・カボット。ぼくたちのちがいは、ぼくのほうはきみのことをあれこれ憶測する必要がないということだ。無垢な女性は見ればすぐにそうとわかるからね」

オナーは怒って息を呑んだが、言い返す前に、彼にくるりとまわされ、背中がほかの踊り手をかすめた。「気をつけて！」彼女は怒ってささやいた。

「ぼくが気をつけるのか？　そいつはおもしろいな。きっときみにもそれが皮肉であるのはわかるだろうけど」

「わたしは不注意かもしれないけど、慎重な人間でもあるわ。あちこち人にぶつかったりはしない」

ジョージは笑った。「自分で自分の言ったことがわかっているのかい？　きみはぼくがこれまで出会ったなかで、誰よりも軽率な女性だよ」

「わたしが？」

「そう、きみさ」彼はにやりとして言った。「きみは不注意で、軽率で、おかしなほどに生意気な若い女性だ。無垢のくせに、そうじゃないほうがいいと思っている。正直言って、これほどに興味をそそられたのははじめてだよ」

オナーは言い返そうとすでに口を開いていたが、全身にあたたかいものが広がってふくらむ気がした。そのあたたかいものに全身を包まれてしまいたくなる——彼に。ジョージがこれほど魅力的に、あたたかく、にっこりとほほ笑みかけてこなければいいのにと思わずにいられなかった。その笑みは彼を内側から輝かせ、目をきらめかせていた。オナーは笑みを返すまいと努めた。ひどく怒っていると見せつけなくては。しかし、どれほど頑張っても、唇から笑みを消すことはできなかった。「ねえ、そういうことは大声で言わなくていいわ」

彼は笑ってオナーを引き寄せ、何度もターンしてダンスフロアの端に近づき、端まで来ると、手を引いて彼女をダンスフロアから引っ張り出した。

「ちょっと、何をするつもり？」彼女はまわりをびくびくと見まわしながら叫んだ。紳士がふたり、意味ありげな笑みを向けてくる。少なくともオナーにはそう思えた。

「ぼくのかわいそうな足を休ませてやろうと思ってね」彼はそう言って振り向いた。「さあ、おいで」彼は手を彼女の背中にあて、ビュッフェと給仕のところへもっと急ぐようにとうながした。「シャンパンを一杯やれば、渇きが癒されるよ、ミス・カボット」とかなりの大声で言う。

「わたしは別に——」

そこで手をきつくにぎられ、オナーはきしるような声をあげた。しかし、ジョージはそれを無視し、彼女をつれてうまい具合にビュッフェの前を通りすぎ、廊下へ忍び出ると、文字どおり押し上げるようにして彼女に使用人用の階段をのぼらせた。

「待ってよ！　戻らなくちゃ」

彼は後ろから手をまわし、暗いバルコニーへ出る扉を押し開けた。

オナーは建物の入口を見下ろすバルコニーへと恐る恐る足を踏み出した。まわりを見まわすと、暗かったが、バルコニーを歩きまわっているふたり連れはいた。バルコニーの端では恋人同士が腕を互いの体にからみつかせている。「ああ、いや」と彼女は言ったが、ジョージはすでに彼女の手をつかみ、飾ってある大きな甲冑《かっちゅう》の陰へと引っ張りこむと、彼女の背後に立った。

その狭い場所でオナーは身をよじり、髪についた蜘蛛《くも》の巣を必死で払おうとした。ジョージは体の熱が感じられるほど近くに立っている。「いったい何をするつもり？」と彼女は訊いた。

「きみから多少純潔を奪おうと思ってね」彼はそう言うと、腰を両手でつかみ、キスをした。

オナーは驚いてこぶしを彼にたたきつけた。彼は首をもたげた。「くそっ、ひと晩じゅうこうしたくてたまらなかったんだ」

ああ、わたしもそう。「おかしくなっちゃったの？」彼女は声を殺しつつも激した口調で言った。「誰かに見つかったらどうするの？」

「どうする？」彼は口を彼女の首や肩につけ、手を腰や尻に下ろして言った。

誰かが近づいてくる音が聞こえ、オナーは息を呑んで彼の腕に指を食いこませた。ジョージが動きをやめた。ふたりはじっと待った。その人物がそばを通りすぎていくまで、つめていた息が胸から噴き出そうになっていた。待っているあいだ、ジョージは彼女を見つめていた。オナーは胸にシルクで軽く触れられるような妙な気分でいた。彼の目は暗く、そこには……情熱が浮かんでいた。情熱！　そうとわかったのは、彼女自身、同じものを感じていたからだ。胸に衝撃が走る。そんなものを感じたのは久しぶりだった。しかもこんなに熱いものは。突然、このオオカミのような男性と比べ、ローリーが子犬に思えた。

オナーはいきなり前に身を動かし、爪先立って口を彼の口に寄せた。

ジョージは彼女を持ち上げてくるりと身をまわすと、甲冑の後ろの石壁に彼女を押しつけて動けなくした。腕を体にまわし、きつく抱きしめてキスをする。舌を口に差し入れて彼女の舌をなぶるようにしたと思うと、口を頬や首にすべらせてまた唇へと戻した。空いているほうの手で彼女の胸もとの肌を撫で、指をドレスのなかにすべりこませると、硬くなった胸の頂きをかすめ、欲望の激しい波を彼女の体に走らせた。

オナーがためていた息がなくなりだした。呼吸ができなくなったが、息などしたいとも思わなかった。手を彼の腕から腰へとまわし、胸から顔へと持ち上げる。指を無造作に互いの口のあいだにすべりこませ、また硬い胸へと下ろし、大胆にも彼の興奮の証の先へとすべらせた。その感触に思わず息を呑む――とても硬い。それに反応して自分の体はさらに湿ってやわらかくなる気がした。

ジョージは彼女のドレスの裾に手を伸ばしてたくし上げ、足を見つけると、その手をストッキングにすべらせ、太腿のむき出しの肌に触れた。彼が触れた跡が焼けつくように感じられた。オナーは体のなかで高まる渇望の波にさらわれてしまうのではないかと不安になった。荒々しくうねるその波になすすべもなく流されてしまうのではないかと。しかし、それでもかまわない気がした。

どうしてこの人にこれほど欲望をかき立てられるの？　どうしてこの人をすっかり信頼して身をゆだねてしまうの？　オナーは抗う気持ちをなくしていた。「あなたっていけない人ね」と低い声で言い、背後の壁にてのひらをあてた。「悲鳴をあげてもいいのよ」と息を切らしながら耳打ちする。

「あげたらいいさ」彼は挑むように言った。「悲鳴をあげればいい。それでも、ぼくがきみの体を奪うときほどの悲鳴にはならないだろうが」

「女たらし」彼女はかすれた声で言い、彼の手が脚のあいだの濡れたあたたかい場所に届くよう、片足を石づくりの手すりの小柱にかけた。指が悦びの芯の部分を包み、それからなかへと深々と差し入れられると、その感触に息を呑んだ。

「愛しい人」彼は耳もとでささやいた。

オナーは目を閉じ、壁に頭をあずけた。「わたし、おかしくなってるんだわ」とささやく。

「おかしくなってる……」

「たのしむんだ、お嬢さん」彼はそう言うと、口にキスをし、喉のくぼみから胸へと唇を下ろした。そうしながら、指を動かしはじめた。なめらかな襞《ひだ》のまわりで円を描くようにし、なかに入れたり出したりしながら硬いつぼみを撫でる。

全身に広がる脈打つような感覚に合わせ、オナーは解放を求めて彼の指にきつく体を押しつけ、動きはじめた。なめらかな部分を撫で、円を描き、突き入れてはこする指の動きが激しさを増し、彼女は彼にしがみついた。バルコニーの下にいる人々の笑い声や、バルコニーに出ているほかの人たちのささやき声が聞こえてくる。しかしそれも、その瞬間、欲望がすべてを圧するほどに高まっていることを意識させてくれただけだった。人に見つかってもどうでもよかった。解放が近づいて体がこわばり、渦を巻いて舞い上がる。突然彼女は前に身を投げ出し、口を彼の肩に押しつけ、上着のウールに向かって悲鳴をあげた。彼の手がもたらす恍惚《こうこつ》とするような悦びに体から力が抜けた。

彼が手を引き出してスカートを下ろしたときも、ふたりはあえいでいた。オナーはようやくの思いで顔を上げ、目を開けた。ジョージ・イーストンから目を離すことはできなかった。体を押しやってふたりのあいだに距離を空けることも。紳士が近づきすぎたときにはいつもそうするのに。オナーは何か言うことばを考えようとしたが、ことばは何も出てこなかった。息が切れ、体はふわふわと浮かぶようで、心のなかでは妙にみだらな感情が渦巻いていた。

彼の手が腕をすべって降り、指と指がからみ合った。彼は彼女のこめかみにキスをしてやさしく言った。「ほうら、カボット。きみにとっていい薬になったはずだ。これで今夜が終わりとは残念だが」

「えっ？」オナーは狼狽《ろうばい》を表に出すまいとしたが、無駄だった。目に見えない壁を越えてちがう世界に迷いこんでしまったかのように、彼の声はよく聞こえなかった。

彼は首をかがめて目をのぞきこんできた。「きみのばかげた計画に効果があるかどうかについては意見が合わなかったわけだが、ぼくのほうは存分にたのしませてもらったよ」

オナーは彼から目を離すことができなかった。今起こったことに驚愕していたからだ。たった今彼にされたことに。「ロングメドウには来てくれるの？」彼女は不安に駆られて訊いた。

「いや」

オナーはそれを受け入れるようにうなずいたが、すぐに彼の指をさらにきつくにぎりしめ、震える声で言った。「お願い」

「きみのためにできることはすべてやったよ」彼はみだらな笑みを浮かべた。

まさか、本気で言っているはずはない。まさか。「二週間後にいらしてくださるわね」彼女は頑固に言い張った。「お客様たちは木曜日から順次いらっしゃることになっているの」

彼は首を振り、やさしい目をしながら、彼女のこめかみに触れて目からほつれ毛を払ってくれた。あまりにやさしいその目に、オナーは心がはばたく気がした。軽くなる気がした。

煙のようにシャンデリアへと舞い上がっていけそうなほどに。

「きみはもう階下《した》へ行ってダンスをしたほうがいい」彼は小声で言った。「ほかの誰かにほほ笑みかけているのをみんなに見せつけるんだ。ぼくといっしょにダンスフロアからいなくなったのを人の記憶に残したくはないだろうから」

「そんなの気にしないわ」彼女は本気でそう言ったが、ジョージは手を彼女の腕に置き、そっと彼女を後ろに押しやった。

「いや、気にしたほうがいい。もう行くんだ。噂が立つ前に」

彼の言うとおりにしたほうがいいの？　オナーにはわからなかった。世界が引っくり返ったような気分だった。誰かに噂されても気にもならなかった。彼が婚外子でもかまわない。彼以外は何もほしくなかった。

「行くんだ」彼は彼女を軽く押してきっぱりと言った。

オナーは考えずに足を動かした。後ろ姿を見つめられているのを意識しながら、バルコニーをまわりこんで正面の階段へと歩く。後ろを振り返ってはだめと自分に言い聞かせ、後ろを向かないでと自分に懇願して――

オナーは振り返った。

ジョージ・イーストンは同じ場所に立って彼女をじっと見つめていた。その視線が爪先まで全身を焼きつくす気がした。

15

モニカがオーガスティンの結婚の申しこみを受け入れるとすぐに、彼女の母はメイドを雇った。「未来の伯爵夫人は貴婦人付きのメイドのあつかい方を心得ておかなければならないから」と言って。

「でも、この子は貴婦人付きのメイドとは言えないわ」窓ガラスを拭いている勤勉な少女を見ながらモニカは指摘した。

「そのうちそうなるわよ」母は確信をもって言った。

しかし、ヴァイオレットはそうはならなかった。モニカが貴婦人として求められているものに無頓着なのと同じだけ、少女もメイドとして無頓着だった。内心、モニカは自分に貴婦人付きのメイドが必要だとは思っていなかった。自分の服は自分できちんと着られるし、毎朝自分で起きることもできるからだ。

それでも、特権を持ち、贅沢を許された貴婦人に求められることは知っておかなければならないと母は頑固に言い張った。伯爵夫人としてのモニカの将来は、母と一番上の兄テディにとってもっとも関心のある話題だった。ふたりはことあるごとにそれについて話していた。

今朝、部屋の入口からホット・チョコレートのにおいがしたと思うと、ヴァイオレットが部屋にはいってきて、ベッド脇のテーブルにカップを置いた。

モニカはあくびをし、腕を頭上に伸ばして身を起こすと、枕を背中にあてた。ヴァイオレットがカーテンを開けているあいだ、カップのチョコレートを飲んだ。窓ガラスには雨のしずくが伝い落ちている。

ヴァイオレットはモニカが今朝戻ってきたときに脱ぎ捨てた服を拾いはじめた。「舞踏会はたのしかったですか、お嬢様？」と訊く。

「ええ、とても」モニカはまたあくびをしながら答えた。「でも、人が多すぎたわ」

「ええ、あたしも人ごみは苦手です」ヴァイオレットは部屋のなかを動きまわりながら言った。彼女はモニカとはなんの遠慮もなしに自由におしゃべりをした。「今朝、ミセス・アボットのおともで市場に行きましたけど、もう見たこともないほどの混雑でした！」そう言って、市場に行ったことについて興奮して話しはじめた。

モニカはメイドの話にはほとんど耳を傾けず――イチジクか何かの話をしているようだ――今日何を着るかを考えていたが、そこでベッキントンの名前が耳にはいった。モニカは考えるのをやめてヴァイオレットのほうを振り返った。「今なんて？」

ヴァイオレットは仕事から目を上げた。「はい？」

「ベッキントンについてなんて言ったの？」

ヴァイオレットは眉間に皺を寄せて考えこんだ。「ああ！」と、思い出したように言う。「ベッキントン・ハウスの使用人が市場で探しまわっていただけです。市場にはミスター・アボットもいっしょに行っていて、彼はよくお嬢様をベッキントン・ハウスにお送りするので、その使用人を知っていたんです。その人がいつも出迎えてくれるって」

「メイフェアの市場に行ったの？」モニカは当惑して訊いた。家からはだいぶ離れた市場だ。

「ええ、そうです、メイフェアの。ミセス・アボットがそこの肉屋を気に入っているので。でも、そこのハムは法外に高いんですよ！　ミセス・アボットに言ってやったんです。メリルボーンだったら、ハムなんて数シリングで買えるって。でも、そこのハムは質がよくて、ミセス・ハーグローヴのお好みだそうで――」

「ヴァイオレット、ベッキントンについては？」ヴァイオレットが豚肉の切り方がどうのという話をはじめる前にモニカがさえぎるように言った。「使用人が探しまわっていたって言ったでしょう」

「ああ、あの使用人！　ええ、レディ・ベッキントンを探していたんです」ヴァイオレットは笑みを浮かべてモニカが前の晩に舞踏会にはおっていったショールを拾い上げ、シルクに手を走らせた。

「なんですって！　その使用人はどうしてレディ・ベッキントンを探していたの？」モニカ

が訊いた。

「ええ、いなくなったそうで。散歩にお出かけになったのに、戻るはずの時間になってもお戻りにならなかったそうです。あたしはミセス・アボットに言ってやったんです。このお天気に散歩って。そしたら、ミセス・アボットが言うんですよ。きっと傘を差しかけてくれる使用人がいるのよって」ヴァイオレットは忍び笑いをもらした。

モニカは目をぱちくりさせた。「レディ・ベッキントンが行方不明になったっていうの？」

「いえ、それはわかりません。その使用人はすぐに彼女を見つけましたから。よりにもよって温室育ちの花を買っていたんですって。ミセス・ハーグローヴだったら、誰かに買いに行かせたでしょうにね。こんなお天気の日にメイフェアまで歩いていかれたりはしませんから」

ヴァイオレットがショールをたたんでいるあいだ、モニカは今耳にしたことをよく考えていた。ひとつひとつかけらが集まって形を成すように、すべてがはっきりしはじめた。

チョコレートを飲み終えると、モニカは着替えをし、応接間へ向かった。そこに母と父がいた。羽目板張りですり切れたカーテンをかけた部屋は小さく暗かった。母は新しいカーテンをほしがっているのだが、父がそれを許さないのだ。

今朝、父は本を読みながら、すぐそばに置いた紙に何かを書きつけていた。母はソファーにすわって針仕事に忙しくしていた。髪はまだ赤みがかったブロンドで、こんなどんよりした日でも、蠟燭の明かりを受けてつやめいている。「起きたのね、モニカ！」母はそう言って針仕事を脇に置いた。父は読んでいた本から目を上げて眼鏡の縁の上からモニカに目を向けた。

「舞踏会はどうだったの？」と母が訊いた。

「すてきだったわ」とモニカは答えた。

「それで、ソマーフィールド様は？　彼もたのしんでいた？」

モニカは肩をすくめて母の隣にすわった。オーガスティンがたのしそうでないことなどなかったからだ。「たぶん」

母は娘の膝を軽くたたいた。「たぶんじゃだめよ、モニカ。殿方をたのしませるのはとても大事なことなんだから。そうでしょう、ベンジャミン？」彼女は夫に向かって言った。

モニカの父は仕事に注意を戻しており、心ここにあらずで答えた。「そうかい、リジー？」

「お母様」モニカが言った。「誰かが正気を失いつつあることってどうやったらわかるの？」

それを聞いて父が顔を上げた。「少し正気じゃない気がするのかい、モニカ？」

「わたしじゃないわ、お父様」彼女は笑みを浮かべて答えた。「でも……そういう人ってどんなふうに病状が進んでいくの？」

父はペンを置き、すわったままモニカのほうへ向き直った。「それはたぶん、その原因によるだろうね。もうろくしたせいなら、それはゆっくりと現れる。はじめはときどき妙な物忘れをするというようにね。昔、幼い息子を火事で亡くした男がいた。その男はひと晩で狂気におちいったよ。どうしてそんなことを訊く？」

モニカは自分の推測を口に出すのが怖い気がした。よくても無礼なことで、悪くすると誹謗中傷ととられかねないからだ。しかし、それが唯一考えられる説明で、両親は答えを期待するように見つめてきていた。「たぶん、レディ・ベッキントンがふだんの判断力を失いつつあると思うからよ」

両親は娘をじっと見つめた。しばらくどちらも身じろぎもしなかった。やがて父が訊いた。

「それはどういうことだね、モニカ？」

「説明するのはむずかしいわ。でも、レディ・ベッキントンはかなり忘れっぽいの」モニカは最近ベッキントン・ハウスを訪れたときのことを話して聞かせた。レディ・ベッキントンが会話についてこられないようだったときのことを。ヴァイオレットから聞いた話も伝えた。ときどきレディ・ベッキントンの目が妙にうつろになり、心ここにあらずのように見えることも話した。

父はじっと耳を傾けていたが、娘が話し終えると、うなずいて椅子に背をあずけ、両手の指と指を合わせた。「心配する必要はないよ、モニカ。人は年とともに忘れっぽくなるものだ」

「ベンジャミン、彼女はわたしとたったひとつしかちがわないのよ」モニカの母が指摘した。

「それでもさ」父はそう言って本に戻った。

「若いころ、あなたが生まれる前には、ジョーンといっしょにメイフェアの市場の花屋に行ったりもしたのよ」母は言った。「わたしたちが住んでいた地域の温室で育った花よりもずっときれいに見えたから」そう言って目をそらし、遠い昔をなつかしむようにしばらく考えこんだ。「ジョーンがいっしょだといつもたのしかったわ」

「またたのしめるさ、リジー」モニカの父が言った。「何度か物忘れをしたというだけのことなんだから」

モニカは母の表情がわずかに変化したのに気がついた。母はモニカにほほ笑みかけ、「ねえ、モニカ、向こうで髪を結わない？」と言って立ち上がった。

「リジー、娘の頭に変な考えを吹きこまないでくれよ」父は本から目を上げずに言った。「テディといっしょになって、カボット家の娘たちは田舎に行かせたほうがいいなどと言っていたからな」

「そんなこと言ってないわ、ミスター・ハーグローヴ」母はそう抗議すると、モニカの手を引いて応接間の入口へと向かった。

しかし、母の抗議のことばは真実とは言えなかった。母もテディも一度ならず、もしかしたら、カボット家の娘たちとその母親はロングメドウの田舎の邸宅で暮らすほうがいいのではないかと口に出したことはあったのだから。ロングメドウよりもさらに田舎のほうがいいと言ったこともあった。

　狭い廊下に出ると、モニカの母は娘の肩に腕をまわした。「お父様の言うとおり、あなたが目にしたレディ・ベッキントンはちょっと忘れっぽくなっただけなのかもしれないわ。誰にでも起こり得ることですもの。ただ……」

「ただ？」

　母は娘にちらりと横目をくれた。「ただ、変化に気づいたのなら、彼女と彼女の娘たちが心地よく暮らせる場所を見つけるのが大事だってこと、もう一度考えてみてもいいわね。それは当然、世間の目にさらされない場所よ」

　モニカは問うように母に目を向けた。

「人は正気を失うと、ときに暴力をふるうこともあるってわかってる？」

　モニカははっと息を呑んだ。「まさか、レディ・ベッキントンが――」

「いいえ」母は急いで言った。「でも、彼女がほんとうにすっかりおかしくなったら、暴力をふるうようになるかどうか誰にもわからないと思うわ。予測がつかないというのは、伯爵の跡継ぎには危険なことよ」

　モニカの心臓が首のところで激しく脈打ちはじめた。狂気におちいった女性に揺り籠から赤ん坊を奪われる情景が頭に浮かんだのだ。そんな事件が起こったのは一年ほど前ではなかった？　正気を失った女性が女主人の子供を誘拐し、子供が数日後に死体で見つかった事件。

「ああ、心配になってしまったわね！」母が言った。「モニカ、そんなことになると言っているわけじゃないのよ。ただ……そう、あなたはわたしの娘だから。あなたのことが心配なの」

「でも……でも、そんなことになったら、オーガスティンとわたしとで面倒を見なきゃならないわよね？」

「ええ」母はきっぱりと言った。「でも、だからって、彼女といっしょに住まなきゃならないってことじゃないわ。彼女と彼女の娘たちにとって、舞踏会のドレスとかそういったものにお金を遣う必要もなく、安全に暮らせる場所があるはずよ」

モニカにはしゃれたドレスを身につけていないオナーの姿は想像できなかった。しかし、母はにっこりしていとおしそうに娘の手をきつくにぎった。「あれこれ心配してはだめよ。あなたが心配しなきゃならないことじゃないんだから」

16

ロングメドウへの長旅は伯爵にはこたえるものだった。ロンドンからついてきたかのようなあたたかい気候をたのしむだけの体力を養うのに、彼は丸二日ベッドにしばりつけられることになった。

つまり、ロングメドウで開かれる毎年恒例の晩餐会は、はじめて伯爵抜きで行なわれることになったのだった。よほどの奇跡が起こらないかぎり、それは伯爵が最後に参加する春の晩餐会になるはずだった。そう思うと、家族全員が沈んだ気分になった。

プルーデンスとマーシーはそんな陰鬱な雰囲気から逃れようと、厩舎へ姿を消すようになった。グレースに言わせると、それは突然馬に興味を抱いたからではなく、馬と厩舎の維持のために雇われた、たくましい若者たちに関心があるからだった。

客たちが到着しはじめると、グレースは母に絶えず目を配り、庭への長い散歩に連れ出した。母の病状がどんどん悪化しているのは明らかで、母らしさは日に日になくなっていた。

愛情と自信にあふれ、洗練された母をとり戻せるなら、オナーはなんでもしたことだろう。

母がけがをした馬車の事故のことが思い出された。母の問題がはじまったのはそれがきっかけで、あの日に戻れるなら、何をあきらめてもいいとさえ思った。物質的な贅沢も、社交界も、晩餐会も、あの馬車に母を乗せずにすんだなら、すべてを捨ててしまってもいい。母がベッキントン伯爵と結婚しなければ、使用人がハンナしかいなかったあの慎ましい家で今も暮らしていたなら、みんな幸せでいられたのでは？

ロングメドウにいるあいだ、できるかぎり母をハーグローヴ家の人たちから引き離しておくつもりだったが、それはむずかしいことだった。モニカがこの三日間の準備についてオーガスティンに助言するのは自分の役割と思っていたからだ。

この広いジョージ王朝様式の邸宅で一番のお気に入りである緑の間で、オナーはくだんの恋人たちがもうひとりの紳士といっしょにいるのに出くわした。ここはイングランドでもっとも大きな邸宅のひとつだった。四階建てのこの巨大な邸宅は、何年か前には四人の年若い少女たちにとって、ひとりになれる場所がたくさんある家だった。四角い敷地に建てられた邸宅には、中央によく手入れされた中庭があり、正面玄関は蔦《つた》で覆われ、裏庭にはバラが咲いていた。

緑の間では、床から天井まであるフレンチドアからバラ園を見渡すことができた。扉が開いていると、春と夏には部屋にバラのきついにおいがただよってくるのだった。部屋の壁はやわらかな緑色に塗られ、カーテンは純白のシルクだった。小ぢんまりとした居心地のいい部屋で、明るく、風通しもよかった。二十以上ある客間と、居間と、応接間と、朝の間同様、この部屋ももはやオナーだけのものではないようだった。

「オナー！」彼女を見つけてオーガスティンがうれしそうに声をかけてきた。「おまえが来てくれてありがたいよ」とほっとした顔で言う。「マーシーに言い聞かせてもらわないと。恐ろしい幽霊の話をして、ミセス・ハーグローヴをぞっとさせてしまったんだから」

「ロングメドウって恐ろしい幽霊の話に格好の場所じゃない、オーガスティン」

「それはそうかもしれないが、気の毒なミセス・ハーグローヴは昨晩ほとんど一睡もできなかったと言っていたよ」

マーシーの怖い話を長年聞かされつづけ、ハーグローヴ夫人のこともよく知っているオナーには、彼女が首から血を流した頭のない幽霊の話に多少でも動揺するとは思えなかった。

「マーシーに言い聞かせてくれるかい？　おまえたちのお母さんに話したんだが、笑うだけで、力になってくれるつもりはないようだった」

オーガスティンが母と挨拶以上の会話を交わしたと知って、オナーは息が止まる思いだった。「お母様は伯爵様のことで頭がいっぱいなのよ。マーシーにはわたしが話すわ」

「オーガスティン？」モニカがやさしく言った。

オーガスティンは婚約者に目を向け、それから言った。「ああ、そうだ！　すまない、オナー。おまえにミスター・リチャード・クレバーンを紹介させてくれ。ロングメドウの新しい教区付司祭だ」

若い男は背筋を伸ばし、両手を後ろで組んでうやうやしくお辞儀をした。

「はじめまして、ミスター・クレバーン」オナーは挨拶した。「ロングメドウにようこそ」

「ありがとうございます」彼は笑みを浮かべた。

オナーは目をモニカに移した。「ロングメドウの気候のよさがあなたに合うといいんだけど」

「言わせてもらえば、ロングメドウのすべてがわたしに合っているわ」

それはまちがいないだろうとオナーは思った。

「モニカもロングメドウにぴったりの人だよ！」オーガスティンが誇らしげに言った。「この部屋の模様替えについて、すばらしい意見を聞かせてくれたんだ」

オナーはすでにあとずさって部屋から出ようとしかけていたが、そのことばを聞いて足を止めた。「模様替え？」そう言って花模様のチンツを張った家具が置かれ、穏やかな風景画が飾られた部屋を見まわした。「でも、模様替えなんてまったく必要ないわ。このままで完璧だもの」

「たぶん、朝食の間に使うのにぴったりになると思ったの」とモニカが言った。

「彼女の言うとおりだよ」オーガスティンもそのとおりというように同意した。「これまでそれを思いつかなかったなんて信じられないぐらいだ」

突然、自分のお気に入りの部屋にソーセージを求めて客が出入りする情景がオナーの脳裏に浮かんだ。「この部屋を朝食の間にですって!」

「ええ、この部屋よ」モニカがうきうきと言った。「朝食をとるのに、お庭の眺めはぴったりだし、厨房《ちゅうぼう》からもそれほど遠くないし」

「でも、今の朝食の間だってそうよ。庭園のきれいな眺めもあるし」オナーは指摘した。

「それでも、お客様みんなが朝食をとるのに充分な広さがないわ」モニカが言い返した。

「それに隙間風もはいるしね」オーガスティンが鼻に皺を寄せて言った。

「修理すればすむことよ」オナーは言い張った。「たぶん、あなたとモニカはこの部屋についてあれこれ思い悩むより、夕食の席順を考えたほうがいいわ」

「席順ならもう考えたよ」オーガスティンが自慢するように言った。「モニカとミセス・ハーグローヴが今朝、席順を決めてくれたんだ」彼はそれがほんとうにすばらしいとでもいうようにほほ笑んだ。

しかし、オナーはぞっとした。「うちの母はどこにいたの?」

「具合が悪かったんじゃないか?」オーガスティンは自信なさそうに言った。「そう、父がね」

「心配しないで、オナー」モニカがなだめるように言った。「ちゃんとあなたの席はミスター・クレバーンの隣になるようにしたから」そう言ってほほ笑んだが、意地悪な笑みだった。一方のミスター・クレバーンは不安そうな笑みを浮かべた。

「うれしい席順ですわ」オナーは司祭にうなずいて愛想よく言った。「それで、あなたはどこにすわるの、モニカ？　うちの母の席？」

「オナー！」気を悪くしなかったかと婚約者をちらりと見やってオーガスティンが言った。しかし、モニカは笑っただけだった。

使用人が部屋にはいってきた。「旦那様、ミスター・ハーディーが玄関の間にお越し願いたいと言っております」

「ああ、たぶん、また馬のことだな、そう思わないかい？」オーガスティンはモニカに顔をしかめてみせながら言った。「失礼、ご婦人方。ミスター・クレバーン、馬には詳しいですか？」と彼は訊いた。

「残念ながら、不勉強なもので」

「ああ、でも、ぼくよりは詳しいはずだ。いっしょに来てくれますか？」彼はそう言ってすばやく部屋から出ていった。ミスター・クレバーンもしかたなくそのあとに従い、あとにはオナーとモニカだけが残された。

男性たちが部屋から出ていくと、オナーは顔をしかめた。「母はまだ未亡人じゃないのよ、モニカ。女主人の役割を引き継ぎたいという気持ちがちょっと露骨じゃない？」

「何が言いたいの？」モニカがそっけなく訊いた。「今朝、わたしたちが席順のことを話したら、レディ・ベッキントンはまったく異はないって感じだったわよ。席順なんてほとんど気にならない様子だった。スコットランドへの遠足を計画することにばかり気をとられていらしたわ」彼女はそこで間を置いた。「少なくとも、たぶん、そういうことをおっしゃりたかったんだと思う」

オナーは不安に息を呑みそうになったが、鉄の意志でそれを抑えた。「オーガスティンは母に相談すべきだったのよ」

「したのよ、オナー。何もかもレディ・ベッキントンに相談したの。さっきも言ったけど、全然異はないって感じだった。いつかはわたしがここの女主人になるんだから、反対してもしかたないってわかってらっしゃるのよ。たぶん、あなたも同じように振る舞うべきね」

そういうささやかな真実にオナーは打ちのめされた……完膚なきまでにとは言えなかったが。「わたしだったら、祭壇に立つまではそんなことを自慢げに言ったりしないわ」

「怒らないでよ、オナー」モニカはおもねるように言った。「あなただって誰かに結婚を申しこまれて幸福な結婚生活をあれこれ思い描くようになったら、この部屋も、夕食の席順も、ロングメドウのことだって気にもならなくなるにちがいないんだから」

オナーは毛が逆立つ思いだった。それこそモニカの思う壺だったので、彼女は無理に笑顔をつくった。「ごめんなさい、わたしって誰かに申しこまれることになっているのかしら?」

「わからないわよ」モニカは明るく言った。「ときに物事って道理に逆らう形に進展したりするでしょう？　急に誰かがかかわってきて、人生がすっかり変わってしまうこともあるものよ」

「なんの話をしているの？」胸騒ぎを感じてオナーは訊いた。

「別に！　ただ、あなたにもきっと誰かが現れるって言っているだけよ。そうなったら、あなたもローリーへの思いを過去のものとして忘れられるかもしれないわ」

オナーはこの部屋にも、モニカのことばにも、何かにおうものがある気がして、身を守るように胸の前で腕を組んだ。「あの人に思いなんて抱いていないわ。もう一年以上会ってもいないし。たしか、彼はきれいな奥さんと生まれたばかりの息子といっしょに田舎におちついているはずよ」

「それを聞いて心が痛んだことでしょうね」モニカはわざと同情するような口調で言った。「でも、そのせいで、すべての殿方を色眼鏡で見てはだめよ」

「いい加減にして！」オナーは怒って言った。「自分が何を言っているのか、まるでわかっていないのね！」

「わたしはただ、事情は変わりつつあるって言いたいだけよ。伯爵様は深刻な病にかかってらっしゃるし、オーガスティンは結婚するし——たとえわたしと結婚しなかったとしても、誰かとはするわけでしょう？　物事の自然な成り行きを避けるわけにはいかないのよ。あなたもいい人と結婚することを考えるべきだわ」

「ミスター・クレバーンみたいないい人ってことね、たぶん?」オナーは皮肉っぽく言った。

モニカはにっこりとほほ笑んだ。「とてもやさしそうな人じゃない?」

オナーはモニカが窓辺に立っていればよかったのにと思わずにいられなかった。そうすれば、窓から突き落としてやれるのにと。「わたしの幸せのことを考えてくれるなんてとてもありがたいわ」彼女は言った。「わたしが結婚する幸せな瞬間をあなたが我慢強く待ってくれているあいだ、わたしはロングメドウの改装をあなたにまかせて、マーシーを探しに行くわ。ご機嫌よう、モニカ」

「ご機嫌よう、オナー」モニカは嬉々として歌うような声で答えた。

オナーは不幸せの影をみじんもモニカに感じさせないようにしながら部屋を出た。マーシーを見つけて、幽霊や怪物の話に怖さが足りないと言ってやらなければ。

オナーは肖像画の並んだ廊下や、〝隙間風のはいる〟朝食の間や、図書室や、正餐室や、舞踏場を通り抜けた。小さいほうの居間と西日のはいる黄色の間も通った。そのすべてをモニカがどう変えるのかを想像すると、腹のあたりで怒りが渦巻いた。

でも、わたしにはなんの権利もない。

認めるのは癪《しゃく》だったが、モニカの言ったとおりだ。ロングメドウは彼女の家となる。わたしの家になることはない。いつかわたしも結婚し、立派な男性と立派な家で暮らすことになるだろう。それでも、その家は隠し階段や、水の冷たい川や、少女たちが走ったり遊んだりできる何平方マイルにもおよぶ領地を持つロングメドウではない。大理石の玄関の間や、一度に十人以上もの人間にお茶を出せる大きな応接間のあるロンドンのベッキントン・ハウスでもない。今のこの生活ではなくなるのだ。少なくとも妹たちが社交界にデビューするまでこの生活を保つ唯一の方法は、それをモニカにいっぺんに奪われないようにし、母がドレスの袖の糸を一本ずつほどくように、一度に少しずつ手放していくことだ。

オナーはこの二年ほど、避けられないものを頑固に先送りにしてきた。もう失望の痛みを感じたくなかったからだ。ローリー卿のせいで若く愚かな心を傷つけられたオナーは、ベッキントン家の富に救いを求めたのだった。富のおかげで、催しから催しへと飛びまわり、自分の心と距離を置くことができた。今は自分が必死に守ろうとしているのが、伯爵の富がもたらす心地よい防壁なのか、妹たちなのか、自分でもわからなくなっていた。

もはや自分の心がわからなかった。すべてがぼんやりと感じられ、日々その思いが強まっていたからだ。ジョージを頭から追い出すことができなかった。ひとときたりとも。

心は彼のことでいっぱいだった。プレスコット家の舞踏会以来、夢にも現れ、起きているあいだも影のようにつきまとった。記憶のなかの彼は光り輝く彗星《すいせい》のようだった。自分の心という夜空に流れ、消えていく彗星。しかし、彼は婚外子の生まれで、多くの点でいけない人間だ。それでも、とてもしっくりきて……。

ああ、彼は来るかしら？

彼女は両脇に下ろした手をこぶしににぎり、歩きつづけた。恋い焦がれる男性が現れるのをひたすら待つ、そんな恋愛はいやでたまらなかった。ジョージは行かないと言っていたのに、自分はこうやって期待して待っている。ロングメドウの大きな正面玄関に立つ巨大な石の円柱の前に馬車が寄せるたびに、彼ではないかと期待して目を向けずにいられなかった。しかし、馬車は次々に現れては去ったが、ジョージ・イーストンは現れなかった。

来ないんだわ。

さすがに自分でもそれを認めざるを得なかった。彼の腕に抱かれて過ごしたあのときのことを思い出すのはどうにかしてやめなければ。男性とのあいだに不思議なつながりを感じてうっとりし、鼓動が歌を歌い、彼に触れられたくて体がうずいたあのときのことは。ジョージ・イーストンが危険なほどに魅惑的な男性であり、肉欲の世界を開いて見せてはくれても、彼にとってそれはさほど意味のあることではないということを認めなくては。彼のおかげで期待し得る以上に満足し、心臓が狂ったように鼓動し、みだらな思いとやさしい考えで心がいっぱいになったのはたしかだが……彼にとってはすべて遊びにすぎなかったのだ。

いつまでも彼がこの計画に付き合ってくれるはずはないとはじめからわかっていた。それはもちろんそうだろう。そんな男性がいる？　彼女自身、自分の計画は避けられないものを先延ばしにするだけだとわかっていた。正直に言って、今はモニカのことも考えられなかった。何もかも以前とはあまりにちがってしまったように思える。

それを自分自身に認めれば、彼が現れないことへの失望がばかばかしいとわかる。彼とあのひどいワルツを踊らなくてすんだことにがっかりすべきではないのだ。メイフェアの若者たちのように、彼がちやほやしてくれないことにも。わたしはちやほやされたり、ダンスを踊ったりするのが好きなのだから！　いつもおもしろそうに輝いている青い目をすてきだと思うべきではなく、昨晩の夕食の席でモニカが見せた尊大な態度を自分と同じように腹立たしく思ってくれるにちがいないというだけの理由で、その人にうっとりすべきでもない。なぜなら、自分ががっかりしているのを認めれば、頭の痛みが心に移り、あとにおがくずしか残らないほどに心を削ってしまうからだ。

翌日の午後、昼食のあとで、男性たちがロングメドウの千エーカーにもおよぶ領地で乗馬をたのしんでいるあいだ、残ってご婦人たちのお相手をしようとうやうやしく申し出た若いウォッシュバーン卿が、礼拝堂で詩の朗読会を催すことになった。女性たちは、過去に伯爵の要望で改装された中世の小さな教会へとつづく並木道を颯爽と行進した。

オナーはウォッシュバーン卿とは親しい知り合いだった。彼は父親がある日突然心臓発作で亡くなって子爵となった人物だった。昔から不作法で声が大きく、うるさい人間だったが、突然子爵となったことで、結婚相手としてメイフェアでもっとも望ましい紳士のひとりとなったのだった。ウォッシュバーンは大喜びでそれを受け入れ、彼の心を射止めたら幸運だと、一度ならずオナーとグレースにほのめかしていた。

オナーもグレースも射止めたいとはこれっぽっちも思わなかったが。

今日、ウォッシュバーンは詩の朗読をしながら、茶色の目をそこここの若い女性に向けていた。その目が何度もプルーデンスに向けられるのを見て、オナーは不快になった。まだ十七にもならないのに、プルーデンスはあまりに簡単に男性になびきすぎる。

オナーは天井の梁《はり》に目を向け、あとどのぐらいここにいなくてはならないのだろうと考えた。ため息をついて右を見たが、はっと大きく息を呑んだために、すぐ前にすわっていたミス・フィッツウィリアムが驚いて肩越しに目をくれた。

オナーはすばやく口に指をあて、謝るようにほほ笑んだ。それから、もう一度窓の外へ目を向けた。

彼が現れた。

彼だ、ジョージ！　彼ともうひとりの紳士が馬で邸内路を家へと近づいていく。オナーには背中しか見えなかったが、馬の乗り方と、広い肩と、帽子のつばの下にのぞいている、襟まで来る茶色の髪を見れば、彼とわかった。

うれしさのあまり、心臓が胸のなかでふくらんだような気がした。鼓動が激しくなるあまり、息もできないほどだった。わたしのために来てくれたの？　わたしに会いたかったの？　わたしが彼を思っていたように、彼のほうもわたしを思ってくれていたの？

オナーは突然、どうしても礼拝堂を出ていきたくてしかたなくなった。ソネットの朗読は最高に盛り上がる場面に達していて、ウォッシュバーンは多少腕を振りまわせるように、説教壇から一歩離れていた。ソネットの朗読が終わると、手を胸にあてて深々とお辞儀をし、集まった若い女性たちが礼儀正しく送った拍手を優美に受けた。最前列にいたふたりの若い女性がつづけてほしいと彼に頼んでいるあいだに、オナーは礼拝堂を抜け出した。

後ろの入口から走るようにして明るい陽射しのなかへ出ると、目を慣らすためにしばし足を止めた。それから、走らないで歩こうと気をつけながら、急いで厩舎の角を曲がり、屋根のついた井戸の陰に身を隠して髪を整えた。厩舎から邸内路へと石段を駆けのぼり、急いで家の角をまわって正面に行くと、ちょうどジョージが馬の背中から鞄を下ろしてそれを使用人に渡しているところだった。

オナーは足を止めて深呼吸した。それから、おちついてゆっくりと男たちに歩み寄り、馬の首をまわりこんだ。「あら！　ミスター・イーストン！　いらしたのね」邸内路で偶然会って驚いていると思わせるには息が切れすぎていた。

彼は笑みを――彼女の心を蜂蜜のように満たす笑みを――浮かべ、帽子を傾けた。「ご機嫌いかがですか、ミス・カボット？　何か新しいたくらみでも？　誰かの人生を混乱におとしいれているとか？」

彼女はすばやく声をあげて笑い、興奮を抑えようと息をついてから、彼に輝くような笑みを向けた。彼に会えた喜びを抑えるのはむずかしかった。腕を彼の首にまわしてキスしたくなる衝動も。

ジョージは顔をしかめた。「そんなふうにほほ笑みかけないでもらいたいね、ミス・カボット。ぼくは来るべきじゃないとわかっていながら、こうして来てしまったんだから。正直、自尊心を投げ捨てたと言ってもいい」彼はお辞儀をした。

「でしたら、どうしていらしたの？」オナーは明るく訊いた。

「きみをひとりにしておいたら、この大々的な催しがどんな混乱におちいるかわからないからさ。ここに来る善良な人々がきみの途方もないたくらみの犠牲にならないようにするのが紳士としてのぼくの務めだからね」

そのことばを聞いて、オナーは舞い上がるほどうれしくなった。自分の笑みが深まるのがわかる。

「やめてくれ」彼はぶっきらぼうに言った。「きみのその魅力的な笑みにまたたぶらかされるつもりはないんだから」

「わたしの笑顔が魅力的だと思うの？」彼女は一歩近づいて訊いた。

「危険だと思うのさ」彼は身をかがめて旅行鞄を手にとった。「きみの何もかもが危険だよ」

欲望の強い震えが背筋に走った。オナーはまた一歩近づいた。「きっと来てよかったと思ってもらえるわ。ロングメドウでとてもすばらしいひとときを過ごすことになる。それはたしかよ」

「ちがうね」彼はきっぱりと言ったが、目は愉快そうに輝いていた。

彼といっしょに馬で到着した男性が一歩進み出て、彼の手から旅行鞄を受けとり、オナーに頭を下げた。

「ああ、そうだ、ミス・カボット、ミスター・フィネガンを紹介してもいいかな。従者として来てくれた」

「はじめまして」と言ってミスター・フィネガンはその場から離れた。

「ちょうどいいときにいらしたわ」オナーはジョージに言った。「今日の午後は西の芝生でクロッケー（ゲートボールの原型となった英国の球技）の勝ち抜き戦が行なわれる予定なの」

「そうか、たのしみがすぎて死んでしまうかもしれないな」

オナーは笑った。「ロングメドウで死なせはしないわ。どれだけ悪い噂になるか考えてもみて！　さあ、家にご案内するわ。ハーディーが部屋を用意してくれているはずよ」

オナーは歩きはじめ、ジョージがその横に並んだ。すぐそばにいる彼の体のたくましさが意識され、そのことにうっとりするあまり、オーガスティンがハーディーを引き連れて正面玄関から突然出てきたときには、思わずぎょっとしてしまった。オーガスティンは張りつめた面持ちでオナーたちの後ろから小道をのぼってくる女性たちを見つめている。

おそらく、そのなかにモニカもいるのだろう。もう少し長くジョージと話をしていたかったが、そこでその場を離れなければ、彼に触れたいという衝動に屈してしまいそうだった。どうしたら、ほかの人たちの好奇の目を逃れ、彼とふたりきりで話ができるか考えて、思考はもつれにもつれており、それを邸内路で口に出すのは不可能だった。そこで、彼女は義理の兄に呼びかけた。「オーガスティン、お客様よ！」

オーガスティンが目を細めて振り向いた。そして笑みを浮かべた。「ミスター・イーストン、ああ、そうでしたね！　よく来てくれました！」彼はそう言ってハーディーについてくるよう身振りで示し、ジョージのそばに来た。

「あなたのことは有能な使用人にまかせますわ」オナーは言った。「ハーディーが部屋までご案内します」それから、彼が答える前に振り返った。「オーガスティン、クロッケーのことを話してあげて。ミスター・イーストンは試合にぜひ加わりたいそうよ」

「クロッケー！」オーガスティンが言うのが聞こえた。「だったら、ぜひごいっしょにどうぞ、ミスター・イーストン！　広いコースがあるんですよ」彼はそう言って、西の芝生で行なわれる予定のクロッケーの試合について、興奮もあらわに説明をはじめた。

オナーは背中にジョージの視線を感じながら、スキップするようにして家のなかにはいった。突然足が軽くなり、心臓はまだ激しく鼓動していた。

17

ロングメドウは噂にたがわぬ堂々たる邸宅だった。おそらく、噂以上だろう。ベッキントン家の執事が、絨毯を敷きつめた広い廊下へ彼とフィネガンを導いた。その廊下は絨毯を敷きつめたさらに広い廊下へとつながっていて、どの廊下にも――ジョージにはよく眺める暇はなかったが――風景画や肖像画がかけられ、明《みん》時代の花瓶に活けられた温室育ちの花を置く小さな装飾のあるテーブルが置かれていた。そうしたすべてが、ヴェルヴェットのカーテンを金色の太いシルクのひもで結んだ窓から降り注ぐ陽光に照らされていた。

案内された客室は、天蓋のついた四柱のベッドが置かれ、森を見晴らす大きな部屋だった。部屋の真ん中に立ってロープとギリシャの壺が描かれた天井を見上げると、オナーがこうした環境を失いたくないと思う気持ちは理解できた。上流階級の人間たちのあいだで婚姻がどのように決められるのかはよくわからなかったが、知っていることからして、彼女がこれほどの財力を持つ人間と結婚することはなさそうだった。これほどの富に恵まれた家などほとんどないからだ。

ジョージは少しばかり自分を愚かだと感じはじめた。ここへ来ようと決める前には、心のなかで長く葛藤があった。ここへはオナー・カボットに手を貸すために来たのだと自分に言い聞かせていたが、体はちがうことを主張していた。体と心は彼女にまた会わずにいられないと訴えていた。しかし、会ってどうするというのだ？　それは心のなかでどんよりとくすぶる疑問だった。

フィネガンはすっかりくつろいだ様子で、ジョージの身のまわりの品々を片づけていた。ジョージは自分がまるで役に立たないことに気まずい思いをしながら、そばに立っているしかなかった。フィネガンにはいっしょに来てほしくなかったのだが、使用人や従者をともなわずに行けば、場ちがいに見えるはずだとフィネガンに説得されたのだった。

「いずれにしてもぼくは場ちがいだからな」ジョージは指摘した。

「ご自分でそう思えばそうなります」フィネガンはきっぱりと言い、決意に顎を引きしめて旅行鞄に荷物をつめはじめたのだった。そんなときには、フィネガンと言い争うことはしないほうがいいとジョージにもわかっていた。そうして今、ここでフィネガンはジョージの夜会服にブラシをかけているというわけだ。「散歩してらしたらどうでしょう」フィネガンは夜会服から目を上げずに言った。「クロッケーに備えたほうがいいですよ。そうすれば、場ちがいな感覚もなくなって、ここの社交界にそれなりの心がまえで挑めるでしょう」そう言って目を上げた。「こんなことを申し上げてすみませんが、ここにいらしている方々は旦那様が日ごろお付き合いなさっている方々とはまったくちがいます」

ジョージはにやりとせずにいられなかった。「なあ、フィネガン、おまえのそのきれいな顔に思いきりこぶしをくらわしてやりたくなるときがままあるんだぜ」

「そんなことをすれば、紳士とは言えません」フィネガンはそう応じて仕事に戻った。

ジョージはそれ以上フィネガンを見ていられず、髪に指を走らせ、クラヴァットを直すと、部屋を出た。庭に行き、しばし足を止めてセント・ジェームズ・パークで目にしたものに匹敵するほどすばらしいバラを眺めた。

女性の笑い声が聞こえ、思わずそれに気を惹かれて、バラの迷宮のなかを手入れされた広い芝生へつづく門へと向かった。広大な芝生の向こうには、両側を森にはさまれ、陽光を受けて輝く湖が見えた。

ジョージは門を通り抜け、クロッケーの輪を設置するのに忙しくしている使用人に目を据えて坂を下った。三つの巨大な天使像の閉じた唇から水が弧を描いて噴き出す、大きな噴水のそばにすわっている、三人の女性たちのほうへ近づいていく。

三人のなかで、つばの広い帽子をかぶった女性が目を上げてまばたきした。「ミスター・イーストン！」と立ち上がりながら言う。

ジョージは巨大な天使像に驚くあまり、最初はミス・ハーグローヴに気づかなかった。やがて急いで気をとり直すと、深々とお辞儀をした。「ミス・ハーグローヴ。おかげで今日がとてもいい日になりましたよ」

いっしょにいたふたりの女性がそれを聞いて忍び笑いをもらした。

「あなたがいらしているとは知らなかったわ」とミス・ハーグローヴは言った。

「着いたばかりです」

彼女は彼の全身にちらりと目を走らせてうなずいた。「ミス・エリス、ミスター・ジョージ・イーストンをご紹介していいかしら」そう言って、ベンチにすわっていたふたりの若い女性のうち、髪の色の薄いほうを手で優雅に示した。「それから、ミス・エリザ・リヴァーズ」

「存じています」ジョージは言った。「ご婦人方、ご機嫌はいかがですか?」

「迷子になったの、ミスター・イーストン?」ミス・ハーグローヴは彼をじっと見つめて言った。見ると、その手にクロッケーの木槌を持ち、何気なく脇で振っている。

「まるっきり迷子になってしまいました」彼は明るく言い、ミス・エリスの笑いを誘った。

「あなたの親切な婚約者を探していたんです。クロッケーの試合があると言っていたから」

「ええ、まもなくはじまるわ。木槌が必要よ」

「それと、パートナーも」彼はまっすぐ彼女に目を向けた。「パートナーになっていただけませんか、ミス・ハーグローヴ?」

ミス・ハーグローヴはその申し出について思案する顔で、しばし彼をじっと見つめた。

「よければ、わたしがパートナーになりますわ」ミス・リヴァーズがはにかみながら言った。
「きっと、ミス・ハーグローヴはソマーフィールド様とパートナーになりたいはず――」
「ありがとう。でも、わたし、ミスター・クレバーンと組むって約束してしまったの」モニカはミス・リヴァーズのことばをさえぎるように言った。「でも、きっと彼もパートナーが変わっても気にしないと思うわ。予期せぬ新しいお客様がいらしたんだから。木槌をとりに行きましょうか、ミスター・イーストン？」彼女は小道のほうを身振りで示した。

ジョージはほほ笑んだ。自分が正しかったとオナー・カボットに言ってやれるのは喜ばしいことだ。ほんとうにミス・ハーグローヴを振り向かせることができたのだと。こんなふうにいそいそとパートナーになる機会に飛びついてくるのを見ればそれがわかる。彼はうやうやしく腕を差し出し、ほかのふたりの女性に挨拶をすると、彼女といっしょに歩き出した。
「ロングメドウのバラはほんとうにきれいですね」と彼は言った。「美が美に囲まれている」そう言ってにっこりした。

ミス・ハーグローヴはため息をついた。「とてもすてきなおことばですわ、ミスター・イーストン。ミス・リヴァーズなら気を失っていたでしょうね。でも、わたしは詩的なことばに心を揺さぶられたことはないんです」

ジョージはほんのわずかにひるんだだけだった。「つまり、あなたは本心からの賛辞にも心を動かされないと？」

ですわ」

「本心からの賛辞にはもちろん心を動かされますわ」彼女は答えた。「でも、これだけたくさんのきれいな若い女性に囲まれていて、どうしてわたしを褒めようなんて思うんですの？　言わせていただければ、わたしの婚約者の四人の未婚の妹たちこそ、賛辞にふさわしい女性ですわ」

彼女は彼の反応をうかがっていたが、女性のこととなると、ジョージは目的を達する技を磨いていた。「誰かに心を奪われたら、それをほかに向けることはできなくなると、きっとあなたもおわかりでは？」

それを聞いてミス・ハーグローヴは唐突に笑い声をあげた。「あなたって女たらしね、ミスター・イーストン！　あなたについて耳にした噂はどうやらほんとうみたい」

ジョージには彼女がどういう意図でそう言ったのか、はっきりとはわからなかったが、女性を誘惑するのにこれほど苦労したことがあるだろうかと自問せずにいられなかった。「たしかにそう非難されてしかるべきですが、ぼくはなんと言っても男ですからね。女性をすばらしいと思ったら、それを否定することはできない」

ふたりは使用人がクロッケーの木槌と球を配っている台のところへやってきた。ミス・ハーグローヴが木槌を一本手にとってジョージに手渡した。「称賛するなら、ほかの誰かにしたほうがいいですわ」

いったいどうなっているんだ？　この女性はプレスコット家の舞踏会では文字どおりとろ

けそうになっていたはずだ。ぼくの船が行方不明になっているという噂を聞いたのか？　ぼくがクラブで耳にしたように、ぼくが財産をなくしたと？　それがこの冷淡な態度の理由なのか？

彼は官能に訴える手を用いることにした。「ミス・ハーグローヴ、あなたは婚約しているかもしれないが、相手はぼくほどあなたを悦ばせられない男だ」彼はそこでことばを止め、彼女の体に目をさまよわせると、目をのぞきこんだ。「あなたの体が想像するかぎりすべての点でね」

そんなほのめかしなら彼女も屈するにちがいないと思ったのだが、そうはならなかった。彼女はクロッケーの球を従者から受けとり、ジョージに手渡すと、地面を指差した。「試合がはじまったら、あそこから打つことになります」そう言ってコースの開始地点へと向かった。

ジョージはそのあとに従い、彼女に目を向けたまま、開始地点に無造作に球を落とした。ミス・ハーグローヴは彼にちらりと目をくれた。「今週末、まわりを見て、あなたの関心を受け入れようと思う誰かに目を向けたらどうかしら」彼女はあたりを見まわし、彼の肩越しの何かに顎をしゃくった。「ミス・ピープルズは誰ともお付き合いしてないはずよ」

ジョージはピープルズ家の娘に目を向けようともしなかった。「おそらく、彼女の母親が許しませんよ」それはたしかだった。一年かそこら前に、ピープルズ夫人とは短くも情熱的な関係をたのしんだのだから。彼女は子を身ごもることを恐れ、彼を悦ばすほうを好んだ。ジョージが思うに、それも一度か二度なら悪くなかった。しかしやがて、自分が悦びを与えるほうがいいと気づいたのだった。

突然、思いもよらず、オナー・カボットとダンスをする自分の姿が脳裏に浮かんだ。プレスコット家の舞踏会で自分の誘惑を情熱的に受け入れた彼女の姿も。あのときはそれ以上先へ進まないように、必死で自分を抑えなければならなかった。

「そう、ほかにもたくさんいますから」ミス・ハーグローヴは肩をすくめて言った。「ああ、あそこにわたしの未来の旦那様が」ソマーフィールドがクロッケーの参加者の注意を惹こうと両腕を振り出すと、彼女はジョージに澄ました笑みを向けた。

ちくしょう。モニカ・ハーグローヴは手強い女性だ。ジョージは胸の内で毒づいた。ソマーフィールドは試合の決まりについて大声で説明していた。彼女には、これまでもっと経験豊富な女性たちに対して使ってきたことばを言ってやったのだが、そうした女性たちのときほど満足のいく結果にはならなかった。

ああ、オナーの言うとおりなのか？

それについて考えれば考えるほど、焦れる思いが募った。ぼくは大人で、経験豊富な男だ。ぼくのような男から、女性を悦ばせたいなどと言われたら、彼女は平手打ちをくれるか、もしくはすっかり言うがままになるかのどちらかであってしかるべきだ。はにかむような笑みを浮かべ、さっと離れていくべきではない。

ジョージは苛立ちながら考えた。どうしたら、頑固なミス・ハーグローヴを振り向かせることができる？　彼はその方法を見つけてやると決意を固めた。

18

午後の美しい陽射しが雨に変わり、客たちは玄関の間から、廊下、大広間までを埋めつくしていた。大広間では、カジノのテーブルやルーレットなど、お遊びの準備が整っていた。正餐室のテーブルも同様に準備が整っていたが、こちらは夕食の準備だった。十時半にはビュッフェが用意されることになる。

オナーは人々のあいだをすり抜けて歩き、ときおり足を止めて、何人かの客たちの挨拶や、ひとりならず、紳士の褒めことばを受けた。その晩の装いはジョージにまた会えると期待してのものだった。裾と引き裾のみならず、アンダースカート前面にも黒いレースとビーズの刺繍をつけた真紅のサテンのドレス。襟ぐりは悪い噂を呼びそうなほどに深く、そこにも黒いレースがついていた。首には二十歳の誕生日に伯爵から贈られた、黒曜石のついたチョーカーを巻いた。それが丸二年も前のことだと考えると驚くほどだった。今では同い年の友人のほとんどが結婚していた。ルシンダ・ストーンは最初の子供を身ごもっている。

ルシンダのことを考えると、後悔に似た妙な感情に襲われた。

しかし、そんなことはあり得なかった。オナーは何も後悔などしていなかったのだから。彼女は望みどおりの人生を送っていた。ありとあらゆる機会に乗じて、好きなだけ自由でいようとした。それなのに、その自由に首を絞められているような気がしだしたということ？

いいえ、そんなことはない。

ジョージ・イーストンのことを考えていないときは、自分は自由だと信じることができた。ジョージといえば、今どこにいるの？　ここで彼がほかの女性と仲良くなることについては考えまいとしていた。考えれば、少し胸がむかついたからだ。

人ごみのなかに彼の姿はなかった。

笑い声が起こり、家じゅうに広がるように思われた。八人の給仕によって供される、想像を超えた品質のシャンパンやワインが客たちの明るい雰囲気をさらに盛り上げていた。

伯爵も階下《した》に降りてきているのを見て、オナーはうれしくなった。伯爵は正装しており、病気のせいで黒ずんだ肌に対し、クラヴァットが真っ白に見えた。すわっているクッションのきいた大きな肘掛け椅子のせいで体がかなり小さく見える。足を足台に載せ、膝に毛布をかけた彼の後ろには、ジェリコーが控えていた。

銀のドレスを着て、堂々とした美しい姿の母がそのそばにすわっていた。ミスター・クレバーンが何か言ったことに笑っている。このところ、急にミスター・クレバーンが必ず近くにいるようになったんじゃない？　きっとモニカのしわざね。

オナーは伯爵のそばまで行ってしゃがみ、彼の手を手で包んだ。「今夜は具合はいかが、伯爵様?」

伯爵は笑みを浮かべ、手の甲で彼女の頬に触れた。「疲れたが、具合は悪くないよ。おまえはきれいだね」そう言って首を傾け、黒曜石のチョーカーに目を向けてほほ笑んだ。「きみの娘をご覧、ジョーン」彼は妻の手に手を置いた。「きれいじゃないかい?」

ミスター・クレバーンと会話していたオナーの母は明るい笑みをオーガスティンとモニカとオナーに向けた。

オナーもほほ笑み、黒いチョーカーに触れた。「誕生日に伯爵様がくださったネックレスを覚えている、お母様?」

母の目がつかのまネックレスに落ち、ゆっくりとまたオナーの目に戻った。「もちろん、覚えているわ。あなたがわたしの宝石箱から盗っていったのよね」

オーガスティンが忍び笑いをもらしてミスター・クレバーンに言った。「これだけ大勢の女性たちに囲まれていると、一瞬たりとも心の平穏なんてありませんよ。でも、あなたもそのうち慣れるでしょうが」

オナーは自分が母からネックレスを盗んだとみんなに誤解されまいとするのに必死で、どうしてミスター・クレバーンが妹たちに慣れなければならないのかについては、ぼんやりと不思議に思っただけだった。「ちがうわ、お母様! 伯爵様が贈り物としてわたしにくださったのよ。覚えてない？」

「盗んだのよ」母はなおも言った。突如として目が暗く、遠くを見るようになった。反対側に立っていたモニカは驚いて目をみはった。

「盗んでないよ、ジョーン」伯爵が言った。「私が贈ったんだ」

母は手を伯爵の手から引き抜いた。「どうしてこの子を守るために嘘をつくの？」

ミスター・クレバーンが驚いてオナーからレディ・ベッキントンに目を移した。「何かお力になれることはありますか？」

オーガスティンも驚いて継母をじっと見つめていた。そしてモニカは……モニカの目はオナーに据えられていたが、そこには驚きも軽蔑もなかった。オナーが次に何を言うか、純粋に興味を惹かれているようだった。

ああ、なんてこと。モニカは知っているのだ。お母様が通常の判断力を失いつつあることを。

鼓動が速くなる。オナーはすばやくネックレスをはずした。「さあ、お母様。お母様の言うとおりよ。お許しを得ないでもらったの」そう言ってネックレスを母に差し出した。

レディ・ベッキントンは傷ついたようにネックレスから顔をそむけた。「もう要らないわ

ネックレスが穢れたとでもいうように彼女は言った。「ああ、いたわ！　娘のグレースが！」

そう言ってミスター・クレバーンを押しのけるようにして立ち上がり、グレースに手を伸ば

した。

グレースは一同を不思議そうに見まわしたが、オナーと目が合うと、顔から血の気を失った。「こんばんは、お母様」彼女はそう言って母の頰にキスをした。

母はグレースをきつく抱きしめた。「来てくれてほんとうにありがたいわ」と言う。「あの人がネックレスを盗んだのよ！」彼女はオナーをにらみつけた。

伯爵がひどく震える手を妻の腕へと伸ばした。「すわりなさい、ジョーン。すわるんだ。おまえには近くにいてもらいたい」

オナーの母は夫の命令を拒もうとするかに見えたが、そこでミスター・クレバーンが彼女の肘に手を添えて椅子へと導いた。オナーの母はオナーを最後にひとにらみすると、何事もなかったかのようにミスター・クレバーンにほほ笑みかけた。オナーが盗みを働いたと糾弾したことなどなかったかのように。

しかし、オーガスティンとモニカとグレースはなんと言っていいかわからない様子で、不安そうに見つめてきていた。いったいわたしはどうしたらいいの？

救いの手を差し伸べてくれたのは伯爵だった。そっとオナーの手に触れてかすれた声で言った。「女性というのはまったく。宝石やら靴やらで言い争ってばかりいると思わんかね、クレバーン？」と、振り払うように手首をひるがえしながら言う。

ミスター・クレバーンは不安そうながらも多少ほっとした顔で笑った。「まったくです、伯爵」

「失礼してよければ、厨房がちゃんとまわっているかどうかたしかめてきますわ」オナーがそう言うと、グレースが髪の生え際まで届くほどに眉を上げた。オナーが厨房に足を踏み入れることなどめったにないとわかっているのだ。それでも、オナーは手にネックレスをつかんだまま、その場を離れた。

しかし、離れてみても、恐怖のせいで速くなった鼓動を鎮めることはできないようだった。どうしたらいいのかわかればと思わずにいられなかった。ああ、自分に結婚する責任があることをもっと真剣に考えればよかった。結婚していれば、これからのことを不安に思わずに母の世話ができたのに。

空気が足りない気がした。静かに考える時間がほしい。オナーは舞踏場から込み合った廊下へ出た。

腕に誰かが触れ、はっとした。目を上げると、ジョージ・イーストンだった。

彼はかすかにウィンクしながらお辞儀をした。「いたね、ミス・カボット。ロンドンに戻ったのかと思ったよ。こっちはきみのためにすべてを投げ出してやってきたというのに、きみはまるで姿を見せなかったからね」彼は眉を上げ、口にいたずらっぽい笑みを浮かべていた。

その顔を見て、オナーの愚かな心臓の鼓動が不規則になった。ふいにひどい孤独感がやわらいだ。「わたしを見かけなかったのは、あなたが忙しくしてらしたからじゃない?」彼女は眉を上げ返してみせた。

「たしかに」彼は肯定するように言った。「午後はずっと、きみの未来の義姉とクロッケーに励み、彼女を魅了して過ごしていたからね。ぼくたちが知り合いになった理由はそれだろう?」彼は互いを示しながら言った。

ジョージがモニカのためにここにいると考えるのはいやだった。自分のためにいてほしかった。

「首尾を訊きたいなら教えるが、すばらしくうまくいったよ」彼は言った。「まるで幼子をあやすようなもの――」

「幼子をあやすですって――まあ!」オナーは驚きの声を発した。「あなたの自尊心がまるで揺らがないとわかってほっとしたわ」そう言うと、後悔しそうなことを口に出す前にその場を離れようと、彼の脇をまわりこんで先へ進もうとしたが、ジョージはそのまま行かせてはくれなかった。通りすぎようとする彼女の腹に手をあてて止めた。

「怒ったふりをしてぼくから逃れようとしても無駄だよ、お嬢さん」

「逃れようなんてしてないし、怒ってもいないわ」彼女は彼の手を払いのけて言った。

「いや、怒っているさ。自分のささやかなたくらみがうまくいかないので憤って、その怒りをぼくにぶつけている」

そういうことではまったくなかった。言い表しようのない苛立ちをありとあらゆるものに感じていたのだ。「あなたのおっしゃるとおりよ、ミスター・イーストン」彼女は傲慢な口調で言った。「苛立ちをあなたにぶつけているの。あなたこそ、この計画にぴったりの男性だと思ったのよ。どんな女性でも振り向かせられるんだって――」

「言わせてもらうが、そう思っていたのはきみであって、ぼくではない」

「もうやめてもらいたいの！」彼女は衝動的に言った。

ジョージは目をしばたたいた。「えっ？」

わたしはいったい何をしているの？　オナーは額に手をあてて目を閉じ、自分の心を整理しようとした。「あなたの言うとおりだったのよ。ばかげたたくらみだったわ。みじめに失敗したし」

「気をつけて口をきいたほうがいい」ジョージが小声で言い、自信たっぷりにほほ笑んだ。「ぼくはあきらめていないんだから。正直、きみがあきらめるとは思わなかったよ。きみほど頑固で、強情で――」

オナーは目を険しくして顔を上げた。

「失礼」彼は何気なく笑みを浮かべて言った。「決意の固い人間には今まで会ったことがない」

「そうだったわ。いいえ、今もそうよ」彼女は急いで訂正した。「でも、これは……この計画は愚かだったわ。子供っぽくて愚かな計画。もうやめてもらいたいの。お願い」

「そうか、でも……ああ、きみは負けを認めるわけか」彼は衝撃を受けたふりをして言った。「あのときの大胆不敵なきみはどこへいったんだ？」

大胆不敵な自分は姿を消していた。オナーが感じているのは恐怖と、不安と、目の前に立っている男性への強い欲望だけだった。彼女は力なく肩をすくめた。心はさまざまに葛藤する思いに引き裂かれ、何もかもがぐるぐるとまわっている気がした。そしてその中心には、大きくなりつつあるジョージへの思いがあった。

「くそっ」ジョージは彼女の顔を眺めまわして小声で毒づいた。「そこを動かないでくれ、ミス・カボット」そう言って数フィート離れ、シャンパンのグラスを載せたトレイを持って通りかかった給仕に合図した。「陽気になってくれ。これは命令だ」彼は言った。「この呪わしい社交界で唯一光り輝く星の光を失わせるわけにはいかないから。必要とあらば、ぼくはダンスだって踊るよ」

それを聞いて彼女はやさしい気持ちに満たされ、顔を上げた。「ほんとうに？」と期待をこめて訊く。

彼は彼女の真剣な口調を聞いてほほ笑んだ。「ほんとうさ」

オナーはまた気持ちが浮き立つような気がした。賢明とも、理にかなっているとも思えない理由で。急に心が軽くなり、彼女はシャンパンを飲んだ。彼の薄いブルーの目をのぞきこむと、そこに心配の色が浮かんでいて、心があたたかいもので満たされた。「新鮮な空気を吸いたいわ」彼女はそっけなく言った。

廊下のほの暗い明かりのもとで彼の目がきらりと光った。「そう言ってくれるのを待っていたよ」

19

彼女は先に立って廊下を歩いた。後ろに引き裾を優雅にたなびかせながら。どこへ向かっているのかジョージには見当もつかなかったが、庭を見晴らすバルコニーに出るフレンチドアの前を通りかかると、彼女の手をつかまえて、「ここがいい」と言った。

「外は雨よ」と彼女は言ったが、手を振りほどこうとはしなかった。

「たしか、バルコニーの上には庇《ひさし》が張り出しているんじゃなかったかな」ジョージは扉を開け、後ろにすばやく目をやった。それから脇に立って彼女を先に通した。

オナーはひんやりと湿った空気のなかへ足を踏み出し、深呼吸した。目を閉じ、ロングメドウに垂れこめている霧に顔を向ける。天気のせいで、庭を歩いている人はもちろん、バルコニーに出ている人もひとりもいなかった。ジョージが扉を閉めると、ひとところに大勢が集まっている騒音が聞こえなくなった。バルコニーは静寂に包まれている。聞こえるのは庇にあたる雨音だけだ。

「今夜はじめて息ができた気がするわ」オナーはそう言って、黒髪の頭をかがめて手すり越しに下をのぞきこんだ。シャンパンのグラスを手すりに置き、両手でむき出しの腕をつかむ。

ジョージは自分のグラスを脇に置くと、上着を脱ぎ、彼女の肩にかけた。オナーは感謝するようにほほ笑んだ。「ありがとう」首をかがめて彼の上着の肩に鼻を寄せる。そのにおいを吸いこもうとするように。

「さて」彼はグラスを手にとってまた飲みながら言った。「急に憂鬱になったのはどうしてだい？」

オナーは重石《おもし》を運んでいるかのようにため息をついた。「母よ」とひとこと答える。「悪くなる一方なの。すぐにみんなに知れてしまうと思うわ」そう言って手に持った何かに目を向けた。「社交界にデビューしたときに殿方から寄せられた関心をもっと積極的に受け入れるべきだったと今になって思い知ったの。そうしていれば、今ごろは結婚していて、母の面倒を見る手段もあったでしょうから」

オナーが特権階級の娘で、おそらくはこの週末この家に来ている誰かといつか結婚することになると思い出させられるのは、ジョージにはうれしくないことだった。彼女が錨《いかり》を下ろして後ろに留まっているのに、自分だけ流されていくような、妙にあてどのない気分になったからだ。

「そうだな」ほぼ完璧に見える顔立ちを眺めながら彼は言った。「きみが男の関心を受け入れたとして、いったいきみは誰を選んだかな？　もしかして、そいつはその扉の向こうで酔っ払ってよろよろしている誰かかもな」

オナーはほほ笑んだ。「いいえ。そんな人はいないもの」

そのことばは信じられなかった。「いない、か」彼は疑うようにくり返し、ごく何気なく彼女の耳たぶを親指でかすめた。耳たぶから吊り下げられている小さな黒い宝石がかすかに揺れた。「社交界でもっとも望ましい独身男たちが今週ここに集まっているというのに、ミス・オナー・カボットは誰も夫としてふさわしいとは思わないわけかい？　自分が産む子の父親としても？　年をとったときの茶飲み友達としても？」

彼女は顔をわずかに上げた。「ええ、誰も」

「ウォッシュバーンは？」とジョージは訊いた。

オナーは噴き出した。「ウォッシュバーン！　これから一生、毎晩詩の朗読を聞かされて過ごすような境遇にわたしが身を置くと思うの？」

「ああ、彼は詩人なのか」ジョージは言った。「きみにとってはぞっとすることだろうな。だったら、少なくとも、若いデスブルック卿は魅力的に思えるはずだ。ロンドンじゅうでもっとも望ましい独身男性のひとりだと評判だからね」

「まあ、もちろん、彼は――いつか公爵になる人だから。でも、正直に言えば、デスブルック卿は付き合うにはどんでもなくつまらない人よ。ある晩餐会で彼の隣の席だったことがあるんだけど、ずっと白分の撃ったシカの話ばかりだったわ」

「狩りをするのかい？　下品なやつだな」彼はからかうように言った。「メリトン卿もいるじゃないか。ぼくの知るかぎり、財産ねらいの大勢の女性たちの誘いを拒んできたそうだが」

「メリトン卿はここには来ていないわ。来ていたとしても、とても横柄な人物よ。そう、自尊心が強すぎるのね」

「それならいいさ。詩人もいれば、狩人もいて、誇り高き人物もいるが、みな美しいオナー・カボットにはまるでふさわしくないというわけだ」

「そのとおり」

「だったら、誰ならいいんだ？」ジョージは手を首へと下ろし、指を喉もとのくぼみへとすべらせた。そう、誰ならいい、オナー・カボット？　きみをベッドに連れていくのは誰だ？　誰なら子供の父親にしてもいいと思う？　誰ならこれから一生愛していける？「きみはすばらしい縁戚に恵まれたきれいな若い女性だ。きっと結婚の契《ちぎ》りを結んでもいいと思える誰かがいるんじゃないのか？　それとも、ローリー卿がきみを穢したという噂はほんとうなのか？」

オナーは驚いて彼を見上げた。「そんな噂が？」

「みんながみんな噂しているわけじゃないが、している連中もいる」

彼女はため息をついた。「ローリー卿との不愉快な経験のせいで、ほかの紳士の求愛を受けなくなったのは認めるわ……でも、噂のすべてがほんとうというわけではないのよ、イーストン」

ローリー以上の愚か者は想像できないほどだった。ジョージは手を彼女の襟ぐりに移し、やわらかい肌に指をすべらせた。「かわいそうなオナー。辛い経験だったにちがいないな」

「最初はね」彼女はそう認めて目をそらした。「辛いというより驚きだったわ。それまでは人生がそこまで残酷なものになるとは知らなかったから」

そんな悲しい真実を彼女が思い知ったのは残念でたまらなかった。これ以上人生の残酷な真実を知らなくてすむようにしてやれたならと思ったが、それは自分の能力を超えていた。自分は多少の助言をしてやるのがせいぜいだ。「冷たい男ばかりじゃないさ」

彼女は目を上げた。その目はいわく言いがたい感情にあふれていたが、胸に響くものが感じられた。「わかってるわ」彼女は小声で言った。「あなたは冷たくないもの。あなたのことは信頼できる」

ジョージの心は痛いほどにしめつけられた。婚外子の生まれの自分にとって、そのことばはうっとりと酔わせるほどのものだった。受容と敬意に満ちたことば。「ぼくを信頼してはだめだ」彼は警告した。彼女の口からそういうことばを聞けることには大きな意味があったが、自分が彼女に期待されるような人間になれないことは自分でよくわかっていた。所詮ははぐれ者なのだから。家を持たないはぐれ者。

オナーにもそれはわかっているようで、目をそらすと、ごくりと唾を呑みこんだ。

ジョージはそのほっそりした首と繊細な顎をすばらしいと思った。つかのまふたりは夜の暗闇へ目を向けていた。オナーが口を開いた。「この二年ほどは結婚したくないと思っていたの」彼女はまた彼に目を向け、恥ずかしそうにほほ笑んだ。「自由でいるのがいいと思っていたから。オーガスティンの妻になる女性がわたしの好きな緑の間をもうひとつの朝食の間につくり替えられるよう、オーガスティンがわたしを冷たい世の中へと放り出すまでは、特権を享受できると信じていたのよ。そうやって特権を享受できるのも幸運だったにすぎないんだけど」

「でも、結婚したって自由でいるのは変わらないだろう?」

彼女は舌を鳴らし、「もちろん、変わるわ」と言った。「ねえ、イーストン、結婚したら、女性が真に自由でいられないことはあなたにだってきっとわかっているはずよ。なかには寛容な夫もいるでしょうけど、そうでない夫もいるわ。自分の夫が寛容じゃなかったら、それについて女性にできることはほとんどないのよ」

ジョージが関係を持った女性たちのなかには既婚女性もいたが、誰も自分の人生について愚痴を言う者はいなかった。それでも、レディ・ディアリングが危篤におちいった姉に会いにウェールズに行きたがったときに、ディアリング卿がそんなに長く妻と離れていられないと言ってそれを拒み、彼女が姉に会いに行けなかったことを思い出した。

彼はその記憶を頭から払いのけ、「とくにどんな自由がほしいんだい？」と彼女のうなじを手で包んで訊いた——細すぎるように思えるうなじだった。「お茶会や舞踏会に参加したり、ハイド・パークで馬に乗ったりすることか？」

「ちがうわ。あなたとおなじだけ自由でいたいのよ」彼女は答えた。「社交界のことなんか気にかけず、好きなことをして、好きなところへ行きたいの」

ジョージは鼻を鳴らした。「ぼくが自由だと本気で思っているのかい？」

彼女は目をぱちくりさせた。「え、ええ……それも誰よりも自由だと」

彼は低い笑い声をあげ、彼女の頬を撫でた。「こんなに賢くて勇敢な女性が、ここまで無知だとは驚きだな」

「無知ですって！」

「そうさ。きみ自身、ぼくのために招待状を手配しなきゃならなかったってのに、どうしてぼくを自由だなんて思えるんだ？　認めろよ、オナー。われわれは多かれ少なかれ社交界にとらわれている身なのさ。孤独を自由ととりちがえてはだめだ」

オナーは驚いた顔になった。「あなた、孤独なの、ジョージ？」

「ときどきね」彼は認めた。「家族もいないだろう？　海にあれだけの船を持っているよりも、家族がいたらと思うことがあるよ」彼は笑った。その声は彼自身の耳にも少しばかり苦々しく響いた。「それに、どうやら今は船すら持っていないようだし」

「ああ、ジョージ……」彼女は手を彼の手にすべりこませた。「わたし……その……」

彼はぎごちなくなぐさめようとしてくれているらしい彼女にほほ笑みかけ、その手を口に持っていってキスをした。「ぼくのことは心配しなくていい、カボット。どうにかなるから」

しかし、オナーはほほ笑まなかった。また目に感情が渦巻いている。そしてそれがジョージのなかに、寒い冬の日のウイスキーのごとくしみこんでこようとしていた。身の内で獣が目覚め、立ち上がり、彼女をつかまえたいと――

オナーが唐突に目を伏せた。耐えられないとでもいうように。てのひらを開くと、そこにネックレスがあった。「壊れてしまったのかい？」

「いいえ。誤解があってその犠牲になったものなの」

ジョージには彼女の言わんとしているところはわからなかったが、彼女の手からネックレスをとると、背を向けさせ、ネックレスを首にまわした。彼が留め金を留められるように、彼女はわずかに顔をうつむけた。ネックレスを留めると、ジョージは手を肩にすべらせ、てのひらを鎖骨にあてて彼女の背中を自分の胸につけさせた。

彼女が身を寄せ、体をあずけてくるのがわかる。「何をしているの？」と彼女は小声で訊いた。

ああ、それがわかれば。ジョージはまっさかさまに落ちていく気分だった。山頂から、底の見えない奇妙な谷間へと。谷間は暗く、自分がどこへ落ちていくのかまるでわからなかった。「きみが望む自由を手に入れられるよう祈っているよ、オナー」

はじめ彼女は動かなかったが、やがてわずかに首をまわし、肩越しに彼に目を向けた。青い目が欲望できらめいている。

彼は手をボディスのなかに忍びこませ、首をかがめて彼女の首にキスをした。「人生のすべてを経験できる自由を」

「あなたっておかしな人ね、イーストン。危険で、予測がつかなくて。あなたをどう理解したらいいかわからないわ」

ジョージは彼女の頬に顔を寄せたままほほ笑んだ。「ロットン・ロウでぼくの乗馬の邪魔をする前にそれをよく考えてみたほうがよかったな」

「よく考えたのはたしかよ」彼女はそう言って身をよじり、彼と向き直った。

彼は彼女を見下ろし、そばかすや皺のひとつひとつにまで目を向けた。それから、彼女にはおらせた自分の上着のなかに腕を差し入れ、彼女の腰にまわすと、体を引き寄せた。

しかし、オナーはふたりのあいだに手を入れて彼を押し戻し、「ここでキスなんてしないで」と警告した。「耐えられなくなるから」

彼もそうだった。さらに彼女を引き寄せる。「オナー、飢えた男に挑戦するようなことを言ってはだめだ」そう言って首をかがめ、彼女にキスをした。

彼女は彼の腕のなかでこわばらせていた体を即座にゆるめ、手を彼の胸に走らせた。

ジョージは喉の奥でうなるような声を発してそれに応えた。腕を彼女の腰にまわすと、口を首から耳たぶ、顎へと動かし、また口に戻した。それでも足りなかった。オナーに関してはもう充分とはけっして思えなかった。ジョージはふいに彼女を自分の体で壁に押しつけ、飢えたように舌を口へと突き入れた。彼女のなかにはいらずにいられない。身の内からあふれそうになっている感情で彼女を満たさずには。

オナーが抗い、分別をとり戻せと言ってくるかと思ったが、彼女は止めようとはしなかった。それどころか、さらに体を押しつけてきて、焦れるようにキスを返してきただけだ。彼は両腕を彼女の頭の両脇に置いてしばらくキスをやめた。かろうじて抑えてはいるものの、肉欲の悦びに溺れそうになっているのはたしかだというようにオナーは笑みを向けてきた。それが狂おしいほどの影響をおよぼし、全身に欲望のおののきが走った。彼はしばし彼女の美しい姿を眺めた。胸のふくらみやバラの香りのする黒髪を。

それから、手の甲で鎖骨に触れた。「きみがぼくのものなら、服を全部脱がせて全身くまなくキスの雨を降らせるよ、カボット」声は欲望のせいで荒っぽくなっていた。彼は手を胸の谷間に落とし、また首までなぞった。「きみを自分のものにする方法をあれこれ考えたら、おかしくなってしまいそうだ」

彼女は息を吸い、その息を止めた。まつげをばたつかせながら。

「手を使い――」彼は彼女の脚のあいだに手をあてた。「口を使い――」そう言って唇でこめかみをかすめた。「これを使う」彼は自分の興奮の証を彼女の腹に押しつけた。期待に彼女が身を震わせるのがわかった。

「でも、きみはぼくのものじゃない」彼は小声でそう言うと、彼女の顎から首、胸の谷間、下腹部まで手でなぞった。「だから、できることだけで我慢しないと」そう言ってスカートをめくりはじめた。

オナーは不安そうにバルコニーの扉に目を向けた。

「見つかるかもしれないと思うと興奮するかい？」彼は手をドレスの下から彼女の脚のあいだへとすべりこませた。

彼女は答えられなかった。割れ目へと深く差し入れられ、硬くなったつぼみのまわりでわざと円を描く指の感触に小さく息を呑んだだけだった。

オナーは膝が崩れそうだとでもいうように、手を広げて後ろの壁に押しつけた。彼が指を動かしはじめると、顔を彼の肩につけた。息が荒くなりつつある。

しかし、ジョージはそれでは満足できなかった。満足できるはずもなかった。彼は突然手を引き抜いた。オナーは驚いて唇を開き、目を開けた。「今夜はそんなに急がなくていいな」そう言って彼は彼女の足をつかみ、それを手すりへと持ち上げた。

「イーストン！」オナーは熱い声でささやき、動揺して扉のほうを見やった。

彼は彼女の手を壁から引きはがし、その上にスカートを載せた。「持っていてくれ」そう命令すると、熱く高まる欲望のすべてをこめてキスをし、その口を胸から腰へと下ろした。手がそのあとを追い、やがて彼は彼女の尻を両手でつかみ、片膝をついていた。

彼女の欲望の高まりがにおいでわかり、脚のあいだの湿り気で感じられた。頭上からはあえぐ声が聞こえてくる。ジョージは自分を抑えられず、舌を割れ目の縮れ毛と襞のなかへ差し入れた。オナーはまた息を呑み、彼の頭と髪をつかんだ。

ジョージは彼女の尻をつかんで舌を動かしはじめた。割れ目のなかへと探るように深く突き入れ、欲望の芯をいたぶり、なめらかな通路をたどって、どくどくと彼女が脈打つのが感じられるところまで舌をすべらせる。彼女の悦びの声は信じられないほどに刺激的だった。自分を抑えることができないのではないかと思うほどに。しかし、こうして彼女に悦びを与えたいという思いも強かった。彼は舌をさらに激しく動かし、口で完全に彼女を覆って吸った。彼女は満足を得ようと舌に体を押しつけるようにして動いていた。彼は手を脚のあいだにすべりこませ、指と口を使って彼女を頂点へと押し上げた。

頂点に達すると、彼女は腕を彼の首にまわしてぐったりと彼の顔に身をあずけた。

ジョージもオナーと同じだけあえいでいた。いや、もっと激しく。募りに募った欲望と自分を抑える肉体的な苦痛のせいだ。彼は彼女の腹にキスをし、スカートを下ろして立ち上がると、彼女を引っ張り起こした。

オナーは疲れきってぐったりしながら、息を整えようとしていた。ゆっくりと背筋を伸ばすと、手で髪を撫でた。きちんと後ろで結い上げた髪から太い束が落ちていた。彼女はそれを結い上げた髪にたくしこむと、目をジョージへと上げた。「あなたのせいで体がばらばらになってしまったわ」

彼は首を振り、何気なくハンカチを出して手を拭き、それをポケットにしまった。「ぼくは別の類いの自由への扉を開けただけさ」そう言って彼女の顔を手の甲でかすめた。何か言わなくてはと思ったが、唇には彼女の味が残っていて、言うべきことばは見つからなかった。きみはすばらしい。きみがほしい。きみをぼくのものにはできない。

オナーは爪先立って彼の口の端にキスをした。踵を下ろすと、彼の上着を肩からはずして言った。「あなたのことをどうしていいかわからないわ、ジョージ・イーストン」

「ぼくもきみをどうしていいかわからないよ」

「行かなくちゃ」彼女はそう言いつつ、彼の顔を探るように見つめた。ほんとうにどうしていいかわからないとでもいうように。

ジョージの体が答えを示してくれていた。舌に彼女の味が残り、ズボンのなかで興奮の証が脈打っている状態でいっしょにこのバルコニーにいることはできない。「行くんだ」彼は親指で彼女の唇をなぞった。「さあ、子羊ちゃん、ぼくに食べられる前に」そう言って首をかがめ、軽く口にキスをした。「さあ」ともっと強い口調で言う。はったりの仮面が揺らいでいた。自分を見失っているのだ。しばらく時間を置いて、また自分をとり戻さなければならない。

「ジョージ――」

「いや、行くんだ」彼は強い命令口調で言った。

顔にかすかな笑みを浮かべたと思うと、オナーは彼の脇をすり抜けてフレンチドアへ向かった。最後に一度てのひらで髪を撫でつけると、両開きの扉を開けてなかへと姿を消した。

ジョージは上着をはおり、手すりに近づくと、体を平常の状態に戻らせようとしながら暗闇に目を凝らした。

心を平常に戻すのは体以上にむずかしかった。

20

時計が午前零時をまわって三時間たってから、ようやくオナーはベッドに倒れこんだ。疲労のせいで頭がずきずきと痛み。ひと晩で心は疲れきっていた。

それでも、バルコニーでジョージと過ごした途方もないひとときによってまだ感覚は満たされており、オナーは妙に高揚していた。

ジョージ。

いったいわたしはどうなってしまったの？　いつからこんなにふしだらな女になったの？　体にまわされた彼の腕や、肌を伝う唇、肩にはおった上着のにおいの記憶に、思考はぐるぐるとめぐった。彼には心底うっとりさせられ、教えられた肉体の悦びが体の芯にまでしみこんでいた。オナーはどんな紳士から積極的に迫られても心の準備はできていると思っていたのだが、バルコニーで起こった出来事にはなんの心がまえもできていなかった。男と女を結びつける秘密の世界の味を知ってしまった今、すべてを味わいつくしたくてたまらなかった。彼の体を自分のなかに感じたい。彼の手が自分の全身をくまなく探るのを感じたい。好きなだけあの薄いブルーの目をのぞきこみたい。あの輝く目で見つめられたい。

しかし、そうした望みには胸をよじられる気がした。オナーは無知ではなかった。ジョージ・イーストンはどんな女のものにもならない男性だ。それはわかっている。父や兄が娘や妹を結婚させたいとは思わない、身寄りのない男性。人生の喜びのために平然とあからさまにすべてを賭ける男性。そういう男性の人生に妻が占める余地などないのだ。もちろん、恋人はいるが、妻はいない。

彼が女を興奮させ、鼓動を速くさせる男性であるのはたしかだ。

でも、彼の妻になりたい？ 胸の奥で波打つ感情は満ち足りた思いなの？ つきまとって離れないのは欲望なの？ 彼といつもいっしょにいたい、彼を抱きしめたい、彼の笑顔を見たいという思いなの？ 暁光《ぎようこう》がじょじょに広がっていくように、自分が真に望むことがゆっくりとわかってきた。自分をジョージと同じ類いの人間だと——人と深くかかわることを望まず、興奮と魅了されることだけを求める人間だと——思っていたなど、おかしなことだった。そして、自分が真に望むものは愛情だとわからせてくれそうなのが、その人物だとは皮肉だった。わたしは愛情を求めている。また愛を感じたい。日々誰かといっしょにいて、心地よく平穏な気持ちでいたい。人生の苦も楽もともにし、ともに家族を持ちたい。

ジョージがほしい。ああ、彼がほしい。刺激的で、社交界のほかの紳士とはまるでちがう彼が。危険をものともせず、何であれ恐れない人。わたしにぴったりの男性。

ただ、彼は婚外子の生まれで、商売にたずさわっており、社交界の半分の人間から悪しざまに言われていた。

オナーは自分を地面につなぎとめている綱であるかのように上掛けをつかみ、眠ろうとした。硬い地面にしがみつき、自分が何者であるかを忘れまいとしたのだ。自分の運命を。上流社会でそれなりの立場にある人ときちんとした結婚をしなければならない運命。従順な妻となり、非の打ちどころのない女主人となり、家族の保護者となる運命。その一員となるべく育てられた上流社会にぬくぬくとおさまって。

しかし、愛する誰かがそこにいっしょにいないのだとしたら、それにどんな意味があるというの？　それは空虚な人生にすぎないのでは？

いつしか眠ったにちがいなかった。誰かに足をつかまれてはっと目が覚めたからだ。息を呑んで眠気を払うようにまばたきすると、ベッドの足もとにプルーデンスがいるのがわかった。

「いったいいなんなの？」オナーは不機嫌な声を発すると、枕に頭を戻した。

「どうして起きないの？」プルーデンスが訊いた。「朝食を食べ損ねたわよ」

「午前二時に夕食だったからよ」オナーはあくびをして腕を頭上に伸ばした。「どうして？何かあったの？」

「ううん。でも、今日はクリケットの試合があるんだけど、オーガスティンがおろおろしてるのよ」プルーデンスはオナーのベッドの端にすわった。「ウォッシュバーン卿が試合に参加するつもりでいるせいで」

「ウォッシュバーン卿にとっては文句なくすてきなことじゃない」オナーはそう言って身を起こし、枕に背をあずけた。ああ、また十六歳に戻りたいものだわ。オナーは胸の内で物憂げにつぶやいた。

「あの人、運動が得意だものね」プルーデンスはそう言うと、せかせかと立ち上がった。「グレースが探していたわよ。あなたを見つけたら、彼女のところへ来させてくれって」

「でも、わたしは眠りたいのよ」オナーは文句を言った。ほんとうはジョージのことを考えたかったのだが。「グレースに行けるようになったらすぐに行くからと伝えておいてくれる？」と彼女は言った。

一時間後、妹は外のパラソルの下にいた。オナー同様、グレースもクリケットの試合には恒例となっている白いモスリンに身を包んでいた。オナーが感じているのと同じだけ妹も疲れた様子だった。

「昨日はだいぶ遅かったの？」オナーは訊いた。「眠れなかったような顔よ」

「眠れなかったわ」グレースは認めた。「お客様みんながロングメドウからいなくなってくれたら、ほんとうにうれしいのに」

ロングメドウでの年に一度の集まりを誰よりもたのしみにしているグレースらしくないこ

とばだった。「またミスター・プリチャード？」オナーはグレースの熱烈な崇拝者の名前をあげた。

「え？ ううん、ちがうわ、彼じゃない」グレースはうわの空で首を振った。「お母様よ。今朝、お茶を飲みながら、用心しなきゃってひどくまじめに言うの。伯爵を意思に反して連れ去ろうとする人たちがいるから、それを阻止しなきゃならないって。どんな人たちって訊いたら、スコットランド人だって言うの」

「スコットランド人？」

「どんどん悪くなるわ、オナー。ほんとうに悪くなる一方。ほかの人に気づかれていないのが不思議なくらい。もしかしたら、気づいていても、礼儀から口に出さないのかもしれないけど」

オナーはそれを聞いてふんと鼻を鳴らした。「これだけは言えるけど、気づいていたら、お互い夢中になってその話をしたがるはずよ」

グレースは使用人たちが午後の試合に向けてスタンプやウィケット（クリケットで使われる柱と三柱門）を設置している芝生に目を向けた。「わたし、とんでもなくひどいことをしてしまったわ」

オナーは驚いて妹に探るような目を向けた。

グレースの目に涙があふれた。「地獄に堕ちるにちがいないことを」

オナーの頭に無数の想像が浮かんだが、彼女はすぐにそれを打ち消し、腕をグレースの腰にまわした。「そんな、まさか」

「お母様にアヘンチンキを飲ませたの」グレースは抑揚のない声で言った。

オナーは息を呑んだ。「え、嘘！」

「わかった？　とんでもなくひどいことでしょう！」グレースは目から涙をこぼしながら泣き声で言った。「ねえ、オナー、そうせずにいられなかったのよ。伯爵を連れ去ろうとしているスコットランド人の話なんてはじめるから。そんなことを誰彼かまわず話しはじめたら、とんでもないことになるわ。とくにハーグローヴ家の人に――」

「お母様はどこ？」オナーが訊いた。

「眠っているわ」グレースは答えた。「ハンナが付き添ってる。かわいそうなハンナ！　わたしのしたことを許せないと思っているわ。顔を見ればはっきりわかる。でも、ほかにどうしていいかわからなかったのよ」グレースはオナーに懇願するような目をくれた。「ほかにどうすればよかったの？」

オナーはグレースのしたことは最悪の手段だとは思ったが、グレースがあまりに絶望的な顔をしていたため、口に出してそれを言うことはできなかった。そこで代わりに妹を抱きしめた。「もう二度とそういうことをしてはだめよ」

「ええ」グレースは弱々しく言った。

「やけにならないで、グレース。お客様たちが帰ったら、もっとはっきりした頭で考えることができるわ」

「そうね」グレースはそう言ってハンカチで鼻をぬぐった。「あなたは夕べどうだったの？」

ふしだらですばらしかった。オナーは目をそらした。グレースにはすぐに心を見透かされてしまうからだ。「ネックレスを盗んだと泥棒あつかいされたわりに、それほど悪くなかったと思うわ。モニカはミスター・クレバーンがわたしにぴったりのお相手だと決めつけていたけど」

「誰が？」と訊いてから、グレースが息を呑んだ。「新しい司祭のこと？」そう言って笑った。「伯爵夫人の王冠がわが物になるとなって欲深くなったのよ。ほら、殿方たちが試合のために集まりはじめたわ。見に行かない？」

「専門家として言わせてもらえば、ウォッシュバーン卿が試合に参加する予定で、きっと彼が勝つわ」

グレースはそれを聞いて笑った。

ふたりは試合を見物する女性たちのためにしつらえられたテントのところへ歩いていき、リネンで覆われたテーブルについて、紳士たちがチームに分かれるのを見守った。

「あら、きれいなカボットのお嬢さんたち！」ふたりとも聞き慣れた声が言った。

「おはようございます、ミセス・ハーグローヴ」オナーが挨拶して立ち上がり、椅子を譲ろうとした。給仕が急いで椅子をもうひとつテーブルに加えた。

「ありがとう」ハーグローヴ夫人はそう言って席についた。「お母様はどちらに?」

「休んでいますわ」とオナーが答えた。

「あら、それはよかった。昨日の晩はとてもお疲れのご様子だったから。きっと晩餐会の準備と伯爵のご病気のせいでお疲れになったのね」

「ええ、きっと」オナーはそう言ってグレースに鋭い目を向けた。わっと泣き出しそうになっているグレースに、泣くなと警告する目だった。

クリケット用に白い装いをしたオーガスティンとモニカがやってきた。この試合のために一年に一度着用するオーガスティンの白いウエストコートは昨年よりも少々きつそうに見えた。「やることが多すぎる」彼は不安そうに言うと、モニカをテーブルに残し、決まりを再確認するために試合の参加者のもとへ急いで向かった。

モニカが言った。「クリケットにぴったりのお天気ね」

「そうよね!」ハーグローヴ夫人が言った。「芝生はとてもきれいだわ。ここにひとつ小さな変化を加えるとしたら、東屋《あずまや》の近くに噴水とベンチをしつらえたらいいわね」

「それってすばらしい思いつきだわ」モニカも言った。

オナーとグレースはこっそり目を見交わした。

「ああ、見て、ミスター・クレバーンが打つわよ」モニカはそう言って突然椅子の上で背筋を伸ばし、ボンネットを直した。

四人の女性は試合に目を向けた。クレバーンが最初の球を楽々と打ち、急いでスタンプへと走り、戻ってきた。チームの仲間から歓声が起こり、女性たちも礼儀正しく拍手した。

「ミスター・クレバーン！」別のテントへ近寄り、給仕にエールを注ぐよう身振りで命じている彼に、モニカが手を振って呼びかけた。呼ばれて目を上げたクレバーンはにっこりとほほ笑み、芝生を横切ってやってこようとした。

「ミスター・クレバーン、母のエリザベス・ハーグローヴをご紹介していいかしら」クレバーンがやってくると、モニカが言った。

彼はハーグローヴ夫人の手をとった。「お会いできて光栄です」そう言ってオナーとグレースのほうに顔を向けて挨拶した。

「こんにちは、ミスター・クレバーン。とてもお上手なのね」

「ミスター・クレバーンがお上手なあれこれのなかにクリケットも加えないといけないわね」モニカが熱心に言った。「ピアノもとてもお上手だそうですね、ミスター・クレバーン」

「いや、まるで才能なしですよ、ミス・ハーグローヴ」

「クレバーン！」男性陣の誰かが呼びかけてきた。

「失礼。呼ばれているようなので」彼は明るく言って競技の場へと駆け戻った。

「とても親切そうな方よね？」モニカが称賛するように言った。「すばらしい伴侶になると思うわ」

「ええ、そうね」とハーグローヴ夫人もいそいそと言った。

モニカはオナーにちらりと目を向けた。「彼ってたしか、子爵の三男よ。そういう意味では縁戚関係も悪くないわ。それに、広い敷地のあの居心地のよい家で暮らすことになってるの。あの家、知ってるでしょう、オナー?」

もちろん、知っていた。「オーガスティンのお祖母様が住んでいた家よ。とても小ぢんまりしているわよね?」

「あれを小ぢんまりしていると思うの? 夫婦で住むにはかなり広いと思ったけど」

「レディ・チャタムだわ」ハーグローヴ夫人がそう言ってロンドン一の詮索好きの女性に挨拶しに行った。

「そう、彼はまだ独身よ」モニカがつづけた。

「あなたがすでに婚約しているのは残念ね、モニカ」オナーはそっけなく応じた。

モニカはそれを聞いておもしろがるように忍び笑いをもらした。「でも、あなたはまだ婚約してないでしょう、グレース。あなたのお姉様も」そう言ってオナーにほほ笑みかけた。

「それに、するつもりもないから、お相手を見つけてくれようとするのはやめたほうがいいわ」とオナーは言った。

「どうして?」モニカは愛想よく訊いた。「主教の娘にはぴったりのお相手だと思うけど」

オナーは金切り声をあげたくなった。「心配してくださってありがとう、モニカ」と軽い口調で言う。「でも、たぶん、ミスター・クレバーンにはうちのマーシーのほうがいいと思うわ」

「マーシーですって！　マーシーはまだ十三歳になるかならないかじゃない」

オナーは肩をすくめた。「いっしょに成長して、それから結婚すればいいわ」

モニカの笑みが薄れはじめた。「自分のこと、とても愉快で、いつもみんなを笑わせる人間だと思っているんでしょう？」

「そうなるように努めてはいるわ」オナーは甘い口調で言った。それから、モニカににらまれているのを意識しながらクリケットの試合に注意を向けた。ふたりの紳士が順番に打っていたが、どちらもあまり運には恵まれなかった。しかし、次にジョージ・イーストンが打席に立ち、球を打とうと身がまえた。広い肩の筋肉がローン地のシャツ越しにはっきりとわかる。彼は初球をとらえ、芝生の上にいた男性たちの頭上を越えて飛ばすと、男性たちの歓声のなか、スタンプへと走った。

「あら」モニカが言った。「ミスター・イーストンってすばらしくクリケットが上手だと思わない？」そう言って突然立ち上がり、オナーに目を向けた。「彼ってどんなお遊びにも秀《ひい》でているわよね、オナー？」

「え？」

「ご機嫌よう、おふた方」モニカはそうそっけなく言うと、歩み去った。

オナーは背筋を伸ばし、歩み去るモニカを見送った。「ああ、いやだ。まったく」と小声で言う。

「どうしたの?」とグレースが訊いた。

「疑ってはいたんだけど、これではっきりしたわ。彼女にはわかってるのよ、グレース。イーストンのこと、わかってるの!」オナーは腹のあたりにむかむかするものを感じた。こんなこと、はじめなければよかったと思っていたのでなおさらだった。

21

翌日の午後、競馬場で、レディ・チャタムが若い女性の繊細な感情を傷つける出来事があった。エレン・リヴァーズがジョージ・イーストンにぼうっとなっていると噂しだしたのだ。気の毒にも、そのせいで今やこの愚かな若い女性の判断力のなさが周知のことになってしまった。

その噂がめぐりめぐってエレン・リヴァーズの耳に達すると、彼女は急いで彼と距離を置こうとした。彼はもともとこんな高貴な客たちに交じってロングメドウに招かれるべき人間ではないというのが大方の意見だったからだ。

しかし、ジョージ自身は幸運にもそんな噂を耳にすることはなかった。というのも、競馬には行かず、村に逃げ出して、街道からほんの少しはずれたところにある宿屋で大量のエールを飲んで過ごしていたからだ。

テーブルの向こうからお代わりのエールのはいったジョッキをすべらせてよこすのに、給仕の若い女は彼の日をまっすぐのぞきこんで大きく身を乗り出した。ジョージは女の胸の谷間に気を惹かれずにいられなかった。気を惹かれたのは、ボディスから大きくはみ出したミルク色の豊かなふくらみではなかった。それを見ても自分が何も感じなかったことだ。頭のなかが黒髪の魅惑的な女でいっぱいだったからだ。若い給仕の女の胸を見て、頭に浮かんだのは別の女の胸だった。

彼は若い女から目を離した。きれいな女だった。体が無意識に反応しようとしていたが、心の奥底には、自分にはしっくりこない奇妙な別の何かが岩のように引っかかっていた。危険なことに、分別のようにも思えるものだ。

女の胸から目を引き離し、彼はジョッキに目を落とした。若い女はさらにしばらくテーブルのそばに立っていたが、やがて踵を返し、腰を振りながら離れていった。

彼はジョッキを脇に押しやった。喉の渇きはなくなっていた。この二日間の出来事を——あのバルコニーでの驚くほど親密なやりとりを——心から追い出すことはできないようだった。あの晩自分はわれを失い、じわじわと心を占めていた想像と感覚の奥深い世界へと沈みこんでしまったのだった。

その感覚を払いのけることがどうしてもできなかった。触手を持つ、大きくて分厚い感覚に心をすっぽり包まれてしまい、それに囚われている気がしていた。直感はいつものように、そういう感覚など無視し、心の奥底にしまいこんで忘れてしまうよう告げていた。それなのに、生まれてはじめてといっていいほどに思考と感情がもつれ、それをほどくすべがわからなかった。

しかし、どうにかしてほどかなければならなかった。オナー・カボットは戯れの恋の相手にはできない女性だ。彼には知り得ない世界に属する女性。そして彼女は……

彼女は自分の将来を考えなければならない。

彼はテーブルに金を置き、馬でロングメドウへ戻ろうと外套を手にとった。どうしてぼくはまだここにいるのだ？　どうしてここへ来た？　彼女のことを考えずにいられなかったからだ。彼女を夢見ずにいられなかったから。ロンドンへ戻らなければならない。ほんとうに船を失ったとしたら、これからどうすべきかというような、重大な問題が待ちかまえているのだから。

ジョージがロングメドウの長い邸内路に馬を乗り入れたときには、太陽は木々の陰に沈みつつあった。気持ちのよい夕べだった。玄関の扉は開いており、人々が午後の競馬から歩いて邸宅へ戻ろうとしていた。

彼は馬の手綱を若い男に渡し、明日の朝、出立《しゅったつ》できるように馬の準備を整えておいてくれと頼んだ。玄関に向かう途中、マントをはおり、フードをかぶった女性に気がついた。胸の前で腕を組むしぐさに見覚えがあったのだ。彼はそちらへ進路を変え、オナーのそばへ寄った。身をかがめ、フードの下をのぞきこむ。

「やっと現れたわね、イーストン」彼女は妙に心ここにあらずの笑みを浮かべた。「あなたにとってロングメドウはもう魅力を失ったのかしら？　今日の午後、あなたとあなたのお財布が競馬場に現れなくて残念だったわ」

ジョージは彼女を腕に抱いてキスをし、自分も彼女に会えなくて残念だったと言ってやりたかった。しかし、そうする代わりに手を後ろで組んだ。「まったく逆さ、カボット。ロングメドウにはすっかり魅了されたよ。ここで冬用のマントをかぶってひとりで何をしているんだい？」

オナーは湖のほうへ目を向けた。「プルーがお母様を散歩に連れ出したんだけど、まだ戻らないの」そう言って遠くに向けた目を細めた。

心配の色を濃く浮かべたその目がもたらす影響は大きかった、オナー・カボットにはかけらほども絶望を感じてほしくない。そのためには、自分が世界のはてまで行ってもいい。

「ふたりはどこへ散歩に行ったんだい？」

「湖のそばの東屋に行ったと思っていたんだけど、今行ってみたら、誰もいなかったの」

「ほかの道を通って家に戻ったんじゃないのはたしかかい？」彼は薄暮れに目を凝らして訊いた。

彼女は首を振った。「ふたりが行きそうなところはくまなく探したの」そう言って腕を下ろし、不安からか、両手をこぶしににぎった。「もう一度探してみるわ」彼女はそう言うと、彼から離れて歩きはじめた。

「オナー、待ってくれ」ジョージは彼女の肘をとって言った。「もうほとんど真っ暗じゃないか。探すのを手伝わせてくれ」ふたりは湖まで行った。沈みゆく太陽の金色とオレンジ色の光が湖を半分に分けている。「それほど遠くへ行ったはずはない」彼女が不安を募らせるのを感じてジョージが力づけるように言った。大丈夫というように腕を彼女の体にまわす。「きみの妹がお母さんをさまよわせたりはしないさ」

「妹が母を止められると思っているのね」オナーは言った。うろたえているのがかすかにわかる声だった。「母は悪くなっているのよ、ジョージ。うんと悪く。ロングメドウに来たせいで拍車がかかったようだわ。あなたには想像できないでしょうけど」

もう耐えられなかった。礼儀もおしゃべりもくそくらえだ。ジョージは肩に腕をまわしてオナーを胸に引き寄せた。「元気を出すんだ、オナー」彼は言った。「お母さんはぼくが見つける。家に戻って、誰にも疑われないよう、できるだけ無頓着でたのしそうなふりをするんだ。お母さんはぼくが連れ戻すから」

「あなたにそんなこと頼めないわ」オナーは疲れたように言った。「それでなくても無理なことを頼んでいるのに」

「行くんだ」ジョージは彼女の抗議のことばを無視して言った。「きみの一家全員が姿を消していると客たちに思われる前に。マーシーとグレースには今、きみが必要なはずだ」

それを聞いて彼女は動きを止めた。ジョージはその隙に彼女の体をまわし、そっと押した。

行方不明のふたりをどこで探せばいいかは見当もつかなかった。とくに夜の帳《とばり》が降りつつある今となっては。彼は東屋の方角へ向かいはじめた。

「ジョージ？」

彼は足を止めて振り返った。オナーは家に戻る道にいた。薄れゆく光のなかでとくに美しく見える。ささやかながら強い欲望の震えが全身に走った。「ありがとう」と彼女は言った。「わたしの心は役立たずだけど、心の底からお礼を言うわ」そう言って踵を返すと、マントをたなびかせながら家へと向かった。

彼女がどうしてそんなことを言ったのか、彼にはまるでわからなかった。オナー・カボットは彼が知っているなかで、役立たずとはもっともほど遠い心の持ち主だったからだ。

オナーは玄関の間にはいると、マントを使用人に渡し、母がいなくなったことを聞いたときにあわてて結った髪と急いで着たドレスを整えた。

伯爵が毒を盛られたとレディ・ベッキントンが思うにいたったわけはオナーには想像もつかなかった。伯爵はベッドの上で身を起こしており、まだ死に瀕しているわけではなかったのだが、母はオナーのことも伯爵のことも信じようとしなかった。

「すぐにロンドンに連れ帰るんだ」伯爵は辛そうに身を揺らして咳をしながら命じたのだった。「おまえにも言いたいことはあるだろうが、聞き入れるわけにはいかない。彼女の様子がいつもとちがっていることを客たちに気づかれる前にロングメドウから離れさせるんだ」

何もかもあまりに急なことだった。まるでほつれたドレスの袖のように、レディ・ベッキントンの状態も最初は小さなほつれ糸にすぎなかったのだが、長くそのままにされすぎた。一度ほつれてしまうと、みるみるうちにほつれが広がってしまうというわけだ。

オナーは今や自分の人生そのものがずっとほつれつづけている気がしていた。

彼女はハウスパーティーの最後の晩を過ごすために集まった客たちのあいだをすり抜けた。これから舞踏会があり、客たちの人数が多いため、夕食が二度に分けて用意されることになっていて、最初の夕食は九時からだった。オナーは顔に笑みを貼りつけ、足を止めては知っている誰彼と、気候のよさや、来月ニューマーケットで行なわれる競馬などについて話をした。熟練した女優さながらの演技だった。レディ・チャタムが若い女性や紳士たちのあいだで近ごろ人気のものについて延々と話すのを聞きながら、こういうことを何度してきたことだろうと考えずにいられなかった。客たちのあいだをまわっておしゃべりをしたり、じゃれ合ったりすることを。紳士たちににっこりとほほ笑みかけながら、何かに反抗しているような気分でいたものだ。自分を大胆に感じていた。

今夜は子供に戻った気分で、ジョージの膝の上にのぼり、世界から身を隠してしまいたかった。

オーガスティンがハーディーと夕食のメニューを確認していた。当然ながら、モニカもそこにいて、今度はオナーの姿を認めて心底うれしそうな顔をした。

「やっと現れたわね！　降りてくるのをずっと待っていたのよ。あら、オナー、もっと高価できらきらしたドレスで現れると思っていたのに」モニカはオナーのどちらかと言えば地味なドレスを見て笑いながら言った。「あなたっていつも輝いているじゃない」

「ええ、その」オナーは言った。「姉妹四人にメイドがひとりしかいなくて、早く階下《した》へ降りてきたかったものだから」

「この何日かはずいぶんと疲れる毎日だったんじゃない？」モニカは明るくそう訊いた。そのあいだ、オーガスティンはハーディーに、自分は玉ねぎのスープよりもリーキのスープのほうがいいと告げていた。「週末にこれだけ大勢のお客様をもてなすのがこんなに大変だとは知らなかったわ」

「たしかに疲れるわね」とオナーも認めた。

「レディ・ベッキントンはほんとうにすばらしいと言わざるを得ないわ。いつも難なく女主人役を務めてらっしゃるように思えるもの」モニカが言った。「そう言えば、レディ・ベッキントンはどちら？　今日は一日お姿を見かけてないわ。そう、あなたのお母様のこと、心配なのよ」

オナーは気を張りつめ、モニカの次のことばを待った。〝あなたのお母様、大丈夫なの？ちょっとおかしいのに気づいてた？〟　しかし、モニカは礼儀正しく返事を待ってオナーを見つめているだけだった。

「母は疲れきっているみたいなの」オナーは用心深く答えた。「今夜は階下《した》には降りてこないと思うわ」

「え、今なんて？」オーガスティンが言った。「ああ、おまえか、オナー。朝食の席でミイラの話はしないようにマーシーに言って聞かせてもらわないといけないよ。ほんとうに不快なんだから。レディ・マーケットは気分が悪くなって部屋に引きとらなくてはならないほどだった。それで、レディ・ベッキントンがどうしたって？」

「休んでいるわ」とオナーが答えた。

オーガスティンは当惑顔になった。「でも、そこにいるよ。たしかに充分休息できた様子だ」

オナーはオーガスティンの目を追ってくるりと振り返った。驚きと安堵に小さな悲鳴をあげそうになるのをどうにかこらえる。ジョージの腕につかまって母がそこにいた。ハーティントトン卿に何か説明して笑っている。それは裾が泥まみれのドレスのことらしく、ハーティントンに見えるように裾を掲げて見せていた。母の頰には赤みがさし、目は興奮にきらめいている。ドレスの裾が泥にまみれていても、母はとても美しかった。

そして、頭ははっきりしているようだった。非の打ちどころなく、はっきりと。

ジョージが何をしたの？　どうやって母を見つけたの？

「オナー、きみは愛情深い完璧な娘だけど――」オーガスティンが言った。「でも、きみのお母さんは健康そのもののようだよ」

「ええ、そうよね？」モニカは少し不思議そうに言った。

ジョージとレディ・ベッキントンは部屋を横切って近づいてこようとしていたが、一度足を止めて何かことばを交わし、どちらも笑い声をあげた。

「レディ・ベッキントン、こんばんは！」オーガスティンが呼びかけた。

オナーの母は頭を下げ、オーガスティンとモニカに明るくほほ笑みかけると、オナーの手をにぎった。「みなさん、こんばんは！　ドレスの裾がこんなんでごめんなさい。きっと髪もひどいわね」そう言って笑った。「すばらしい一日だったと思わない？　プルーデンスとわたしは古い水車小屋まで散歩したのよ。それで、あちこち曲がり角をまちがってしまって、ミスター・イーストンがいなかったら、絶対に帰り道は見つからなかったわ」母は明るく言った。

「でも、プルーはどこ？」とオナーが訊いた。

「ああ、妹のことはあなたにもわかっているでしょう。裾が泥だらけのドレスで正面玄関からはいってくるなんて絶対にしない子よ。すぐに部屋から降りてくるわ」

「ご気分はいかがですか？」オーガスティンが訊いた。「調子がすぐれないなんてことは？」

「いいえ、もちろん大丈夫よ！　調子がすぐれないって誰のこと？」彼女は自分の冗談に快活に笑った。

「そう思ったんですよ」オーガスティンがきっぱりと言った。「あなたがお疲れだというので、気を遣いすぎているんじゃないかとオナーに言っていたところです。今日の午後は問題なくお元気そうだったから」

「ええ、そう、やることがたくさんあったから！」母は出し抜けに声を張りあげた。

「着替えてきましょうか、お母様？」オナーが訊いた。心臓の鼓動が速まった。ジョージに目を向け、その目に真実が浮かんでいるのを見る勇気はなかった。

「あら、そうよね？　こんな姿でずっといるわけにいかないもの」

「でしたら、あなたのことは娘さんにおまかせしましょう」ジョージがよどみなくそう言ってお辞儀をした。顔を上げたときに一瞬目が合った気がしたが、オナーには確信は持てなかった。また彼の腕に身を投げたくなるとんでもない衝動に駆られる。彼の喉もとに顔をうずめ、その息を髪と肌に感じ、体のたくましさに包まれて、恐ろしい真実から守ってほしくなる。

オナーは母の腕に腕をからめた。「二階に行きましょう」そう言って人が驚くようなことを母が言ったりしたりする前に階段のほうへ導いた。

フィネガンが夜会服にアイロンをかけ、広げておいてくれたが、フィネガン自身はどこにも姿が見えなかった。あの女たらしが誰のベッドを訪れているのかジョージは知りたくもなかった。

身支度には時間をかけた。今日もまた舞踏会が開かれ、部屋は人でごった返し、欲望をかき立てる女のにおいを嗅いで過ごすかと思うと、急ぐ気にならなかったからだ。しかし、オナーに対する感情を思いどおりに鎮めることはできなかった。彼女に会わず、もう一度あの目をのぞきこまずにロングメドウを去ることはできない。あのバルコニーでのひとときを思い出し、欲望がふくらむのを感じ、なかにはいって彼女を完全に自分のものにしたいという思いに駆られずには。

この激しい渇望がついえることなどあるのだろうか？

レディ・ベッキントンが通常の判断力を失いつつある事実がオナーの肩に重くのしかかっていることを思い出す。レディ・ベッキントンとプルーデンスのことは湖の岸辺で見つけたのだった。レディ・ベッキントンは手に持った食べ物を二羽のカモがついばむと言って大声で笑っていた——手に食べ物は持っていなかったが。壊れつつある彼女の母親のせいで、彼の欲望はなおさら成就不可能に思われた。オナーは彼女の母親を守れる誰かと結婚しなければならない。ぼくには無理だ。今年の終わりまでには財産をすべて失っているかもしれないのだから。

ジョージは薄氷を渡ろうとした自分に怒りを覚え、首を振った。一歩踏み出すごとに、氷が割れ、欲望という名の暗く濁った冷たい水のなかへ落ちてしまう危険にさらされる気がした。それは望まれず、応えてもらえず、満たされることのない欲望だ。

ジョージは舞踏会に遅れて参加した。ダンスはすでにはじまっていた。彼は人から離れて立ち、物思いにふけりながら踊る人々を眺めていた。

「またわたしたち、ふたりきりになったようですわね、ミスター・イーストン」

ミス・ハーグローヴの声にジョージははっとした。彼女が近づいてくるのに気づいておらず、いつから彼女がそこにいたのかわからなかったからだ。「それは幸運ですね」彼はにっこりとほほ笑みかけながら言った。

彼女は首を傾げ、茶色の目を躍らせながら彼をまじまじと見つめた。「大丈夫ですの？　今夜は少し沈んでらっしゃるようですけど」

「そう見えますか？」

彼女の笑みが深くなった。「たぶん、財産を失うと、情熱にもかげりが射すということでしょうね」

ジョージは驚いて目をしばたたいた。

「いつもは懸命にわたしを誘惑しようとするのにって言いたいだけですわ。今夜は別のことに心が向いてらっしゃるようですけど」

ジョージは目を彼女の口に向け、わざとゆっくり胸もとへ下ろした。ほかのときだったら、モニカ・ハーグローヴのようにきれいで純情そうな女性には惹かれていたかもしれない。今ですらも、ごくわずかながら気を惹かれ、男の財産についておとしめるようなことを言うべきではないと教えてやりたい気持ちにはなった。しかしそこで、いまいましいほどにきれいな輝く青い目が突然脳裏に浮かび、少なくともオナーのためにこのぐらいはしてやろうとふと思った。少なくとも、オナーの問題からこの女性の気をそらさせるぐらいは。

彼はミス・ハーグローヴの手に触れた。「噂が耳にはいっているんですね？」

彼の顔から目を離さずに彼女は彼の指に指をからめた。「多少は。あなたは？」

彼はほほ笑んだ。「多少は」

彼女は軽い笑い声をあげ、手を下ろした。「ミスター・クレバーンはご存じ？」そう愛よく言ってジョージの後ろに目を向けた。彼が肩越しに後ろを見やると、かたわらに人のよさそうな顔つきのやせた男がぎごちなく立っていた。

「ミスター・クレバーンはロングメドウの新しい教区付司祭様なんです。ミスター・クレバーン、ミスター・イーストンをご紹介していいですか？」

ジョージは会釈した。「はじめまして」

「お会いできて光栄です」とクレバーンが言った。

「この方の魅力的なほほ笑みにだまされてはだめよ、ミスター・クレバーン」ミス・ハーグローヴがおどけて言った。「ミスター・イーストンはとんでもなく不埒な人なんですから」

ミスター・クレバーンは笑った。「ミスター・イーストン、あなたは私には非の打ちどころなく立派な方に見えますよ。では、失礼」彼はそう言って人ごみを見まわしながら先へ進んだ。

「ぼくが不埒だと?」とジョージが訊いた。

ミス・ハーグローヴはまた笑った。「ミスター・クレバーンはとても立派な方よ」と言う。「それにまだ独身なの。たぶん、オナーにぴったりのお相手になるんじゃないかと思っているんです」

彼女はジョージに目を据え、じっと表情を見つめていた。ジョージ自身にも、自分がどうやって冷静な顔を保っているのかわからなかった。ミス・ハーグローヴのことばに心を切り裂かれた気分だったからだ。「そうかもしれませんね」彼は肩をすくめて言った。「彼ならすばらしい影響を与えてくださると思うの。それにもちろん、非難のしようのない方だし。紳士のみんながみんなそうだとは言えないでしょう?」彼女ははにかむような笑みを浮かべてみせ、優美な足どりで離れていった。

ジョージはその後ろ姿を見つめていた。女性というのは、その多くが美しく、腹立たしい生き物だ。モニカ・ハーグローヴはぼくをなぶって反応を引き出そうとしたわけだ。

ジョージはそれを無視した。突如としてもっと暗い考えが心を占めたからだ。ミス・ハーグローヴの言うとおりだ。認めるのはいやでたまらないが、たしかにクレバーンはオナーにぴったりの結婚相手となる。あのにこやかなやせた男は岩ほども肉体的悦びには無関心だろうが、ロンドンで誰よりも興味深い女性の結婚相手として、ぼくよりはふさわしい人間なのだ。オナーを養えるばかりか、聖職者らしく、妻の衰えた母親の面倒を見ることで慈善をほどこそうとするだろう。そういう意味で言えば、聖職者のクレバーンなら、その手の施設のなかでも最良のものに妻の母親を入れることもできるはずだ。

一方、こちらは婚外子の生まれで、賭博好きで、女たらしで、商売にたずさわっており、オナー・カボットのような女性には誰よりもふさわしくない。彼女は呪わしい星ほども手の届かない存在なのだ。

その真実が心をむしばみ、じょじょに自信が失われていった。どれほど金があろうと、どれほどハンサムで、魅力的で、女を魅惑できようと、自分にはオナーやモニカ・ハーグローヴのような女性との永遠の幸せなど望むべくもないのだ。

それでもジョージは髪に櫛を入れ、クラヴァットを直し、ウエストコートのボタンがきちんとはまっているかたしかめて、死ぬほどに欲する女性に会うためにこうしてここへ降りてきたのだ。

彼女が階下《した》へ降りてきてくれさえすれば。

ワインとウイスキーが存分にふるまわれていた。楽隊がリールを奏でだした。ご婦人たちが〝パンチ〟と呼ぶ飲み物を飲みすぎたせいで、頬を染め、目を輝かせたレディ・ヴィッカーズが現れた。

「どこにいたの、いたずらっ子さん?」彼女は彼に身を寄せ、胸を腕に押しつけて訊いた。「踊ってくれる、イーストン? 踊りたくてたまらないの」

きれいな女性の頼みを拒めたことはない。

彼はレディ・ヴィッカーズとダンスを踊り、次に、リーズで暮らしていて最近未亡人になったばかりの妹の話を延々とするレストン夫人と踊った。おそらく、リーズはロンドンの社交界からはだいぶ離れた場所にあるため、未亡人の妹の再婚相手として、ジョージ・イーストンを候補にあげてもかまわないと夫人は考えたのだろう。

舞踏会にはうんざりだった。ロングメドウにも、上流社会にも。ブリストル夫人の誘いを礼儀正しく断り、二階の部屋へと向かいかけたところで、真に会いたい相手が目にはいった。どうしてこれまで気づかなかったのだろう? 青い目をより輝かせるクリーム色のシルクのドレスに身を包んだ、なんとも言えず美しい姿だった。彼女はジェットと会話を交わしていたが、ジョージの姿を目にしてほほ笑んだ。胸の奥があたたかくなる。彼女はジェットに何か言うと、ジョージのほうへと向かってきた。あとに残されたジェットはジョージに険しいまなざしを向けている。

「ミスター・イーストン、舞踏場でお会いするとは」彼女は明るく言った。「賭け事の部屋にいて、失った分の財産を手に入れているころだと思っていたわ。今夜はその噂でもちきりみたいよ」

「ぼくのほうはきみが部屋に引きとったんだと思っていたよ。ダンスしていなかったから」

「一度か二度、踊ったわ」彼女はにっこりして言った。「あなたは？」

「ああ、まあね、ダンスの相手が必要なご婦人たちで手いっぱいだったさ」

「ご立派ね。でも、そんなに苦痛ではなかったんじゃない？」

彼はにやりとした。「苦痛でなかったのはぼくよりも相手のほうさ」

音楽がまたはじまった。それはオナーが教えてくれたワルツの調べだった。彼女とはじめてワルツを踊ったのがもうずいぶん前のことに思えるのはどうしてだろう？　前世の出来事のようだった。「ぼくももう一度ぐらいは耐えられそうだよ」彼はそう言ってダンスフロアを顎で示した。

オナーは踊っている男女に目を向けた。「ワルツだわ。たしか、あなたのお得意のダンスとは言えないはずよ」とからかうように言う。

「だったら、教えてくれるきみとまた踊れるのはさらに幸運だな」

オナーは笑い、手を彼の腕にかけて彼を見上げた。そんなふうにほほ笑むと、顔が輝いて見えた。彼の胸のなかで軌道を描く、無数のつまらない惑星のなかで燦然《さんぜん》と光り輝く星。

ジョージは彼女をダンスフロアに連れ出し、両手を前に指示された場所に置いた。ダンスがはじまると、旋律に合わせ、ぎごちなくステップを踏んだ。

「あら！」彼女はうれしそうに目を輝かせて言った。「ずいぶんとましになってるわ！」すぐに彼はステップをまちがえた。

オナーは笑って体勢を立て直した。しかし、そこで顔から笑みが薄れた。「母を見つけてくれてありがとう」と彼女は言った。彼は直線を描くようにステップを踏んだ。

「別にたいしたことじゃない」

「そんなことないわ、ジョージ」彼女は諭《さと》すように言った。「とても大きなことだった。少なくともわたしにとっては」

彼女は真剣なまなざしで彼の目を探るように見た。ああ、彼女に触れたくてたまらない。彼女にも触れてもらいたい。彼は唐突に彼女とともにくるりとまわった。見つめてくるまなざしをそらしたかったからだ。すべてを見通すようなそのまなざしに目の奥まで見透かされるのではないかと不安になった。愚かしい心が表に出てしまうのではないかと。

「共通の友人に会ったよ」彼はそう言ってまた大きくまわった。

「そう。それで、今夜の彼女はどうだった？」オナーは軽い口調で訊いた。あまりに軽い口調。とくに気にもならないとでもいうような。

「生き生きとしていたよ」彼は答えた。「上機嫌だった」彼が突然またくるりとまわり、すばやくもとのステップに戻ると、オナーは驚いて息を呑んだ。

「あなたが崇拝のことばをささやいて魅惑したせいで、きっと天にものぼる気持ちだったのね」彼女は片方の口の端を上げてほほ笑んだ。片方の頬にえくぼが浮かぶ。「彼女の目をまっすぐ見つめて甘いことばをささやいたの？」

彼は鼻を鳴らした。「誰もきみにはかなわないとかそういうことかい？」

「それだとお世辞だとすぐにわかってしまうでしょう？　もっと心に訴えかけるようなことを言ったんじゃない？　それも、あからさまな言い方じゃなく。たとえば……」

これは単に自分の空想だろうか？　それとも、彼女の目の光はほんとうにやわらかくなったのか？

「たとえば、『きみのような人が現れ、心を奪ってくれるのを生涯待ちつづけていたんだ』というような。もちろん、あなた自身の言い方でね」

彼女のまなざしがさらに強くジョージを惹きつけた。彼女のことは理解できた。言いたいことも。彼は浅い息をすると、いまいましいダンスフロアで体勢を整えようとした。「そんなことをミス・ハーグローヴには言えないよ、オナー。そういうことばはたったひとりの人にしか言えない。本心からそう思わなければ言えないことばだ」

オナーのまなざしは揺らがなかった。それは音楽のせいかもしれず、込み合ったダンスフロアのせいかもしれなかったが、これまで感じたことのないようなものがふたりのあいだに流れるのをジョージは感じた。不思議にあたたかく、驚くほど強い何か。彼女の欲望と、心臓の鼓動と、どくどくと脈打つ血の流れが感じられた。彼女がそのことばを言ってほしいと待っているのがわかる。

しかし、言うわけにはいかなかった。どうしてそんなことばを口にできる？　彼女をなぐさめるためだけにそんなことばを口にし、それによって互いを暗黙の悲しみにさらすことがどうしてできる？

何も言わずにいると、オナーの目が失望にくもるのがわかった。彼女は目をそらした。「そうね、そんなことばを言ってはだめね」と何気なく言う。「何も言わないで」

ちくしょう。調子に乗りすぎて、欲望に支配されるのを許してしまったからだ。そのせいで、その瞬間、自分がいやでたまらなかった。

ジョージは突然彼女を一方にまわし、それから反対にまわした。ほほ笑みがゆっくりとオナーの顔に戻ってきた。いい子だ。互いのあいだに芽生えたものはけっして日の目を見ることがないと理解しているのだ。永遠にうずめたままでいなければならないと。

「あなたって最低の踊り手ね、イーストン。それにわたしのこと、きつく抱えすぎよ。きっとロングメドウにいるみんながもう気づいているわ。イングランドじゅうでもっとも目ざとい人たちが集まっているんだから」

ジョージは彼女をさらにきつく抱えてまわした。「そんなの気にしないさ、カボット」

彼女は彼に笑みを向けた。「わたしもよ」

ふたりはしばらく黙って踊った。

「明日、ロンドンに帰ることになるわ」と彼女が言った。

「ぼくもだ」

彼女の目から悲しみの色は消えず、ほほ笑もうとしているのに顔にはなかなか笑みが浮かばなかった。彼は彼女にキスしたくなった。キスをして目から悲しみの色をぬぐい去り、唇に笑みを浮かべさせたかった。しかし、そんなことはできない。満たされぬ思いをさらに強めるかのように、音楽がやんだ。ジョージは彼女を放したくなかった。永遠に。

彼女を放すと、妙に空虚な思いが湧き起こった。

「じゃあ」彼女は言った。「おやすみを言わなくちゃ」

オナーはその場に立ったまま、彼の答えを待っていた。ロンドンでまた会おうと言われるのを。もちろん、そうしたくてたまらなかった。死ぬほどに……

しかし、ジョージはそれを口に出すことができなかった。赤ん坊に戻ってしまったかのようにことばを見つけられず、途方に暮れていた。彼女に短く会釈すると、手をきつく後ろで組んだ。とてもきつく。その手をオナーにかけて引き寄せてしまわないように。「おやすみ、ミス・カボット」

彼女は彼の顔に目を走らせると、首を下げ、最後に一度ちらりと彼を見てから歩み去った。ジョージは彼女が人ごみのなかに姿を消すまで手を組んだままでいた。

それから振り返ると、目の前に太った猫のように笑みを浮かべたミス・ハーグローヴが立っていた。「あなた、ダンスのお相手として人気が出たみたいね、ミスター・イーストン。ロンドンの舞踏会でもっとお会いできるかしら？」

ミス・ハーグローヴがオナーへの彼の気持ちに勘づいていることを突然ジョージは理解した。だからといって自分のほうが優位に立てると思ったのか？　冗談じゃない——ジョージはふいに彼女を誘惑してソマーフィールドから奪うことに新たな興味を抱いた。「ずいぶんましになったと言われたところですよ。それをじかにご覧になりたいですか？」彼はそう訊いて腕を差し出した。

ミス・ハーグローヴは笑いながら彼の腕に手をかけて言った。「ええ、ぜひ」

22

舞踏会の楽団が鐘を鳴らしだしたのは午前零時半のことだった。何かの催しがあるという合図の鐘。ジョージが逃げ出すにはもってこいの機会だった。

寝室にフィネガンがいなかったのはありがたかった。彼は扉を閉めて鍵をかけた。上着を脱ぐと、クラヴァットをとった。ウエストコートを脱いでシャツをズボンから引き出したところで、扉をノックする音が聞こえた。ジョージは天を仰いでうなり声を発した。「今はい い、フィネガン!」彼は扉に向かって大声で言った。

少ししてまたノックする音がした。「ちくしょう」ジョージは小声で毒づくと、扉のところへ行って鍵をはずし、フィネガンを怒鳴りつけてやる気満々で扉を勢いよく開いた。

しかし、彼の脇をすり抜けて寝室にすばやくはいってきたのはフィネガンではなく、オナーだった。ぎょっとしたジョージは急いで扉を閉め、唖然として彼女を見つめた。「いったい何しに来たんだ?」と訊く。「ここに来てはだめだ、オナー――」

「大丈夫よ」オナーはすばやく答えた。「みんな舞踏場にいるもの。オーガスティンとモニカが婚約を発表しているの」

彼は目をしばたたいた。道理でミス・ハーグローヴは今晩、えらく自信に満ちていたわけだ。「きみもその場にいなくていいのかい？」

「もちろん、いなきゃならないわ」彼女はそう言ってはにかむようにほほ笑んだ。「でも、もっと大事な用事があるから」

彼には彼女の言わんとしていることがわからなかった。「用事？」母親のことだろうか、それとも妹たちのことかと推測しながら声を発した。

彼女は彼のほうへ近づいてきた。「このままで終わらせるわけにはいかないわ」

「このままで終わらせる」彼はよくわからないままおうむ返しに言った。

「ああ、ジョージ」彼女はほほ笑んで言った。「どうしても……どうしてもほしいものがあるの。必要なものが。何を求めているのか、どうことばにしていいかはわからないけど」彼女はこの部屋でどこへ向かっていいかわからないというようにためらいながら、さらに近づいてきた。

しかし、顔の表情と目に浮かんだ希望の色がジョージの胸にわずかな動揺をもたらした。

彼女は何を言っているんだ？

「あなたが必要なの、ジョージ。あなたに……手を貸してもらいたいの」彼女は真剣な口調で言った。

「きみは結婚することを考えなくてはならない」彼は一歩下がってぶっきらぼうな声を出した。「それについてはぼくは手を貸すことはできない」

彼女は足を止め、目をしばたたいて彼を見上げた。「そうかもしれない」と言う。ああ、そんな目で見ないでくれ！「そうかもしれない」彼女はまたそう言い、さらに一歩近づいて両手で彼の顔を包んだ。「でも、今はそのことは考えないわ。あなたのことしか考えられないの、ジョージ。それから、わたしたちが最後まで終えられなかったことと。あなたは考えないの？」

「ミス・ハーグローヴのことかい？」彼は混乱して訊いた。

「ちがうわ！」オナーは叫んだ。「ちがう。彼女とは二度と話してほしくない。わたしにあなたが必要だって言ってるのよ」

彼女の言いたいことを理解するのにしばし時間がかかった。それから、動揺の波が嵐のように全身に押し寄せてきた。自分のことは自分でよくわかっていた。これに耐えられるほどの強さは自分にはない。こういうことに関しては子犬のように弱い人間だ。ジョージは狼狽して彼女の手を顔から引き離した。「そんなことを頼まないでくれ」と言って。「それ以外だったらなんでもするよ、オナー。それ以外だったら」

彼女は驚いて口を開き、つと前に進み出ると、爪先立って彼にキスをした。それでも、ジョージは彼女には触れなかった。身を引こうとしたが、そんなことは不可能だった。

そのとき、ふいにオナーが動きを止め、目をじっとのぞきこんできた。ジョージが本気で拒もうとしているのを感じとったのだ。彼女は両手を彼の顔から下ろして一歩下がり、顔をそむけた。

「きみにはわからないよ」彼はひとこと言った。

「あなたにもわからないわ」彼女は低い声で言うと、両手を後ろにまわした。

ジョージはしばらく彼女を見つめていたが、やがて彼女が何をしているのか気づいた。ドレスのボタンをはずそうとしているのだ。「だめだ」彼は彼女の手をつかもうとしながら言った。「よすんだ――」

オナーは彼の顔に目を据えたまま、手を振り払うと、片袖を腕からはずした。

ジョージの鼓動は速くなり、体がこわばりはじめた。「ちくしょう、オナー、そんなことをするんじゃない！　ぼくは本気で言っているんだ。ぼくが何をするか、きみはわかっていない」

オナーはもう一方の袖も腕からはずすと、ドレスを腰の下に押し下げ、床に落とした。彼女はシュミーズ姿で彼の前に立っていた。

鼓動が速まるあまり、胸から飛び出してしまうのではないかと思うほどだった。ジョージは彼女の全身に目を走らせた。シュミーズとコルセットからこぼれ落ちそうな胸、尻へと曲線を描く腰。まるでこれまでずっと死ぬほど飢えてきたところへ、ごちそうを差し出されたかのようだった。

それでも、彼は動こうとしなかった。彼女に触れたら──指一本でもその肌に置いたら──自制心をすべて失ってしまうことだろう。

彼が動かずにいると、オナーは断固とした様子で顎を上げた。片手で髪からピンをはずすと、その半分を後ろに垂らした。「コルセットの結び方はわかる?」彼女はそう訊き、髪からもう一本ピンを抜いた。そしてもう一本。

ジョージは口を開かなかった──開けなかったのだ。黒髪がすべて肩のまわりに落ちると、オナーはわざとゆっくりとひもを引っ張り、コルセットのレースをほどきはじめた。やがてレースがほどかれ、コルセットが下に落ちた。今や彼女とジョージの荒れ狂う欲望のあいだにある障壁は、裸体が透けて見えるほど薄いシュミーズ一枚となった。彼の目は彼女のすべての曲線、すべてのふくらみを貪欲にとらえていた。呼吸が苦しくなってふくらんだ胸が、必死で彼女に手を伸ばさずにいるために力がはいってしぼんだ。

オナーはシュミーズの肩ひもの下に指を一本すべりこませた。

荒れ狂う欲望のせいで身動きできないまま、ジョージはなすすべもなくそれを見守っていた。

彼女は肩ひもを下ろした。それからもう一方も。まるで夢のなかの出来事のように、薄いコットンのシュミーズが床へふわりと落ちた。オナーはシュミーズから踏み出し、彼の前に立った。腕で腹を抱いている以外は何も——腕に載っている完璧な胸も、脚の付け根の縮れ毛も——隠さずに。

なんとも大胆な女だ。言い訳することもしない。勇敢で、世の中に自分の居場所を探すのと同じように、悦びを追い求めようとする女。高々と足を上げて行進する馬のように、左右に目を向けることも、世間からどう思われるか気にすることもない。ぼくと同類で、天がぼくのためだけに形づくってくれたような女だ。

オナーが震えているのにジョージは気がついた。腕を動かし、胸を隠そうとしている。ジョージがぐらついていた場所から落ちたのはその瞬間だった。「だめだ」と小声で言い、ゆっくりと彼女の腕を片腕ずつ体から引き離した。「見せてくれ」そう言って彼女の全身を爪先まで眺め、後ろにまわりこんで背中とハート型の尻を眺めた。髪の毛の太い束に指をからませ、ロープのように手首に巻きつける。「ぼくに何をしようとしているんだ？」彼は途方に暮れて訊いた。

彼女は首をわずかに動かして肩越しに彼に目を向けた。「こんなに欲望を募らせたままでここから帰りたくないの」彼女は自分の下腹部へと両手をすべらせて言った。「ジョージ、わたし、これまで知らなかったものがほしくたまらない。それに、心が粉々になってしまうのはいや」

ジョージには、彼女の心がどうして粉々になるのかよくわからなかったが、それはどうでもよかった。長年せき止めていた感情が心のなかで決壊したからだ。感情の洪水はあまりに強大で、少し頭がくらくらするほどだった。彼は後ろから手を彼女の腹にまわし、体を引き寄せると、目を閉じて彼女の髪に唇を押しつけた。「きみは純潔を投げ捨てたくはないはずだ」とかすれた声で言う。体はそんなことばを口に出さないでくれと懇願していたが。

「投げ捨てるですって？　そうじゃなくて、あなたにささげようとしているのよ、ジョージ。そのあとはどうなってもいいわ」

体のなかを流れる血はすでに奔流となっていた。彼はおちつこうと息を吸い、彼女のうなじにキスをした。「ほんとうにいいと言ってくれ。たしかだと。ああ、お互いにとって手遅れになる前に言ってくれ」

彼女は腕に抱かれたまま身をよじった。「ほんとうよ」そう言って彼にキスをした。

ジョージの胸をしばっていた無数のいましめが即座に切られた。彼女と触れ合っている部分に火がつき、彼女の肌のあたたかくかぐわしいにおいに反応して燃え上がった。彼は手を彼女の胸へと持ち上げ、豊かなふくらみをてのひらで包み、硬くなった頂きを指でこすった。耳たぶを嚙み、口をこめかみに押しつける。彼女に震える手でシャツのボタンをはずされ、口を喉に押しつけられて、全身に痛いほどの震えが走った。

ジョージはオナーを腕に抱き上げ、ベッドへ運ぼうとし、その途中で小さなテーブルを押し倒してしまった。彼女は驚きの声を発したが、彼はそれを口と舌で封じた。空いているほうの手で自分のシャツを体から引きはがし、上半身裸になる。

　オナーは驚きか不安に息を呑んだ。それがどちらかはわからなかったが、どちらでもかまわなかった。体は彼女を求めてうずいていたが、ジョージはやめてと言われるのを待つように、彼女の顔をじっと見つめた。しかし、オナーの目はゆっくりと彼の胸へ降り、そのあとを指がなぞった。肌に耐えがたいほどの感覚が残る。指はズボンのてっぺんへと達した。彼女は目を上げながら、ズボンのボタンをはずした。

　彼は彼女の手をとらえ、激しく鼓動する心臓にあてさせた。血管で血を沸き立たせる感情を感じてほしかったのだ。これまで経験したことのない感情だった。これは夜になってぼんやりと心地よく思い出す午後の情事とはちがう。体がばらばらになりそうで、心臓は子馬のように駆けめぐっていた。

　オナーは彼の胸にあてた自分の手を見つめていたが、やがて顔を持ち上げて彼にやさしくキスをし、指で彼の髪を梳いた。

　彼はまた彼女を抱き上げ、ベッドに下ろした。彼女にのしかかると、甘くさいなむような悦びが高まって下腹部で渦を巻き、彼を脈打たせた。彼女はボタンをはずした彼のズボンに手をすべりこませ、硬くなったものを軽くにぎって情熱の証の感触をたしかめた。苦痛を覚えるほどの悦びにジョージは身をこわばらせ、彼女の湿った熱のなかに自分をうずめたいという欲望と闘った。

それ以上やさしい愛撫に耐えられなくなると、呑みこまれそうになっている欲望の波を抑えようと体を震わせながら、指を熱く湿った場所へと差し入れた。そうして彼女のなかに指を出し入れしながら、口に舌を突き入れた。彼女の手は彼の硬くなったものの上で動いている。「ああ、きみはきれいだ」彼は口づけたままささやいた。

オナーには聞こえていないようだった。目を閉じ、手と口で彼の体を探っている。

ジョージはふいに身を起こし、彼女をうつぶせにして背中から腰へとキスの雨を降らせた。脚のあいだに手をすべりこませながら、肌に歯を立てる。しかし、オナーはうつぶせでいるのをいやがって起き上がり、彼と向き合ってすわろうと体をまわした。黒髪の小さな束が顔をとりまき、シルクのような長い房が背中と肩に落ちていた。

彼女はキスのせいで腫れた唇であえいだ。「それを脱いで」と言って、ズボンに手を伸ばし、腰から下ろそうとする。

彼は言われたとおりに立ち上がってズボンを脱いだ。

彼女の目が彼の体に据えられた。当然だ。裸の男を見たことがないのだから。爆発しそうなぐらいに興奮した体はもちろん。ジョージは片膝をついてベッドの上で平衡を保ち、これを見て彼女は怖がっているのだろうかと思いながら、自分を手にとった。

しかし、オナー・カボットは簡単に怖がる女性ではなかった。勇敢で、危険をものともしない女性だ。身を乗り出すと、口を彼の先端にあてた。ジョージは歯のあいだからはっと息を呑み、身を引こうとした。が、オナーは彼の脚をとらえて押さえつけながら、唇と舌先で彼の先端に円を描くように触れ、にじみ出た真珠のような種を味わった。

彼はえも言われぬ感覚に歯を食いしばり、彼女の喉へと自分を押しこみたくなる衝動を抑えた。彼女がさらに深くくわえようと身を動かしたところで、ジョージは彼女をつかまえ、あおむけに押し倒してその太腿のあいだに身を置いた。

彼女のなめらかな襞に自分の先端をあて、また口で口をふさぐ。身の内で高まるものは耐えがたいほどだった。体のなかで種がどくどくと脈打つのがわかる。彼女のなかにすっかり身をうずめてしまいたいという思いを押しとどめているのは、傷つき、ぼろぼろになった意志の力だけだった。キスや愛撫を重ねるたびにそれはさらなる責め苦となり、刻一刻と意志の力は弱まりつつあった。

彼は彼女の胸に顔を寄せ、片方の胸の頂きを口にふくみ、歯や舌でいたぶりながら、自分の先端をゆっくりと彼女のなかへとすべりこませた。そうしながら、脚をさらに開かせる。

オナーは指を彼の髪に差し入れ、目をのぞきこんできた。ジョージはその目に溺れ、動きを止めた。惑わされるほどに魅惑的なまなざしに、この女性のためならなんでもできると思った。なんでも。山にのぼってもいい、竜を倒してもいい、ダンスを踊ってもいい……彼女の心が望むことならなんでも。女性を満足させたいとこれほど強く思ったのははじめてだった。これほど深く誰かを求めたのも。うずくほどに彼女がほしくてたまらず、ほかのどんな男にもできないほどの悦びを与え、彼女を完全に満たしてやりたかった。

オナーの目が口へと移り、彼女は彼の唇のあいだに指を差し入れた。

ジョージはそれ以上耐えられなくなった。彼女の指とてのひらにキスをすると、湿った狭い場所へとみずからをゆっくりと押し入れ、硬くなったものでその場所を広げて満たした。自分を包む彼女がこわばる刺激的な感触をたのしみながら、慎重に、ゆっくりと進み、どうにか奥まで達した。いとおしさが波のように押し寄せてきて、ジョージは腕を下にすべりこませて彼女を胸に引き寄せると、処女の障壁へとみずからを押しつけた。

彼女はそれを奪ってしまうことへの彼のためらいを感じとったようだった。「ジョージ」とささやくと、ふたりのあいだに手を入れて彼を手で包んだ。

ジョージは喉から獣のような声をもらして障壁を押し破った。

オナーは小さな悲鳴をあげ、額を彼の肩に押しつけた。

くぐもった悲鳴が彼を不安にさせた。ちくしょう、ぼくは何をしてしまったんだ？　女たらしで、肉欲の衝動を抑えきれない男が、心から崇拝する女性の純潔を奪ってしまったのだ。

オナーは足を彼の腰にまわし、身を押しつけるようにして動いた。そして、口を彼の肩にあてて軽く嚙んだ。

愛しているといってもいい。愛している！　ああ、どうしようもなく、心から彼女を愛している。この途方もない旅をつづけ、さらになかにはいってほしいというように、彼女がまた体を強く押しつけてきた。ジョージは目をのぞきこもうと彼女の顔を手で包みながら、さらに奥へと押し入った。彼女の体が開くのがわかり、古来変わらぬ原始的な欲望の魅惑的な律動を感じることができた。切れ切れの乱れた息のまま、彼は動きはじめた。先端まで抜いてはまた突き入れるのを、じょじょに激しさを増しながらくり返す。

彼女も指を彼の背中に走らせ、尻の肉に食いこませてしがみつきながら、ともに動きはじめた。彼はふたりの体のあいだに手を差し入れ、女性の悦びのつぼみを撫ではじめた。

オナーは息を求めてあえぎつつも、口を彼の胸にあて、彼の手と硬くなったものへと体を押しつけてきた。やがて彼女は指を彼の尻にさらに深く食いこませ、息を呑んで動きを止めた。彼の腰にまわされた足がこわばる。

欲望がさらに激しさを増し、ジョージは自分のなかで高まる、体をばらばらにするような激しい感情を彼女にも味わわせたいと思いながら腰を上下した。彼を包む彼女の体が痙攣《けいれん》したと思うと、彼女は首を後ろにそらして体を押しつけ、声をもらした。乱れた黒髪が顔を覆っている。

彼は低いうなり声をもらして首をそらすと、最後に強くひと突きして自分を深々と彼女のなかにうずめた。純粋な恍惚感に喉から声がもれ、彼女のなかに熱い種が巻き散らされた。

その瞬間、力つきた彼は彼女の腹に腕をまわし、髪に顔をうずめて横にぐったりと倒れこんだ。高揚感の濃い霧のなかからどうにか這い出ようとする。彼女が彼の背中を軽く上下になぞりはじめてようやく、彼は首をもたげて彼女を見下ろした。

オナーは頬を真っ赤に染め、その瞬間、ジョージがこれまで目にしたどんな芸術作品よりも美しかった。彼女はわずかに首をまわして目を開け、輝かしいほどの笑みをくれた。彼の顎を撫で、髪を手で梳くと、身をほどいて起き上がり、口にキスをした。舌で舌をなぶり、湿った唇を押しつけてくるキス。

「大丈夫かい?」と彼は訊いた。

彼女は笑みを深めてうなずいた。「満たされたわ」とだけ言う。

ジョージは彼女に腕をまわし、自分の感情の深さにひたった。これは愛にちがいないと恐れおののきながら胸の内でつぶやく。混じりけのない真実の愛。

ああ、そうでなければいいのに。

そうでなければ。

23

オナーは谷を飛び越えたような満ち足りた気分でいた。怖いものなど何もない気がした。体は活力にみなぎっている。少しひりひりしていたが、それもほとんど気にならなかった——うっとりするような痛みだったのだから。そして心は……ああ、心は愛情に満ちていた。

彼女は頭をてのひらに載せて横向きに寝そべっていた。もう一方の手の指は眠っているジョージの胸をなぞっていた。この人を愛している。心から愛している。すっかり緊張を解いた顔で眠っている姿も、眠っているときでさえ、手を伸ばして彼女を見つけようとするところも好きだった。ほほ笑み方も、なかにはいってきたときのまなざしも……

マントルピースの上の小さな時計が鳴った。たった一本だけついている蠟燭の薄暗い明かりのもとで彼女は目を凝らした。午前四時だった。あと一時間もすれば、ロングメドウを発つ支度のためにハンナが起こしに来るはずだ。このすばらしい場所を去らなければならない。自分の心が真にどこへ向いているのか悟ったこのベッドから。

彼女は首をかがめ、ジョージの胸に唇で触れた。彼が目を覚ましたときには、立ち上がって服を探しはじめていた。

「どこにいる？」彼はかすれた声で訊いた。

「ここよ」彼女は小声で答え、シュミーズを頭からかぶった。

　彼は肘をついて眠そうにまばたきし、オナーが服を着るのを黙って見守っていた。彼女はコルセットをつけると、レースを結んでもらおうと彼に背中を向けた。

ジョージは身を起こして器用にコルセットのひもを引っ張りはじめた。女性たちと愛を交わしたあとで、彼がこうしてコルセットのひもを結び、女性たちを送り出すことを何度くり返してきたのだろうとオナーは思わずにいられなかった。そう考えて恍惚感から覚めた。彼女は身支度を終えると、彼のほうを向き、うわの空で髪を編んだ。

ジョージは一糸まとわぬ姿でベッドの端に腰をかけ、彼女の顔をじっと見つめていた。

「ジョージ？　わたし――」

「いや」彼は片手を上げ、そっけなく言った。「何も言うんじゃない、オナー。ぼくたちのどちらもかなえられないことばや約束を――もっと悪いことに、忘れられないようなことを――口に出してはだめだ」

オナーは目をしばたたいた。「でも、わたし――」

彼は立ち上がり、彼女を腕に抱いてキスをした。「言うんじゃない、オナー。何か言ったからって何も変わらないだろう？　今夜のことは胸に秘めておくんだ。ああ、頼むから、何を言わないでくれ」

彼の言いたいことはわかった……少なくともわかった気がした。愛しているということばにすることは、その愛に生きられない場合、あまりに心が痛んで耐えられないからということ？でも、それでも彼には言いたいことがたくさんあった。知ってほしいことが。これまで知り合った男性のなかで彼がもっともすばらしい人だと伝えたかった。彼の生い立ちも気にならないと言ってやりたかった。

しかし、それを口に出す前に、ジョージは彼女に背を向かせ、ドレスの最後のボタンをはめた。それから、首をかがめてうなじにキスをした。「今夜のことは生きているかぎりけっして忘れないよ。ずっと大事な思い出としてとっておく」彼は小声で言った。「もう行くんだ。誰かに見つかる前に」

オナーはよろよろと足を踏み出した。なんと言い返していいかわからず、言い返すべきかどうかもわからなかった。わかっているのは、心が彼でいっぱいになっているということだけだ。一分の隙もないほどに。

よく考えて結論を出さなければならない。そう、それがわたしのこれからやること――ロンドンへ戻って、母をおちつかせ、選択肢をよく考えてみるのだ。彼へと通じる道がきっとあるはず。

オナーは後ろを振り返らずに部屋から忍び出た。彼の顔にどんな表情が浮かんでいるのか見るのが怖く、また彼がほしくなり、彼が聞きたくないと思うことを口に出してしまうのではないかと怖かったからだ。

あとになってみれば、そうして彼の部屋から去ってよかったのだった。やることは山ほどあり、ほんの数時間後、オナーとグレースは馬車に母を乗せるのに大変な思いをしていた。レディ・ベッキントンがロングメドウを離れたがらなかったからだ。機能の衰えつつある頭のなかでは、そこは母が少女のころに夏を過ごしたものの、二十年も行っていないホールストン・ホールに変換されていた。上の娘たちともみあう母を、下のふたりが恐れおののきながら見つめていた。

その悶着のせいで、みな疲れきり、ロンドンへの長く揺れる旅路に恐怖を感じた。馬車のなかで、ジョージに関する思いはもつれだした。恋に落ち、男女のあいだの大きな悦びを知った輝かしい幸せも、母という暗雲の陰に隠れてしまった。自分はグレースとともに、どんどん辛くなる闘いに挑んでいるのだ。それはたしかだった。

オナーの重い心が痛みだした。

昨晩、ジョージには言いたいことばが山ほどあった。称賛と崇拝のことばが。しかし、こうして彼から離れてみると、それを言わなくてよかったと思えた。彼の言ったことを思い返してみる。その言い方も。〝何も言うんじゃない。もう行くんだ〟彼はベッドをともにした女にそんなふうに言うの？　それとも、そこには彼が直面できないもっと深い何かがあるの？

でも、だからといってどうなの？　ジョージの言うとおりだ——どれほど彼を愛していても、彼といっしょになることはできないのだから。自分は世間からどう思われようと気にしない人間だと思っていたが、まったくそうではないことがわかった。愛の行為の輝かしさは消え、ジョージへの白分の感情とそれが意味するものが恐ろしくなりつつあった。彼といっしょになるために何を犠牲にしなければならないかはわかっていたが、自分の感情は生まれてはじめてと言ってもいいほどにはっきりしていた。それは現実的で強いものだった。抗しがたいもの。

ジョージ・イーストンが好きでたまらなかった。おかしくなりそうなほどに心底彼を崇拝していた。それでも、彼のためにすべてを捨てられる？　彼も同じように求めてくれるかしら？　今は男の人に恋い焦がれる以上に差し迫った問題があるのでは？

ロンドンに戻って最初の二日ほどは、ありがたくも予想外に平穏だった。オナーの母は慣れた環境に戻ってから——少なくとも今のところは——かなりおちついていて、頭もはっきりしていることが多く、オーガスティンが伯爵を連れていつロンドンに戻ってくるかだけを心配していた。問題が起こったのは一度だけで、それはオナーの見ていないところで起こった。ジェリコーがこっそり教えてくれたのだが、レディ・ベッキントンは彼をスコットランド人と思いこみ、伯爵の物を盗んだ罪でしばり首にしてやると脅したのだった。

オナーがロンドンに戻ってきて三日目、ほっとしたことに、オーガスティンが伯爵とともに到着した。三人の使用人が弱っている伯爵を部屋へと運び、その辛そうな咳が以前と同じく家の物音のひとつとなった。また袖から刺繍をほどいてしまっていたレディ・ベッキントンは、伯爵に会いに彼の部屋へ姿を消した。

あるくもった午後、オナーは物思いに沈んだグレースが遠くを見るまなざしで窓の外へ目を向けているのに出くわした。

「グレース？　どうかしたの？」とオナーは訊いた。

グレースは子供のころと同じように指に髪を巻きつけた。「訊かれたから言うけど、あなたに怒ってるのよ。お母様にアヘンチンキをあげてとジェリコーに頼んだのに、あなたがあげてはだめと言ったそうね」

「もちろん、あげてはだめよ」オナーはにべもなく言った。「あげようと思うなんて信じられないわ。ロングメドウで約束したじゃない」

グレースは顎をこわばらせた。「約束なんてしてないわ、オナー。あなたがそう言っただけよ。お母様が今のまま、ぶつぶつとひとりごとを言って袖の刺繍をほどきながらうろつきまわっているのを、そのままにしておいてもいいと思っているわけね」

「そうせざるを得なければね」オナーはぎごちなく答えた。

グレースは髪を放して振り向いた。「あなたって救いようがないわ！　あなたが誰かの求愛を受け入れて結婚していれば、わたしたちもこんな苦境におちいらなくてすんだのに！　でも、あなたはそうするよりもローリーのことばかりくよくよ考えていた」

「なんですって？　お母様が正気を失っているのはわたしのせいだというの？」オナーは怒って叫んだ。

「そうは言ってないわ！」グレースも怒って言い返した。「でも、あなたが自分以外の誰かを思いやれたら、今みたいな困った状況にはおちいってなかったかもしれない」

オナーは啞然として妹を見つめた。妹のひとことひとことが心を切り刻むようだった。自分でそれを認めるのも恐ろしかったが、グレースに言われると……「あなたはどうなの？」と彼女は訊いた。

「あなたより先にわたしが結婚するのをお母様が絶対に許さないことは、あなたにだってよくわかっているじゃない」グレースは怒って言った。「それでこうして長く待ちすぎてしまったってわけ！　いいご縁があったかもしれない時期を無駄に過ごして、今はわたしたちの誰もちゃんと面倒を見られず、ほかの誰にも望まれないお母様を抱えて、どうなるかわからない未来に直面しているのよ」

オナーはばかばかしい計画がうまくいくかもしれないなどと思った自分を愚かしく感じた。その結果どうなったかと言えば、婚約するわけにもいかない男性を恋い焦がれることになってしまった。「だったら、わたしはどうしたらよかったの、グレース?」オナーは自分自身と自分の人生を腹立たしく思いながら訊いた。「あなたは力になってくれなかったわ」

グレースは突然肩を落とした。「わかってる」と抑揚のない口調で言う。「わたしは役立たずだったわ。でも、オナー、わたしたちのどちらかは結婚しなきゃならない。それも急いで!」

ジョージ・イーストンを愛しているのに、どうしてほかの誰かとの結婚など考えられるだろう? そのことばを聞くだけで胃がひどくよじれる気がした。「わかったわ。わたしは誰と結婚すればいいの?」オナーはあきらめて訊いた。

「あなたじゃないわ。わたしよ」とグレースが言った。それから、オナーが目を天に向ける前につづけた。「もっといい考えがあったら、今言ってちょうだい。わたしはバースに行くことになるから——」

「バースですって!」

「ええ、バースよ。アマーストがバースにいるから」

「アマースト!」オナーは声を荒らげた。「イングランドじゅうを探しても、あんなひどい放蕩者はいないじゃないの。みんなが知っていることだわ! なんてこと、グレース、わたしみたいなばかな真似はよして! うまくいきっこないんだから!」

「彼は婚外子の生まれじゃないし、少なくともちゃんと名のある人だわ」グレースは言い返した。

オナーは身動きをやめた。そのことばがひどく気に障り、波立つ腹にこぶしをきつく押しつけずにいられなくなる。「こんなのばかばかしいわ」彼女は言い返そうと振り返りかけたが、そこで突然マーシーが居間にとびこんできて、泣きながらソファーにつっぷした。

「マーシー！」グレースが叫び、膝をついて妹の背中に手を置いた。マーシーは泣きじゃくっているせいで小さな体を揺らしている。「ちょっと、なんなの？　どうしたの？」

「オーガスティンよ！」マーシーがしゃくりあげながら言った。「怖い声を出すんだもの！もう二度と墓泥棒のことは口に出すなと言って部屋から追い出したの！」彼女は身を起こし、眼鏡をはずして顔の涙をぬぐった。「そんなに怖い話じゃなかったのに。ほんとうよ！」

マーシーの涙のせいで、オナーの陰鬱な気分は爆発しそうなほどの怒りへと押し上げられた。「オーガスティンと話をしてくるわ」そうきっぱり言うと、妹の髪を撫で、脇でこぶしをにぎったまま部屋をあとにした。

階段を急いで降りたが、上履きはほとんど音を立てなかった。玄関の間に降りると、廊下の先から声が聞こえてきたため、声のするほうへ大股で向かった。大きな応接間に近づくと、オーガスティンとモニカの笑い声が聞こえてきた。しかし、そこにはほかの人の声も交じっていた。

扉のところまで行くと、ソファーにモニカとその母親が並んですわり、オーガスティンとミスター・クレバーンが立っているのがわかった。ミスター・クレバーンはオナーの姿を目にすると、すぐさま背筋を伸ばし、少し緊張した面持ちで笑みを浮かべた。

「オナー！」彼女の姿を認めてオーガスティンが言った。「ハーディーに迎えに行かせようと思っていたところだった」

「お邪魔してごめんなさい」オナーは部屋のみんなに言った。「オーガスティン、ちょっとお話ししたいことがあるんですけど」

オーガスティンが口を開く前にモニカと目を見交わしたのをオナーは見逃さなかった。

「ああ、いいさ、オナー。ぼくからも話がある。ちょっと失礼していいですか？」彼は客たちに向かって言った。

「もちろんよ！」モニカが歌うように言った。「ゆっくりしてらして」

オーガスティンは近づいてくると、オナーの肘をとって振り返らせ、廊下を通って執事の事務室へ向かった。オナーを部屋のなかに導くと、扉を閉め、明かりをとるために中庭に面した窓のカーテンを開いた。

「どうしてミスター・ハーディーの事務室に来たの？」オナーが訊いた。胸の奥で不安が小さく脈打ちはじめた。「お客様もいらっしゃるし、ほんのちょっと話がしたかっただけ――」

「でも、だからこそさ、オナー」オーガスティンがさえぎるように言った。「お客様たちは――そう、少なくともそのうちのひとりは――おまえに会いにいらしたんだ」

さっきから感じていた不安が翼を持ち、飛び立とうとしていた。

「ミセス・ハーグローヴとモニカは親切にも、ロングメドウからベッキントン・ハウスまで、ミスター・クレバーンをはるばる連れてきてくださったんだ。彼はわが家に二週間滞在することになっている」オーガスティンは不安そうな笑みを浮かべ、ミスター・ハーディーの机の端を苛々と指でたたいた。

「それがわたしとどんな関係があるの?」

オーガスティンはクラヴァットに触れ、咳払いをした。「ミスター・クレバーンはサンダーズゲート卿の三番目の息子だ。サンダーズゲートのことは知ってるだろう? 背が高くて、赤毛を短く切りそろえた人物だ」彼は頭のてっぺんを身振りで示して言った。「彼は六人の息子をこの世に送り出した。想像できるかい? 息子が六人! その全員がきちんとした地位におさまるのを見届けるのはえらく大変なことにちがいないよ!」あり得ない偉業だとでもいうような口振りだ。

「たしかにずいぶんと多いわね」オナーも言った。「でも、まだよく――」

「彼の三番目の息子、ミスター・リチャード・クレバーンはロンドンで二週間、大主教のもとで勉強することになっている。考えてもごらん、オナー。うちの領地の司祭が、大主教と個人的なつながりを持つんだ」

彼女は入口にちらりと目を向けた。不安は今や檻のなかの小鳥になっていた。羽をばたつかせながら、出してくれと叫んでいる。どうにかしてオーガスティンの脇をすり抜ければ、彼が言おうとしている恐ろしいことを聞かずに逃げ出せるかもしれない。

「ぼくが言いたいのは、ミスター・クレバーンがいい人物だということさ。高い教育を受け、評判に瑕もなく、非の打ちどころなく立派な職業についている」

何度も練習したような褒めことばを聞いて、オナーの心臓は突然喉もとまでせり上がった。

「それについておまえは何も言わないのかい？」とオーガスティンが訊いた。

オナーは首を振った。何を言うか自分が信用できなかったからだ。

オーガスティンは顔をしかめ、事務所が狭かったため、小さな円を描いて歩きはじめた。

「受け入れなければならない事実というものもあるだろう、オナー？　うちの父はもうこの世に長くない。ああ、ぼくが幸せな結婚をして自分の家族を持つのを見せられればいいんだが、最近、そこまで父が長く生きるかどうか疑わしいと思うようになった」

「ああ、オーガスティン、それって――」

「つまり」彼は急いでつづけた。「おまえと妹たちの身の振り方を決めるのはぼくの役割ということになる」そう言ってにっこりした。うまく話ができたことを誇らしく思っているのは明らかだ。「そう！　もちろん、おまえのお母さんのこともね」彼は急いで言い直した。

「オーガスティン、何が言いたいの？」オナーはちがう方向から攻めることにした。「わたしたちを追い出すつもり？」

「え？」オーガスティンはぞっとした顔になった。「まさか！　ちがう、もちろん、ちがうよ」必死でそう言うと、オナーの手をつかんできつくにぎりしめた。「おまえたちを追い出すなんてどうしてできる？　おまえたちは妹じゃないか、オナー。形式だけじゃなく、心からそう思っている。でも、わからないかい？」彼は懇願口調になった。「ぼくは妻とともに自分の家庭を持とうとしている。ひとつ屋根の下に六人もの大人がいっしょに暮らしてもうまくいかないはずだ。考え方もさまざまだし……日課だって」六人の大人がいっしょに暮らしたときにどんな軋轢《あつれき》が生まれるかはよくわからないという口調だ。

　喉もとまでせり上がっていたオナーの心は下へと沈みこみ、胸を通ってさらに下へと降りていった。「それを言わないで、お願い」彼女は言った。「わたしたちを遠くへやるなんてこと、言わないで」

「言わないさ！」オナーを説得することばを探しながら彼は言った。「でも、ぼくが困った立場にあることはわかってくれなくては」

「わたしたちにどこにも行く場所がないこともわかってくれなくては、オーガスティン。これまで長年そうだったけど、わたしたちは伯爵に頼りきりなのよ。あなたにもそれはわかっているはずだわ」

「ああ、わかっているさ」彼は同情するように顔をしかめ、オナーの手をにぎりしめた。

「だからこそ、ぼくたち——いや、ぼくは——できるだけ急いでおまえとグレースにぴったりの縁組を見つけてやろうと思っているわけだ。たぶん、みんなにとってもっともいい解決策のはずだからね。おまえも認めざるを得ないだろうけど、身をおちつける心の準備をするのにずいぶんと時間はあったはずで、今がそのときさ。じっさい、問題がすべて解決するとは思わないかい？　それに、正直に言って、ミスター・クレバーンはおまえが望み得るかぎり、最高の相手だよ」

オナーは手を振り払った。「いやよ！」

オーガスティンの表情が変わった。これまで見たこともないほど険しくこわばった顔になっている。「クレバーンなら、おまえが必要とする夫になってくれる。ロングメドウで居心地よく暮らせるようにしてくれるはずだ。おまえがロングメドウにいてくれれば、お互い頻繁に会うこともできる」

まさか本心から言っているはずはない。「教区付司祭が、オーガスティン？　わたしが望み得る最高の相手だというわけ？　少なくとも、社交シーズンが終わってからにしてくれてもいいじゃない！」突然降って湧いた問題を考える時間を稼ごうと、オナーは思いついたことをそのまま口に出した。

「でも……でも、おまえの父親は主教だったじゃないか」オーガスティンは彼女の拒絶に驚いた様子で言った。「それに、ミスター・クレバーンは司祭かもしれないが、裕福だ」

「裕福かどうかなんて気にしないわ」オナーは言った。「ほとんど知らない人というのが気になるの。未亡人と孤児ばかりが暮らすロングメドウの司祭というだけで。わたしに毎日刺繡をしたり、長い散歩をしたりして過ごせというの？」

「ロングメドウに不満があったのかい？　これまで何年もあそこではすっかりくつろいで過ごしていたじゃないか！」

「ロングメドウのことは大好きよ。田舎でずっと暮らしたいと思わないだけで！　あなただってそうでしょうに」

「ぼくはロングメドウでずっと暮らせるならありがたいと思うね。イングランドのもっとさもしい地域のさもしい家で過ごすなんてことになるよりは！」オーガスティンは怒りに頰をまだらに染めて鋭く言った。「それに、レディ・ベッキントンにとっては田舎で暮らすのが一番だとは思わないのか？　おまえが執着している社交界から離れて？　それを考えたことはないのか？」

　オナーは愕然《がくぜん》とした。

「こうさせてもらうよ、オナー。遅かれ早かれぼくはベッキントン伯爵となり、おまえの保護者となる。おまえには結婚してもらいたい……いや、結婚するよう命令する。おまえが自分で選んだ相手を連れてこられないなら、ミスター・クレバーンといい夫婦になれるよう、彼とのあいだに共通点を見つけるんだ。わかったかい？」

「こんなの信じられない！」オナーは抗議した。

「まあ——」オーガスティンはしばらく唇をきつく引き結んだ。「信じるんだな」

オナーの頭がぐるぐるとまわりはじめた。応接間で期待に胸をふくらませているらしい司祭と結婚しろという脅しと、なぜか、ジョージ・イーストンのせいで。「少なくとも、命令する前に、その紳士自身に結婚の申しこみをさせるべきよ」

「彼がおまえに好感を抱いているのはたしかだ。そうミス・ハーグローヴに言ったそうだ」

「あのふたりのあいだでわたしの名前が出たのはまちがいないでしょうけど、その話を最初に持ち出したのがモニカであるのは絶対よ」オナーは怒りに駆られて言った。「あなたのお父様は一度たりともわたしに縁談を押しつけたりはしなかったわ。あなたはまだ伯爵にもなっていないのに、もうわたしに結婚相手を押しつけてきている。こんなのあなたらしくないわ、オーガスティン！　モニカがそうさせているとしか思えないわね。あなたはそういう夫婦関係でいいわけ？　妻に指図される関係で？」

オーガスティンの顔が暗くなった。「モニカとぼくの意見は一致している。彼女が指図しているわけじゃない。彼女はただ、クレバーンがおまえに関心があるようだと言っただけだ。それで、ぼくたちは彼との結婚がおまえに大きな利をもたらすと思ったのさ、オナー。ぼくを怒らせないほうがいいぞ」オーガスティンはぶっきらぼうにそう言うと、勢いよく扉を開いた。「ぼくの望みは話した。それに従ってくれるよう期待するよ。すでに木曜日に四人でハイド・パークへ馬に乗りに行く計画を立てている。だから、さあおいで、いい子にしてお茶を飲むんだ」

オナーはどうしたらいいか考えながら彼をにらみつけた。男性を——どんな男性であれ——追いつめないほうがいいことはわかっていた。自分の未来を救うためには、叫んだり文句を言ったりするよりも、うまい戦略を練ったほうがいい。自分の人生を救うためには。おまけに、混乱する思考が頭のなかをめぐるあまり、頭がほとんど働かなかった。そこで、彼女はなすすべもないことへの怒りに手をこぶしににぎりながらも、部屋から歩み出た。オーガスティンに先立って歩くと、笑みを顔に貼りつけて応接間にはいった。

何か策を思いつくまでは、ほかに選択肢がなかったからだ。

24

スウィーニーを訪ねたことで、ジョージは長いあいだ感じたことがなかったほどの深い絶望へと沈みこんだ。

スウィーニーはメイパール号についての情報を求めて再度港を訪れたのだった。「誰も見ていないそうだ」と彼は謝るように言った。

「それはどういうことだ？」ジョージは訊いた。スウィーニーのことばの意味を訊いたわけではなく、それが自分の人生にとってどういうことかと訊いたのだった。自分の人生。それはどういうことになる？

スウィーニーが身をよじり、すわっている椅子がきしむ音を立てた。「わからない。ただ、船が失われたことを受け入れる心の準備はしておかなければ」

ジョージはそれを受け入れる準備ができていなかった。その可能性があると認めることすらできなかった。その瞬間は、その可能性を多少でも受け入れることすら即座に拒んだ。

「きみがそう思っているなら、ミスター・スウィーニー、ぼくは新しい代理人を見つけたほうがよさそうだ」と鋭く言った。

スウィーニーは青ざめた。「その……その必要はないよ、ミスター・イーストン。きみにはできるかぎり正直に話すのが義務だと思って――」

「憶測は正直ということじゃない。それは――単なる憶測だ。ぼくはきみの憶測を事実として受け入れることは拒否するよ。では、ご機嫌よう」彼は憤慨した口調でそう言うと、待ってくれ、話を最後まで聞いてくれというスウィーニーの訴えを無視して、彼の事務所をあとにした。

彼には謝らなければならないだろう。しかし、船の入港が一カ月遅れただけで、すべてが失われたと憶測するのは正しいこととは言えないはずだ。スウィーニーの見解のほうが思慮深いのかもしれないが、自分が財を成したのは思慮深かったからではない。

ほんとうに船が失われた場合に、どうやって財産をとり戻すか考えにふけりながら、ジョージは馬を駆って家路についた。オードリー街まで来ると、敷石の上で馬は足をゆるめ、うながされなくても壮麗な邸宅の前で足を止めた。成り上がった今の自分を象徴するこの家だけが、今や唯一残された財産だった。

彼は馬から降り、ふつう馬をつないでおく鉄の輪に手綱を通してゆるく結びつけた。いつものように、馬丁の少年に馬を厩舎に連れていかせるつもりだった。それから、家のほうへ一歩踏み出したところで、ふと通りに目を向けた。

弧を描くキツネにBの頭文字をあしらった紋章のついた馬車がいた。その黒い流線型の馬車には見覚えがあった。数週間前になかに乗りこんだことがあったからだ。彼は足を止めて目を凝らした。誰に見られるかわからない昼日中に、彼女がここへ来るはずはないのでは？自分の評判などどうでもよくなってしまったのか？

馬車の扉が突然開き、そこからブーツを履いた形のよい足が現れた。そして、もう一方も。誰の手も借りることなく、オナーが馬車から降り、スカートを下ろして払った。三本の羽を凝った形に飾りつけた、しゃれた小さなボンネットをかぶっている。彼女が首を傾けてあたたかい笑みを浮かべると、羽が軽快に動き、まるで頭のまわりで小鳥たちが踊っているかに見えた。

通りを上品に駆け渡ってくる彼女のほうへ彼は歩み寄った。あと数歩のところまで近づくと、手を腰にあて、彼女にキスしてやるべきか、それとも馬車のなかへ無理やり押し戻してやるべきか考えた。「おかしくなってしまったのかい？　正常な判断をすっかりなくしてしまったとか？　分別をロンドン橋から蹴り落としてしまったのかい？」

オナーは彼にほほ笑みかけた。「こんにちは、イーストン！」

「ここで何をしている？」彼は訊いた。「たしかにぼくは他人がどう思おうとあまり気にしない人間だが、こうなると、ぼくですら、きみが越えてはならない一線を越えたように思うよ」

「だったら、詮索好きな人の目に触れないように、家のなかに招き入れてくださるべきじゃないかしら」彼女はためらう様子もなく言った。

どうしてぼくは女性の頼みを拒めないのだ？　そんな致命的な欠点を与えてぼくをこの世に送り出すほど、この世の創造主は残酷だったのか？　ジョージは彼女を上から下まで眺めまわして言った。「フィネガンがなんていうか、考えるだけでぞっとするよ」そう言うと、苛々と彼女を家へと手招きした。

オナーは御者のほうを振り返って手を振った。御者はすぐさま馬車を動かした。

「待てよ！」ジョージが叫んだ。「馬車はどこへ？　すぐに戻ってくるように言うんだ！」

「御者はわたしが病気のお友達のお見舞いに来たと思っているわ。それで、帰りはわたしが自分でどうにかすると言ってあるの。ここからなら散歩にちょうどいい距離よ。あなたもやってみるといいわ！　でも、あなたの家の馬車でわたしを家まで送り届けてくれてもいいけど」

ジョージはぽかんとして彼女を見つめた。「きみはうちの馬車を好きに使っていいってわけかい？」

「わたしはただ、あなたがわたしの評判を気にかけてくださっているからこうしただけよ。ベッキントン家の馬車があなたの家の前に停まっているのを誰かに見られるかもしれないもの。そう言えば、あなたの家はどこ？　これかしら？」彼女は彼の白いレンガづくりのタウンハウスを指差して訊いた。

彼はため息をついた。

「きれいなおうちね、イーストン!」彼女は明るく言い、歩道を石段へと向かった。

「まったく、ミス・カボット、少なくとも、ぼくの家にはいるのに付き添いぐらいはさせてくれ」彼は荒っぽくそう言うと、彼女の肘をとり、誰か気づいた人はいないかとまわりを見まわしながら、石段をいっしょにのぼった。

「そんなふうに用心したってどうしようもないわよ」オナーが言った。「年をとった女性たちが日がな窓辺にすわって、あなたのような男性の家をのぞいて過ごしているのを知らないの?」

ジョージは声を殺して毒づき、扉の真鍮《しんちゅう》の取っ手をつかんで扉を開いた。

フィネガンがそこにいたが、オナーを目にして、はたからはわからないほどわずかにあとずさった。

オナーはそれをまるで気にすることもなく、玄関の間に足を踏み入れた。「ああ、ミスター・イーストン、とてもきれいなお宅ね」そう言って丸天井を見上げた。帽子をとると、フィネガンにちゃんと目をくれることもなく渡した。

フィネガンは好色な光を目に浮かべてジョージと目を合わせた。元恋人の元恋人を従者に雇うと、こういうことになる。「ありがとう、フィネガン。もう下がっていい」とジョージは言った。

「お茶をお持ちしますか？」

「なんでも好きに持ってきてくれ」ジョージはそう言い返し、オナーの肘をとると、驚いた顔の彼女を小さな応接間へと導いた。

応接間にはいると、彼女は彼の手を振り払い、部屋の中央へ行って、シルクの壁紙を張った壁や、金箔を張ったフランス製の家具調度や、マントルピースの上に飾られた、真珠の飾りをつけた貴婦人の肖像画を眺めた。「これは誰？」彼女は鮮やかな青い目とクリームのような肌をした肖像画の女性をよく見ようと首をそらしながら訊いた。「あなたの知り合いの誰か？」そう言ってわざとはにかむような目をくれた。

「誰なのか見当もつかないね」ジョージは閉めた扉にもたれ、胸の前で腕を組んだ。「オナー、こっちを向くんだ」

彼女は肩越しに目をくれた。

「ここで何をしている？　きみはぼくが知っているなかでもとんでもなく向こう見ずな女性だが、そんなきみでも、疑わしい評判を持つ婚外子の生まれの男の家を堂々と訪ねてくるなんて信じられないな。評判に瑕をつけたいのかい？」

「まったく、イーストンってば、そんなふうに言うと、とんでもなく不愉快に聞こえるわ。でも、正直に言うけど、わたしは評判に瑕がつこうがつくまいが、気にもならないのよ」

「いや、気にはなるはずさ」彼はあざけるように言った。「ぼくと話がしたければ、ぼくをベッキントン・ハウスに呼べばよかったんだ」

オナーは舌を鳴らし、上着のボタンをはずした。「あなたを呼び寄せようなんて思いもしなかったわ、ジョージ」そう言って上着を脱ぐと、椅子に放った。「まあ、少なくとも、前のときみたいにはね」

ジョージは疑うように眉を上げてみせ、彼女の胸もとに目をやるまいとした。体がすでに興奮しつつあった。まだ触れてもいないのに。こんなふうに訪ねてくるなど、とんでもないことだ。そして、自分がそれに心浮き立つ思いでいるなど。

「おまけに、あなたを呼び寄せたくても、お客様がいるからできなかったわ。お母様を彼から遠ざけておくだけでも大変なんだから」

「客ね」彼はそれが男であることに気づいてくり返した。「客って誰だい?」

彼女は手を振ってその質問を払いのけた。「誰でもいいじゃない」そう言って、サイドボードに二頭飾ってある、手塗りの磁器の馬を指でなぞった。

ジョージは彼女を興味深く見つめた。今日のオナーはどこかいつもとちがった。そう、いつもと同じく、弁解がましいところはないが、よく見ると、どこかいつもの彼女とはちがって見えた。何かを恐れている。「オナー……何か問題でも?」と彼は訊いた。

「問題?」彼女はほほ笑んでうなじに手をあてた。「ソマーフィールド卿がいまだにミス・

モニカ・ハーグローヴと婚約していること以外に問題はないわ」彼女は手を下ろした。「じっさい、祭壇の前に立っているも同然よ。婚約したばかりの恋人同士として、ステイプルトン卿の舞踏会に参加するのをとてもたのしみにしているわ」

その舞踏会のことはジョージも知っていた。知らない者はいない。ステイプルトンは戦争の英雄として尊敬されていて、その舞踏会にはおそらくは何百人もの人間が参加するだろう。

「その舞踏会でまたミス・ハーグローヴを誘惑してくれと頼みに来たんじゃないだろうね」

「なんですって？」彼女はそんなことは思いもしなかったというように驚いた顔になった。「まさか！」彼女は気をとり直すと、彼に鋭いまなざしをくれた。「言ったはずよ。彼女とは二度と話してほしくないって」そう言ってため息をつき、手を腰にあてた。「ばかなことだったわ。彼女を……追い払おうとしていたなんて。自分で自分の立場を悪くしただけだった」

彼女の目に浮かんだものがジョージは気になった。「何があったんだい？　何かあったのはわかるよ」

オナーは首を振った。「ああ、ジョージ」打ちのめされたという声。「ほかに誰も頼れる人がいないの――」

扉をノックする音がして、ふたりははっとした。オナーは振り返って窓辺へ寄り、外を見ているふりをした。

フィネガンがお茶の一式を持ってはいってくると、機敏な動きで絨毯の上を横切り、重い銀のトレイを小さなテーブルの上に置いた。それから、オナーに目を向けて笑みを浮かべた。彼女の体形を見て称賛している目だった。「お茶を注いでも？」

「いや、いい。ぼくがやる」ジョージは彼をにらみつけて言った。

フィネガンはオナーにもう一度目を向けた。ジョージはいつか従者の顔にこぶしをお見舞いするか、彼をお払い箱にしてやると心に誓った。しかし今は、フィネガンを扉のほうへと押しやるだけにした。「もういい、ありがとう、フィネガン」

フィネガンはにやりとして扉へ向かった。

「もう用はない」オナーをもうひと目見に来ようとフィネガンが何か用事をかこつけないように、ジョージは急いで付け加えた。

フィネガンが部屋から出ていくと、ジョージは念のために扉に鍵をかけた。それから、振り向いてお茶を身振りで示した。

「お茶を注ごうか？」

「お茶は要らないわ、ありがとう」オナーは心ここにあらずの声で答えた。

「いいだろう。だったら、何があったのか、話してくれ」

「何があったかといえば、ロングメドウの新しい司祭が訪ねてきたの。まだ結婚していない人よ」

嫌悪の塊が即座にジョージの胸をふさいだ。

「オーガスティンに、彼らしくない断固とした口調で言われたの。自分で結婚相手を見つけてこられないなら、その司祭の求愛をちゃんと受けなければならないって。それで……彼と結婚しなきゃならないって」

そう聞いてジョージはことばを失った。ソマーフィールドが何かを主張するなど想像もできなかったからだ。しかも、こんなことを。そのせいで、ジョージは突然抑えようのない怒りに駆られた。

「おまけに、わたしは五時までに家に戻らなくてはならないの」マントルピースの上の時計に目をやって彼女は言った。「ミスター・クレバーンがわたしと妹たちを教会の礼拝に誘ってきたから」

ジョージは髪を手で梳いた。失望の苦い思いが波のように全身に広がる。こうなることを自分は予想していたはずだ。それなのになぜ、じっさいに耳にすると、腹がよじれる気がするのだ？　おそらく、自分がどうにかオナーの周辺から身を引き離すまでは、こういうことは起こらないと思っていたからだろう。「それで、ソマーフィールドの意向に従わなかったら？」

オナーは肩をすくめた。「たぶん、彼はわたしたちをベッキントン・ハウスから追い出す別の方法を見つけるでしょうね。きっと結婚ほど都合のいいやり方ではないでしょうけど」

「そうだろうね」彼はぎごちなく言った。

「いいえ」オナーは言った。「いいえ、ジョージ、あなたにはわからないと思う。あなたは結婚相手を選ぶことができる。もしくは、誰かと結婚しないことを選ぶことができる。でも、わたしには選べないのよ。一年か二年、それをどうにか遅らせてきたわけだけど、結局は結婚させられることになるのはわかっていたの」

ジョージは自分の苦々しい失望感を言い表すことばを見つけられなかった。胸の内でつぶやくことばすらも。慣れない感情のせいで頭が混乱していた。これまでずっと感情というものを避けてきた心は揺れ動いていた。

彼はためらうような目をお茶のトレイに向けたが、やがてつとサイドボードに近づくと、ウイスキーをグラスにふたつ注いだ。それから部屋を横切ってオナーのところへ行き、ひとつを手渡した。彼女は琥珀《こはく》色の液体を見つめながら、逡巡しつつグラスを手にとった。

「やさしそうな人物だった」ジョージは嫌々ながら言った。「きみも尊敬できるようになるかもしれない」

オナーはグラスの中身を飲んだ。顔をしかめ、手を胸に押しつけてから、もうひと口飲んだ。

彼女をいとおしく思う気持ちが危険なほどにふくらんだ。ジョージは完全に途方に暮れ、これまでずっと避けてきた感情の海にただよっていた。突如として、モニカ・ハーグローヴへの嫌悪に駆られる。不条理な怒りだったが——彼女が悪いわけではないのだから——オナーを無理やり結婚させようというこの話のいたるところに、彼女が関与しているのが見てとれたからだ。すべては自分がしてしまったことへの報いなのに。

彼はウイスキーのグラスを脇に置いた。「ぼくがなんとかするよ、オナー。ぼくがそれをなかったことにする」

「無理よ」彼女は弱々しく言った。「誰にもそんなことはできないわ。なるべくしてなったことよ。責められるべきはわたし自身だけなの」

「でも、今でなくてもいいはずだ。こんなふうでなくても」ジョージは怒って言った。「きみの指示をちゃんと念頭に置いておけばよかったのに、ぼくはただ、彼女にからかい半分でちょっかいを出しただけだった。こうなったら、激しい情熱をぶつけて——」

「ジョージ！」オナーがぎょっとして言った。「何もしないで！ あなたの警告どおり、計画は失敗に終わったんだから——」

「彼女にキスをするよ」と彼は言った。どうしたらモニカ・ハーグローヴにキスをすることを考えられる？ 考えただけでぞっとした。キスしたいと思えるのはオナーだけだ。「彼女を誘惑する」

「だめよ！」オナーは叫んだ。「絶対にだめ！」そう言ってふいに彼の顔を手で包んだ。「彼女にキスなんてしてはだめ」と懇願するように言う。「彼女にキスしちゃいや。わたしが嫉妬のあまり死んでしまう」

ジョージはてのひらを上にして両腕を上げた。オナーに触れたら、自分が何をしてしまうかわからず、不安だったのだ。「だったら、教えてくれ、オナー。きみを助けるために何をしたらいいのか言ってくれ」

「あなたが恋しかったの」小声で発せられたそのことばに、彼はまたみぞおちにこぶしをくらった気がした。

「なんだって？　今はミス・ハーグローヴの話をしていたんじゃ――」

彼女は首を振った。「あのとき、どうして何も言うなって言ったの？」

ジョージは目をしばたたいた。自分の言ったことを思い出すのにしばらく時間がかかった。

彼女はじっと彼を見つめていた。その目には疑うような色が浮かんでいる。「オナー……ぼくが何も言うなと言ったのは、それを耳にするのが耐えられなかったからだ」

ふいに目に涙を浮かべ、彼女は両手を下ろした。「わたしの愛には応えられないからなのね」

彼は笑うつもりはなかったが、笑わずにいられなかった。オナーは目をぱちくりさせ、背を向けかけたが、その手を彼がとらえた。「愛なら十倍にして返せる」と彼は言った。「きみのことばを聞くのが耐えられなかったのは、きみを自分のものにできないからだ」

彼女はまばたきし、警戒するように彼を見つめた。全部冗談だと言われるのを待つように。

彼が何も言わずにいると、彼女は彼のほうを向いて言った。「どうしたらわたしの力になれるか知りたい？　わたしが無理やり司祭と結婚させられる前に、何よりも深い愛情を見せてくれればいいわ。あなたを失う痛みで心が灰になる前に」

昔から心の傷への癒しとされる甘いことばだったが、そう言われても、ジョージにはどうしていいかわからなかった。「それはできないよ、オナー。ぼくたちには不可能なことだときみにもわかっているはずだ」

「不可能？」彼女は笑った。「わたしにはもう何が正しくて、何が正しくないか、わからなくなっているのよ。わかっているのは、今この瞬間に感じていることだけ。イーストン、あなたに会いたくてたまらなかった」

「オナー、頼むよ」彼は懇願口調になっていた。「きみに抗うことはぼくにはできないんだから」

彼女は指を彼の指にからめ、きつくにぎりしめた。「だったら、抗わないで」

ふたりは同時に手を伸ばし合っていた。オナーはそここそが自分の居場所というように彼の腕のなかに飛びこんだ。これまでずっとそこから出たことがないというように。ジョージは頭がくらくらする思いだった。口づけた彼女の唇はシルクのようで、身の内の獣を焦らした。思いきり彼女を抱きしめると、胸で胸がつぶれ、体の熱と熱が混じり合い、下腹部に火がついた。

首をもたげ、自分をそんな状態にする力を持つ女性を見下ろすと、彼女は目を開けて魅惑的な笑みを浮かべた。ジョージは自分の膝が崩れずにいるのを不思議に思った。ほほ笑みで自分を灰にしてしまう女性のせいで、火のついた体が燃え盛っていた。彼女は指で彼の唇に触れて言った。「わたしが恋しかった?」

「呼吸する空気以上にね」彼はうなるように言った。欲望が体の隅々に押し寄せ、興奮の証は痛むほどに硬くなっていた。彼女の手が体の上を這うのを感じる。ジョージは彼女の尻をつかんでもみ、欲望の激しさを教えようと、硬くなった自分のものを押しつけた。彼女は体を押しつけるようにして動き出し、唇を嚙み、舌を彼の口のなかへ差し入れた。そうして大胆に欲望をあらわにされ、彼は自分が溶けてしまうような気がした。

ジョージはオナーをソファーに押し倒し、覆いかぶさるようにして動きを封じた。やわらかい肌を味わいたいという渇望のままに、口を喉にあて、胸へと下ろし、硬くなった胸の頂きをドレスの生地越しに軽く嚙む。オナーは小さな声をもらし、指を彼の髪に差し入れて無意識に胸を彼の口へと押しつけた。彼はドレスを引っ張り、両方の胸をあらわにし、むさぼるように味わった。もっと触れたい、またなかにはいりたいという危険なほどに切羽詰まった欲望以外、何も気にならなかった。

ジョージは突然身を起こし、オナーに目を据えたまま自分の服を脱ぎだした。上着とウエストコートを脱ぎ捨て、クラヴァットとシャツをとり去ると、手を彼女の背中に差し入れて体を起こし、押し寄せる感情のすべてをこめて濃厚なキスをしながら、ドレスの裾を見つけてまた彼女を押し倒した。彼女のなかに身をうずめたいという欲求は耐えがたいほどになっていた。胸にキスをされ、彼はまた彼女の手をつかまえて頭上に上げさせた。「動かないで」

オナーはあえぎながら笑った。「どうして？」

「きみのせいでおかしくなりそうだからさ」

彼女はきらめく目で彼を見上げていた。みずみずしく濡れた唇が魅惑的に曲がった。「さわって、ジョージ」彼女はささやいた。「わたしにさわって」

ジョージはボタンをはずしてズボンを脱ぐと、彼女の手を自分の硬くなったものへと下ろさせた。彼女は指でそれを包み、感触をたしかめるように軽くにぎった。彼は手を彼女の脚のあいだにすべりこませ、濡れた深みへと差し入れた。感覚の波に溺れ、彼女のまぶたが重くなった。彼が手を動かしはじめると、彼女は下唇を噛んだ。なんとも魅惑的でそそられる光景だった。ジョージはドレス越しにキスの雨を降らせながら下へと動き、むき出しの太腿に達すると、舌を上へ動かし、太腿を開かせてその部分へと舌を突き入れた。口と舌がもたらす刺激に彼女は身をそらした。それがジョージの血を脈打たせ、心臓とたかぶった部分に血を集めた。これがオナー以外の女性だったら、急いで自分が悦びを得ようとしたことだろう。しかし、オナーには、自分と同じだけ悦びを与えたかった。彼は彼女をきつく抱きしめながら、慎重に割れ目の隅々までを探り、欲望の芯を舌で軽くいたぶり、それから深々と舌をなかへと差し入れた。

オナーは空気を求めてあえぎながら体を動かした。解放へと近づく小さな悦びの声にはそそられるものがあった。ジョージはごちそうであるかのように彼女を撫で、味わい、焦らすように舌を深々と突き入れ、オナーを絶頂の際まで押し上げたところで引き出した。しかし、彼女はそれに耐えられず、彼の頭を両手でつかんで引き上げると、片手で彼をつかみ、もう一方の手でズボンを下ろしながら、荒っぽくキスをした。

ズボンを下ろすには彼も手を貸した。オナーは浅い息をしながら片手で彼を包み、もう一方の手で撫でた。彼女の炎が彼を焼き、燃えつくそうとしていた。ジョージは彼女の脚のあいだに身を置いて脚を開かせ、自分の先端をなめらかな場所に押しつけた。その部分がなかへはいりはじめると、オナーは肘をついて身を起こし、彼をじっと見つめた。その目を受け止めながら、彼はゆっくりと濡れたきつい鞘《さや》へと身を進めた。彼女が体を開き、自分のものと主張するように、きつく巻きついてくるのがわかった。

ああ、おかしくなりそうだ。どこまでも。「いったいきみに何をされたのかな」と彼は荒っぽく言った。

オナーはそれを聞いてうれしがるようにほほ笑んだ。彼がなかで動きはじめると、目を閉じて首をそらした。やがて、突き入れる彼の動きに合わせて体を動かしはじめた。ジョージは自分自身が熱に満たされるのを感じながら、腰をまわし、彼女を撫で、より速く、より激しく動いた。気がつけば、あやうく頂点に達しそうになってそれを必死でこらえながらあえいでいた。巻きついて彼をなかにとりこもうとしている彼女の体はこわばりつつあった。もう一瞬たりとも我慢できないと思ったところで、彼を包む彼女がきつくこわばり、激しく震えはじめた。オナーは痙攣しながら爆発するような解放を迎え、叫び声をあげた。

それがジョージを頂点に押し上げた。彼は野蛮なほどに思いきり突き入れると、即座に激しく爆発し、感覚がまるでなくなるまで彼女のなかに種をまき散らした。それから、ゆっくりと身を下ろし、激しく鼓動する胸を彼女の胸と合わせた。

これほど完璧にすべてが満たされたのは生まれてはじめてだった。

これほどに女性を愛したのも。

彼女が手を伸ばして彼の手をとり、息を整えようとしながらきつくにぎりしめた。ことばを発することができるようになると、目を開け、彼にほほ笑みかけて言った。「わたしが恋しかったのね」

そう、呼吸する空気以上に。

25

自宅へと歩いて向かいながら、オナーは家々の煙突からの煙に覆われた空に、熱に浮かされたような幸せな笑みを向けた。空がこれほど青く見えたことはかつてない気がした。

ジョージは馬車を使うように言い、自分が無事に家まで送り届けると言い張ったのだが、それをオナーは拒んだのだった。ひとりになってすべてを思い返し、そのすばらしさにひたりたかったからだ。ジョージ・イーストンで心も頭もいっぱいにしてうきうきと家まで帰りたかった。なんともすばらしいやり方で体を奪ってくれたことや、彼のまなざしで見られると、自分がきれいで望ましく思えたことを思い出しながら。

しまいには、安全をたしかめるために年若い使用人があとをついてくることには同意したのだった。そうでもしないと、ジョージが家へ帰らせてくれなかったからだ。あれだけキスをされ、放したくないというように抱かれていて、いとまを告げなければならなかったのは辛いことだった。あとをつけさせるという使用人はあまりに年若く、おいはぎに出くわしたとしたら、なんの役にも立たないだろうが、オナーはそれに同意し、ジョージは彼女を帰らせてくれたのだった。

オナーはドレスに目を向けた。ジョージはコルセットのレースを結べるだけでなく、髪をピンで留めることもできた。少なくともボンネットの下にたくしこめるぐらいには。オナーは彼の顎を手で包み、唇にやさしくお別れのキスをした。

それによってジョージは心乱された様子になった。彼女の手をとってきつくにぎりしめ、不安と愛情の入り交じった目を向けてきた。彼のそんな不安そうな顔を見るのはオナーにとってはじめてのことだった。「大丈夫？」と彼女は訊いた。

「ぼくが？」彼女が勘ちがいしているという口調で彼は言った。心乱されるべきは彼女のほうだとでもいうように。「ああ」とまごついて言う。「ただ……」彼はうなるような声を発して一瞬目を閉じた。やがて目を開けると、彼女をじっと見つめた。「オナー、ぼくの言うことをよく聞いてくれ。もうこんなことがあってはならないんだ。つまり、ぼくたちの関係は――」

彼女はにっこりし、また不可能と言われる前にキスをした。「おちついて、イーストン」と静かに言う。

彼は唇を引き結んでうなずいた。それから、最後に一度彼女を腕に引き寄せると、きつく抱きしめながら頭のてっぺんと首と頬にキスをし、彼女を放した。「きみにはびっくりさせられるよ」彼は言った。「多くの点できみには驚かされる」

　それがどうしてかはオナーにはわからなかった。

「ぼくがなんとかするよ、オナー」彼は彼女の手をきつくにぎりながら言った。「きみを望まない結婚に追いやることは許さない」

　その気持ちはうれしかったが、結婚を止めることは彼には不可能だった。ただ――

　オナーは夢のようにあり得ない想像を呑みこんで歩みを進めた。

　ベッキントン・ハウスに着くと、ハーディー以外には気づかれずに部屋へ戻った。ハーディーも少々うわの空で、彼女にほとんど気づいていない様子だった。あとになってグレースが部屋を訪ねてきて、ハーディーがうわの空だった理由がわかった。

「今までどこにいたの？」グレースはそう訊くと、振り返って廊下に目を向けてからオナーの部屋の扉を閉めた。

「散歩よ」オナーはあまり疑わしく見えないといいがと思いながら肩をすくめて言った。ボンネットを脱いで脇に置く。

　グレースは首を振り、しばらくじっとてのひらを見つめていた。

「どうしたの？」とオナーが訊いた。

「いとこのベアトリスから手紙が来たの。バースにいて、いつでも訪ねてきてくれてかまわないと言ってる」

　オナーはグレースの手を軽くたたいた。「わたしたち、バースへ旅行する時間なんてないわよ。これだけ結婚式やら結婚の申しこみやらが目白押しってときに」彼女は自分を身振りで示して言った。

「あなたもいっしょにとは言ってないわ、オナー。わたしひとりで行くつもりなの」

グレースの声はいつもと変わらなかったが、どこか様子がちがうとオナーは思った。決意を固めているように見える。そうとわかって、オナーの心に動揺が走った。「だめよ」と即座に言う。「グレース、わたしを見捨てていくなんてだめよ！」

「見捨てるつもりはないわ」グレースはそう言って両手でオナーの手をはさんだ。「ねえ、何か手を打たなければならないって了解し合ったじゃない。まず、今の困った状況をあなたのせいにしたことを謝らなくちゃならないわね。あの日の午後はひどく苛々していたのよ。でも、そう、あなたがうんと頑張ってくれていることはわかっているの、オナー。わたしがバースへ行くのはアマースト卿がそこにいるからよ。彼はわたしに特別な好意を示してくれているわ。あなたにもそれはわかっているでしょう。だから、結婚の申しこみを受けに――」

「気はたしかなの？」オナーはグレースの手から手を引き抜いて訊いた。「彼のことなんてほとんど知らないじゃない！　これっぽっちも愛情を感じていないはずよ」

「正直、わたしは気はたしかだし、おそらくこの部屋で現実を見据えている唯一の人間よ。彼に深い愛情を抱いていないのはたしかだけど、いっしょに過ごすのはたのしいわ。ほかに何が必要なの？　彼は司祭じゃなく、財産と爵位を持った男性よ。少なくとも、田舎の小さな家で暮らすことにはならなくてすむわ」

オナーは我慢できずに言った。「そんなのあなたの望みとちがうじゃない！」

グレースは苦々しい笑い声をあげた。「ねえ、わたしの望みって何、オナー？　なんなのか教えてよ。だって、わたしにははっきりわからないんだもの。自分がほんとうに望むものが何かなんて、考えたこともないわ」彼女はそれが不可解だとでもいうように首を振った。

オナーはみじめな気持ちで声をもらし、グレースの肩に頭を載せた。「いつ発《た》つの？」

「週末に」

「そんなにすぐに！」

「レディ・チャタムが温泉療法のためにバースに行くことになっていて、わたし……いっしょに行くって申し出たの。長く待ちすぎたぐらいよ」グレースはきっぱりと言った。「ところで、その髪はどうしたの？」

オナーははっとして身を起こした。髪に手をやる。「歩いているあいだにピンがはずれたのよ」そう言って立ち上がると、グレースから離れ、妹に髪をよく見られる前に化粧台のところへ行った。それから急いで髪を下ろし、ブラシを手にとった。

グレースも立ち上がり、扉へと向かった。「髪を直す手伝いにハンナを来させるわ。そう、あまり時間はないわよ。一時間もしないうちに、すてきなミスター・クレバーンに会うことになっているんだから」

ひとりきりになると、オナーは化粧台の上で腕を組み、額を押しつけた。目を閉じ、今日の午後、ジョージとのあいだにあったことを思い返す。同じことをしているクレバーンを想像すると、少しばかり胸がむかつく気がした。グレースがいなくなると考えると、ほんとうに気分が悪くなる思いだった。

一時間後、オナーは持っているなかでもっとも慎み深い地味なドレスを着て玄関の間に降りた。この縁組と、こんな状況をもたらしたみずからの運命への無言の抗議の印として身につけたドレスだった。クレバーンとの結婚生活がそうだろうと思うような、平凡で物静かなドレスだった。オーガスティンと妹たちのあとから、少し距離を置いてクレバーンとともに教会へ向かいながら、すべてオーガスティンのせいだと彼女はうわの空で考えた。きれいなドレスを着たいという思いを奪ったのは。きれいなドレスを二度と着ることがなくてもほとんど気にならないほどだった。

オナーは礼拝をどうにかやり過ごし、ベッキントン・ハウスまで歩いて帰るのにも耐えた。司祭とともに過ごす、飽き飽きするほど長い夕べをどうにか終えて、ようやくほかのことに注意を向けられるかもしれないと思ったところで、オーガスティンが再度彼女の我慢を試すようなことをした。

「ミスター・クレバーン、明日いっしょに公園へ乗馬とピクニックに出かけることはお忘れじゃないですよね？」

クレバーンはオナーを意識するようにほほ笑んだ。「忘れていませんよ。噂では、あなたは乗馬の名手だとか、ミス・カボット」

オナーはそっけなく言った。「ええ」たぶん、馬で彼から逃げてもいい。北へ向け、もう一歩も進めなくなるまで馬を走らせるのだ。

「馬に乗った義妹《いもうと》を見ていただかなくては」オーガスティンが明るく言った。「そう、女性に負かされる危険を冒すことになりますけどね」そんなことは絶対にあり得ないというように彼は笑った。

「私も乗馬はかなり得意です」クレバーンはわずかに肩をすくめて言った。

オナーは何も言わなかった。オーガスティンににらまれて口を開く。「ごいっしょしてくださらなくては」

「すばらしい！」オーガスティンは歓声をあげた。「四人でピクニックとしゃれこみましょう」

「わたしも行きたいわ」そう言ってマーシーが鼻の眼鏡を押し上げた。「わたしだって乗馬は得意よ」

「ああ、でも、おまえはベッキントン・ハウスにいてくれなくてはならないよ」オーガスティンが言った。

「どうして？」マーシーが不満そうに言った。

「誰かが幽霊に目を光らせておかなければならないからですよ」クレバーンがにこやかに言った。

それを聞いてマーシーがひるんだ瞬間に、クレバーンはオナーに笑みを向けた。彼女の末の妹に多少の気遣いを見せたことで自己満足にひたっているのだ。

オナーは笑みを浮かべようとしたが、失敗したのはまちがいなかった。「マーシー、幽霊の話をして」彼女はそう言って、失望しているのをクレバーンに気づかれないように目をそらした。

26

モニカの母はありとあらゆる点でクレバーンがオナーにぴったりの結婚相手だと信じていた。何よりもオナーがロングメドウで暮らすことになるのがすばらしいというわけだ。モニカがいつか、新たなレディ・ベッキントンとしての役割を担うことになるロンドンではなく。オナーがロングメドウにいれば、モニカが彼女に会わなければならないのは、ロンドンが耐えがたいほど暑く、臭くなる夏だけになるはずだ。

モニカはオナーほど乗馬をしなかった——その日いっしょに乗馬に出かけたほかの面々もそうだった——ので、馬をあやつるのに悪戦苦闘している自分をよそに、オナーがひとりずっと先へ行き、知り合いに会うたびに馬を停めて話をし、それからまたみんなのところへ戻ってくるものと思っていた。しかし、まったくそういうことにはならなかった。オナーはモニカとオーガスティンの後ろにつき、司祭の横でゆるやかに馬を進めていた。オナーらしく見えないほどだった。

オーガスティンが馬のあつかいがうまくなかったおかげで、ひどくのろのろと進んでいたため、モニカの耳にオナーとクレバーンの会話が聞こえてきた。司祭は気晴らしに何をするかとオナーに尋ねていた。オナーはカード遊びをすると答えた。司祭は鷹揚な笑い声をもらし、カード遊びは悪魔の遊びだと言った。オナーは彼に競馬には賭けるかと訊いた。ロングメドウでは誰もが硬貨の一枚や二枚を賭けるのがふつうだったからだ。

クレバーンは賭けないと答えた。

モニカはその瞬間、オナーの顔に浮かんだ表情を見られるなら、何を差し出してもいいと思ったが、落馬しないために目は馬に据えておかなければならなかった。

ピクニックのために馬を停めたときには、オナーが苛立っているのがわかった。オーガスティンは毛布や料理人が用意してくれた食べ物のはいったバスケットをどこに置くか、従者に指示を出すのに忙しくしている。オナーは鞭を軽くスカートに打ちつけながら片端に立ち、湖を見つめていた。

モニカは軽い口調で問いかけた。「ミスター・クレバーン、お訊きしようと思っていたんですけど、ロングメドウにいらしてしばらくたちますが、あそこをいかがお思いですの？」

「ああ、とてもすばらしいところです」と彼は答えた。オーガスティンの前ではそう言うよりほかないのだろう。

「地元の名士の方々とはお会いになりました？」

「もちろんです。みなさん教会員ですから」

「そのなかには若い未婚女性も数多くいらっしゃるんでしょうね」とオナーが言った。

クレバーンは赤くなった。女性との経験の少なさはモニカにもわかった。「ひとりかふたり、関心を寄せてくれた女性はいましたが――」彼は慎み深く言った。「私が妻にふさわしいと思う女性はおりません」とすばやく付け加える。

「どういう意味ですの？　あなたが関心を抱いた方はひとりもいなかったということ？」とオナーが訊いた。

クレバーンはおどおどとほほ笑んだ。「ええ、その……私は洞察力にすぐれた人間と自負していますので」

この人はばかだとモニカは思った。オナー・カボットのような女性をどう魅惑していいか、まるで見当もつかないのだ。ジョージ・イーストンとはまったくちがう。思いがけずそんな考えが頭をよぎり、モニカは思わず忍び笑いをもらした。

オナーとクレバーンは彼女をじっと見つめた。モニカは明るく言った。「なんていいお天気かしら！」

オナーのまなざしが暗くなった。

「ピクニックをするよ！」従者がしつらえてくれた場所を大げさな身振りで示してオーガスティンが言った。

四人は毛布の上にすわり、果物やチーズを皿にとった。そのあいだ従者がワイングラスにワインを注いでまわった。オーガスティンは横向きに寝そべった。モニカががっかりしたことに、ウエストコートから腹が地面へと垂れている。一同はさしさわりのない会話を交わし、オーガスティンがスティプルトン卿のパーティーの話を持ち出したときですらも、モニカはあくびをこらえずにいられなかった。しかしそこで、オーガスティンがオナーに、クレバーンに付き添いを頼むように言った。

オナーははっと顔を上げた。明らかに虚をつかれた様子で、モニカを見てから、オーガスティンに目を向けた。

クレバーンはオナーが動揺したのを感じとったらしく、「そんな無理は言えません」と言った。

「無理じゃありませんよ」とオーガスティンが気軽な調子で言い、ブドウをふたつ口に入れた。

「でも、こちらこそ、あなたにそんな無理はお願いできませんわ、ミスター・クレバーン」オナーがわずかに気をとり直して言った。「あのパーティーは込み合うし……騒々しいですから」

「ああ、それはあまり気になりませんよ」クレバーンは愛想よく言った。「きっと田舎で開かれる舞踏会のほうがひどいでしょうから」そう言って笑った。

オナーは顎をこわばらせて目をそらした。「残念ながら――」そう言って、従者が黙って差し出したワインに首を振った。「あの建物は換気が悪いんです」

「でしたら、上着を脱ぎますよ」ミスター・クレバーンはそう答え、まるで何かのお遊びでもしているかのように、モニカとオーガスティンにほほ笑みかけた。

「だったら、決まりだね」オーガスティンは勝ち誇ったように言った。「おまえはミスター・クレバーンを招待するんだ」

「ええ」オナーは言った。「それを思いついてくれてありがとう、オーガスティン」そう言って立ち上がった。「ちょっと、失礼するわ」

クレバーンも急いで立ち上がろうとした。

「あ、いいえ、ミスター・クレバーン、すわっていらして。わたしはちょっと足を伸ばすだけですから」オナーはくるりと振り返ると、歩きはじめた。後ろに乗馬服をはためかせながら、颯爽と行進をはじめたと言ってもいい。

クレバーンは途方に暮れてモニカとオーガスティンに目を向けた。「私が何かいけないことでも言いましたか？」

「いいえ、まったく、ミスター・クレバーン」モニカがそう言って立ち上がるのに手を貸してほしいというように手を差し出した。「オナーってかなり……」

「気分屋？」オーガスティンが屈託なく言った。

「わたしが探していたことばはそれじゃないわ」モニカはやさしく言った。〝頑固〟というほうが近いだろう。「彼女ってじっとしていられない人なんです。様子を見てきますわ——ワインをたのしんでいてくださいな」モニカはそう言ってボンネットを直すと、オナーのあとを追って湖の岸辺へと向かった。

敵に近づかれたときには、オナーはイグサを細かく裂いていた。ふたりは子供のころ、モニカの母にまさにこの湖に連れてきてもらい、カモに餌をやったものだ。黒髪を後ろになびかせたオナーが湖の岸辺でカモをつかまえようと追いかけ、モニカの母がやめなさいと叫んだことをモニカは今でも覚えていた。モニカはカモが怖くてたまらなかった。自分はがあがあとうるさい生き物にパンのかけらを投げつけていたのに、オナーは手を差し出していたことをふと思い出す。あのころの幼い少女たちはどこで道を分けることになったのだろう？正直に言って、モニカにはもはや思い出せなかった。

彼女は目の端でオナーをちらりと見やった。「怒ってるみたいね」

オナーはモニカに険しい目をくれた。「怒ってるなんてことばじゃ言い表せないわ。あなたにだってそれはよくわかってるはずよ」

「そうね」モニカはそう言って肩をすくめ、湖に目を向けた。「正直、あなたのことが理解できないわ。ミスター・クレバーンはあなたにとってすばらしい結婚相手になるはず——」

「すばらしい結婚相手？」オナーは鋭く切り返し、肩越しに気に障る紳士をちらりと見やった。「どうしてそう思うの？　結婚の仲立ちをしようというのがあなたの考えだから？　ああ、否定しようなんて思わないで」モニカがまさに否定しようと口を開きかけたところで、オナーは言った。「オーガスティンにそれを提案したのがあなただってことはよくわかっているんだから。彼が自分で思いついたはずはないもの」

「わたしがそれを提案したんだとしても、それから、ミスター・イーストンにわたしに言い寄るよう提案したのがあなただとしても、全部どうでもいいことよ」モニカはオナーの目にちらりと罪の意識が浮かんだのをうれしく思いながら、とり澄まして言った。「ミスター・クレバーンはあなたにぴったりの相手だわ。愛情深くて、親切で、非の打ちどころのない評判の持ち主よ。それ以上を求めることができて？」

「ええ！」オナーは叫んだ。「そうよ、モニカ。わたしはそれ以上を求めることができるわ。あなたにはできないかもしれないし、求めようとも思わないかもしれないけれど、わたしは求めるのよ」

「あなたってどうして何かで満足するってことがないの？」モニカは怒って訊いた。「あなたの立場の女性だったら、たいていみなとてもすばらしい結婚相手とみなす男性を、なぜ自分よりも下だと思うの？　どうしていつももっと上を目指さなきゃならないわけ？」

「ちょっと、ミスター・クレバーンを自分より下だなんて思ってないわよ。ただ、考え方も気性もわたしとはこれ以上はないほどにかけ離れた人だと思うだけ。それに、どうしてあなたはもっと上を目指さないの、モニカ？　どうして今後最高のものがもたらされるかもしれないと思わずに、最初の申しこみを受けたの？」

　モニカは息を呑んだ。「よくもわたしに向かってオーガスティンをけなしたわね！」

「けなしてないわ――」

「けなしたわ！」モニカは言い張り、今度は彼女が肩越しに婚約者を見やった。オーガスティンはあぐらをかいてすわり、手を動かしている様子からして、クレバーンに対して夢中になって何か話をしているようだ。「わたしはオーガスティンがとても好きだっただけよ。それで、女性がそうすべきとされることをしただけ。いい相手と結婚を決めたの。いけないことなんか何もないわ。満足しているもの。それがわからないの？　わたしを祝福することはできないの？　わたしと彼の結婚が決まり、結婚予告が公表されたことを喜んではくれないの？」

　オナーは目をみはった。「予告が公表されたの？」

「ええ！」モニカは怒って言った。「そんな驚いた顔をしなくちゃならないわけ？　オーガスティンが言ったはずよ。わたしたちの結婚は彼のお父様が……そう、わたしの言いたいことはあなたにもよくわかっているわね。わたしは自分の人生を受け入れ、彼の申しこみを受け入れた。それで幸せなの」

「自分が何を言っているのか聞こえないわけ？」オナーは突然モニカのほうに顔を向けて言った。「人生を受け入れ、申しこみを受け入れるだけじゃなく、身を焼くような真の愛を見つけたいとは思わないの?」

ときどきオナーはおかしなほどに子供っぽくなる。モニカは笑わずにいられなかった。

オナーは当惑したように眉を下げた。「どうして笑うの? あなた、オーガスティンを愛しているの?」

「もうやめてくれる?」モニカは笑いながら叫んだ。「言ったでしょう、彼のことは尊敬しているわ!」

「でも、愛しているの?」

「いい加減にして、オナー! 愛するようになるわよ。ふたりがひとつになって人生を送り、慣れ親しんでいくうちに、愛情は育まれるものだわ。ほかに選択肢があるような言い方をするのね。ほかにどんな選択肢があるっていうの? 永遠に待ちつづけるとか? 何を? 白馬の王子様がやってきて、文字どおり、さらっていってくれるのを?」

「そうよ!」オナーは苛立って叫んだ。

「いやだ、あなた、おかしいわ」モニカはぴしゃりと言うと、目をそらした。オナーのことばに苛立った自分に怒りを覚えたのだ。

「求めなければ、ほかの選択肢も現れないわ」オナーはそう言って腹の上できつく腕を組んだ。

モニカは目を天に向けた。「それで、あなたはどんな選択肢を求めているわけ? 結婚しないとか？　こっちの舞踏会からあっちの舞踏会と渡り歩く今の暮らしをずっとつづけていきたいとでも？」彼女はまわりを身振りで示しながら訊いた。

「女性は自分のほんとうの気持ちに従いたいと強く求めなければ、絶対にそれを許されないわ。社会が女性に求めるのはいい結婚だけよ。それだけが女性に求められることなんだわ」

「そう。それで、あなたのほんとうの気持ちはミスター・クレバーンにはないというのね」

「ええ、まったく」

「もしかしたら、ほんとうの気持ちなんてものはないのかもしれないと考えたことはないの？　だって、あるとしたら、あなたなら今ごろはそれに従って行動を起こしているはずじゃない」

オナーは目を見開いた。一瞬、侮辱されたというような顔になったが、すぐにそこには別の表情が浮かんだ。モニカが言ったことをしばらくじっくり考えている顔。「ああ、あなたの言うとおりかもしれないわ、モニカ」

「そう？」モニカは驚いて言った。

「ええ」オナーは考えこむようにしてうなずいた。「わたしが行動を起こさなければ、いったい誰が起こすというの？」

モニカは突然、猛獣を檻からまちがって出してしまったような、沈みこむような感覚に襲われた。「オナー・カボット、何を考えているの？」と訊く。「問題を起こすようなことはやめたほうが――」

「問題？　ちがうわ」オナーは愛想よく言った。「あなたのおかげで、ひとつふたつ、はっきりしたことがあるの。男の人たちのところへ戻ったほうがいいと思わない？」そう言ってにっこりとモニカにほほ笑みかけると、突如として、この世に悩みなど何もないというような足どりで男性たちのほうへ戻り出した。

27

ステイプルトン卿のパーティーが催された午後もロンドンは鉛色の空のもとにあり、強い風と雨のにおいが、ジョージのいつになくどんよりとした心模様をさらに沈ませた。一日じゅう顔に枕を載せてベッドに横たわり、世の中から目をそむけていてもかまわないと思うほどだった。

しかし、フィネガンはそうは思っていないようで、パーティーのために、ジョージのブーツを磨き、金色のウエストコートとネイビーブルーの上等の上着を出していた。ジョージが思うに、海軍士官のような装いだった。

ふつうはこちらの考えなどおかまいなしにフィネガンが服を出すのは気に障ることだったが、今日の午後はありがたく思った。よく考えて装えるかどうか、疑わしかったからだ。この二日というもの、頭のなかはオナーでいっぱいで、あの日の午後、応接間で起こった出来事のすばらしくも苦々しい詳細を思い返しながら、憂鬱の霧のなかを歩きまわっているような気がしていた。

自分に救いはなかった。まずもって、彼女の計画に乗ると約束したのがとんでもなく愚かなことだった。彼女に夢中になった自分はさらに愚かだった。たったひとつみずからに課している決まりを破ってしまったのだから——自分を彼らの一員だとは思うな。上流社会から認められる人間になりたいと長年努めた結果、上流社会とはある程度の距離を置き、他人から自分を守らねばならないと学んだのだった。

オナーとのことでは、道を踏み外し、一線を越え、左右に目を向け、そうすることで人生を台無しにしてしまった。すべてあっという間の出来事で、あまりに容易だった。あの向こう見ずできれいな女性に挑まれたときに、自分の心のなかの決まりなど、綿を火に投じるように、きれいに燃え尽きてしまったのだった。

もっとも腹立たしいのは、オナーにいまいましい司祭などと結婚してほしくないと思っていることだった。彼女には誰とも結婚してほしくない。今のまま、彼女といっしょに過ごす機会を持っていたい。あの賢い頭が社交界にちょっとした騒ぎを引き起こしそうな悪だくみを紡ぎ出すのに耳を傾け、自分に名がないことや、財産を失いかけていることから気をそらしたい。自分が何者かということから。

それはばかばかしいほどに不条理な望みだったが、驚くほどに強かった。

さらに頭を混乱させるように、自分のなかにはオナーを信じきれない部分もあった。それは自分でも認めざるを得ないことだった。そう、彼女のことは愛している。彼女のほうも愛してくれていると信じてはいたが、彼女は上流社会の人間で、今の富と立場を保つために自分に近づいてきたのだった。ふたりで共有した時間や、自分の強い思いにも――そういう意味では彼女のほうの思いにも――かかわらず、彼女がすべてを捨てて自分のような男と結婚するとは思えなかった。もしくは、ベッキントン伯爵が自分のような男を継娘の結婚相手として認めるはずはない。オナーとのあいだに熱く荒々しい情熱が燃え上がったとはいえ、ふたりのあいだのこの何とも知れぬ激しい感情が、彼女にとっては単なる悦びでしかないのではないかと思わずにもいられなかった。

どうしてそれ以外の何かになり得る？

ああ、そう、ぼくはみじめな男だ。

しかし、みじめな思いにひたりながらも、なぜかモニカ・ハーグローヴを誘惑してやろうと心は決まっていた。オナーが背負っている家族という重荷がミス・ハーグローヴのせいでこれ以上重くならないように、ほかにも結婚を申しこんでくる相手が現れるかもしれないと彼女に思わせるのだ。もっと小さな心の声は、個人的な理由もあるだろうとささやいていた。モニカ・ハーグローヴを口説こうとして失敗したことに、自分自身愕然としていたからだ。キス。それだけでいい。唇に軽くキスすれば、ミス・モニカ・ハーグローヴの慎みもすぐに溶けてなくなることだろう。それ以上を貪欲に求めてくるにちがいない。そうでなければ、彼女を振り向かせる別の方法を見つけるだけのこと。

戦争の英雄に敬意を表した水夫のような装いに着替えると、ジョージはむっつりとした顔で階下《した》へ降りた。フィネガンが雇った——掃除のためか、ベッドをともにするためか、ジョージにはわからなかったが——通いのメイドが、怯えた小さな野ウサギのように道を空けた。

フィネガンが玄関の間で帽子と手袋を持って待っていた。「なんともすばらしい驚きです」彼はかすかにお辞儀をして言った。「ご自分で髪に櫛を入れられるとは」

ジョージは帽子と手袋をフィネガンから奪いとった。「ミスター・フィネガン、今日こそは——」彼は手袋に手を突っこみながら言った。「おまえの首を絞めてやることになりそうだ」

「結構でございます」フィネガンはそう応じて玄関の扉を開けた。

どんよりとした天気だったが、思ったとおり、バーリントン・ハウスは人でごった返していた。派手な装いの客たちが肩と肩をくっつけるようにして、柱廊にひしめき合っている。その声がアーチ型の広い天井に響きわたっていた。ジョージにはこのなかで誰かを見つけることなどできそうもないと思われたが、いずれにしても、人ごみを押し分けて進んだ。足を踏んだり、肘で押しのけたりするたびに謝ったが、それに対しては冷たいまなざしを向けられただけだった。

まず、ソマーフィールドが目にはいった。胴まわりの太さのせいで、ほかの大半の客たちよりは空間を確保できている。彼のそばにはミス・モニカ・ハーグローヴがいたが、顔にはうんざりするような表情が浮かんでいた。どう話しかけたらいいかわからないまま、ジョージは彼女のほうへ歩き出した。

ミス・ハーグローヴは首をめぐらし、彼の姿を認めると、わずかに背筋を伸ばした。当惑しているようだったが、やがて眉が下がり、顔をしかめた。不機嫌なのか？　ぼくがそれを変えてやろう。ジョージは行く手をふさぐひと組の男女をまわりこんでミス・ハーグローヴのほうへと歩みを進めたが、突然目の前にオナーが現れて虚をつかれた。「ミスター・イーストン」彼女はそう言って彼の腕に手を置いた。

ジョージは腕に置かれた手に目を落とした。その感触は袖を焼き、その下の肌にやけどを負わせる気がした。「ちょっといいかしら？」

「あとでね。今は話しかけたい女性がほかにいるんだ」

「ジョージ……お願い、お願いよ」彼女はほほ笑んで右に目を向けた。その目を追うと、そこにはクレバーンが立っていた。

「ミスター・クレバーン、ちょっと失礼していいかしら？」と彼女が訊いた。

「ええ、もちろんです。こんにちは、ミスター・イーストン」クレバーンはそう言って軽く会釈すると、何歩か離れた。しかし、オナーが見えなくなるほどには離れていないことにジョージは気がついた。

ジョージは口を開かなかった。オナーが彼を脇に引っ張った。

「お相手のところへ戻るんだ、カボット。恐れることは何もない。ぼくが今から——」

「お願いだから、彼女には話しかけないで！」オナーは焦ったように口をはさんだ。「彼女のほうを見もしないで。もう終わったの。終わったのよ——こんな正気の沙汰じゃないこと、はじめからするべきじゃなかったんだわ」

「これはもうきみの計画じゃなくなったんだ。ぼくの計画さ。きみのためにぼくがなんとかすると言っただろう」

「あなたになんとかしてもらう必要はないわ。してほしくないのよ！」

ジョージは口をつぐみ、彼女を見下ろした。「どうして？　突然クレバーンのことが好きになったのか？」

「ちがうわ！」彼女は叫び、若い司祭のほうをびくびくと見やった。「もちろん、そういうことじゃないの。ただ……」彼女は爪先立って彼の肩越しに目をやった。

「ただ、なんだい？」と彼は訊いた。

オナーは踵を下ろし、唇を噛んだ。

ジョージはありとあらゆるばかげた想像をめぐらしながら眉根を寄せた。「いきなり臆病風に吹かれるなんてどうしたんだい？　いったい何が？」

「臆病風に吹かれたわけじゃないわ」彼女は臆病ということばが気に障ったというように言った。「ただ、不安になったのよ」

「何が？」

「あなたのことが」彼女は率直に言った。

ジョージの心のなかで毒を持つ何かが沸き立った。彼女は結婚相手を急いで探さなければならない今、このままの関係をつづけることはできないと言おうとしているのだ。彼は一歩下がった。「だったら、言ってくれ。その女らしい不安に邪魔されずに」

「あなたを愛しているの」と彼女は言った。

ジョージは愕然として彼女を見つめた。

「驚いた？」彼女は通りかかった誰かにほほ笑みかけながら言った。「そうなの、イーストン。あなたを愛しているの、心から」そう言って両手を胸に押しつけた。「わたしはどうしたらいい？　あなたを愛するべきじゃないのに、愛してしまったわ。あなたにはわたし以外の誰も誘惑してほしくない。あなたをひとり占めしたいの。あなたがほしいのよ」

このことばをこれほどに聞きたいと思ったことはなかった。しかし、絶対に聞きたくないことばでもあった。「きみが望んでいると思っているものは不可能なものだ」彼はぶっきらぼうに言った。「何度そう言わなくちゃならない？」

彼女の目が驚きにみはられ、やがて怒りに細くなった。「喜ばしいはずのことが、あなたとは何もかもどうしてこんなに不可能なの？」

「そういうものだからさ」彼は説明できない不可解な怒りに襲われて言い返した。自分も彼女と同じ気持ちで、愛という名の、慣れない頑固な感情に何日もさいなまれ、それが怒りを呼んでいたのだ。彼女を愛してはいても、自分をとりまく悪い噂で彼女の評判を穢すわけにはいかない。なお悪いことに、自分には何もなかった。船が行方不明となったことで、今やすっからかんになっていたのだ。自分にはこの輝かしい社交界の星に差し出せるものが何もなかった。

「でも……あなたもわたしを愛していることを認めたと思ったのに。恋しかったたって」

彼女の目に涙が光りはじめた。この若い女性がめったに見せない無垢な部分だ。なぜか、そのせいでジョージはさらに怒りに駆られた。思いもよらぬ部分で彼女は無知だった。自分はそれをわかっていて利用し、彼女の純潔を奪ったのだ。「そろそろきみも、人生をありのままに受け入れるときだよ、オナー。自分の気まぐれな望みに合うようにつくり変えることはできないんだ」

それを聞いて彼女は真に傷ついた顔になった。「気まぐれな望み？　わたしがあなたを愛したいと望んだと？」まわりの誰かに聞かれることも気にせずに彼女は訊いた。「それによってわたしの人生が楽なものになったとでも？」

感じたいとは思わない、あまりに多くの感情にとらわれ、ジョージは胸がしめつけられる思いだった。彼は美しい顔を見つめ、その目をのぞきこんだ。上流社会を闊歩《かっぽ》し、利となる結婚をするようにしつけられた良家の娘。自分はその逆で、そうしたものを望まないことを学んできた。彼女は財産はもちろん、それよりもさらに重要な社会的立場を求めるよう、しつけられてきたのだ。

ぼくのような男を愛することなどできない。それは不可能なことだ。

無知な彼女が抱く、愛と気高い犠牲の精神も、時とともに薄れていってしまうことだろう。しかし、そこでオナーがさらに彼を驚かせた。まるで彼の心に走った疑念を感じとったかのようだった。手を彼の腕に置いて言った。「あなたを愛しているのよ、ジョージ。あなたがわたしを信じられないのはわかっているけど、ほんとうに愛しているの。これまでこんなふうに人を愛するなんてあり得ないと思っていた。お願い、ほんとうのことを言って。あなたも同じ気持ちだって言って。お願い」

心に動揺が走り、長年抱いてきた痛みがよぎった。彼は彼女の手を自分の腕から引き離し、一歩下がった。「すまない、ミス・カボット。ほんとうではないことを口にするわけにはいかない」ジョージは唯一自分にできることをした――背を向けて歩み去ったのだ。じっさいには逃げたのだった。舞踏場の人ごみに目を走らせたが、壁が倒れてきて、部屋の空気が奪われるような気がした。彼は邸宅をあとにし、冷たい灰色の空のもとへ出た。

振り返ることはしなかった。する必要もなかった。彼女の目に浮かんだ傷ついた色は記憶に焼きついていたからだ。

そんなふうに、自分の生まれと育ちにとらわれ、彼女には司祭のほうがふさわしく、自分は最悪の相手だと思いこんでその場をあとにし、彼女のことばが耳に響くのをふせぎ、彼女の姿が目に浮かぶのを避けようと、サザックに行ってその日は一日じゅう賭けに興じて酒を飲んでいたせいで、ベッキントン伯爵が亡くなったことが耳にはいったのは、翌日の午後になってからだった。

28

ベッキントン家の人間がまるで予期せぬときに、死は突然忍び寄った。伯爵はその朝、朝食の席につき、継娘たちがその日の計画について話すのをにこやかに聞いていて、オーガスティンがマーシーに苛立ちだすと、彼女はまだ子供なのだからとオーガスティンを諭したのだった。

従順なオーガスティンはそのことばに従い、会話をその日の午後に催されるステイプルトン卿のパーティーに戻し、誰が参加するか推測した。オナーが昨晩チャタム家で夕べを過ごしたグレースはまだベッドのなかかしらと言うと、伯爵はレディ・チャタムの途切れないおしゃべりに耐えたとしたら、グレースは疲れきっているにちがいないと言った。

プルーデンスはグローヴナー・スクエアに逃げ出したフィルポット夫人の鶏についての笑い話を持ち出し、かわいそうな夫人がスカートを膝まで持ち上げて鶏のあとを追いかける様子を物語りながら、くすくすと笑った。それを聞いて伯爵は息ができなくなるほどに笑った。

朝食をすませると、マーシーが継父に――と言っても、彼女にとっては唯一知っている父親だが──本を読み聞かせようと申し出たが、伯爵はにっこりとほほ笑みかけて、人間を食べるオオカミの話なら、もう充分聞いたと答えた。

その朝オナーが心配していたのは母であって伯爵ではなかった。母は夫のそばにおとなしくすわり、じっと皿を見つめていた。母は死がすぐそこまで来ていることを感じとっていたのだろうか？ それとも、最近どんどんはいりこむことが多くなった自分だけの世界にそのときもはいりこんでいたのか？

生きている伯爵に最後に会ったときのことについて、オナーがもうひとつ覚えていることがあった。朝食の席を立って離れる前に、首をかがめて伯爵にお別れのキスをしたときのことだ。伯爵は彼女の手をとってこう言った。「おまえはいい娘《こ》だ、オナー。そうじゃないと誰かに言われても、信じるんじゃないぞ」そして、ほほ笑んだのだった。

オナーは笑った。彼女とモニカが日曜日の礼拝の最中に、裏口から抜け出てふたりの少年たちに会いに行った日から、伯爵は彼女に〝おまえはいい娘《こ》だ〟と言いつづけていた。そう、その少年たちはただの少年ではなく、教会にやってきた人々の馬の世話を言いつけられていた馬丁だった。

「そう思っているのは伯爵様だけですわ。でも、そのおことばは覚えておきます」

伯爵は彼女の手を軽くたたいて放した。

オナーは自分が、伯爵がいつも信じてくれていたようないい娘だったらと思わずにいられなかった。彼にとってもっといい娘で、もっと多くの時間をともに過ごせばよかったと。

伯爵の葬儀はぼんやりとしか思い出せなかった。大勢の人が訪れ、何度も抱きしめられ、お悔やみを言われた。たくさんの儀式と黒ずくめの人々。

葬儀の翌日、グレースがバースへ発った。「ここにいて」オナーは懇願した。

「無理よ」グレースはきっぱりと言った。「無駄にする時間はないわ」

その朝、オナーはグレースをきつく抱きしめて別れを告げた。グレースの計画も自分の計画がそうだったように、失敗に終わる可能性が高く、彼女も数週間のうちには戻ってくるだろうと自分に言い聞かせながら。それでも、グレースが行ってしまったことが最後の打撃となった。慣れ親しんだ人生の最後の扉が閉まったのだ。

オナーは表に立ち、グレースを乗せた馬車が角を曲がって見えなくなるまで見送った。見えなくなってもその場に立ちつづけ、通りをじっと見つめていた。何かを待って、じっと。

それが何であるかは自分にもわからなかった。

その朝は深い絶望感にとらわれていた。数日のうちに、人生におけるもっとも大切な人々を失うことになったのだから。伯爵と、愛する妹のグレースと、ジョージ・イーストン。

その絶望感ははかりしれないものだった。

今、伯爵が亡くなってから二週間が過ぎていた。この二週間、悲しみがあまりに深く、オナーは食欲を失い、ハーディーにうながされたときだけ食べ物を口にした。ばかげたことだった。伯爵がこの世に長くないことはわかっていて、送り出す心の準備はできていたはずなのだから。しかし、心の準備などできていなかったのだ。

伯爵が逝ってしまったことは家じゅうで感じられた。オーガスティンは自分の新たな役割に不安そうで、使用人たちはみなふさぎこんでいるようだった。プルーデンスとマーシーは互いに声をひそめて会話をし、黒い喪服が彼女たちを疲れた顔に見せた。

しかし、オナーが悲しんでいたのは継父の死だけではなかった。

ジョージのことも同じように深く悲しんでいた。

ああ、どれほど彼が恋しいか。同時にどれほど憎いか。少なくとも、彼が憎いとみずからに言い聞かせようとしていた。彼に拒絶されたことで、心の奥底に残る古傷が開いてしまった。ローリー卿との悪夢が再現される感じだった。ジョージに拒絶されたことで心破れ、クレバーンが親切にも家に連れ帰ってくれなければ、あのパーティーの場で倒れていたかもしれなかった。

あの恐ろしい午後以来、ジョージを見かけることも、噂を聞くこともなかった。彼は訪ねてきてくれることもなく、葬儀にすら姿を見せなかった。励ましてくれるような笑みをきっと見つけられると思い、集まった何十人もの参列者のなかにその姿を探したのだったが、彼はいなかった。

葬儀のあとの集まりで、ふたりの紳士が戦争の話をするのを耳にはさんだ。イーストンの船が行方不明になっていて、おそらくは奪われたか沈んだかしたにちがいないとひとりが言っていた。それから、忍び笑いとともに、イーストンの財産も沈んでしまったわけだと付け加えた。彼はほんとうに財産を失ったのだろうかとオナーは胸の内でつぶやいた。困った状況におちいっているの？　彼のことは憎んでいた……が、力になれたならと思わずにもいられなかった。

傷つけられた心はちりと化していた。胸の奥で粉々の実態のないものになっているのが感じられるほどに。

あるどんよりと湿った午後、オナーとプルーデンスが広場を歩いているときに――ふたりとも、外出せずにいられない気分だった――モニカがあと数週間のうちに結婚するつもりだと言ったときに、伯爵の未亡人となった母が、伯爵の喪が明けるまであと一年待つべきだと言い張ったとプルーデンスが告げた。

「それが実践されることはないわね」オナーは考えこむように言った。

「どういうこと？」

「オーガスティンが一年もモニカなしでやっていけるとは思えないもの」オナーは言った。「何か方法を思いつくでしょうよ。喪が明けるまで一年待つとしても、お母様があとどのぐらいでおかしなことを言い出して、はたから見ても異常だとわかるようになる？　そのせいで、わたしたちみんなが影響をこうむるわ、プルー。わたしたちの置かれている状況はほんとうの意味で変化したの。喪に服すことでさらに人生が込み入ったものになってしまうだけよ」

「こんなことは言いたくないんだけど……」

「けど、何？」オナーは妹をうながした。

プルーデンスは首を振った。「お母様がほんとうに心配だわ。ミセス・ハーグローヴとオーガスティンが話しているのを小耳にはさんだんだけど」

不安に駆られ、オナーの全身にかすかな震えが走った。「ミセス・ハーグローヴ？　それともモニカ？」

「ミセス・ハーグローヴよ」プルーデンスはくり返し、広場の向こうのベッキントン・ハウスにちらりと目を向けた。「お母様の健康が心配だって言っていたわ。それで、もちろん、オーガスティンも同じ気持ちだと言った。でも、それから、ミセス・ハーグローヴはお母様のような人の世話をしてくれる場所がセント・アサフにあるって言い出したの」

「セント・アサフ？」オナーは言った。「聞いたこともないわ」

「マーシーとわたしもよ。地図で探してみたら、オナー、ウェールズの町だったわ！　ロンドンからとても遠いところよ。すべてからとても遠いところ！」

オナーの心臓の鼓動が不規則になった。

「ミス・カボット！」

　プルーデンスとオナーはどちらもはっとして振り返った。クレバーンが広場を横切って近づいてこようとしていた。

「勘弁して」オナーはつぶやいた。

「すみません」近くまで来ると、クレバーンは言った。「お邪魔じゃなければいいんですが。おふたりがここにいるのが見えたので、ごいっしょする人間がいたほうがいいかと思いまして」

「そろそろ戻ったほうがいいとオナーに言っていたところなんです。母のそばにいたほうがいいかもしれないので」とプルーデンスが言った。

「でも、きっと、多少新鮮な空気を吸うのもいいかもしれませんよ」と彼は期待をこめて言った。ロンドンの空気が新鮮とはとうてい言えないことは忘れてしまっているのだろう。

「行ってお母様の様子を見てきて、プルー」とオナーが言った。

　プルーデンスは不安そうに姉を見つめたが、オナーはウィンクした。「ミスター・クレバーンとわたしもすぐに戻るから」

　プルーデンスが行ってしまうと、クレバーンはオナーにほほ笑みかけ、歩きましょうと身振りで示した。「ありがとう、ミス・カボット」彼は両手を後ろで組んでオナーと並んで歩き出した。「じつを言うと、あなたとふたりきりになる機会ができてありがたいんです」彼は言った。「ご家族のご不幸のために、私もロンドンに滞在せざるを得なくなったわけですが、そろそろロングメドウの教区民のもとへ戻らなければなりません。土曜日から一週間ほどでおいとまするつもりでいます」

「きっと教区の皆様もひどくさびしがっておいでですわ」とオナーも言った。

彼は恥ずかしそうにほほ笑んだ。「あなたに敬意を表してもいいでしょうか、ミス・カボット? この大いなる悲しみのときにおいて、あなたの心の強さはすばらしいと思いました。ご家族にとって真に支えとなる存在でした」

支えとなる存在などではまるでなかった。悲しみにひたりきってよろめいていたのだから。

「ミス・カボット、私は……」彼は歩を止めて言った。「ミス・カボット、私はあなたを崇拝するようになりました」

オナーは突然できた恐怖の塊を呑みこんだ。「ありがとうございます、ミスター・クレバーン。でも、それ以上はおっしゃらないで。今は悲しみに沈んでいますので――」

「でも、だからこそ、言わなければならないのです」彼は真剣な口調でそう言うと、彼女の手をとった。オナーは彼の手をじっと見つめた。「申し訳ありません。積極的すぎましたか?」と彼は訊いた。

オナーは目をぱちくりさせた。それがほかの紳士だったら、笑っていたことだろう。その質問は冗談で発せられたものだっただろうから。しかし、クレバーンは彼女のためらいを恐れと勘ちがいし、力づけるようにほほ笑んだ。「私を恐れる必要はありませんよ、ミス・カてください」

オナーが考えていたのは、ジョージと過ごした晩のことだった。彼と比べれば、クレバーンは産着もなく森に捨てられた赤ん坊と同じだった。

オナーが黙りこんでいたため、クレバーンはおちつかない様子になった。「もちろん、ある程度喪に服してからですが、お互いを伴侶とするというのはどうでしょう？　正直に言えば、ソマーフィールド卿はその考えに大いに賛成してくれています。私がロンドンの颯爽とした紳士でないのはわかっています。お互い知り合う前にあなたが馴染んできたような男性ではないことも。でも、私は善良で正直な人間です。結婚したら、あなたを大切にします」

オナーはなんと答えていいかわからなかった。オーガスティンを怒らせ、クレバーンを傷つけるかもしれないと思うと、自分の思いを口に出す勇気はなかった。それでも、クレバーンに希望を与えるわけにもいかない。彼女は手を引き抜きながら、必死で考えをめぐらした。

「今のお話……意外だったとは言えませんわ」彼女がそう言うと、気の毒な男性はじっさいに真っ赤になった。「考えなければならないことがたくさんあるんです、ミスター・クレバーン。妹たちもそうですし、母のことも」

「もちろんです。みんなロングメドウに来てもらったらいい」

「お気づきかもしれませんけど、母は具合がよくないんです」彼女は率直に言った。

彼はほほ笑んだ。「できるかぎりの力になるのが私の聖職者としての務めだと思います」

もちろんそうね。彼女は頭を働かせながらうなずいた。心に浮かぶのは、彼女の愛を〝不可能〟と切って捨てたジョージのことだけだった。クレバーンの申し出を受け入れるべきではあった。ジョージがはっきり言ったように、人生の真実を受け入れるべきなのだ。それでも……それでも、心からジョージへの思いを振り払うことはできそうもなかった。「お返事する前に、一日か二日、お時間をいただけませんか？」

クレバーンはそう言われて少々失望したようだったが、雄々しくも気をとり直して言った。「ええ、もちろんです。ありとあらゆる側面からよく考えてみなくてはならないことですからね」

クレバーンは家まで付き添ったが、いくつか訪ねなければならない場所があると言って、なかにはいることはしなかった。

オナーは体も心も重く感じながら二階にのぼり、母の居室へと長い廊下を渡った。扉を軽くノックすると、ハンナが即座に扉を開けた。そのすぐ後ろで、マーシーが両手を伸ばし、曲をハミングしながらダンスのステップを踏んでいるのが見えた。

「お母様の具合は？」とオナーは小声で訊いた。

「お変わりありません、お嬢様。あまりお話しにならず、食欲もありません」

オナーはうなずいて部屋のなかへはいった。母は未亡人らしく喪服を着て窓辺に立ち、広場を眺めていた。「お母様？」とオナーは呼びかけた。

「今日は声が聞こえないみたい」マーシーが深々とお辞儀をしながら言った。

オナーは窓辺へ行って母の腕に触れた。母ははっとしてオナーに目を向け、ほほ笑んだ。

「オナー」と言う。

「大丈夫？　何か持ってきましょうか？」

母は答えず、目をまた窓に向けた。

「マーシー、お母様といっしょにいてくれる？」とオナーは訊いた。マーシーはまた喪服の黒いリボンを後ろにたなびかせてくるりとまわった。

「いつまたダンスのレッスンができるようになる？」マーシーは体を揺らしながら訊いた。

「きちんと喪に服してからよ」オナーは答えた。「プルーはどこ？」

「ピアノでまた葬送曲を弾いているわ」マーシーはため息をついた。

オナーが探しに行くと、マーシーが言ったとおり、プルーデンスは陰鬱な曲を奏でていた。

「お姉様も来たの？」プルーデンスが訊いた。「マーシーがさっきやめさせようとしに来たわよ」

「やめさせようと思ってきたわけじゃないわ」オナーは嘘をついた。「ただ、力を貸してもらいたくて。今日の夕方、お母様を見ていてくれる？」

プルーデンスはピアノを弾く手を止めた。「どうして？　どこへ行くの？」

「用事があるのよ」

「用事って？」プルーデンスは食い下がった。

オナーはそれになんと答えていいかわからなかった。わかっているのは、ジョージの拒絶を受け入れることはできないということだけだった。ローリーのときとはちがい、ジョージが見せてくれた感情にまちがいはない気がしていた。それについて何も言う権利はないというように、ただ歩み去るつもりはなかった。「プルー、力を貸して。夜には帰るから」

「いいわよ」プルーデンスは軽く応じ、またピアノを弾きはじめた。「伯爵がいつもあなたに言っていたことを覚えておいてね――きみはいい娘《こ》だって」

オナーは驚いて妹を見つめた。

プルーデンスはかすかな笑みを浮かべた。「わたしのこと、子供だと思ってるんでしょうけど、ちがうわ」そう言って、重々しい旋律を奏でだした。

オナーは愛情をこめてほほ笑んだ。「そうね、プルー、ちがうわ。あなたはあまりに急いで大人になってしまった」

「グレースに言われたの。あなたにいい娘だって言い聞かせる人がいないと、あなたはそれをすっかり忘れてしまうからって」

オナーは笑った。グレースが恋しくてたまらない！「覚えておくわ。でも、今日の午後は力を貸してもらわなくちゃ」

「わかったわ」プルーデンスはまた軽い口調で言った。「いつものことだけどね」そう言っていたずらっぽく姉にほほ笑みかけ、またピアノに戻った。「気をつけてね、オナー」

部屋から出ながら、オナーは意識せずにいられなかった。今は下の妹たちですら、わたしに気をつけてと言う。

29

外套に身を包み、フードを頭にかぶったオナーは、路地や厩舎を通り抜けてオードリー街へ向かった。通りには細かい霧が立ちこめていた。彼女は急いで石段をのぼり、ジョージの家の扉をノックした。何分か、胃をよじられるような長い間が空き、扉が開いた。現れたのはミスター・フィネガンで、興味津々の目を向けてきた。彼は身をかがめ、フードの下の顔をのぞきこんだ。「これはこれは、ミス・カボットですか?」驚きに満ちた声だ。

「ええ、わたし……」

彼はつと彼女の腕をつかみ、家のなかへ引き入れると、通りの左右を見やってから扉を閉めた。

「ごめんなさい」オナーは息を切らして言った。今や不安が心を占めていた。「とんでもなく異常なこととはわかっているの。でも、ミスター・イーストンとどうしても話をしなきゃならなくて。ご在宅かしら?」

「ええ」フィネガンは警戒するように言った。

「だったら……だったら、わたしが訪ねてきたと伝えてくださる？」

フィネガンはため息をつき、首を振った。

オナーの心は沈んだ。こうしてやってきたのに、また拒絶されるだけとは。

「いらしたことを告げることはしないでおきましょう。お嬢様ご自身で告げられたほうがいい」フィネガンはそう言って彼女の背中に手をあて、玄関の間の奥へと導いた。それから、長い廊下を指差した。「右側の緑の扉のところまで行ってください。それが書斎で、主人はなかにいます」

オナーは不安な目をフィネガンに向け、それから乏しい明かりの廊下をのぞきこんだ。

「彼に前もって伝えるべきじゃない？」

「あなたがいらしたことを伝えれば、拳銃をとり出すかもしれませんから」彼はそれを想像しておもしろがるように笑みを浮かべた。「主人をご覧になれば、わかりますよ。緑の扉です」彼はもう一度そう言うと、背を向けた。「ノックはしないでください。ノックしても意味ないですから。ただ部屋のなかにはいるんです」

オナーは高まる不安を抑えるようにこぶしをにぎり、廊下を歩きはじめた。緑の扉はすぐに見つかった。玄関の間を振り返ると、フィネガンは姿を消していた。

オナーは扉に目を向けた。頭からフードを押しやり、髪を撫でつけると、扉の取っ手をじっと見つめた。自分がこれまでしたすべてのことを思い出す。危険を冒しても、あとでそれを笑い飛ばし、恐れを抱いたことなど一度もなかった。サザックにくり出したあの晩ですらも。しかし今夜、恐怖から息がつまりそうだった。彼に拒絶されたら、どうやって耐えていいかもわからなかった。それでも、ジョージの口からほんとうのことを聞くまでは、クレバーンと結婚するわけにはいかない。わたしを愛しているのか、それとも、利用しただけなのか。ほんとうのことを言ってもらわなければならない。

オナーは取っ手をつかみ、ゆっくりとまわした。扉がわずかに開く。彼女は部屋のなかに首を突っこんでなかをのぞきこんだ。

部屋の明かりは暖炉の火だけだった。椅子の背の上にジョージの頭が見えている。彼は組んだ足を足台に載せていた。片腕を肘掛け椅子の横に垂らし、二本の指でブランデーのグラスを持っている。琥珀色の液体がやわらかい光を受けて輝いていた。

オナーは部屋のなかにはいり、そっと扉を閉めた。

「ちくしょう、フィネガン！」彼が嚙みつくように言った。「放っておいてくれと言っただろう。撃たれたいのか？　こっちへ来い、喜んで撃ってやるから！」

オナーは留め金をはずして外套を床に落とした。

「ぼくのあとをこっそりついてまわらないでくれ」ジョージが鋭く言った。「おまえはイングランドで最悪の従者かもしれないぞ。わかってるのか？　どうしておまえをこの家に迎え入れてしまったのか、自分でも理解できない」

きっと彼のなかの獣が表に出てしまっているのね。オナーはドレスの皺を伸ばし、前に進み出た。

「ぼくに半分でも知恵があったら、ディアリング卿がしたように、おまえを追い出していただろうよ。ヤギを家に迎え入れたとしても、おまえほど厄介なことはなかっただろうさ」

オナーはそれを聞いて眉を上げた。フィネガンは非の打ちどころなくいい人間に思えたからだ。彼女はジョージの真後ろに行き、なんと声をかけようかと考えた。慎重に練習したことばはすべて頭から消え去っていた。

「出ていってくれ」ジョージがうなった。「おまえの言うことなど聞きたくない。おまえのにおいも嗅ぎたくない。おまえが今持ってきた食べ物やらワインやら何やらもほしくないんだ。ウイスキーとブランデーだけで充分こと足りている。この部屋をよく見れば、ぼくの言いたいことはわかるはずだ。ウイスキーとブランデーがよき友というわけさ」

「唯一の友というわけじゃないわ」とオナーは言った。

その声を聞いてジョージはあわてて立ち上がり、足台をひっくり返してしまった。くるりと振り向くと、彼女を見て驚きに目をみはった。その目が穴が開くほどじっと彼女の顔を見つめた。やがて彼は無造作にブランデーのグラスを絨毯の上に落とすと、勢いよく前に飛び出し、オナーを腕に抱いて彼女の首と髪に顔をうずめた。「ああ、きみはどこにいたんだ?」と髪に顔をうずめたまま言う。

オナーの頬を涙が伝った。これほどきつく抱きしめられていなければ、平手打ちしていたことだろう。「同じことをあなたに訊きたいわ！」

彼は彼女にキスをし、手を体に這わせ、髪に差し入れた。放したら失ってしまうと恐れるかのように、つぶしそうなほどきつく彼女を抱きしめ、激しいキスをしている。「ああ、会いたかった」

オナーの不安は欲望にとって代わった。そうしてきつく抱きしめられ、見つめられ、キスされることで、これまでになく自分が望ましい存在に思えた。恥ずかしがってためらうつもりはなかった。彼女はできるかぎりすべてを手に入れるつもりだった。

言いたいことはありすぎるほどにある気がしたが、彼の情熱の前にことばは失われた。ジョージはオナーを抱いたまま椅子に腰を戻した。口づけた彼の口はあたたかく湿っていて、喜ばしいと同時に責めさいなむようでもあった。口の感触も手の愛撫もすべてがオナーを体の芯まで揺さぶった。彼女は彼にしがみついた。その腕と体のたくましさに。そして彼から発せられる熱に。

ジョージは彼女のドレスの裾を手で探り、両手をすべらせて腰をつかむと、体を持ち上げて自分の硬くなったものの上に下ろした。欲望のあまり背筋に震えが走り、オナーは自分のやわらかい部分に押しつけられた彼の硬い感触にあえぎながら、体を押しつけるようにして動いた。舌と舌がからみ合い、彼の手は彼女の脇や腹や胸を愛撫した。

オナーはほかの何もかもを忘れた。ジョージだけを見て感じ、ジョージのことだけを考えた。体を押しつけ合ううちに、欲望が火花をあげて全身に走った。彼への愛情と、彼を満足させ、悦ばせたいという思いが激しい波のように押し寄せてくる。まるで官能の波がふたりを呑みこみ、ふたりと外の世界とのあいだに幕を引くようだった。

ジョージはあたたかい肌の上に口をすべらせ、彼女の全身を手で探り、押しつけたりもんだりして彼女を悦びの高みへと押し上げた。指を彼女の髪に差し入れてひと束引き出すと、そこに顔をすりつけた。口を喉のくぼみに押しあて、血管が激しく脈打つ場所に息を吹きかける。オナーの鼓動は速まり、心臓がどこへともなく飛び去ってしまいそうだった。

そして、自分のズボンに手をかけ、腰を持ち上げると、たくましい尻と腿からズボンをはずした。興奮の証が高々とそびえたつ。彼はまた彼女の体を持ち上げてその上に下ろした。目のくらむような熱い感覚が肋骨と下腹部にぶつかり、オナーは目を閉じて彼の頭のほうへ首をかがめた。なかにはいったジョージは、腰を持ち上げては下ろして動きはじめた。オナーは解放への期待にあえいだ。

彼は彼女の顔を手で包み、額に額を押しつけた。「きみがどれほどの力をぼくにおよぼすか、きみには想像もつかないだろう」

オナーは彼の額に落ちた髪を払いのけ、こめかみにキスをした。「愛してるわ」と言う。

「だめだ」彼はさらに深くなかにはいり、彼女の体を動かしてもっと奥へと突き入れ、彼女を満たした。

「愛してる」オナーは頑固に言い張った。ジョージは彼女の肌に顔をつけてうなり、手を互いの体のあいだに差し入れてつぼみを激しく撫でた。オナーは彼の体に合わせて動き、突かれるたびに必死にそれを迎え入れようとした。腕を彼の首にまわし、口で彼の唇と舌をいたぶる。彼への渇望は高まって全身に満ち、さらなる高みへと彼女を押し上げ、理性と慎みの一線を越えさせた。オナーはすべてを感じ、できるかぎりの高みに達してそこから飛び降りたいと思いながら体を動かしていた。

ジョージの指は円を描くように悦びの芯を撫でていたが、やがて彼女のなかへと差しこまれ、さらに速く動いた。彼は片手で彼女の顎をつかんだ。「目を開けるんだ」オナーは言われたとおりにし、思いきり突かれたその瞬間に彼の目をのぞきこんだ。そして、高みからまっさかさまに転がり落ちた。

体から力が抜けたが、彼が両腕を体にまわして支えてくれ、さらに強く突いて最後の瞬間までそれを感じさせてくれた。彼は爆発するように絶頂に達し、彼女の胸に顔を押しつけてしわがれた声を発した。少しして、彼女を抱えたまま椅子に沈みこみ、頬に頬を寄せて息を整えようとした。その鼓動はとても激しく、オナーの胸に伝わってくるほどだった。

「きみのせいでぼくの何もかもが粉々になってしまった」彼はことばを発した。「もうきみしか残っていない、オナー」

そのことばは、たった今示してくれた肉体的な悦び以上にオナーの心に響いた。オナーは身を起こし、彼の顔を両手で包んでやさしく唇にキスをし、しばらく口づけたままでいた。ジョージは彼女の頬や額にキスをすると、身を動かし、彼女から自分を引き抜いた。オナーは体の向きを変え、彼の膝に乗ったまま肩に顔をすり寄せた。どちらもことばは発しなかった。ただ、暖炉の火に目を向け、煙突から風が吹きこむたびに揺れる炎を見つめていた。

しかし、オナーの血管はまだどくどくと脈打ち、そこには熱い血が流れていた。ジョージもそれを感じとったにちがいない。てのひらを彼女の頬にあて、こめかみにキスをした。

「どうしてこんなにあなたを愛してしまったのかしら?」彼女は不思議そうに疑問を口に出した。

「ぼくを愛してはいけない」とジョージは言った。

オナーは身を起こしてひねり、信じられないという目で彼を見つめた。「また不可能だって言うつもり? そうだとしたら、わたしがあなたを愛するようにはわたしのことを愛していないって言ってくれなくちゃならないわ」

彼は目をそらそうとするように首を動かしたが、彼女は彼の顔をつかんだ。「言って」と強く言う。「わたしを愛していないって言って。そうすれば、わたしはここを去り、二度とあなたを悩ませないわ。でも、わたしを愛しているなら、頼むから、不可能だなんて言うのはやめて!」

ジョージは目をみはった。やがて目の端に皺が寄り、笑みが浮かんだ。「ちくしょう」そう言ってまた彼女を抱き寄せた。「きみは自分を傷つけてしまうほどに頑固なんだな。きみの勝ちだ。ああ、ぼくはきみを愛している。心が耐えられないと思うほどに愛している」

オナーは喜びに息を呑み、彼の顔にキスの雨を降らせた。彼のまなざしを見れば、愛されているのはわかった。腕を撫でる手の感触からも。

「でも、ここへ来てはだめだ。誰かに見られたら——」

「見られたって気にしないわ」と彼女は言った。

「ぼくが気にするよ」

「どうして？　気になるなら、わたしに結婚を申しこめば——」

「それを言わないでくれ！」ジョージはぶっきらぼうに言い、彼女を膝から下ろして立ち上がると、落ちていたブランデーのグラスを拾い上げた。「新たなベッキントン伯爵が結婚を許すはずはない。それに、きみにはあの司祭がぴったりの相手だ」そう言ってサイドボードのところへ行った。

彼の背中を見つめながら、オナーも立ち上がった。「あの司祭ですって！」と怒って叫ぶ。「どうしてみんなクレバーンがわたしにとって一番の相手だと言うの？　わたしにとって一番の相手が誰か、どうしてわかるの？　そんなふうに言われると、腹が立つわ。とくにあなたから言われると」

彼は当然ながら、そう言われて罪の意識を感じたらしく、片手を上げた。「きみの言うとおりだよ。ただ、オナー……ベッキントンが許すはずはない。きみの愛も、ぼくの愛も、ぼくが何者であるかを変えることはできない。ぼくの財産が海の底に沈んでしまったという事実もね」

そんなことばを聞かされるのはいやだった。彼にはいっしょに立ち向かってほしかった。何があろうと、ふたりはいっしょになるべきなのだと、彼にも確信を持ってほしかった。

「愛に意味はないというの？」

「もちろん、あるさ」彼は小声で言い、部屋を横切って戻ってくると、彼女の顔を両手ではさんだ。「でも、それだけでは充分じゃないんだ、オナー。きみとぼくが生きている世界ではね」

「どうして充分じゃないの？」彼女はそう訊いて彼の手を顔から引き離した。「それ以上に何が重要だというの？」

「きみにだってよくわかっているはずさ。影響力もそうだし、財産もそうだ。きみは特権に恵まれた生活を送ってきた。ロンドンじゅうの上流家庭に受け入れられてきたんだ。着る物は最高の品質で、靴も最高級だ――」

「そんなの単なる物にすぎないじゃない」彼女は怒って叫んだ。「わたしのことそんなちっぽけな人間だと思っていたの？　愛情よりも、ドレスや靴に重きを置くような人間だと？」

「オナー……どうしたらわかってくれる？　きみは生まれたときからそういうものに囲まれてきた。でも、今のぼくにはきみにそれを与えることはできない」

「そんなの頼んでない——」

「たしかに頼んではいないさ」彼はそう言って指の節で彼女の頬を撫でた。「でも、ぼくには何もないんだ。この家以外のすべてを船に投資し、その船が行方不明になってしまった。きみにはぼくのような男より、もっとふさわしい男がいるはずだ。ぼくたちは愛し合ってはいけなかったんだ。きみにもその事実を受け入れてもらわなくてはならない」

自分の言うことにジョージが耳を貸してくれないことで、オナーは深い苦悩へと沈みこみつつあった。「何度言わなくちゃならないの？　わたしはあなたとずっといっしょにいたいだけよ。あなたと寝て、あなたと食事して、あなたのダンスがどれほどひどいか指摘して——」

ジョージは首を振った。

オナーは胸が張り裂けそうな気がした。手を伸ばして彼の襟をつかむ。「これほどたしかだと思うものはこれまでなかったわ——」

「くそっ」彼は彼女を腕に引き入れて動きを封じ、やさしく頭のてっぺんにキスをした。「ぼくだってそうさ。でも、きみは認めようとしないだろうが、もっと大きなものがそこにはかかっている。心の奥底では、きみだってぼくの言うとおりだとわかっているはずだ。婚外子の生まれで、商売で失敗しそうになっている男とオナー・カボットは結婚できないとね。それをわからせたぼくに、きみもいつか感謝してくれるよ」

彼女は彼を押しやり、「あなたに感謝するですって?」と怒って言った。「今後二度と舞踏会に参加できないとしても気にしないわ。わたしにわかっているのはあなたを愛しているということだけよ、ジョージ。あなたのほうはことばで言うほどにはわたしを愛してくれていないのね。わたしを利用するために、そう信じさせただけなんだわ——」

「ばかなことを言うな」彼は言い返した。

「だったら、何をそんなに恐れているの?」彼女は声を荒らげた。

「恐れるだって!」彼の顔から笑みが消え、目が探るように彼女の顔を見まわした。何を探しているの? この人が同じだけ愛してくれるのに何が必要なの? ジョージは突然腕をつかんで彼女を引き寄せると、自分のものと刻印するような激しいキスをした。それから、彼女の後頭部に手をあてて自分の肩に引き寄せた。

オナーは目を閉じて息をつめた。

「ぼくはきみにふさわしくない」と彼は小声で言った。

「そんなことないわ——あなたは最高のものを手に入れるにふさわしい人よ。公爵の息子で王の甥だわ。あなたを拒んできたすべてのものにふさわしい人だわ」

「そんなこと、誰も信じないさ」彼はあざけるように言った。

「わたしは信じるわ」彼女は彼を見上げた。「わたしが信じる」

ジョージはやさしい目を彼女に向けた。「そうかい?」

「心から」

「ああ、愛してる」彼はため息とともに言った。

オナーは自分の口に笑みが浮かぶのを感じた。それがふたりのまわりの闇に光を投げかけるのを。

「ぼくにほほ笑みかけないでくれ、カボット」彼は警告した。「きみのその明るい笑みを拒むことはできないからね」

彼女は笑みを深めただけだった。この人は愛してくれている。そう胸の内でつぶやくと、彼に身をあずけた。「わかってるわ」と満足そうに言って。

30

それはほんとうだった。オナーを拒むことはジョージにはできなかった。捜索隊が派遣される前に、ようやく彼女を帰途につかせると、とり澄ました顔のフィネガンが運んできた食事をとった。腹は満たされ、心はもっと満たされていた。自分の出自という足かせをはずし、自分の社会的立場についての不安を払拭《ふっしょく》し、愛する女性といっしょになる方法を見つけることはできないだろうか？

正規の手順を踏んでオナーに結婚を申しこんだとしたら、ソマーフィールド——今はベッキントンだ——の愛想のよい顔に驚きの色が浮かぶであろうことは想像にかたくなかった。

もし自分に人をうならせるような何かすばらしいものがあれば——広大な田舎の領地とか、高価な宝石とか、上流社会に受け入れられるような何かが……

何か方法はあるはずだが、それが何か思いつくことはできなかった。

答えは偶然もたらされた。ある晩、彼はメイフェアにうんざりして、サザックにある気に入りの賭博場へ出かけた。カードで何回か勝てば、使用人の給金を払ったり、借金を返したりするために家具調度を売るのを多少遅らせられるかもしれないと自分に言い訳して。じっさいにはそれほど切羽詰まっているわけではなかったので、冗談のつもりだった。今はまだ。年の終わりまでに収入がなければ、じょじょに貧困へとおちいっていくことはまちがいなかったが。

その晩、加わった最初のゲームで勝った五十ポンドは――それはここ二週間ではじめての喜ばしい瞬間だったが――あと一年、あのいまいましいフィネガンの給金を払えるだけの金額だった。ジョージはウイスキーを二杯飲み、さらに二ゲーム勝った。人生の展望は開けつつあった。肩で風を切る自分や、どんな障害にも耐え抜く自信が戻ってきた。

同じテーブルの紳士がひとり、さらに十ポンド負けたところで勝負を降りた。天空が開き、明るい光がジョージの頭上に降り注いだかのようだった。というのも、空いた席にすわったのが、ほかでもない、ウエストポート公爵だったからだ。

ウエストポートは社交界にはほとんど用のない人間という評判だった。

ゲームをはじめても、公爵は口が重かったが、もうひとりの参加者、サー・ランドル・ベイジングストークのひっきりなしのおしゃべりを気にしているようには見えなかった。ジョージも彼の話にはあまり耳を傾けていなかったが、ジョージが公爵から金を巻き上げることになりそうなゲームの途中で、ベイジングストークがベッドフォードシャーにある公爵の修道院つきの邸宅のことを話題に出した。「あそこまで馬に乗りに行ったことがあります」

ベイジングストークが言った。「誰も住んでいる気配がなかったが」

ウエストポートはカード越しにベイジングストークに目を向けた。「たしかにあそこには誰もいませんよ。修繕が必要でね」

「ほう」ベイジングストークは謎が解けたというように言った。「修理するのも大変でしょう」

「ええ」公爵は少し気をゆるめて言った。「正直言って、今のところ、修理するつもりはありませんがね」

今のところ、修理する金がないということだろうとジョージは思った。古い領地の相続人が限定されることは有名な話で、彼らが金に困っていることは多かった。ジョージの頭にある考えが浮かんだ。大きな古い修道院つきの邸宅こそ、今の自分に必要なものだ。オナー・カボットにふさわしい、立派な田舎の邸宅。今日は運が向いていて、勝ちつづけている。一方、公爵の運は尽きているようだ。もし……

もし、賭け金を上げたら？

修道院を賭けて賭けをし、勝ったら？

ジョージは切り札を出し、公爵のカードをとった。「修道院つきの邸宅というのは財産というよりは重荷のようですね」と何気なく言い、ベイジングストークが自分のカードをそろえるのを見守った。

公爵は抜け目のなさそうな目をジョージに向けた。「そうかもしれない」肩をすくめてそう言うと、賭け金を上げて何枚か小切手をテーブルに置いた。

ジョージも賭け、カードを並べてみせた。キングが三枚。

「もっとおもしろい賭けをする気はありますか、公爵？」彼はカードを切りながら言った。

「〝おもしろい〟だと！」ベイジングストークは笑った。「金を失うのがおもしろいとは言えないな」

ジョージは彼のことは無視した。公爵も同様だった。「どんな賭けです？」と公爵は訊いた。

「修道院つきの邸宅が入り用であることに気づきましてね」ジョージはにこやかに言った。

公爵が忍び笑いをもらした。「それで、私にとってゲームがもっとおもしろくなる何をきみが持っていると？」

「金です。修道院を修繕するに足りる金」わかっていて冒そうとしている危険だった。賭けに負けるということは、最後の財産を失うことを意味する。

公爵は賭けに乗ったとジョージに身振りで示した。

ベイジングストークはふたりを見比べ、カードを持ち上げた。「すまないが――私は下ろさせてもらう」そう言ってジョージと公爵だけを残してすばやくテーブルから立った。

ジョージがカードを切った。「幸運を祈りますよ、公爵」と愛想よく言う。

ベイジングストークがさかんにふたりのほうへ顎をしゃくり、修道院つきの邸宅をかけてふたりが賭けをしているという噂がすばやく賭博場全体に広がった。最初の二回のゲームでは、ジョージも自信に満ち、うきうきとした気分でいた。今夜はちょっとした額をすでに手にしており、修道院つきの邸宅ももう手にはいったかのような気分だった。イーストン・ホールと名づけよう。公爵や王の血筋として生まれながら、ひとりで生きていかなければならない人間を記念する建物。このぼくがどうやって生きてきたか、どんな人間になったか、見てみるといい。

しかし、人が見物に集まりはじめたころに、最悪のことが起こった。賭けに負けはじめたのだ。それも大きく。

それは、失えば平静ではいられないほどに賭け金が高くなったゲームからはじまった。腹のあたりにかすかな動揺の塊ができ、それを鎮めようとしてもできなかった。そんなふうに動揺するのはジョージにとってはじめてのことではなかった。以前にも何度も動揺を感じたことはあるが、大きな勝利をおさめるためには、そうした動揺を押しのけて進まなければならないとわかっていたため、それを無視して突き進んできた。いつもはそれがうまくいったが、今夜はおそらく、賭け金が高すぎるのだろう。

負けがこむにつれ、勝ちたいという焦りも強くなった。公爵は敵が血を流しているのを嗅ぎつけ、ほくそ笑んでいた。修道院のどこかから修繕をはじめるかについて冗談すら言った。

動揺の塊は大きくなり、ジョージの喉をつまらせた。彼は息をするために何度もそれを呑みこまなければならなかった。ウエストポートがほほ笑んでテーブルのまわりに集まった知り合いたちと軽口をたたいている一方で、ジョージはさらに賭けた。

次のゲームには見物人はさらに増え、テーブルにカードが置かれるたびにみな酔っ払った大声で叫んだ。ジョージは突然、使ったカードを覚えていられなくなり、頭のなかですばやく勝ち目を計算するときに失敗を犯した。思い描いていた幸せな未来が積まれた灰のように崩れはじめた。自分を——自分の不運を——あざ笑う声が耳のなかで鳴り響く。自分が見えなくなり、自分がどんな人間なのかもわからなくなった。

結局、彼は文字どおり、すべてを失うことになった。

31

明るく晴れたある朝、オナーはいくつもの店をまわる計画を立てていた。これから貧しい生活を送ることになるなら、少なくとも、誰よりもしゃれた貧乏人になろうと決心していたからだ。

オナーが手袋をはめているときに、ハーディーが玄関の扉を開け、ハーグローヴ夫人とモニカがなかにはいってきた。「あら、おはよう、オナー!」ハーグローヴ夫人はそう言ってボンネットを脱ぎ、この家の女主人ででもあるかのようにそれをハーディーに手渡した。

「どこへお出かけ?」

オナーは黒いボンネットを頭にかぶった。「ボンド街ですわ」

横を通りすぎるときに、ハーグローヴ夫人の顔にとがめるような表情が浮かんでいるのがわかった。そこでモニカが腕を組んできて扉から引き戻され、オナーは驚いた。「ちょっと話があるのよ」モニカは静かにそう言うと、ハーディーのほうを振り返った。

「話って?」オナーはそっけなく訊いた。

「あなたの力になりたくて」モニカがささやいた。

オナーは身動きをやめた。「力になる?」

「よく聞いて、オナー。ミスター・クレバーンから関心を寄せられて、あなたがとくに喜んでいないことはわかっているけど、彼が自分にぴったりの相手であることはあなたも認めざるを得ないはずよ。でも、噂に終止符を打たなければ、望みはすべてついえてしまうわ」

オナーの心臓が跳ね上がった。お母様。彼女は即座にモニカの寛容さと母親たちの長年の友情に訴えかけることに決めた。「お願い、モニカ」この家の壁という壁に象並みの耳があることを心しつつ小声で言う。「これがわたしにとってどれほど辛いことかはわかるはずよ。わたしの立場になって考えてみて」

モニカは目をぱちくりさせた。「あなたの今の立場にわたしを立たせようとしたじゃない。失敗したけど。わたしはオーガスティンと結婚するのよ、オナー。あなたも結婚しなくちゃだめよ!」彼女はまたハーディーに不安そうな目を向け、オナーを玄関の間にさらに引き戻した。「あなたにもしなくちゃならないことはわかっているはずよ。どうして抗うのかわたしにはわからないわ。わたしは友人として忠告しているの。希望がすべて失われないように、付き合う相手には気をつけるべきよ」

オナーは言い返そうと身がまえたが、モニカが言ったことばに引っかかるものを感じた。

「今なんて?」

モニカは目を天に向けた。「そんな無邪気にわからないふりをしないでよ。少なくとも、今ここでわたしには。あなたは無邪気でもなければ、何かに気づかないなんてこともないんだから」

『そんなふりをしようとも思わないわ。とくにあなたにはね。でも、妹が旅に出たり、継父《ちち》が亡くなったりしたことで頭がいっぱいで、正直、あなたが何を言っているのか、まったくわからないわ。わたしが誰と付き合っているのかってことも」

「いい加減にしてよ！　もちろん、イーストンよ」

それを聞いてオナーの心臓はさらに激しく鼓動した。モニカが街角に立ち、ジョージの家にはいっていく自分を見ている情景を思い浮かべると、さらに鼓動が速まった。「彼の何に気をつけるの？」彼女はできるだけ抑揚のない声を出した。

モニカは目をしばたたいて見開き、オナーを見つめた。「ほんとうに噂を聞いてないの？」

「噂って何よ？」

「彼が賭けで修道院つきの邸宅を手に入れようとして失敗したって噂よ」

「何を手に入れようとしたって？」

「修道院つきの邸宅よ。正確に言えばモンクレア修道院。何かの賭けのゲームで、ウエストポート公爵から巻き上げようとしたの。でも、賭けには勝たなかった。それだけじゃなく、その賭けで彼はすべてを失ったという噂よ」

そのことばを聞いてオナーは頭がくらくらした。何があったの？　どうして彼はそんな危険なことをしたの？　彼女は首を振った。「信じられないわ」

「ほんとうよ。大勢がその場で見ていたんだから。彼との関係によってあなたの評判に瑕がつくのは見たくないわ。それに、ミスター・クレバーンは……そう、彼は非難すべきところのまったくない人よ。それは覚えておいたほうがいいわね。彼も噂を聞いているはずだから、きっぱり否定しておいたほうがいいわ」モニカは同情するようにほほ笑むと、オナーの腕を放した。「ほんとうに力になろうとしているんだからね」そう言って先へ歩を進めた。

オナーは目をしばたたいてその後ろ姿を見送った。

買い物の予定はあきらめ、オナーはオードリー街のジョージの家に書きつけを届けるようフォスターに頼んだ。従者が戻ってきたときには、不安のあまり、玄関の間で彼を待っていた。「返事は？」

フォスターは首を振り、彼女が書いた書きつけを差し出した。「ミスター・イーストンは開けずにこれを返してよこしました」

オナーは真っ赤になり、従者の手から書きつけをとった。「そうなの？」と辛辣な口調で言うと、くるりと振り返り、怒りまかせに足音高く階段をのぼった。

翌日の午後、オナーは玄関を出て広場を横切り、オードリー街に向かった。今度は路地も厩舎のそばも通らなかった。まっすぐ彼の家の玄関に押しかけ、なかへ入れてもらうつもりだった。彼もそれを拒むことはできないはずだ。

ジョージは拒まなかったが、フィネガンが拒んだ。家に入れることはできないと告げるときに、苦痛に満ちた顔をするたしなみは見せたが。

「ミスター・フィネガン」オナーは罪のない悲しい顔をつくって言った。「まさか、わたしをなかに入れるのを拒んで、こうして石段の上でみんなに見られるままにするつもりじゃないわよね？」

「もちろんです、お嬢様」彼は顔をしかめて言った。「ただ、ミスター・イーストンはあなたが彼に会おうと固い決意でいるのと同じだけ、あなたとは会わないと決めておられるんです」

「どうして？」無垢な乙女のふりをかなぐり捨てて彼女は訊いた。「わたしが何をしたというの？」

「私には教えてくださいません、ミス・カボット。ただ、おそらく、主人はあなたにほほ笑みかけられて、正気を失ってしまったのでしょう」

「わたしにほほ笑みかけられて――」

「ご機嫌よう、ミス・カボット。どうか、ロンドンじゅうにさらに噂が広がる前に、急いでご自宅にお帰りください」

彼女はフィネガンをにらみつけた。「ロンドンじゅうに噂なんて広がってないわよ、ミスター・フィネガン」そう言ってくるりと振り返ると、石段を降り、驚いた顔で彼女を見つめているふたりの紳士の脇を通りすぎた。

よくも。よくも追い返したわね！

オナーは怒りのあまり、お茶を飲むこともできず、自分の部屋のなかを行ったり来たりしていた。そんな姉をプルーデンスはソファーにすわって見つめていたが、マーシーは宝石箱をあさってあれこれのネックレスやブレスレットをつけてみていた。

「どうしてそんなに怒っているの？」プルーデンスが興味津々で訊いた。「何かあったの？」

「説明するのはむずかしいわ」妹たちが何かほかに気を惹かれるものを見つけて自分をひとりにしてくれないものかと思いながら、オナーは答えた。グレースがいてくれたらどんなにいいだろう！

「説明しようとしてくれてもいいじゃない」プルーデンスが不満そうに言った。

オナーはふたりのほうを振り返った。「わたしが何に怒っているのか知りたいの、プルー？　だったら、教えてあげる。世間が眉をひそめ、オーガスティンが絶対に結婚を許さないような男性と、あと戻りできないほど、どうしようもなく恋に落ちているからよ。それで説明になる？」

プルーデンスはぎょっとした顔になったが、口を閉じようとはしなかった。「結婚するのにオーガスティンの許しが必要なの？」

オナーはうなるような声を発した。「もちろん必要よ。今は彼がわたしたちの持参金を担ってくれるんだから」

プルーデンスとマーシーは目を見交わした。「それで、その人と結婚するにあたって、それが一番の不安なの？　持参金をもらえないことが？」とプルーデンスが訊いた。

こういうことを妹たちに説明するのはグレースのほうがずっとうまかった。オナーはもう一度説明しようとした。「社会的地位のある人と結婚しなかったら、持参金はもらえないわ。おまけに、相手がそれなりに財力のある人じゃなかったら、あなたとマーシーをちゃんと社交界に送り出すだけのお金もないということになる。そうなったら、あなたは誰と結婚するの？　それに、お母様の問題もあるし」彼女は言った。「お母様の……問題を抱えていては、わたしたちみんな、いいお相手を見つけるのがむずかしいってことはあなたにもわかっているはずよ」

「そんなの気にしないわ」マーシーが肩をすくめて言った。「結婚なんてしないもの。船に乗って幽霊を探しに行くつもりよ」

オナーは目を天に向けた。

しかし、プルーデンスはソファーから立ち上がって腕を組み、グレースにそっくりの険しい目を姉に向けた。「わたしの意見を聞きたいというなら――」

「今はいいわ――」

「あなたは愛する人と結婚すべきだと思うわ。あとはどうとでもなれよ」

オナーは妹に疑うような目を向けた。「そのせいであなたが社交界にデビューできなくなるとしても？　社会的立場と財産のある紳士があなたに結婚を申しこむことがなくなるとしても？」

「あなたの言うことがほんとうなら、わたしだっていい縁組にこだわる必要はないわけでしょう？　好きな人と自由に結婚できることになるわ」

プルーデンスの言うことにも一理あるとオナーは思った。それでも、彼女は首を振った。

「お母様にそんなことはできないわ」

「ばかなことを言わないで、オナー。ミスター・イーストンだってお母様の面倒は見てくれるんじゃないの？」

「彼は悪くないわね」マーシーも言った。「ぞっとするような話も嫌いじゃないって言ってたもの。気分転換になるって」

「どうして……どうして彼だとわかったの？」オナーは甲高い声をあげた。

「まったく、オナーったら」プルーデンスはため息をつき、妹に手を差し伸べた。「おいで、マーシー。オナーはうるさい子供たちにわずらわされることなく、ひとりになりたいんですって」

「プルー！」マーシーを引き連れて部屋を出ていくプルーデンスにオナーは呼びかけた。

しかし、遅かった。妹たちは部屋を出ていき、オナーはみじめな気持ちでひとり残された。

三十分ものあいだ。

考えれば考えるほど、怒りが増した。ジョージはよくもわたしを追い返したものね。彼女はマントをつかんだ。家に入れてもらえなかったということは、彼が出てくるまで歩道に立って待たなければならないということだ。ひと晩じゅう立っていなければならないのなら、そうするだけのこと。グレースの言うとおりだ。こうと決めたら、わたしはとても頑固になる。そしてそう、決意は固まっている。

32

ジョージが家に戻ってきたときには、小雨が降りはじめていた。天気もぼくの未来と同じくわびしいなと彼は胸の内でつぶやいた。スウィーニーの事務所から戻ってきたところで、船が失われたことをようやく受け入れたのだった。全財産とともに送り出した男たちと希望が、海底の墓場に沈むことになったのはまちがいなかった。

心も含め、すべてが失われてしまった。

彼は馬から降り、手綱を鉄の輪に通した。石段をのぼって扉を開け、なかにはいると、マントを脱いでフィネガンに手渡そうとした。

しかし、フィネガンはマントを受けとろうとしなかった。

ジョージは彼に目を向け、「なんだ？」と訊いた。

「雨のなか、立たせておくつもりですか？」フィネガンがとがめるように訊いた。

「誰を？」とジョージは訊き返した。

「誰かはよくおわかりのはずです」フィネガンはそう言って背を向け、玄関の間から歩み去った。

ジョージははっと振り返り、扉を開けて通りに目をやった。道をはさんだ向かい側にオナーが立っているのが見えた。頭上に高く傘を差している。

呪いのように頑固な女だ。ジョージはもうたくさんだと思った。開けた扉から外へ飛び出し、歩道へ降りると、「家に帰れ、オナー」と鋭く言った。

「突然心変わりした理由を教えてくれるまではいやよ！」

「何が望みなんだ？」彼は怒鳴った。オナーは驚いて一歩あとずさった。「ぼくがきみのために修道院つきの邸宅を手に入れようとしてすべてを失っただけでは足りないというのか？そうさ、カボット、修道院さ。きみの思いには応えられないと告げたときに、きみのなぐさめとなるよう、手に入れるつもりだったんだ」

オナーは驚きに口をぽかんと開けた。

「驚いたかい？　きみの乙女心は、出会った男という男が自分の足もとにひれ伏すと信じていると？　ぼくがきみに結婚を申しこむと思ったかい？　いや、お嬢さん、ぼくにそんなつもりはまるでなかったさ。ぼくはきみの役に立たない人間だ。だから、次の独身男に心を移したほうがいい。でも、相手を選ぶときは賢くやるんだ。特権に恵まれた今の環境を維持してくれ、きみが気まぐれで振りまわしても意に介さない人間を選ぶんだな」

彼女はことばを失った。青い目は驚きと苦痛でいっぱいだった。こんなひどいことを誰かに言えるとはジョージ自身信じられなかった。それもよりによってオナーに。彼女のことは、彼女が賭博場のテーブルについて自分から百ポンド巻き上げていった瞬間から愛していたのだった。しかし、彼女を自分のものにすることはできない。とくに今は。

彼女の人生を台無しにする責任は負えない。

しかし、オナーはとんでもなく頑固だったので、こういうことを言ってやる以外にあきらめさせる方法がなかった。「たぶん、ぼくが何を望んでいるか言うべきなんだろうな」彼は怒った口調で言った。「ぼくを放っておいてほしい。わかったかい？　きみの言ったとおりだよ。ぼくはきみを利用したが、もうきみにはいなくなってもらいたい。もったいなくもきみが親しくしてくれたからって、ぼくが立派な人間になったとでも？　じっさい、ぼくは婚外子で、賭け事が好きで、きみへの欲望を満たしてたのしんだだけだ。それ以上のことは何もない。だから、家に帰って司祭と結婚し、ぼくのことは放っておいてくれ」彼は彼女に背を向け、扉へと歩き出した。

石段を駆け足でのぼり、家のなかにはいると、扉をぴしゃりと閉めた。フィネガンが廊下から現れた。ジョージは彼に指を突きつけた。「命をもらうぞ。何か言おうなどと考えでもしたら、この手でおまえを文字どおり引き裂いてやるからな」そう言うと、一段抜かしに階段をのぼって部屋へ向かった。暗い部屋に勢いよくはいると、窓辺へ行き、カーテンの隙間から外をのぞいた。

オナーはまだそこにいた。雨のなか、扉をじっと見つめたまま立っている。これだけ遠くにいても、彼女の胸が荒い呼吸のせいで上下しているのはわかった。やがて彼女はゆっくりと振り返り、歩きはじめた。

胸の奥で心が粉々になる気がした。そのかけらが全身に散る。これほど心が麻痺し、自分を無意味で残酷に感じたのははじめてだった。彼は窓に背を向け、こぶしを壁に打ちつけた。小さな骨が折れる音がした。

ジョージ・イーストンはダンスが下手なだけでなく、演技も下手だった。自分の言ったことをわたしが信じると思ったなら、とんでもない愚か者でもある。オナーは彼のことばをひとことも信じなかった。

そう……すべてを失ったということば以外は。

彼が彼女のために修道院つきの邸宅を手に入れようとしたということも信じられた。修道院！　そう考えただけで、いとおしさに心がふくらむ気がした。

はじめは衝撃を受けたのだったが、家まで歩いて帰るあいだに、よく考える時間が持てた。ベッキントン・ハウスに戻るころには、顔にかすかな笑みまで浮かんでいた。ジョージが今、書斎を行ったり来たりしながら――ブランデーを飲んでいるのはまちがいない――彼女を自由にしたことで、自分が高貴な行ないをしたのだと自分を納得させようとしている姿が脳裏に浮かんだからだ。

オナーは物思いにどっぷりとひたっていたため、玄関の間にミスター・クレバーンがいることに気がつかなかった。

「ミス・カボット！」彼は声を張りあげた。

「あら！　ミスター・クレバーン！」彼女は傘を傘立てにおさめた。「そこにいらっしゃるのに気づきませんでしたわ」

「お会いできてよかった。明日の朝、ロングメドウに帰るつもりです」

「まあ――そんなにすぐに？」オナーは彼との会話を思い出そうとしながら訊いた。

「そんなにすぐにです」彼はほほ笑んで言った。「よければ……ご迷惑でなければ、ふたりきりで話したいことがあるんですが」

オナーは身を凍りつかせた。彼の結婚の申しこみを受ける心の準備ができていなかったからだ。彼にどう答えたらいいか、考えていなかった。

「よければ」彼はくり返した。

「え……その、今、全身ずぶ濡れなので」彼女は自分を身振りで示して言った。

「マントをはずせば大丈夫でしょう」

オナーは追いつめられた。ゆっくりとマントをはずすと、下のドレスは乾いていた。彼が手を差し出してマントを受けとり、それを釘にかけると、彼女は苦笑いせずにいられなかった。それから彼は小さな応接間へとつづく廊下を指した。その部屋はモニカを誘惑する方法をジョージに伝授しようとした場所だった。

応接間にはいると、クレバーンは椅子にすわるよう身振りで示したが、自分は立ったまま両手を後ろで組み、首を下げた。まるで祈りでもささげるのかというような格好だったが、やがて彼は顔を上げて言った。「ミス・カボット、あなたのことを私がすばらしい女性だと思っていることをぜひお知らせしたい――」

「ああ、ミスター・クレバーン」オナーはそう言ってすばやく立ち上がり、最初は本棚のほうに、次に暖炉のほうに体を向けると、手をきつく腹の上で組んでなかばよろけるようにしてそのそばに寄った。

「どうか、聞いてください」クレバーンは言った。「あなたのご家族がこの縁組を望んでいることはあなたもご存じのはずだ――」

オナーはマントルピースに片手をついて身を支え、なんと答えたらいいか急いで考えをめぐらした。

「でも、良識に照らし合わせてみて、あなたに結婚を申しこむことはできません」

「ああ、ミスター・クレバーン。とてもうれしいおことばですけど……」オナーはそこでことばを止めた。彼が何を言っているかわかったからだ。彼女は顔を上げ、彼に目を向けた。

「今なんて?」

「どうか、怒らないでください」彼は急いで言った。

「怒るですって！」

「よくよく考えてみたんです」彼は早口でつづけた。「それで、私たちはお互いにふさわしい相手ではないと思ったのです」

クレバーンに結婚を申しこみたくないと言われるとは想像もしていなかった。

「あなたを……傷つけたくはないんです」彼は正しいことばを探そうとしているのが明らかな様子で言った。「でも、あなたと結婚すれば、大きなまちがいを犯すことになると思わざるを得ません」

オナーは驚きと安堵のあまり、思わず噴き出してしまった。即座に口を手でふさぐ。

クレバーンもにっこりした。「あなたも同じように感じていたらいいなと思っていました」

「ごめんなさい、ミスター・クレバーン。あなたがすばらしい伴侶になるのはまちがいありませんけど――」

「あなたもよき妻になるはずですが――」

「でも、あなたのおっしゃるとおりです。わたしたちはお互いにふさわしい相手ではありません」

彼はおおいにほっとしたように笑った。「あなたが私との結婚を望んでいないのはたしかな気がしていたんですが、そう、ソマーフィールド卿がずいぶんとしつこかったもので」

「オーガスティンが？　それとも、ミス・ハーグローヴ？」オナーはかすかな笑みを浮かべて訊いた。

「ソマーフィールド卿です。たぶん、ミス・ハーグローヴのご家族も、あなた方がそれなりの相手と結婚することを切に願っているとは思いますが、あなたの義理の兄上はあなたのことを大切に思っています。あなたがローリー卿に心を傷つけられ、そのせいで、自信を失ってしまったと思ってらっしゃるんです」

オナーは目をぱちくりさせた。オーガスティンにしては鋭い考察だ。「たしかに——」彼女は認めた。「辛い思いはしましたけど、わたしのせいでしたから。それに……自信ならとり戻したように思います」そう言って胸に手をあて、ほっとして笑った。「この瞬間をわたしがどれほど恐れていたか、あなたには想像もつかないでしょうね」

「私もですよ」彼はそう言って自分の手に目を落とした。「私の教会に通っている若い女性のなかに、とくに崇拝している方がいるもので」

「あら」オナーはにっこりして言った。

彼も笑みを浮かべ、肩をすくめた。「でも、後援者が縁組を提案してきたら、それを無視するわけにはいきません」

「ええ」オナーもにっこりしたまま言った。「とてもよくわかりますわ」

彼はまたほほ笑んだ。「あなたはどうなんです、ミス・カボット？　誰かとくに心を寄せている人は？」

オナーは今日のジョージのことを思い出した。険しい表情をし、目の下にくまをつくっていた彼のことを。「います」とはにかみつつ認める。「でも、相手がそれに気づいてくれるのを待っているところです」ジョージに対する思いは、ローリーに対するものとまるでちがった。今の思いはとても深く、とても複雑だった。ジョージのほうも同じぐらい深く自分を思ってくれているのはたしかだ。彼がそれを認める勇気を得てくれさえすれば！

クレバーンは笑った。「相手もきっと振り向きますよ」

「どう思います、ミスター・クレバーン？　あなたなら、愛のためにこれを——」彼女は今いる豪奢な部屋を身振りで示した。「あきらめます？」

「これを？」彼はまわりを見まわした。「どういう意味です？　レンガと漆喰ということですか？」

まさしくそうね。オナーはほほ笑んだ。「そういうことです」

「あなたはよき心を持った颯爽とした女性だ、ミス・カボット。幸せな未来をお祈りしますよ。いっしょに行って兄上にわれわれの結論を伝えましょうか？」

「そうすべきでしょうね」彼女はそう言って差し出された手をとった。

オナーの話を耳にして、もっとも衝撃を受けたのはオーガスティンではなかった。オナーが結婚するのにぴったりの相手だと司祭に得心させるのにあれだけ骨を折ったのだから、きっとそうだろうとモニカは思っていたのだが。もっとも衝撃を受けたのは彼女の母だった。その話を聞いて驚きの声をあげ、モニカと兄たちが見ている前で、オナー・カボットについてあらんかぎりの非難をつぶやきながら、小さな居間を行ったり来たりしはじめたのだった。

モニカが思っていた以上にその非難は多岐にわたっていた。

モニカ自身は戦う気持ちを失っていた。愛情でしっかりと結ばれているオーガスティンといっしょにいて幸せだったからだ。カボットの姉妹がまわりにいても、それほど気にならないこともわかった。「それほど悪いことじゃないわ」モニカは母をなだめようとして言った。「オナーにも誰かは結婚を申しこむでしょうから」

「その前に義理の兄が受け継いだ財産を使いはたしてしまうわよ！　それに、正直に言うとね、モニカ、病気の母親を持つ四人の娘たち全員に夫を見つけるのがどれほど大変か、あなたはまだわかってないと思うのよ」

「お母様！」モニカは甲高い声をあげ、兄たちを苛々と見やった。秘密を守ることにかけてはあまり褒められない兄たちを。

「何よ？」母は怒って訊いた。「あの人にはどこかとてもおかしなところがあるもの。一目瞭然じゃない。正気じゃない人間の血を引く娘を家族に迎え入れたいと思う人はいないでしょう？　一生そういう人間にしばりつけられることになるのよ」

モニカはその日の午後、少し気分が悪くなって居間をあとにした。

その感覚は、つづく二日ほどのあいだに、兄と母がベッキントン家の財産をどうやって守るかを話し合っているのを聞いて、さらに強まった。どうして真実が見えなかったの？　家族がオーガスティンとの結婚を熱心に後押ししてくれているのは、わたしの幸せのためではなく、ベッキントン家の財産のためだとどうしてわからなかったの？

オナーが疑っても当然だったのだ。母は娘にとって最善となることを望んでくれていると信じていたのだが、じつはよりよい縁戚関係とお金がほしかったのだ。ロンドンのほかのみんなと同様に。少なくとも、オナーの望みは純粋だった。彼女は愛情を望んでいる。イーストンへの思いはほかに説明がつかないものだ。

だからこそ、翌日オーガスティンから、イーストンがなくした財産をとり戻そうと、毎晩必死に賭けをしていると聞かされて、その話をオナーにせずにいられなかったのだ。今度ばかりは、イーストンからオナーを遠ざけようと思って話したわけではなかった。オナーにどうにかして彼を助ける方法を見つけてもらいたかったのだ。

どうやらわたしも、あの魅力的なジョージ・イーストンに多少惹かれるものを感じているらしい。

33

レディ・バークレイの家で開かれたお茶会で、ジョージが必死に賭けをしているという話をモニカから聞かされて、即座にオナーは何かたくらみがあるにちがいないと疑った。「どうしてそんな話をわたしにするの?」警戒するような目を向けてオナーは訊いた。

モニカは肩をすくめた。「あなたが知りたいかと思って」

モニカの表情にも、物腰にも、それ以上何かをたくらんでいるような様子はなかった。オナーにはモニカのことがもはやよくわからなくなっていた。幼馴染がひと晩で変わってしまったかのようだった。彼女は前よりやさしくなり、オナーや妹たちのこともより受け入れるようになっていた。とくにオナーの母を。

「わたしにどうしろというの?」オナーは苛立って訊いた。

「さあ」モニカは言った。「ただ、誰かに知らせるとしたら、それはあなただと思ったのよ」そう言ってほほ笑み、別の友人たちのもとへ歩み去った。

モニカの真意についてオナーは首を傾げるしかなかったが、同じお茶の席であとになって、レディ・ヴィッカーズがジョージのことを話題に出すのを耳にした。じっさいにはあざ笑ったのだったが。ヴィッカーズ卿がサザックの賭博場によく行くらしく、そこでジョージがテーブルから引き離されるのを目撃したというのだ。もはや彼が賭け金を払えるとは誰も思っていないという。

「それはほんとうじゃないわ」レディ・スティリングズが言った。「あの人、運に見放されたうちの主人から、大金をせしめたもの」女性たちは忍び笑いをもらした。

その後何日も、オナーはそのこと以外、ほとんど何も考えられなくなった。ある日、眠れない長い夜を過ごしたあとで、ジョージに真実を認めさせ、すべてを失う前に賭けをやめさせる方法を思いついた。彼は根っからの賭け事好きだ。ただやめろと言ってもやめはしないだろう。こちらも大きな賭けに出る必要がある。彼のことはよくわかっていた。彼にも幸せになる資格はあるということを、彼自身に証明してみせなければならない。

それに気づくと、何をしたらいいか、はっきりわかった。未来永劫評判に瑕がつく可能性もあるほどの大きな危険をともなう行動ではあったが。それでも、オナーは危険を恐れたことはなかった。自分が正しければ、幸せを勝ちとることができるはずだ。まちがっていたとしたら……そう、母といっしょにセント・アサフに引きこもればいいだけのこと。社交界にとっても、ほかの何にとっても、自分は無用な人間ということになるのだから。行動を起こしたあとで自分の身に何が起ころうと、それはどうでもよかった。

その晩、彼女は光沢のある青緑色のドレスに身を包み、モニカとの言い争いの種になったボンネットをかぶった。それから、ドレスのボタンを留めてもらうためにプルーデンスを自室に呼んだ。

「どこへ行くの？」プルーデンスが訊いた。「こんな派手なものは着ちゃいけないんじゃないの？　黒じゃなきゃ」

「たぶん、伯爵様も許してくださるわ」とオナーは言った。

プルーデンスは一歩下がった。「でも……どこへ行くつもり？」とまた訊く。まじめな低い声だった。

オナーは妹ににっこりしてみせた。「あなたの言ったとおりだったわ、プルー」

「なんのこと？　いつの話？」

「わたしに愛する人と結婚すべきだと言ってくれたときのことよ」

プルーデンスは息を吞んだ。「駆け落ちするつもり？」

「いいえ。でも、ミスター・イーストンに結婚を申しこみに行くの」

プルーデンスはぽかんと口を開けた。その驚愕の表情を見てオナーは笑わずにいられなかった。「幸運を祈っていて、プルー。断られたら、もう誰からも申しこみを受けることはないでしょうから。誰にも申しこんでほしくないのもたしかだけど」

プルーデンスは腕を組み、しばらくオナーをじっと見つめた。「断るはずはないわ」とおごそかに言う。「断ったりなんかしようものなら、そんな哀れな愚か者とは、あなたのほうが結婚したくないと思うでしょうよ」

オナーは感謝するようにほほ笑みかけ、妹を抱きしめた。「ありがとう。どんな励ましでもありがたいわ。だって、膝がくがくしてるんですもの。胃はしめつけられている感じだし」

「いっしょに行ってあげようか？」プルーデンスが訊いた。

オナーは首を振った。「今晩わたしがしようとしていることを考えれば、あなたには近くにいてほしくないわ」

外出する前に、オナーは母の様子を見に行った。レディ・ベッキントンはオナーを見てうれしそうにほほ笑み、いいわねというようにうなずきながら、「あら」と言った。「なんてきれいなの、オナー」

「ありがとう、お母様！」オナーは母の頭がはっきりしているときでよかったと思いながらそう言うと、母のそばまで行ってしゃがんだ。「お母様にも知っておいてもらいたいんだけど、わたし、愛する人と結婚するつもりなの」

「そうなの？」母はそう訊きつつ、オナーの髪を撫でた。「よかったわ。そうじゃなかったら、何年も無駄にすることになるものね」

オナーは驚いて目をしばたたき、母を見つめた。

母はにっこりした。「そんな驚いた顔をしないで。わたしも一度は愛する人と結婚したんだから」そう言ってハンナのほうを振り返った。「そうでしょう？」

ハンナはほほ笑んだ。「ええ、そうです」

「ありがとう、お母様」オナーにとっては、母からできるかぎりの祝福を受けた気分だった。

オナーがサザックに行ってほしいと言うと御者のジョナスは横目をくれたが、オナーはそれを無視して馬車の座席に背をあずけ、財布をきつく抱きしめた。腹のあたりでは不安が渦巻いていた。早鐘を打つ心臓を鎮めようと、深呼吸を何度もしたが、無駄だった。これまでの人生は今夜のためにあったのだ。これまで教わってきたすべてを思い出し、自分がたったひとつ望むものへと手を伸ばす勇気を見つけたかった。心から愛し、愛されること。何がなんでも。

何がなんでも。

サザックにつくと、ジョナスに待っていてくれるように頼んだ。「少し時間がかかるかもしれないけど」と言って。

ジョナスは建物とオナーを見比べた。「ほんとうに大丈夫ですか、お嬢様？　ごいっしょしたほうがいいのでは？」

「いいえ、ありがとう。ひとりで行ったほうがいいの」じっさいには大丈夫かどうか自信が持てなかったが、これはひとりでやらなければならないことという気がした。薄暗い照明のクラブへと足を踏み入れると、多くの男性が顔を振り向けてきた。目の前に驚きと反感に満ちた表情や、当惑と欲望を浮かべた顔が入り交じった。自分は彼らの目にはひどく場ちがいに見えることだろう。陸《おか》に上がった魚。目に見えない一線を越えた女。

お願い、あの人がここにいますように。オナーは顎を上げてテーブルのひとつひとつをたしかめながら、男たちのあいだを歩き出した。

「ミス・カボット!」

ミスター・ジェットだった。オナーは見慣れた顔を見てほっとするあまり、気が遠くなりかけた。

「ここで何をしてるんです?」彼は扉のほうを見やって訊いた。「おひとりですか?」

オナーはうなずいた。

「ああ、だめですよ、ミス・カボット。こんなの無茶がすぎる」まるでそれをオナーがわかっていないかのように彼は言った。まちがって賭博場に足を踏み入れてしまったとでもいうように。

「ここにミスター・イーストンはいるかしら?」と彼女は訊いた。

ジェットの目に何かがよぎった。「今度ばかりは行きすぎですよ、ミス・カボット」彼は低い声で言った。

「ミスター・ジェット……彼は来てるの?」オナーは再度訊いた。

ため息をつき、ジェットは肩越しに後ろに目を向けた。「一番奥のテーブルです」と言う。「毎晩あそこですよ」

「ありがとう」

ジェットは首を振り、彼女とはかかわりを持ちたくないとでもいうように一歩下がった。

それを責めるわけにもいかなかった。オナーは賞金のかかった獲物を見るように自分に目を向けてくる男たちの顔を見ないようにし、まっすぐ前に目を向けたまま、わざと行く手に立ちはだかる数人の男たちの脇をすり抜けて部屋の奥へ向かった。

ジョージははじめ彼女に気づかなかった。持っているカードとテーブルの中央に置かれた硬貨に注意を集中させているようだった。最後に抱きしめられたときよりも、やせて見える。髪は切りそろえられておらず、右手には包帯が巻かれている。

オナーがテーブルのそばまで行ったときに、彼の賭けの相手がカードを投げた。「ちくしょう」と毒づくと、オナーの知らない、かなり汚く聞こえることばも口にした。それからエールを口へと運んだところで、その紳士はオナーに気づき、エールを噴いて急いで立ち上がった。「失礼」

それを聞いてジョージも顔を上げ、すばやく立ち上がった。その目に愛情がきらりと光ったのにオナーは気づいた。それはすぐに驚きと怒りにとって代わられたが、オナーがそれを目にしたのはたしかで、彼がまだ自分を愛してくれていることがわかった。

そうとわかって勇気が出た。ここで何をしていると問われ、オナーは答えた。「賭けをしに来たのよ、ミスター・イーストン。ご推察どおり、継父が亡くなったので、使えるお金はだいぶ減ってしまったけど」

「だめだ」彼は即座にそう言うと、扉を指差した。「すぐに帰るんだ。ここはご婦人が来る場所じゃない」

オナーは財布を掲げてみせた。何が起こっているのか見物しようと、紳士が何人か集まってくるのがわかった。「九十二ポンドあるわ。それを使って賭けをしたいの」

「若い女性相手にひるむわけじゃないよな、イーストン？」誰かがそう呼びかけ、集まった男たちが笑った。

ジョージは険しい目で彼女を見つめた。人殺しでもしかねないようなまなざしだ。オナーはふいに、ほかの男性たちがそばにいるのをありがたいと思った。

「これは若い女性がやるような賭けじゃない」彼はきっぱりと言った。「賭け金を十ポンドからはじめる賭けなんだから」

オナーは不安の塊を呑みこんだ。「十ポンドならあるわ」

まわりの男たちが歓声をあげた。後ろで見物人が増えるのが感じられ、オナーは怖くなった。酒を飲んで金を賭けている男たちばかりの部屋に女がたったひとりでいることが、これほどの不安を呼びおこすとは考えていなかったのだった。ジョージもそれに気づいたようだった。突然椅子を引くと、大げさな身振りで彼女にすわれと示した。

オナーは席につき、膝に載せた財布をきつくにぎりしめた。

「意気地をなくしてしまったのかい？」彼は席に戻りながら低い声で訊いた。

「いいえ」彼女は答えた。「あなたは？」

彼は彼女をにらみながら手招きで給仕を呼んだ。「ワインでいいかい、お嬢さん？」

「いいえ、結構よ、ミスター・イーストン。頭をすっきりさせておきたいから」

彼は彼女の全身に目を走らせた。オナーの思いちがいでなければ、彼の口の端にかすかな笑みが浮かんだ。

「加わるゲームはコマースでいいんだね？」彼はカードを手にとりながら言った。

「ええ、もちろん」彼女は財布から十ポンドをとり出してテーブルの上に置いた。

「ミスター・マクファーソンに紹介してもいいかな？」とジョージに言われ、オナーがテーブルについているもうひとりの紳士に挨拶すると、ジョージがカードを切りはじめた。

まわりのざわめきは大きくなる一方だった。オナーには、以前、はじめてこの賭博場に足を踏み入れたときの二倍の見物人がテーブルのまわりに集まっているような気がした。彼女は少し胃がむかつく感じを覚えながら、カードを手にとった。エースが二枚。

最初の一巡は会話もなくゲームが進んだ。オナーは賭け方を実父から学んだのだった。父は気晴らしに幼い娘たちに賭けのゲームを教えていて、娘たちがうまい手を使って彼の友人たちをだまし、忍び笑いをもらすのを見てたのしんでいた。そのとき習得した技は今でもいくつか覚えていた。

マクファーソンがオナーやジョージと競える相手でないことはすぐに明らかになった。彼はオナーが賭けるのを見送った最初のゲームでやみくもに賭けて負けた。

ジョージは賭け金を集めながら値踏みするようにオナーを見つめた。

二ゲーム目では、オナーは勝てる手を持ちながらも、ジョージに彼の勝ちだと思わせておいた。しかし、賭け金を集めながらジョージは顔をしかめた。「今夜は不注意だね、ミス・カボット」

「そうかしら？」彼女は屈託のない声を出した。

「きみの悪名高き九十二ポンドのうち、いくら残っているんだい？」と彼は訊いた。

「充分残っているわ」オナーは澄まして答えた。「あなたはどのぐらい持っているの？」

まわりの見物人たちが喜んで叫んだ。ジョージですらも、かすかな笑みを浮かべて答えた。「充分持っているさ」

彼女が明らかに有利なカードを引いたにもかかわらず、三ゲーム目も勝ったジョージは、怒った目を彼女に向けた。「きみが何をしようとしているのか想像もつかないが、ぼくに金をくれたいのなら、頼むから全部くれてすぐに帰ってくれ。ここにいる紳士諸君に紳士の遊びをつづけさせてやってくれ」

今こそ大きな賭けに打って出るとき。カードを受けとりながら、オナーの手は震えた。「賭け金を上げません、ミスター・イーストン？」オナーは軽い口調で持ちかけた。「そうすれば、すみやかにことが運ぶわ」

ジョージは笑った。「何を賭けるんだい？　きみの財布の中身はほとんど頂戴してしまっているが」

「お金じゃないものを賭けるわ」

まわりで息を呑む音が聞こえた。それを聞いてオナーは、すでにぼろぼろになっている評判が完全に吹き飛ばされたのを悟った。もう勝つしかなかった。心臓は鼓動を速め、てのひらは湿り気を帯びていた。今わたしは持てるすべてを賭けたのだ──すべてを。心も、未来も、希望も。

ジョージは謎を解き明かそうとするように彼女をじっと見つめていた。「金じゃないもの？」

「あなたが勝ったら──」彼女は子供たちと居間でお遊びをしているかのような口調で言った。「わたしはこの賭博場を去って、二度とあなたとは会わないわ」

まわりの男たちは歓声をあげ、ジョージをばか者呼ばわりした。ジョージは身を乗り出して言った。「それで、きみが勝ったら？」

オナーはごくりと唾を呑みこむと、どうにか手を震わせずにカードを切った。「わたしが勝ったら――」そう言って目を上げ、彼の目をまっすぐに見据えた。「――あなたはわたしに結婚を申しこむの」

そのことばに部屋はしんと静まり返った。ほんのつかのまだったが。それからとんでもない大騒ぎになった。突然みんなが叫び出したのだ。友人にこっちに来てみろと叫ぶ者がいれば、ベッキントン家の家名に泥を塗ったと言って、賭博場から立ち去れとオナーに向かって怒鳴る者もいた。

しかし、ジョージは……ジョージは……突き刺すような険しい目で彼女を見つめていた。

「それは無理だな。言ったはずだ、カボット――不可能だと」

「それは可能性を信じようとしないからよ」

「ぼくは抜けるよ」マクファーソンが立ち上がりながら言った。「こんなことに加わるわけにはいかない。それが何であるにしても」

オナーもジョージも彼がテーブルを離れたことに気づきもしなかった。

「きみは唾棄《だき》すべき愚かな賭けをしようとしている」彼は怒って言った。

「そんなことはないわ」

「だったら、それがどれほど愚かなことか教えてあげよう」彼は怒りに満ちた口調で言った。

「きみが勝ったら、ぼくはほんとうに結婚の申しこみをする。そうしたら、きみはまったく不慣れな生活を強いられることになる。つまり、使用人もいなければ、ドレスもない生活だ。

きれいなものなど何もない。頭の上に屋根もないかもしれない」

体が震えませんようにとオナーは祈った。

「おい、イーストン、少なくともひとつはきれいなものがあるじゃないか」と誰かが言い、まわりの男たちが笑った。

オナーはひるんだが、決意は揺らがなかった。ほかの人ではだめ。自分のような女を理解してくれる人はほかにはいない。辛い生活が待っているのはありがたくなかったが、それを恐れることもなかった。心臓はさらに鼓動を速めた。決死の覚悟でここへ来たのだから、もうあと戻りはできない。彼女はカードを切りはじめた。

「きみはメイフェアの上品な家庭には招かれなくなる」彼はつづけた。「テーブルに肉が載ることもなくなるかもしれない」

オナーはカードを配り終え、自分のカードを手にとった。「賭けるの、それともおしゃべりをつづけるの、ミスター・イーストン?」

ジョージは自分のカードを拾って言った。「結婚相手となる独身男性たちが、きみの妹たちについても二の足を踏むようになる」

オナーの心臓は一瞬鼓動を止めた。しかし、彼女は慎重に最初のカードを置いた。ワンペアだった。

ジョージはそれを見てため息をついた。「まったく、オナー・カボット。自分がどんなまちがいを犯したかわかっていないんだな」

ふたりはゲームをつづけた。見物人がひとりならず、オナーの手が震えていると指摘した。それを彼女は恐れていたのだったが。ジョージにじっと見つめられ、オナーはひどく不安になった。負けが決まったように見えたそのとき、オナーは最後のカードを出す前に間を置いた。ジョージに目を向けてほほ笑む。「ミスター・イーストン、わたしはあなたの父親が誰であっても気にしないわ。あなたの財産が多かろうと少なかろうと、それもどうでもいい」

見物人たちは突然静まり返り、彼女のことばを聞こうと身を乗り出した。

「ドレスや舞踏会がなくなってもかまわないわ。妹たちはこの先辛い思いをするかもしれないけれど、きっと心のおもむくままに進み、耐えてくれると思う。それがカボット家の人間だから。わたしたちはねらいを定めたら突き進むの。わたしも自分のねらいは定めたわ。ほしいのはあなただけ。あなただけよ」彼女はカードを置いた。クイーンが三枚だった。

見物人たちはどっと歓声をあげた。ジョージは彼女のカードを見て、そうだと思ったというようにため息をついた。「誰がきみに賭け事の極意を教えたのか知らないが――」彼はそう言って自分のカードを置きはじめた。キングが一枚、そして二枚。「きみの賭け事の師匠はいかさまをしてはいけないと教えるのを怠ったようだな」彼は三枚目のキングと四枚目を置いた。「そのやり方を正確にわかっていないかぎりはね」

見物人は突然静まり返った。みな彼のカードを見ようと身を乗り出した。オナーは呆然としていた。体から感情も緊張感ももれていく気がした。最後に残った力もそれといっしょに失われつつあった。彼女はジョージが立ち上がり、賭け金をかき集めてポケットに入れるのを見守った。彼は内心の思いの読みとれない暗い目で彼女をじっと見下ろし、脇にいた男を押しのけてテーブルを離れた。

オナーは動くのはもちろん、息をすることもできなかった。心がふたつにぽっきりとへし折られてしまったかのようで、そこには何も残っていなかった。何も。彼にはどうしてこんなことができたの？　大勢の前で、こんなひどいやり方でわたしを拒絶することがどうしてできたの？

大声で名前を呼ばれるまで、ジェットに揺さぶられていることにも気づかなかった。彼女は目を上げた。ジェットは彼女の財布を持って顔をしかめていた。「いっしょに来るんだ」そう言って彼女の腕をつかみ、椅子から引っ張り起こした。

オナーはほとんど目も見えずによろめきながらジェットについていった。見えるのはジョージが並べたカードと、振り向くこともなくテーブルを離れた彼の姿だけだった。そうしてわたしを置き去りにしたのだ。公衆の面前での訴えを拒絶し、わたしを完全に拒んだ。彼のせいで心は破れ、その痛みは耐えがたいほどだった。

ジェットはオナーを彼女の馬車に乗せた。オナーはメイフェアまでずっと泣きつづけた。ジョナスが彼女をオーガスティンに託すと、オーガスティンの肩に顔を寄せて泣いた。プルーデンスとマーシーがなぐさめようと足を軽くたたいてくれるあいだ、枕に顔をうずめて泣きつづけた。

なぐさめなどなかった。希望も。今やオナーはほんとうにすべてを失ってしまったのだから。

34

ジョージは家に戻ると、まっすぐ応接間に行ってウイスキーをグラスに注ぎ、大きくあおってこぶしをまた壁にたたきつけた。激痛に彼は膝をついた。

それでも、上流社会の男たちの前でオナーに屈辱を与えた痛みには比べるべくもなかった。しかし、ほかにどうしようがあっただろう？　ちくしょう、どうして彼女はあそこへ来たのだ？　公衆の面前でぼくに挑み、ぼくを自分の意志に従わせることができると思ったのか？姑息な手段でこっちの心を動かせるとでも？　あんなあり得ない無分別な要求をして、勝てると本気で思っていたのか？

四つん這いになり、痛みにあえぎながら、ジョージはかすかな笑みを浮かべた。あの大胆不敵さとおかしな道徳観こそが、彼女を愛した理由だった。あそこまで無鉄砲な女性はほかにいない。それが危険なほどに刺激的だったのだ。

しかし、だからといって、自分が彼女に結婚を申しこむ立場にないという事実は変わらない。賭博場に通っているのも、食費を稼ぐためだ。その金は妻をめとるに足るものではない。

使用人もいなければ、ドレスもなく、帽子もなく……「彼女に受け入れられるはずはない」彼は歯を食いしばったままささやいた。

「何を受け入れるんです？」

フィネガンが音もなく部屋にはいってきていた。ジョージは苛立ってうなるような声を発すると、体を転がしてあおむけに横たわった。「何も持っていない男との結婚を受け入れられるはずはない、そういうことさ」

フィネガンはジョージの体をまたぐようにして壁際へ行き、ジョージが壁をなぐる前に落としたグラスを拾い上げた。それから、ジョージが自分の指の骨が折れていないかどうかたしかめているあいだにグラスにウイスキーを注いだ。「ほんとうにそうですかね？」彼はジョージのそばにしゃがんで訊いた。「あのお嬢さんが望んでいるのはあなただけという気がしますが」

ジョージは身を起こし、ウイスキーのグラスを受けとって中身をあおった。「まだ若くて恋にぼうっとなっているからさ、フィネガン。しばらくすれば、ドレスや靴がほしくなる。今のぼくはおまえの給金すら払えない状態だ。彼女とカボット家の人たちの生活費はもちろん」

「彼女にも持参金はあるんでしょう？」フィネガンが事務的な口調で訊いた。

ジョージは鼻を鳴らして手で振り払うしぐさをした。

「壁にこぶしをたたきつけた回数からして、あなたがこのお嬢さんを望んでいるのはたしかです。そうだとしたら、彼女とカボット家の人たちを養うために勤めに出られたらどうでしょう」

「なんだって？」とジョージが訊いた。

「〝勤め〟ですよ」外国語を発音して聞かせるようにフィネガンがくり返した。「働きに出るんです。私もそうですが、あまり運に恵まれないほかの人間はそうせざるを得ないものです」

ジョージは鼻を鳴らした。「なあ、ぼくに従者になれっていうのかい？」

「もちろん、ちがいます。その方面ではあなたはまるで役立たずですから。あなたの能力は商品の売買にあると思われます。たとえば綿のような商品の。私があなただったら、そこからはじめてみますね」フィネガンは立ち上がり、またジョージをまたぐようにした。

「手を診てもらうのに、もう一度医者を呼びにやりましょうか？」扉へと向かいながら彼は訊いた。

「ああ」ジョージはため息をつき、あおむけにまた転がると、けがをした手を胸に置き、絵の描かれた天井を見つめた。

勤め。給金。働いて給金をもらっていたのはずいぶんと昔のことだ。しかし、ささやかでも収入があれば、この家を売り――自分が偉大な人間になった象徴として買ったこの家だが、よく考えれば、少々残酷な冗談と言えた——自分と妻とあのいまいましい従者とで、それなりの田舎の家に住めばいい。

オナーはその考えをとんでもないと思うだろう。思わなければ、彼女は思った以上の大ばか者ということだ。しかし、自分にできるのはそれがせいぜいだ。船をなくし、銀行にさしたる貯金もなく、手の骨は折れている。文字どおりの意味で。

ジョージは身を起こして立ち上がると、けがをしていないほうの手で髪を梳いた。これよりひどい状況を切り抜けたこともある。それはたしかだ。それに、まっとうな仕事に就くのを恐れたりもしない。自分についてひとつ言えることがあるとすれば、自分自身を引っ張り上げる能力には自信があるということだ。

勤め。明日の朝、スウィーニーを訪ねよう。代理人と会社の共同経営者になってもいい。自分は綿を売買するための人脈を持っているから、スウィーニーはそれを利用できるはずだ。

ジョージは医者が再度やってくる前に、人前に出られる格好を整えようと、櫛を見つけに行った。

オナーがようやく泣きやんだのは、三日たってからだった。三日のあいだ、泣いていないときも、宙を見つめてぼんやりと横たわっていた。しかし、もう悲しむときは終わったとオナーに思わせたのはマーシーだった。「お風呂の用意をさせたほうがいいと思うわ」と鼻に皺を寄せて言ったのだ。

「そうね」と答えると、オナーは髪を結び、ガウンをはおって、風呂の用意がされるあいだ、朝食の間へと降りた。

朝食の間にはオーガスティンと妹たちがいた。オーガスティンは驚いて即座に立ち上がり、フォークを床に落とした。「オナー」彼は目をみはって彼女をなかに招き入れた。「大丈夫なのかい？　具合はよくなったかい？　もとのおまえに戻れるかい？」

「正気をなくしたわけじゃないのよ。そう思っているかもしれないけど」とプルーデンスが言った。

もちろん、あの晩、サザックでオナーの身に何が起こったか、みんな知っていた。ロンドンじゅうが知っていた。オナーを救ってくれたジェットがその話をせずにはいられなかったのだ。もちろん、彼はその話のなかで、自分には英雄の役割を割り振った。

「大丈夫よ」オナーはそう言ってオーガスティンの隣の席にどさりと腰を下ろした。オーガスティンがベーコンの載った皿を差し出したが、オナーは首を振り、顔をそむけた。食べ物を見ると吐き気がしたのだ。

「元気をとり戻さなければならないよ」オーガスティンが言った。「気持ちを立て直すってことさ。モニカとも相談したんだけど、おまえはロングメドウで休養するのがいいんじゃないかな」

オナーは警戒するようなまなざしを義理の兄に向けた。

「社交シーズンが終わるまで、それが一番だと思うんだが、どうかな？」彼は鋭い抗議の声が返ってくるかと身がまえ、わずかに顔をしかめて言った。

「そうね、オーガスティン、それがいいわ」オナーはそう答え、義理の兄を驚かせた。「何よりもロンドンを離れたいわ。それで、二度とふたたびジョージ・イーストンと会わなければいい」そう言ってハーディーが差し出した朝食に首を振り、お茶だけを注いでもらった。

オーガスティンは彼女をじっと見つめながらベーコンを咀嚼《そしゃく》した。「誰か呼ぼうか？　グレースでも？」

「いいえ！」オナーは急いで答え、背筋を伸ばした。「お願い、そんなことしないで、オーガスティン。グレースはひどく腹を立てるわ。それに、このシーズン一の悪い噂が彼女のところに届くまで、あと何週間かは心穏やかな日々を過ごさせてあげるべきよ」

「そうだな」彼はためらうように言った。「ああ、オナー、訊かずにはいられないよ。どうしてあんなことをした？　こともあろうに、サザックに行くなんて！　しかもひとりで！　ミセス・ハーグローヴがひどくとり乱していたので、言ってやったんだ。おまえがそこへ行ったなら、きっとそれなりの理由があったんだってね。それなりの理由があって行ったんだろう？」

「わたしにとってはそれなりの理由だったわ」彼女は抑揚のない声で答えた。「今は頭のなかぐちゃぐちゃだから、きちんと説明するのは無理だけど、きっとこう訊いたら、あなたもわかってくれるはずよ。誰かにすっかり心を奪われて、その人なしには息もできない気がしたらどうする？」

プルーデンスとマーシーは興味津々で互いに目を見交わしたが、オーガスティンはわかるというようにうなずいた。

「もしくは、全身全霊で誰かを愛し、その人なしでは生きていく意味もないように思えたら？」

またもオーガスティンは大きくうなずいた。

「そうなの、オナー？」マーシーが訊いた。「死にたかったってこと？」

「正確には死ぬわけじゃないわ」オナーは言った。「でも、ミスター・イーストンへの気持ちをどう説明していいかはわからない。とても……大事なことに思えたの」そう言って弱々しく首を振った。「あそこへは気持ちを伝えに行ったの。証明しに。でも、結局、とことんはずかしめられ、評判に瑕をつけただけに終わったわ」

オーガスティンは身を乗り出した。「でも……でも、サザックじゃないところでそれを伝えられなかったのかい？」彼は用心深く訊いた。「賭博とかそういうものに囲まれていない場所で。もっと人目のないところで」

オナーは何日かぶりに笑みを浮かべた。「ええ」とわずかに首を振って答える。「そこは妙なところだけど、ジョージとわたしにとってはサザックがごく自然な場所だったのよ。わたしたちが――無鉄砲な人間だからでしょうね」

「ああ、オナー」オーガスティンは心底悲しげに言った。

「でも――」マーシーが前に飛び出してきて、眼鏡を鼻の上に押し上げた。「彼はあなたと結婚したくないの？」

オナーは妹の頭を撫でた。「ええ」自分の耳にもほとんど聞こえないほど小さい声を出す。そう認めたことで、目に涙があふれた。

「ああ、オナー」オーガスティンがくり返した。「またローリーのときと同じじゃか」

「ローリーのときと同じじゃないわ」オナーは否定した。「ローリー卿はわたしを愛してなかったもの。今回の悲劇で最悪なのは、ジョージ・イーストンがわたしを心から愛しているということよ」

「そんなのおかしいわ」マーシーは眼鏡越しに目を細めて言った。「愛しているなら、どうして結婚しないの？」

「マーシー、そっとしておきなさいよ」プルーデンスがやさしく言った。

誰もそれ以上質問することはなく、みな黙りこんで思いにふけった。

オナーはマーシーの勧めに従って風呂をつかった。それから喪服を身につけたが、髪は下ろしたままにしておいた。結う気力も結いたいという思いもなかったからだ。あてどなく家のなかを裸足で歩きまわり、肖像画をじっと見つめては、そこに描かれた人々も失恋したことがあるのだろうかと考えた。本を手にとることもあったが、すぐに脇に置いた。

こんな途方もない屈辱を受けたあとで、何をし、どこへ行ったらいいか、見当もつかなかった。

オナーは母に本を読んであげようと母の部屋へ行った。オナーが気のない声で本を読むあいだ、レディ・ベッキントンは窓辺に立ち、外を見つめていた。

「あの人が来たわ」朗読する娘に母が言った。

オナーは目を上げた。「誰が来たの、お母様?」

「あの人よ。伯爵様!」母はそう言って明るくほほ笑んだ。「あの人が来たわ。あら、靴を履かないの?」

「あとで履くわ」オナーはそう答えると、朗読に戻った。

しかし、母は聞いていなかった。窓に手をついて身を乗り出し、ガラスに鼻を押しつけた。

「あの人が来たわ、ジュリエット!」と、興奮もあらわに亡くなった姉の名前でオナーを呼んだ。「伯爵様がここへいらしたわ」

オナーはため息をついて本を脇に置いた。「こっちで休んで、お母様」

母は急いで化粧台に向かった。引き出しを開けてなかをあさり、明るい笑みを浮かべたまま振り向くと、オナーにエメラルドのネックレスを掲げてみせた。「ほら。これ、あなたのドレスによく映えるわ」

オナーは黒いドレスを見下ろした。

母は急いでそばへ来ると、オナーに背を向かせ、髪を押しのけてハート型のエメラルドのネックレスを首につけた。それからまた前を向かせると、一歩下がってその姿を眺め、よしというようにうなずいた。「伯爵様のために最高にきれいにしなくちゃ！」母は叫んだ。「靴は誰に盗まれたの？」

「誰も靴を盗んでなんか――」

「オナー！」

廊下の向こうからオナーを呼んだのはプルーデンスだった。「オナー、どこにいるの？」それから、目をみはった彼女が母の部屋に飛びこんできて、「あの人よ！」と声をひそめようとしながら叫んだ。オナーは死んだ伯爵がほんとうに戻ってきたのだと思いそうになった。

「誰？」

「イーストンよ！」

オナーは息を呑んだ。思わず一歩あとずさり、母にぶつかった。「だめよ！　プルーデンス、追い返してくれなくちゃ！　彼には会いたくない！」

「会わなくちゃだめよ！」母がオナーを前に押し出して言った。「伯爵様を拒むことはできないわ！」

　プルーデンスはそれを聞いて当惑の表情になったが、ことばを継いだ。「オーガスティンがあなたは彼とは会わないって言ってやったんだけど、イーストンは力ずくで追い出されるまで、玄関の間で待つって言うの」

「なんですって？」心臓が胸の奥で痛いほど激しく鼓動し、オナーは動揺して目を伏せた。「会えないわ！　耐えられないもの！」

「オナー」と言ってプルーデンスは姉の腕をつかんだ。「これだけは言っておかなくちゃならないけど、彼、オーガスティンに拒絶されても一歩も引かなかったわ。あなたに会わなくちゃならないって言って。あなたには借りがあるから、これは当然のことだって」

　オナーのなかで何かがはじけた。プルーデンスの言ったことばの何が頭のもやを払ってくれたのかはよくわからなかったが、その瞬間、世間や人々についての持てる知識のすべてが、ぴたりと焦点が合うように明確になり、はっとせずにいられなかった。そんなことはめったにないことだったが、無数のかけらが自然と組み合わさって像を結ぶように、自分の人生や内心の思いがはっきりした。

　オナーは母に目を向けた。レディ・ベッキントンは穏やかにほほ笑んでいた。「伯爵様を待たせてはだめよ。余計意固地にさせるだけだから」

　これほどに真実をつくことばを耳にしたことはなかった。オナーは新たに力を得た思いですばやく歩み出ると、母に腕を巻きつけてきつく抱きしめた。母を放すと、プルーデンスに目を向けた。「わたし、どう見える？」

「ぞっとするほどひどいわ」とプルーデンス。

「よかった」

オナーは部屋を出て廊下を渡ったが、階段のてっぺんで足を止めた。階段の下に彼が立っていたからだ。足を大きく開き、腕を胸の前で組んでいる。引きしめた顎には無精ひげが生えていた。オナーの心臓が胸の奥で宙返りした。「イーストン！」と彼女は叫んだ。

ジョージははっと顔を上げた。今にも失神しそうな顔でかたわらに立っていたオーガスティンが「オナー！」と叫んだ。「追い返そうとしているんだが、帰ろうとしないんだ！」

「帰るわ」彼女はきっぱりそう言うと、階段を駆け降りた。大理石の床に音もなく足を踏み下ろすと、まっすぐ彼に近づいた。すぐ後ろにプルーデンスがつづいた。

「何が望みなの？」オナーは訊いた。「まだ足りないの？　オーガスティンが言ったと思うけど、わたしはあなたに会いたくないの。あなたに言わなくちゃならないことはもう何もかも言ったわ。だから、帰って！」

「くそっ、もうずっと前から誰かがきみを監督すべきだったんだ」彼はそう抑揚のない口調で言い、彼女の全身に目を走らせた。「サザックにふらりとやってきて、ぼくを意のままにしようとするなんて、何を考えていたんだ、カボット？　しかも、そのためにいかさままでして」

「いかさまをしたの？」プルーデンスが叫んだ。

オナーはそのことばは無視した。「そうだとしたら、どうだったというの？　あなたは劣等感にどっぷりとひたりきっていて、何を言っても耳を貸さないじゃない！」

ジョージは怒って一歩前に進み出た。「きみにひとつ教えを垂れさせてもらうよ。ふつう、結婚の申しこみをするのは男のほうだ」

オナーは腕を組んだ。「その男性が年寄りの豚ほども頑固でなければね」

彼の目の奥で何かが光った。「そして、男が申しこみをするときには、妻になる女性をどう養ったらいいか考えて申しこみをする。そうだろう、ソマーフィールド？」彼はオーガスティンには目を向けることなく尋ねた。

「ぼくかい？」オーガスティンは甲高い声を出した。

「ああ、きみだ！」ジョージはオーガスティンに目を据えたまま叫んだ。

「それはそうだ。たしかにそう」オーガスティンがすぐさま同意した。

オナーは怒りに目を険しくした。「こうして訪ねていらしたのには意味があるの？　あなたはわたしの告白を一度じゃなく、二度も拒んだのよ。三度も拒まれることになるの？　それが目的なら、その必要はないわ。最初の二回で拒絶のことばははっきり聞こえたから」

「最初の二回、きみはぼくたちのあいだで男がはたすべき役割を担った。ぼくは結婚を申しこめる立場になかったが、そのことをちらりとでも考えてみたかい、オナー？　いや――きみは頑固な態度を変えず、ロンドンじゅうの人の前でぼくに恥をかかせたんだ」

オナーは怒りに息を呑んだ。「恥をかかせた？　あなたのほうが恥をかいたなんて言いたいわけ？」彼女は両手をこぶしににぎり、爪先立って叫んだ。

「きみはサザックでは招かれざる客だった。それどころか、帰れと言った人間も何人かいた」

「ときに自分の手で解決しなきゃならない問題もあるからよ」

「へえ」彼は愉快そうにも聞こえる口調で言った。「それで、きみが自分の手で問題を解決しようとしたことがどんな結果をもたらしたか、みんなが目《ま》のあたりにしたというわけだ、ちがうかい？」

彼女は彼をじっと見つめた。「少なくとも、わたしは恐れたりしないわ」

「ぼくだってきみを恐れたことなどない！」彼は天井に向かって叫んだ。「ただ、きみに対して心の準備ができていなかったんだ。きみのような女性に心の準備などできるものかどうかわからないけどね、オナー・カボット。それでも、ぼくは勤めに出て最善を尽くそうとしている――」

「ほらね？　あなたは何がなんでも不可能だって言いたいのよ！」オナーは彼の胸に指をつきつけて叫んだ。

「勤め！」オーガスティンが当惑して言った。

「今、決めてきたところなんだ」

オナーには彼がなんの話をしているのか見当もつかなかった。「決めてきたって何を？」

「勤め、じゃないかしら」プルーデンスがオーガスティン同様当惑した顔で口をはさんだ。

「そうだ」ジョージはうなずいて言った。「勤めに出ることにしたんだ。ミスター・スウィーニーの事務所で代理人として働くことになった。ぼくは財産を失って、きみを養うすべがなかった。今は少なくとも、きみのために慎ましい家を持つことはできる。きみを養うことも。未婚のお嬢さんたちをひとりかふたり扶養することもね」そう言ってプルーデンスを身振りで示した。「服を買ってやることもできる……多少は。ただ、八ポンドもするボンネットを買うのは認められないが」

「ちょっと……どういうこと？」とオナーは言った。胸の奥で心臓がはためきはじめた。

「それから、これだけは言っておかなくちゃならないが、こんなふうに財産を失うことはこれからも何度かあるかもしれない。ぼくは危険を冒して生きる人間だからね。ポケットがいっぱいのときもあるだろうが、空のときもある」

はためいていた心臓の鼓動がさらに速まり、オナーは地面から体が浮くような気がした。

「わかったかい？」彼は彼女の肘をとって訊いた。

「ええ」オナーは驚きに満ちた口調で答えた。「最悪の結婚の申しこみだということはわかったわ」

ジョージはほほ笑んだ。「まだ気は変わらないかい？」と小声で訊く。「今、ぼくが言ったことを受け入れられるかい？」

彼女はうなずいた。また目に涙があふれた。今度は幸せの涙だった。「ええ」彼女はくり返した。「あなたがそばにいてくれるかぎり、受け入れられるわ」

ジョージは一歩下がり、片膝をついた。「オナー・カボット、ぼくの妻になってくれますか？」

そのあとの記憶はあいまいだった。〝ええ〟と言ったのはたしかで、ジョージに抱き上げられたのも覚えている。叫び声が盛んに聞こえたが、たぶん、ほとんどがオーガスティンの叫び声だったように思う。この結婚を認めるわけにはいかないとかなんとか言っていた。ジョージに濃厚なキスをされ、安堵と愛と欲望に頭がくらくらしたのも覚えている。

そして、とても幸せだった。舞い上がるほどに、このうえなく幸せだった。ジョージとなら、すべての可能性を信じられた。

ジョージは彼女の首にキスをし、「きみは大ばかだな」とささやいた。「ぼくはほとんどすっからかんなんだぜ」

「かまわないわ」オナーはうっとりと言った。

「きみがしてくれたことは、これまで誰からもしてもらったことがないほど、心あたたまることだったんだ。わかってるかい？」

「そうなの？」

「きみはぼくに勝とうとしていかさまをした。あんなにうれしかったことはないよ。ただ、そう、いかさまのやり方は学ばないといけないけどね」彼はそう言ってまたキスで彼女の呼吸を奪った。

35

オーガスティンはベッキントトン・ハウスの玄関の間でくり広げられたことに当惑しきっていた。「まるで芝居を見ているようだったよ！」彼は婚約者に説明した。

「彼はあなたが義理の妹の相手として考えていたような人じゃないかもしれないけど――」

モニカがなぐさめるように言った。「オナーはとても幸せそうに見えるわ」

オーガスティンはそれを考えてわずかに顔をしかめた。「たしかに幸せそうだよね？」

「それに、思うんだけど、ああいうことがあったあとでは、ほかの誰も彼女と結婚しようとしないんじゃないかしら」

「ああ、たしかに」オーガスティンは怒りに駆られながらも同意するようにうなずいた。

「こうなると、誰もオナーを妻にしようとは思わないよ」

「メイフェアじゅうに憶測が飛びまわっていることを考えれば、ふたりには一刻も早く結婚するように言ったほうがいいわ」

「ああ、もちろん。まったくきみの言うとおりだよ」オーガスティンは言った。「すぐに結婚するように言うよ！」彼はふいに顔を輝かせた。「いいことを考えた！　みんなでロングメドウに行くんだ。ロンドンじゃないほうがいいだろう？　それに、ミスター・クレバーンがふたりを結婚させてくれるよ」

「あら、それはちょっとやりすぎじゃないかしら」モニカはわずかに眉根を寄せて言った。

「まあ、だったら、ささやかな結婚式をとり行なうさ」

オーガスティンは新たに得た爵位を利用して、特別結婚許可証を手に入れた。オナーとジョージはその週末に内輪の結婚式を行なうことになった。プルーデンスとマーシーががっかりしたことに、きちんと準備をする暇はなかった。ふたりは結婚式のために最新流行の衣装を準備したいと思っていたのだが。

しかし、オナーは衣装にはあまり頓着せず、飾りのない簡素なグレーのドレスで現れた。服のことなど、頭から抜け落ちていたのだ。この世で一番愛する人と結婚するのだということしか考えられなかった。重要なのはそれだけだった。

結婚が決まるまでの出来事をかんがみて、しばらくふたりは世間に顔を見せないほうがいいだろうとオーガスティンに言われ、オナーとジョージは喜んでそれに従った。結婚式が終わると、オードリー街の家に引きこもり、最初の数日、ときおりフィネガンに食事を運んでもらう以外は、ほとんどずっとジョージのベッドで過ごした。

ジョージはオナーに男と女の体のあれこれについて教え、オナーはそれを驚きながらも喜んで受け入れた。彼の口が肌を這う感触や、舌が体に差し入れられる感触は好ましかった。愛を交わすあいだ、彼女がまだちゃんとベッドにいて、上になったり、下になったりしながらも彼の一部となっているかどうかたしかめるように、彼が手で体を探ってくるのも好ましかった。彼が教えてくれるさまざまなことにも夢中になった。口で彼を悦ばせるやり方や、上に乗ったときに、彼の手を借りて満足を得ながら、彼を迎え入れるやり方など。

しかし、何よりもいとおしかったのは、互いに——オナーの場合は一度ならず——頂点に達したあとに、いつくしみ合う時間だった。彼はぐったりしながらも、暖炉の明かりを頼りに、彼女の全身にキスの雨を降らせるのだった。ゆっくりと片足を爪先までなぞり、もう一方の足をのぼって胸まで。そしてまた口へと戻り、愛をささやく。あの運命の日、ロットン・ロウで彼女に止められる前の人生がいかに空っぽだったかわかったと。

オナーも同じように感じていた。以前の人生にはドレスや舞踏会しかなかった。ジョージが現れる前には、この世に自分をつなぎとめるかすがいは何もなかった。今は彼がいる。ああ、ふたりで大家族を持てますように。小ぢんまりした家でも邸宅でも、彼といっしょに暮らし、笑う子供たちに囲まれ、向かい合う席に彼がすわるテーブルで女主人役を務めることほど幸せなことはない。

ある晩、ふたりは裸でベッドに寝そべり、ローストした鶏とチーズと果物のトレイをつつきながら、将来について話し合った。「子供は全部で五人ね」と彼女は何気なく言った。

「おいおい、オナー、小さな村ができるほどの数じゃないか」

「あなたはそんなにほしくないの？」彼女は彼の鼻にキスをして訊いた。

「六人ほしいね」

彼女は笑った。

ジョージは包帯を巻いた手に彼女の髪をからませた。「村ができるほどの子供をどうやって養う？」彼は考えこむように言った。「まあ、それについてはあまりやきもきしないことにしよう。これまでも必ずどうにかしてきたんだから。ミスター・スウィーニーは新しい船を探しているんだ――」

「新しい船？」彼女は驚いて言った。

彼は肩をすくめ、彼女が差し出したひと切れの鶏肉を口に入れた。「いつかね。今おちいっている穴から這い出るのは大変だと思うが」

オナーは忍び笑いをもらした。「穴は嫌いじゃないわ」そう言って彼の口にキスをした。

「あなたには絶大な信頼を寄せているのよ、旦那様」彼のことをそう呼ぶのは悪くなかった。「あなたならどうにかできるとわかっているの。それに、穴から這い出たら、わたしの家族と子供たちがみんなでいっしょに暮らせる場所を見つけましょう」

「グレースもかい？」彼はブドウで彼女の胸の頂きのまわりをなぞりながら何気なく訊いた。

「手紙は書いたんだろう？」

オナーは顔をしかめ、「まだよ」と答えた。

「オナー――」

「わかってる」彼女はため息をついた。「あとまわしにしてるのはたしかよ。すごく怒ると思うから、返事が怖いの。でも、結婚してまだたった二週間じゃない」

「たった？」彼は疑うように言った。「知らせるべきだよ、オナー」そう言い張ると、身を起こして彼女の胸にキスをした。

「そうね」オナーはため息をつき、胸の頂きにあてられた唇と舌の感触をたのしみながら目を閉じた。「あなたはいつも正しいわ」

「ああ、もう一度言ってくれ」ジョージが言った。「きみがそう認めるのを聞くのは刺激的だ」

「あなたは正しいわ。あなたは正しい。あなたは正しい」彼が吸いはじめると、彼女の声はささやくようになった。

ジョージは食べ物のトレイを脇に押しやり、オナーに覆いかぶさった。「カボット家の姉妹に住まいを見つけたら、ぼくたちは子供でいっぱいの家をつくるんだ。王のひ孫たちでいっぱいのね」彼はほほ笑んで首をかがめ、彼女の腹のくぼみにキスをした。「誰も否定できない名を持つ子供たち」

オナーは腹のくぼみから脚の付け根へと口を下ろす彼の頭を撫でた。「悪くないわね」

「無駄にする時間はないぞ」彼はさらに下へ動き、彼女の脚を開いてそのあいだに顔をうずめた。「急がなければ」そうつぶやくと、舌を割れ目に走らせた。

舌が小刻みに動きはじめると、オナーは腕を頭上に伸ばし、悦びにひたってほほ笑んだ。子供をつくる時間なら充分ある――これから一生。手に入れられないかもしれないと思い知るまで、自分が望んでいるとは思っていなかった旅路が目の前につづいていた。

ああ、今はそれを心から望んでいる。深く、激しく、情熱的に望んでいる。

グレースに手紙を書いて知らせよう……明日になったら。

今は心も体も喜ばしいことで手いっぱいなのだから。

訳者あとがき

ヒストリカルとコンテンポラリー、両方の分野で次々と人気作を世に送り出しているロマンスの名手、ジュリア・ロンドンの『サファイアの瞳に恋して』（原題 *"The Trouble with Honor"*）をお届けします。

ジュリア・ロンドンは〈ニューヨーク・タイムズ〉、〈USAトゥデイ〉、〈パブリッシャーズ・ウィークリー〉などのベストセラー・リストの常連で、RITA賞の最終選考にも何度も残るほど、高く評価されている人気作家です。そんな彼女がイングランドの摂政時代（一八一一―一八二〇年）を舞台に、美しい四姉妹それぞれの恋を、ロマンティックに、ときにせつなく描いた〈カボット姉妹シリーズ〉も、本国では発表されるやいなや、大いに人気を博しております。本書はその第一作で、自由に生きることを夢見る向こう見ずな長女オナーの恋が描かれています。

冒険好きなオナーは女人禁制が暗黙のルールとなっているいかがわしい賭博場にやってきて、公爵の婚外子であるジョージと知り合います。女性なら誰でも惹かれずにいられない彼の魅力を知ったオナーは、彼に義兄のオーガスティンと婚約しているモニカを誘惑してほしいと頼みます。母の再婚によって伯爵家で暮らすようになったオナーは、贅沢な暮らしにすっかり慣れ親しんでいましたが、伯爵が死の病の床にあり、オーガスティンとモニカの結婚が決まったことで、危機感に駆られていたのです。というのも、オナーとモニカは犬猿の仲で、モニカが伯爵夫人になれば、母と自分たち四姉妹がどこか遠くの田舎へ追いやられてしまうのではないかと不安に思うからです。とくに今で言う認知症の症状が出はじめている母の身をオナーは心配します。

モニカがジョージに誘惑されてオーガスティンとの婚約が破棄されるか、ふたりの結婚が延期されれば、自分たちの将来について何か手を打つ猶予ができると考え、オナーはジョージにモニカを誘惑してほしいと頼んだわけですが、女性の欲望をかき立てるすべを知っている魅力的なジョージに、彼女自身がどんどん惹かれていってしまいます。

ジョージはオナーに押し切られる形でモニカを誘惑する計画に乗ることになるのですが、彼のほうも、大胆で自分の心に正直なオナーに心惹かれるようになっていきます。

不埒な計画からはじまり、迷走するふたりの恋は、ときにユーモラスに、ときに激しく、ロマンティックに展開していきます。

著者も「はじめに」で記しているように、この時代の若い女性はさまざまな決まりにしばられていました。オナーのように賭博場に出かけたり、男性とふたりきりで会ったりすることは、若い女性にとって評判を落とす行為とみなされたので、みな数多くの決まりに従って生きざるを得ませんでした。評判を落とせば、理想的な相手との結婚が遠のくからです。そんな窮屈な生き方に反発するオナーは、社交界の決まりを大胆に破り、悪い噂の的となりながらも、がむしゃらに真実の愛を手に入れようとします。まっすぐなオナーの愛に、生い立ちのせいでどこか屈折したところがあり、世の中を斜《はす》に見ているジョージも、みずからの生き方を見直し、自分の心に正直に生きようと考えるようになります。このように完全無欠とは言えないふたりが、紆余曲折を経て傷つけ合いながらも、真の愛を手に入れる姿には、きっと共感していただけるものと思います。

オナーをはじめとするカボット家の四姉妹のやりとりはとても愉快で、そこにはそれぞれの独得の個性がよく表れています。シリーズ第二作の“*The Devil Takes a Bride*”では、オナーよりも常識的で責任感の強いグレースが、カボット家の窮状を救おうと奮闘するあまり、込み入った状況におちいってしまうようです。彼女の恋の物語についても、いずれご紹介できると幸いです。

本書のような魅力的でたのしい物語を訳す機会を与えてくださった二見書房編集部のみなさんに心より感謝いたします。本書が読者のみなさんにとってお気に入りの一冊となることを願ってやみません。

二〇一五年三月

23 ザ・ミステリ・コレクション

サファイアの瞳《ひとみ》に恋《こい》して

著者　ジュリア・ロンドン

訳者　高橋《たかはし》佳《か》奈《な》子《こ》

発行所　株式会社 二見書房
東京都千代田区三崎町2-18-11
電話 03(3515)2311 [営業]
03(3515)2313 [編集]
振替 00170-4-2639

印刷　株式会社 堀内印刷所
製本　株式会社 村上製本所

落丁・乱丁本はお取り替えいたします。
定価は、カバーに表示してあります。

ISBN978-4-576-15050-5
http://www.futami.co.jp/

ウエディングの夜は永遠に
キャンディス・キャンプ
山田香里〔訳〕

女主人として広大な土地と屋敷を守ってきたイソベルは、弟の放蕩が原因で全財産を失った。小作人を守るため、ある紳士と契約結婚をするが…。新シリーズ第一弾！

唇はスキャンダル
キャンディス・キャンプ
大野晶子〔訳〕
〔聖ドゥワインウェン・シリーズ〕

教会区牧師の妹シーアは、ある晩、置き去りにされた赤ちゃんを発見する。おしめのブローチに心当たりがあった彼女は放蕩貴族モアクーム卿のもとへ急ぐが……!?

瞳はセンチメンタル
キャンディス・キャンプ
大野晶子〔訳〕
〔聖ドゥワインウェン・シリーズ〕

とあるきっかけで知り合ったミステリアスな未亡人と"冷血卿"と噂される伯爵。第一印象こそよくはなかったもののいつしかお互いに気になる存在に……シリーズ第二弾！

視線はエモーショナル
キャンディス・キャンプ
大野晶子〔訳〕
〔聖ドゥワインウェン・シリーズ〕

伯爵家に劣らない名家に、婚約を破棄されたジェネヴィーヴ。そこに救いの手を差し伸べ、結婚を申し込んだ男性は!? 大好評〈聖ドゥワインウェン〉シリーズ最終話

パッション
リサ・ヴァルデス
坂本あおい〔訳〕

ロンドンの万博で出会った、未亡人パッションと建築家マーク。抗いがたいほど惹かれあい、互いに名を明かさぬまま熱い関係が始まるが…。官能のヒストリカルロマンス！

ペイシエンス　愛の服従
リサ・ヴァルデス
坂本あおい〔訳〕

自分の驚くべき出自を知ったマシューと、愛した人に拒絶された過去を持つペイシエンス。互いの傷を癒しあうような関係は燃え上がり…。『パッション』待望の続刊！

恋の訪れは魔法のように
キャサリン・コールター
栗木さつき［訳］

放蕩伯爵と美貌を隠すワケアリのおてんば娘。父親同士の約束で結婚させられたふたりが恋の魔法《マジック》にかけられて……待望のヒストリカル三部作、マジック・シリーズ第一弾！

星降る夜のくちづけ
キャサリン・コールター
西尾まゆ子［訳］

婚約者の裏切りにあい、伊達男ながらすっかり女性不信になった伯爵と、天真爛漫なカリブ美人。衝突する彼らが恋の魔法《マジック》にかかる…⁉ マジック・シリーズ第二弾！

月あかりに浮かぶ愛
キャサリン・コールター
栗木さつき［訳］

ヴィクトリアは彼女の体を狙う後見人のもとから逃げ出そうと決心する。その道中、ごろつきに襲われたところを助けてくれた男性は……マジック・シリーズ第三弾！

密会はお望みのとおりに
クリスティーナ・ブルック
村山美雪［訳］

夫が急死し、若き未亡人となったジェイン。今後は再婚せず、ひっそりと過ごすつもりだったが、ある事情から悪名高き貴族に契約結婚を申し出ることになって…⁉

約束のワルツをあなたと
クリスティーナ・ブルック
小林さゆり［訳］

愛と結婚をめぐり、紳士淑女の思惑が行き交うロンドン社交界。比類なき美女と顔と心に傷を持つ若き伯爵の恋のゆくえは？ 新鋭作家が描くリージェンシー・ラブ！

永遠《とわ》のキスへの招待状
カレン・ホーキンス
高橋佳奈子［訳］

舞踏会でのとある〝事件〟が原因で距離を置いていたシンとローズ。そんなふたりが六年ぶりに再会し…⁉ 軽やかなユーモアとウィットに富んだヒストリカル・ラブ

二見文庫 ロマンス・コレクション